LA JAULA DORADA

VIC JAMES

DONES OSCUROS

LA JAULA DORADA

Traducción de Ángeles Leiva

LUNA ROJA

Primera edición: mayo de 2017
Título original en inglés: Gilded Cage

Diseño de cubierta: Luis Tinoco
Maquetación: Marquès, S.L.

Edición: Helena Pons
Dirección editorial: Iolanda Batallé Prats

Casa Catedral®
Josep Pla, 95. 08019 Barcelona
www.lagaleraeditorial.com
facebook.com/lagalerayoung
twitter.com/lagalerayoung
instagram.com/lagalerayoung

Impreso en Liberdúplex

Depósito legal: B-6.084-2017
Impreso en la UE
ISBN: 978-84-246-6025-3

A mamá.
Gracias por todo, en especial por los libros de biblioteca

PRÓLOGO

LEAH

Oyó primero la moto y luego el caballo al galope, dos fuentes de sonido lejanas que convergían en ella mientras corría en medio de la oscuridad.

Aparte del golpeteo de sus botas en el suelo, Leah no hacía el menor ruido, ni tampoco la criatura que sostenía contra su pecho. Pero sus perseguidores no necesitaban oírlas para dar con ellas. El único lugar hacia el que podía correr era el muro que rodeaba el perímetro de Kyneston, y una vez allí la única esperanza con la que contaba para escapar era el bebé que llevaba envuelto en brazos, su hija Libby.

Algunas nubes altas y rápidas iban tapando a ratos la luna, pero el tenue resplandor del muro brillaba sin cesar a lo largo del horizonte. Era como la franja de luz del pasillo bajo la puerta de un dormitorio, que reconfortaba a los niños cuando despertaban de una pesadilla.

¿En eso se había convertido su vida en Kyneston, en una pesadilla? Había habido un tiempo en que parecía que allí se cumplían todos sus sueños.

El estruendo del motor de la motocicleta se oía ahora más cerca y el ruido de cascos de caballo había quedado atrás. Sus perseguidores no podían ser otros que Gavar y Jenner. Ambos se hallaban lejos, a la izquierda, formando una fila que avanzaba directa hacia ella. Pero Leah había llegado al muro primero.

Se apoyó en él para recuperar el aliento, posando una mano sobre la antigua obra de mampostería mientras respiraba a duras penas. Notó el muro frío en contacto con los dedos. Resbalaba por la humedad y estaba cubierto de musgo, lo que chocaba con la sensación de calidez que transmitía el enladrillado en su resplandor antinatural. Pero ese era el poder que otorgaba la Destreza. No había nada natural en aquel lugar ni en las personas que lo habitaban.

Había llegado el momento de marcharse.

—Por favor, cariño mío. Por favor —susurró Leah a su niña, apartando el borde de la mantita que había tejido ella misma para besar la sedosa cabeza de Libby.

El bebé se inquietó cuando Leah le despató un brazo con cuidado y cogió la manita. Con la respiración agitada tanto por el pavor como por el esfuerzo, Leah se apoyó en el muro y posó sobre él la palma de la mano de su pequeña.

Allí donde los dedos diminutos tocaron el muro deteriorado por la intemperie, el brillo cobró intensidad. Leah observó como se extendía la luminiscencia, atravesando la argamasa entre los ladrillos. Era tenue, pero aun así visible. Y, de repente… ¡ahí estaba! La luz emanó y ascendió, ya con más fuerza, adquiriendo firmeza y nitidez. Perfiló unas formas, primero un montante, luego un arco. La verja.

Un gruñido mecánico le llegó desde la oscuridad. Era el motor de la motocicleta, que agonizaba tras haber sido apagado.

Otro sonido más cercano irrumpió entonces en la noche. Un lento aplauso. Leah retrocedió como si en realidad hubiera sido una bofetada.

Allí había alguien esperando. Y al aparecer la silueta alta y delgada bajo la luz rebosante, Leah vio que se trataba de él, naturalmente. Silyen, el menor —aunque no por ello menos poderoso— de los tres hermanos Jardine. Él se encargaba de hacer entrar a Kyneston a todos los que acudían a cumplir con su deber como esclavos, y se valía de su Destreza para retenerlos allí, en la propiedad de su familia. ¿Cómo podía haber creído que Silyen la dejaría escapar?

El pausado aplauso cesó. Una de las manos del chico —manos estrechas con las uñas mordidas— señaló la verja de forja.

—Adelante —dijo Silyen, como si invitara a madre e hija a tomar el té—. No intentaré deteneros. Más bien me fascina ver de lo que es capaz la pequeña Libby. Ya sabes que tengo… ciertas teorías.

El corazón de Leah latía con fuerza. Silyen era el último en quien confiaría. El último de todos ellos. Sin embargo, debía aprovechar la oportunidad que se le brindaba, aunque solo fuera como si un gato levantara por un momento la pata de encima de un ratón al que hubiera echado la zarpa.

Escudriñó el rostro del joven como si la luz de la luna y la que irradiaba su Destreza pudieran revelar la verdad de sus intenciones. Y cuando él la miró a los ojos quizá por primera vez, a Leah le pareció vislumbrar algo. ¿Sería curiosidad? Silyen quería ver si Libby podía abrir la verja. Si era capaz, tal vez las dejaría pasar al otro lado. Solo por la satisfacción de verlo… y quizá para fastidiar a su hermano mayor.

—Gracias —respondió Leah, con poco más que un suspiro—. ¿*Sapere aude*?

—«Atrévete a saber», en efecto. Si te atreves, lo sabré.

Silyen sonrió. Leah sabía que no debía confundir su actitud con una muestra de compasión o amabilidad.

Dio un paso adelante y posó la mano de Libby sobre la verja apenas perfilada, que de repente resplandeció bajo los dedos pegajosos de la criatura. Como el metal fundido en un molde a rebosar, la entrada cobró vida de un modo fulgurante, los elementos de forja, hojas y aves fantásticas florecieron, todo ello rematado con las iniciales «P» y «J» entrelazadas. Se veía exactamente igual que aquel día, hacía cuatro años, cuando Leah llegó a Kyneston y aquella puerta se abrió para dejarla pasar. Con la misma apariencia, sin duda, que había tenido hacía cientos de años, cuando fue creada.

Pero esta vez permaneció cerrada. Presa de la desesperación, Leah agarró una de las parras de hierro forjado y tiró con todas sus fuerzas. Libby comenzó a gemir a voz en grito. Pero el ruido ya no importaba, pensó Leah con una desesperanza apática. Aquella noche no saldrían del dominio de Kyneston.

—Vaya, qué interesante —murmuró Silyen—. Tu hija, es decir, la hija de mi hermano, tiene el parentesco necesario para despertar la verja, pero no la Destreza para dominarla. A no ser, quizá, que esté intentando decirte que no quiere dejar a su familia.

—Tú no eres familia de Libby —le espetó Leah, enfurecida por el miedo, que le hizo abrazar al bebé con más fuerza. Se le acalambraron los dedos de forcejear con el metal rígido—. Ni Gavar, ni ninguno de vo…

Resonó un disparo y Leah cayó al suelo entre gritos. El dolor le recorrió el cuerpo con la rapidez e intensidad de la luz que atravesaba la verja.

Gavar se acercó sin prisas hasta el lugar donde ella yacía, con el rostro lleno de lágrimas. Leah había amado a aquel hombre, heredero de Kyneston, padre de Libby. En su mano llevaba una pistola.

—Te lo advertí —dijo Gavar Jardine—. Nadie roba lo que es mío.

Leah no lo miró. Volvió la cabeza y, apoyando la mejilla en el suelo frío, fijó la mirada en el hatillo envuelto en una manta que yacía a unos palmos de ella. Libby daba alaridos de dolor e indignación. El corazón de Leah anheló tocar y tranquilizar a su hija, pero por algún motivo su brazo ya no tenía la fuerza necesaria para cubrir siquiera aquella corta distancia.

El ruido de cascos cesó cerca de allí. Un caballo relinchó y los tacones de un par de botas golpearon el suelo. Y apareció Jenner, el hermano mediano. El único que podía tener buenas intenciones, pero que carecía de poder para actuar.

—¿Qué haces, Gavar? —gritó—. No es un animal al que puedes pegarle un tiro sin más. ¿Está herida?

Como respondiendo a su pregunta, Leah dejó escapar un lamento que acabó en un jadeo sin aire. Jenner se apresuró a arrodillarse junto a ella y Leah sintió como la tocaba para secarle las lágrimas de los ojos y el rostro, con unos dedos delicados.

—Lo siento —le dijo Jenner—. Lo siento mucho.

En la penumbra que la rodeaba, y que la verja reluciente no hizo nada para disipar, Leah vio como Gavar se metía la pistola bajo el abrigo antes de agacharse para recoger del suelo a la hija de ambos.

Silyen pasó junto a ella y se dirigió a la mansión. Gavar le dio entonces la espalda y acurrucó a Libby con gesto protector. Leah solo podía confiar en que fuera más amable como padre de lo que había sido como amante.

—¡Silyen! —oyó gritar a Jenner. Su voz le sonó lejana, como si estuviera en la Empalizada de Kyneston, llamándolo desde la otra punta del lago, aunque Leah seguía notando la mano de él en su mejilla—. ¡Silyen, espera! ¿No puedes hacer nada?

—Ya sabes cómo va —fue la respuesta que le llegó, tan débil que Leah se preguntó si la habría imaginado—. Nadie puede revivir a los muertos. Ni siquiera yo.

—Ella no está…

Pero puede que Jenner dejara de hablar. Y seguro que Gavar había calmado a Libby. Y la verja habría desaparecido, extinguiéndose su luz de Destreza, porque todo quedó sumido en el silencio y la oscuridad.

UNO

LUKE

Era un fin de semana excepcionalmente caluroso de mediados de junio y el sudor se acumulaba a lo largo de la espalda de Luke Hadley mientras yacía boca abajo sobre una manta en el jardín de delante. Tenía la mirada perdida en un despliegue de libros de texto. Los gritos lo distraían, y ya hacía rato que los oía.

Si hubiera sido Abigail la que intentara repasar, a Daisy y sus amigas no se les habría permitido jamás armar tanto jaleo. Pero mamá se había puesto a trabajar a toda marcha de manera inexplicable para el cumpleaños de Daisy, que se había convertido en la fiesta del siglo. La hermana menor de Luke y sus amigas corrían veloces, dando vueltas detrás de la casa y desgañitándose mientras una horrenda y lamentable *boyband* de C-pop atronaba a través de la ventana del salón.

Luke se metió los auriculares en las orejas tanto como pudo, sin romperse nada, y subió el volumen de su propia música. No funcionó. El ritmo pegadizo de «Happy Panda» se veía acompañado por las delirantes voces de varias niñas de diez años empeñadas en destrozar el idioma chino. Entre lamentos Luke dejó caer la cara en los libros esparcidos por el césped que tenía delante. Sabía a quién echaría la culpa cuando suspendiera Historia y Ciudadanía.

A su lado, y con los exámenes ya hechos desde hacía tiempo, estaba Abi, absorta en una de sus noveluchas favoritas. Luke la miró de reojo con desdén y sintió vergüenza ajena al leer el título: *La esclava de su amo*. Le quedaba poco para acabarla, y tenía preparado otro bodrio en tonos pastel: *La tentación del heredero*. A Luke no le cabía en la cabeza cómo era posible que alguien tan inteligente como su hermana mayor leyera semejante bazofia.

Con todo, la lectura servía al menos para mantenerla distraída. Abi no lo había incordiado ni una sola vez con el tema del repaso, cosa rara en ella, y más teniendo en cuenta que las pruebas de aquel trimestre eran las más importantes que él tendría hasta que terminara el instituto en un plazo de dos años. Luke volvió la mirada al examen de prueba. Las palabras flotaron delante de sus ojos.

«Describe la Revolución de los Iguales de 1642 y explica cómo desembocó en el Pacto de Esclavitud. Analiza el papel de (i) Charles I, el Último Rey, (ii) Lycus Parva, el Regicida y (iii) Cadmus Parva-Jardine, el Puro de Corazón.»

Luke gruñó asqueado y se tumbó de espaldas. Aquellos absurdos nombres de Iguales parecían concebidos para confundir. ¿Y a quién le importaba por qué se había instaurado la esclavitud, hacía cientos de años? Lo único que importaba era que nunca había llegado a su fin. Todos los habitantes de Gran Bretaña, salvo los Iguales —los aristócratas Diestros—, seguían teniendo la obligación de renunciar a un decenio de su vida, años que debían pasar confinados en una de las lúgubres ciudades de esclavos que ensombrecían toda urbe, sin salario ni descanso.

Percibió un movimiento y se incorporó, intuyendo un motivo de distracción. Un desconocido se había acercado a pie por el camino de entrada y estaba mirando a través de las ventanillas del coche de papá, lo cual no era algo raro. Luke se puso en pie de un salto y fue hacia el hombre.

—Una maravilla, ¿eh? —le comentó—. Es un Austin-Healey; tiene más de cincuenta años. Mi padre lo restauró. Es mecánico. Y yo le eché una mano. Nos costó más de un año. Ahora podría hacer la mayoría de las reparaciones yo solo; él me enseñó a hacerlo.

—¿En serio? Supongo que te dará pena verlo marchar.

—¿Verlo marchar? —inquirió Luke, desconcertado—. Este coche no se va a mover de aquí.

—¿Cómo? Pero esta es la dirección del anuncio.

—¿Puedo ayudarlo? —Junto a Luke había aparecido Abi, que le dio un toque con el codo—. Vuelve a tu repaso, hermanito. Ya me encargo yo de esto.

Luke estuvo a punto de decirle que no hacía falta que se molestara, que el hombre se había equivocado, cuando un montón de niñas en desbandada rodeó la casa a toda prisa y avanzó hacia ellos con gran estruendo.

—¡Daisy! —exclamó Abi en tono represivo—. No podéis jugar por aquí delante. No quiero que ninguna salga corriendo a la carretera y acabe atropellada.

Daisy fue trotando hasta ellos. Llevaba una chapa enorme de color naranja con un «10» brillante, y una banda cruzada al pecho en la que ponía «Cumpleañera».

—Venga ya, Abi —repuso Daisy, cruzándose de brazos—. Si solo ha sido un momento.

El hombre que había llegado interesado por el coche tenía ahora la mirada fija en Daisy. Más le valía no ser una especie de pervertido.

—Cumpleañera, ¿eh? —dijo, leyendo la banda—. ¿Tienes diez años? Veo…

Por un momento puso una cara extraña, con una expresión que Luke no supo descifrar. Luego los recorrió a los tres con la mirada. No era una mirada amenazadora, pero hizo que Luke rodeara a su hermana pequeña con el brazo para atraerla junto a él.

—¿Sabéis qué? Ya llamaré a vuestro padre en otro momento —dijo el hombre—. Que disfrutes de tu fiesta, jovencita. Diviértete mientras puedas.

Y, tras saludar a Daisy con la cabeza, dio media vuelta y se alejó tranquilamente por el camino de entrada.

—Qué raro —soltó Daisy, pensativa.

Acto seguido, dio un grito de guerra y guio a sus amigas en una alegre conga que fue brincando alrededor de la casa hasta la parte de atrás.

«Raro», esa era la palabra, pensó Luke. De hecho, llevaba todo el día con una sensación extraña.

Pero no fue hasta aquella noche, mientras estaba despierto en la cama, cuando todo cobró sentido. La venta del coche. El alboroto por el cumpleaños de Daisy. La sospechosa ausencia de incordio por el repaso de su examen.

Cuando le llegaron los murmullos de una conversación desde la cocina, y bajó sin hacer ruido para encontrarse a sus padres y a Abi en la mesa observando con detenimiento unos papeles, Luke supo que estaba en lo cierto.

—¿Cuándo pensabais decírnoslo a Daisy y a mí? —preguntó desde la entrada de la cocina, sintiendo una satisfacción desalentadora al ver sus caras de desconcierto—. Al menos habéis dejado que la pobre cría sople las velas del pastel antes de la gran revelación. «Feliz cumpleaños, cariño. Mamá y papá tienen una sorpresa: os abandonan para cumplir con la esclavitud».

Los tres lo miraron en silencio. La mano de papá buscó la de mamá sobre la mesa. Solidaridad parental; eso nunca era una buena señal.

—¿Y cuál es el plan? ¿Que Abi cuide de Daisy y de mí? ¿Cómo lo hará cuando esté en la facultad de medicina?

—Siéntate, Luke.

Papá era un hombre de trato fácil, pero su voz sonó firme, algo insólito en él. Aquella fue la primera señal de alarma.

Luego, al entrar en la cocina, Luke se fijó en los documentos que Abi se apresuró a mezclar en una pila, una pila sospechosamente grande. En la hoja que se veía encima del todo ponía la fecha de nacimiento de Daisy.

Luke entendió de repente la situación, y la idea se le clavó en la mente con la fuerza de un pico afilado.

—No se trata solo de vosotros dos, ¿verdad? —dijo con voz ronca—. Se trata de todos nosotros. Ahora que Daisy ha cumplido diez años, es legal. Nos lleváis con vosotros. Vamos a pasar el decenio todos juntos.

Apenas pudo pronunciar la última palabra, que le arrebató el aire de los pulmones.

En un instante la esclavitud había pasado de ser una aburrida pregunta de examen a la situación que marcaría la siguiente década de la vida de Luke. Lo separarían de todo el mundo y de todo aquello que conocía y lo enviarían a Millmoor, la mugrienta e implacable ciudad de esclavos de Manchester.

—Ya sabéis lo que dicen. —Luke no tenía claro si estaba reprendiendo a sus padres o rogándoles—. Si haces tu decenio de esclavitud demasiado pronto, jamás lo superarás; si lo haces demasiado tarde, jamás lo acabarás. ¿Qué parte de eso no entendéis? Nadie hace de esclavo a mi edad, y menos aún a la de Daisy.

—No es una decisión que tu madre y yo hayamos tomado a la ligera —contestó papá, sin alterar el tono de voz.

—Solo queremos lo mejor para todos vosotros —dijo mamá—. Y creemos que esto es lo mejor. Eres demasiado joven para valorarlo ahora, pero la vida es distinta para aquellos que han hecho de esclavos. Te brinda oportunidades, oportunidades mejores que las que tu padre y yo hemos tenido.

Luke sabía a lo que se refería mamá. Uno no era ciudadano pleno hasta no haber cumplido con su deber como esclavo, y solo los ciudadanos podían ocupar ciertos puestos de trabajo, poseer una vivienda o viajar al extranjero. Pero los empleos y las casas le quedaban inimaginablemente lejos, y diez años de servidumbre a cambio de unas pocas semanas de vacaciones en el extranjero no parecía un gran negocio.

La sensatez de sus padres suponía una cuchillada a traición para Luke. No se trataba de algo que sus padres tuvieran que elegir, como unas nuevas cortinas para el salón. Se trataba de la vida de Luke, sobre la cual habían tomado una decisión de enorme trascendencia sin consultarlo con él.

Sin embargo, sí parecían haberlo consultado con Abi.

—Abigail tiene dieciocho —explicó papá, siguiendo la mirada de Luke—, así que es mayor de edad para tomar sus propias decisiones. Y, por supuesto, mamá y yo estamos encantados de que haya decidido venir con nosotros. De hecho, ha ido más allá.

Papá rodeó los hombros de Abi con el brazo y la estrechó con orgullo. ¿Qué habría hecho ahora la chica maravilla?

—¿En serio? —preguntó Luke a su hermana—. ¿Te han ofrecido una plaza en tres facultades de medicina distintas, y vas a rechazarlas para pasarte la próxima década diciendo *nin hao* cada cinco minutos en el centro de atención al cliente del Banco de China de Millmoor? Eso si no te meten en la fábrica textil. O en la planta procesadora de carne.

—Tranquilo, hermanito —dijo Abi—. He aplazado las ofertas recibidas. Y no voy a ir a Millmoor. Ni yo ni ninguno de nosotros. Haz lo que dice papá, siéntate y te lo explicaré.

Aún furioso, pero desesperado por saber cómo harían de esclavos sin pasar por Millmoor, Luke obedeció. Y escuchó con una mezcla de admiración y horror mientras Abi le contaba lo que había hecho.

Era una locura. Era aterrador.

No dejarían de ser esclavos, y dado que Luke era menor de edad, no tenía elección. Sus padres podían llevarlo a donde quisieran.

Pero al menos no lo llevarían a la ciudad de mala muerte que era Millmoor.

A la mañana siguiente se lo dijeron a Daisy. El estoicismo con el que su hermana menor aceptó la noticia hizo que Luke se sintiera avergonzado. Por primera vez se permitió pensar que quizá el plan de sus padres fuera el más acertado, y que pasarían sus días de esclavos sin problemas, en familia.

Al cabo de unos días, se lo contó a su mejor amigo, Simon. Ante la gran revelación, Si dejó escapar un silbido quedo.

—Dentro de la Oficina de Asignación del Trabajo hay un departamento llamado Servicios a Propiedades, al que los Iguales acuden en busca de esclavos domésticos —explicó Luke—. Abi presentó una solicitud para que nos destinaran allí. Van a mandarnos a Kyneston, en el sur.

—Hasta yo he oído hablar de Kyneston. —Si puso cara de incredulidad—. Es el dominio de los Jardine. Son lo más de lo más. Lord Jardine es ese tipo que da miedo, el que fue Canciller cuando éramos críos. ¿Para qué os querrán allí?

—Ni idea —reconoció Luke.

En los papeles se detallaba la función de mamá, papá y Abi, como enfermera de Kyneston, mecánico de vehículos y algo relacionado con un trabajo de oficina, respectivamente. Pero para Luke o Daisy no se especificaba cometido alguno, probablemente porque eran menores de edad, según explicó Abi. Puede que no tuvieran una ocupación concreta, sino que les encargaran tareas cuando lo necesitaran.

Luke se había sorprendido al verse imaginando en qué podrían consistir dichos quehaceres. ¿Quizá fregar los baños chapados en oro de la mansión? ¿O atender a los Iguales durante la cena, con el cabello bien peinado y guantes blancos, para servirles guisantes de una sopera de plata? Nada de aquello le atraía.

—¿Y Daisy? —prosiguió Si—. ¿De qué les sirve a los Jardine una niña tan pequeña? ¿Y qué uso van a darle a una enfermera, ahora que lo pienso? Yo creía que los Iguales se valían de su Destreza para curarse a sí mismos.

Luke pensaba lo mismo, pero Abi, siempre dispuesta a aclarar y corregir, señaló que nadie sabía a ciencia cierta lo que los Iguales eran capaces de hacer con su Destreza, razón por la que era especialmente interesante ir a una propiedad. Daisy había movido la cabeza con tanta fuerza como muestra de asentimiento que era un milagro que no se le hubiera despegado del cuerpo. Luke dudaba que incluso los Iguales pudieran arreglar eso.

El verano transcurrió muy lentamente. Un día de mediados de julio Luke bajó ruidosamente por las escaleras y encontró a un agente inmobiliario mostrando la casa a unos posibles inquilinos. Poco después el recibidor se llenó de cajas donde guardar sus pertenencias para poder almacenarlas.

A principios de agosto fue al centro con unos amigos del equipo de fútbol del instituto y les dio la desagradable noticia. Entre las reacciones hubo asombro, compasión y la sugerencia de una visita de despedida a un pub donde el camarero era conocido por no tener mucho ojo para determinar la edad de quien entraba por la puerta. Pero al final se limitaron a jugar a la pelota en el parque.

No hicieron planes para volver a encontrarse.

Cuando quedaban doce días para que se marcharan, el tipo que se había presentado preguntando por el coche regresó. Luke vio como su padre le entregaba las llaves y tuvo que apartar la mirada y parpadear varias veces para contener las lágrimas. No pensaba llorar por un coche, solo faltaría.

Pero sabía que no era la pérdida del vehículo lo que lamentaba, sino lo que eso representaba. Adiós a las clases de conducir en otoño. Hasta la vista, independencia. Tardaremos un tiempo en vernos, mejores años de mi vida.

Abi intentó animarlo, pero unos días más tarde fue a él a quien le tocó ver la silueta de su hermana en la entrada de la cocina, cabizbaja y con los hombros temblorosos. Tenía un sobre abierto en la mano. Eran los resultados de sus exámenes. Luke se había olvidado de ellos por completo.

Al principio pensó que Abi no había obtenido las notas que esperaba. Pero cuando él la abrazó, ella le mostró el papel. Las calificaciones eran perfectas, y le concedían la admisión a todas las universidades en las que había solicitado plaza. Luke se dio cuenta entonces de lo mucho a lo que renunciaba su hermana mayor por ir con ellos.

A dos días de la Fecha de Partida abrieron las puertas de su casa a amigos y familiares para despedirse de ellos, y aquella noche mamá y papá organizaron una fiesta contenida. Luke se pasó el día apoltronado con la consola y sus juegos favoritos, ya que a donde iban tampoco habría nada de eso. (¿Qué distracciones tendrían los esclavos en Kyneston? ¿Jugar a las adivinanzas alrededor del piano? O puede que nunca estuvieran desocupados. Quizá trabajaran hasta caer rendidos y, después de dormir, se levantaran y vuelta a empezar, y así día tras día durante una década.)

Finalmente llegó el día D, hermoso y soleado, cómo no.

Luke estaba sentado en el muro del jardín, observando a su familia, que andaba ajetreada con los últimos preparativos y asuntos pendientes. Mamá había vaciado la nevera y había ido a ver a los vecinos para ofrecerles las sobras. Papá fue a dejar una última caja de material esencial a un amigo que vivía a unas calles de allí, y que la llevaría al almacén donde habían guardado el resto de las pertenencias de la familia.

Las chicas estaban tumbadas en el césped, tomando el sol; Daisy acribillaba a su hermana a preguntas y repetía las respuestas.

—Lord Whittam Jardine, lady Thalia, el heredero Gavar —recitó Daisy como un loro—. Jenner. Y no recuerdo el último. Tiene un nombre de lo más ridículo, algo así como «sillín».

—Casi —dijo Abi, sonriendo—. Se llama Silyen. Es el más joven de todos; por edad estaría entre Luke y yo. No hay ningún Jardine tan pequeño como tú. Y se pronuncia «Jar-*dín*», con la «J» a la francesa, y «*Kai*-neston». En el sur no les gustará oír nuestro acento del norte.

Daisy hizo una mueca de fastidio y volvió a tumbarse en el césped. Abi estiró sus largas piernas y se metió el bajo de la camiseta por el sostén para que le diera el sol. Luke confió vivamente en que no hiciera eso en Kyneston.

—Voy a echar de menos a esa hermana tuya tan deslumbrante —le susurró Si al oído, dándole un susto. Luke se volvió hacia su amigo, que había ido a despedirse de él—. Ya te encargarás de que a tus amos y señores no se les ocurra hacer cosas raras con sus derechos.

—No sé —masculló Luke—. Ya has visto los libros que lee. Me parece que serán ellos los que puede que necesiten protección.

Simon se echó a reír. Intercambiaron un torpe golpe con el hombro y una palmadita en la espalda, pero Luke se quedó sentado en el muro, mientras que Si siguió de pie en la acera.

—He oído que las Iguales están muy buenas —comentó Si, dando un codazo a Luke.

—Lo sabes de buena tinta, ¿no?

—Oye, al menos tendrás la oportunidad de ver chicas. Mi tío Jim dice que todos los trabajos están separados por sexo en Millmoor, así que las únicas mujeres con las que te relacionas son con las de tu propia familia. Menudo sitio de mala muerte.

Si escupió con un gesto expresivo.

—Jimmy volvió de allí hace unas semanas. Aún no se lo hemos dicho a nadie, porque no le apetece salir de casa ni quiere que vayan a verlo. Está destrozado. Lo digo en sentido literal. Sufrió un accidente y ahora tiene el brazo…

Simon dobló un codo y agitó la muñeca. El efecto resultaba ridículo, pero a Luke no le hizo ninguna gracia.

—Lo golpeó una carretilla elevadora o algo así. No ha contado mucho al respecto. De hecho, apenas habla. Es el hermano pequeño de mi padre, pero parece diez años mayor. Yo paso… intentaré mantenerme alejado de Millmoor todo lo que pueda, y creo que tú has conseguido un buen chollo.

Si miró a un lado y al otro de la calle. Miró a todas partes menos a Luke.

Su mejor amigo no tenía nada más que decir, advirtió Luke. Llevaban juntos casi doce años, compartiendo juegos y travesuras y copiándose los deberes desde la primera semana de primaria. Y aquel día era el fin de todo aquello.

—No vayas a creer que esos Iguales son como nosotros —dijo Si, haciendo un último esfuerzo por conversar—. No lo son. Son unos bichos raros. Todavía recuerdo la excursión que hicimos a aquel Parlamento que tienen, aquella Cámara de la Luz. El guía no paraba de darnos la lata diciéndonos que era una obra maestra, construida toda ella por la Destreza, pero a mí me ponía los pelos de punta. ¿Recuerdas aquellas ventanas? No tengo ni idea de lo que se cocía allí dentro, pero el «interior» de aquel lugar no se parecía en nada a ningún otro que yo haya visto. Sí, cuídate. Y cuida también de esa hermana tuya.

Si llegó a guiñar el ojo a Abi con desgana, y Luke sintió vergüenza ajena. Su amigo era un desastre total.

Luke se pasaría una década entera sin verlo.

Abi no volvería a escuchar las insinuaciones de Si nunca más, porque probablemente estaría casado y con hijos cuando regresaran todos a Manchester. Tendría un empleo. Nuevos amigos. Estaría abriéndose paso en el mundo. Todo lo que conformaba el universo de Luke en aquel momento desaparecería, avanzaría diez años mientras que Luke no se habría movido del sitio.

De repente, la injusticia de todo ello lo hizo enfurecer y dio una palmada en el muro con tanta fuerza que se despellejó la mano. Al oírlo gritar, Si lo miró por fin, y Luke vio pena en sus ojos.

—Bueno —dijo Si—. Me piro. Que te sea leve el decenio.

Luke lo vio alejarse —como la última parte de su antigua vida— hasta que Si dobló la esquina y lo perdió de vista.

Luego, dado que no había nada más que hacer, fue a reunirse con sus hermanas en el césped, donde se tumbó al sol. Daisy se recostó en él, apoyando todo el peso de la cabeza en sus costillas mientras el chico respiraba. Luke cerró los ojos y escuchó el ruido de la tele que le llegaba de la casa de enfrente, el del tráfico de la carretera principal, el canto de los pájaros y la voz de mamá diciendo a papá que no estaba segura de haber hecho suficientes sándwiches para el trayecto de cinco horas a Kyneston.

Algo pequeño que se arrastraba por la hierba le subió lentamente por el cuello hasta que Luke le pegó un manotazo. Se preguntó si podría pasarse los siguientes diez años de su vida durmiendo, como un personaje de cuento de hadas, y al despertar descubrir que su tiempo de esclavitud había terminado para siempre.

Entonces oyó la voz de papá, autoritaria, y a mamá decir:

—Arriba, chicos. Ha llegado la hora.

Los Jardine no les habían enviado un Rolls con chófer, naturalmente, sino un sencillo y viejo turismo gris plata. Papá estaba enseñando sus papeles a la conductora, una mujer vestida con un jersey que llevaba bordadas las iniciales OAT, siglas de la Oficina de Asignación del Trabajo.

—¿Son cinco? —estaba preguntando la señora en aquel momento, mirando los documentos con el ceño fruncido—. Aquí solo me constan cuatro nombres.

Mamá dio un paso adelante, con su semblante más tranquilizador.

—Bueno, nuestra hija pequeña, Daisy, aún no había cumplido

los diez cuando hicimos los trámites, pero ahora ya los tiene, por eso seguramente…

—¿Daisy? No, a ella la tengo anotada. —La mujer leyó los datos escritos en la hoja que tenía a la vista en la tablilla sujetapapeles—. HADLEY, Steven, Jacqueline, Abigail y Daisy. Recogida: 11.00 horas en el n.º 28 de Hawthornden Road, Manchester. Destino: Propiedad de Kyneston, Hampshire.

—¿Cómo?

Mamá le arrebató la tablilla y Abi se asomó por detrás para ver qué ponía.

La angustia y una especie de esperanza demencial se entrelazaron en las entrañas de Luke, tirando en direcciones opuestas. Los trámites estaban mal hechos. Le habían dado un aplazamiento. Quizá se hubiera salvado de cumplir con la esclavitud.

Otro vehículo apareció por la esquina; se trataba de una furgoneta de pasajeros negra y grande con una insignia en el capó. Todos conocían aquel símbolo, y la inscripción que rezaba en la parte inferior: LABORE ET HONORE. El lema de la ciudad de Millmoor.

—Ah, mis colegas —anunció la mujer, visiblemente aliviada—. Seguro que ellos podrán aclararlo.

—Mire —dijo Abi entre dientes, señalando algo en los papeles.

La furgoneta se detuvo delante de la casa y de su interior salió un hombre fornido, con el pelo rapado casi al cero. La ropa que vestía no era de la OAT, sino que parecía más bien un uniforme de policía. Una porra colgaba del cinturón con accesorios que llevaba puesto, y le iba dando en la pierna mientras se aproximaba.

—¿Luke Hadley? —preguntó, parándose delante de Luke—. Supongo que eres tú, muchacho. Coge tu bolsa, que tenemos que recoger a cuatro más.

—¿Qué significa esto? —inquirió Abi a la señora de la OAT, plantándole la tablilla sujetapapeles en las narices.

Había varias hojas vueltas hacia atrás y en la que quedaba ahora a la vista aparecía una foto con un rostro que Luke reconoció como el suyo. El documento se veía marcado por una gruesa línea roja, con dos palabras selladas encima.

—¿Que qué significa? —La mujer soltó una risa nerviosa—. Pues «Excedente: reasignar», está claro, ¿no? En la propiedad de Kyneston ha sido imposible encontrar una actividad útil para tu hermano, así que nos devolvieron su expediente para que lo reasignáramos. Tratándose de un solo varón no cualificado, no hay más que una opción.

La angustia había ganado el tira y afloja en el que se debatía Luke, y estaba arrancándole las entrañas poco a poco, con ayuda del miedo. En Kyneston no lo necesitaban. Iban a llevarlo a Millmoor.

—No —se negó, retrocediendo—. No, ha habido un error. Somos una familia.

Papá se puso delante de él con afán protector.

—Mi hijo viene con nosotros.

—En los papeles no pone eso —soltó la mujer de la OAT.

—Métase los papeles donde le quepan —espetó mamá.

Y a partir de ahí todo ocurrió terriblemente deprisa. Cuando el tipo uniformado de Millmoor sorteó a papá para agarrar a Luke del brazo, papá le lanzó un puñetazo a la cara. Le dio en la mandíbula y el hombre se tambaleó hacia atrás, maldiciendo mientras se palpaba el cinturón.

Todos vieron descender la porra y Daisy gritó. La maza golpeó un lado de la cabeza de papá, que cayó de rodillas en el camino de entrada, quejándose. Un hilito de sangre le brotó de la sien y tiñó de rojo la pequeña zona donde le asomaban ya las primeras canas. Mamá ahogó un grito y se arrodilló junto a él para examinar la herida.

—Animal —exclamó—. Un fuerte traumatismo puede provocar la muerte si el cerebro se inflama.

Daisy rompió a llorar. Luke la rodeó con los brazos y la estrechó con fuerza.

—Voy a denunciarlo —dijo Abi, señalando con el dedo al hombre de Millmoor. Y, fijándose en el nombre que llevaba estampado en el uniforme, le soltó—: ¿Quién se cree que es, señor Kessler? No puede agredir a la gente así como así.

—Cuánta razón tienes, jovencita. —Los labios de Kessler dibujaron una amplia sonrisa llena de dientes—. Pero me temo que a partir de las once —dijo, y se miró el reloj con un gesto ostentoso, girando la muñeca hacia fuera para que todos pudieran ver la esfera con la hora que marcaba, 11.07—, habéis pasado todos a ser esclavos, lo que implica que a partir de ahora recibís la condición legal de no persona. Ahora sois enseres del Estado. Para que lo entienda esta pequeña —añadió el hombre, mirando a Daisy—, eso significa que ya no sois «personas» ni tenéis ningún derecho. Repito, ningún derecho.

Abi dio un grito ahogado y mamá emitió un gemido quedo, tapándose la boca con la mano.

—Pues sí —prosiguió Kessler con aquella sonrisa de labios finos—. La gente no suele pensar en eso cuando hacen sus planes. Sobre todo cuando se creen especiales, demasiado buenos para trabajar como un esclavo junto al resto de nosotros. Así que podéis elegir.

Se llevó la mano al cinturón y desabrochó uno de los objetos. Parecía un arma dibujada por un niño, una especie de bloque de aspecto intimidante.

—Este chisme lanza una descarga de cincuenta mil voltios y puede dejaros incapacitados a todos. Luego os cargaremos en el coche, junto con el equipaje. A vosotros cuatro en ese, y a ti —agregó, señalando a Luke y después a la furgoneta—, en este. O bien podéis meteros por vuestro propio pie en el vehículo que os toca. Así de simple.

Se podía recurrir contra situaciones como aquella, ¿verdad?

Abi había conseguido meterlos a todos en Kyneston. Encontraría la manera de sacar a su hermano de Millmoor. Por supuesto que lo haría. Desgastaría la oficina de trabajo a fuerza únicamente de papeleo.

Luke no podía permitir que hicieran daño a ningún miembro más de su familia.

Dejó de abrazar a Daisy y la apartó a un lado con delicadeza.

—¡Luke, no! —gritó su hermana pequeña, intentando aferrarse a él con más fuerza.

—Te diré lo que vamos a hacer, hermanita —le dijo Luke. Y, arrodillándose a su lado, le secó las lágrimas de las mejillas—. Yo me voy a Millmoor, y vosotros a Kyneston, donde seréis tan superespeciales e increíbles que cuando les contéis que tenéis un hermano aún más alucinante, que por algún motivo se ha quedado atrás, mandarán un jet privado para que venga a buscarme. ¿Entendido?

Daisy parecía demasiado traumatizada para hablar, pero asintió con la cabeza.

—Mamá, papá, no os preocupéis. —Papá hizo un ruido como si se ahogara y mamá estalló en fuertes sollozos mientras Luke los abrazaba a ambos—. Es solo por ahora.

No podría continuar con aquella farsa mucho más. Si no se metía ya en aquella furgoneta, perdería la cabeza por completo. Sintió un gran vacío en su interior, un terror negro y amargo que arrasó con todo para alojarse como un poso en el fondo de su estómago.

—Hasta pronto a todos —dijo, con una seguridad en sí mismo que no sentía.

Acto seguido, cogió la bolsa de viaje y se volvió hacia la furgoneta.

—¡Vaya con el pequeño héroe! —exclamó Kessler con sorna, y abrió de golpe la puerta lateral del vehículo—. Me has hecho llorar. Adentro, Hadley E-1031, que nos vamos.

La porra golpeó con fuerza a Luke entre los omóplatos y lo tumbó de bruces en el interior del automóvil. Luke tuvo los reflejos para levantar los pies antes de que la puerta se cerrara de golpe; luego se vio lanzado contra las patas del asiento cuando la furgoneta arrancó.

Tendido boca abajo en el suelo mugriento del vehículo, con la cara pegada a las botas apestosas de unos desconocidos, Luke no concebía que pudiera haber algo más espantoso que lo que acababa de ocurrir.

Millmoor lo sacaría de su error.

DOS

SILYEN

El sol de principios de septiembre entraba por el mirador del Pequeño Solar de Kyneston, cubriendo la mesa del desayuno con un manto dorado. La plata dispuesta frente a Silyen Jardine se convirtió en una constelación de estrellas. El frutero situado en el centro, como un sol resplandeciente, estaba hasta los topes de peras, recién cogidas de los árboles que había en el jardín de tía Euterpe. Silyen se acercó el plato y eligió un fruto verde y rojizo.

Se sirvió de un cuchillo afilado con mango de marfil para cortar la pera. Estaba madura, y observó cómo caía al plato el jugo de la fruta antes de limpiarse los dedos.

En cuanto hizo amago de agarrar la taza de café, el lacayo que se hallaba a un paso de distancia detrás de él a la izquierda se la llenó con un chorrito negro y humeante de una cafetera bruñida. Gavar, su hermano mayor, quizá hubiera puesto alguna vez un ojo morado a un esclavo por servirle unas tostadas quemadas, pero los criados se daban más prisa que nunca en atender al Joven Amo, lo cual complacía a Silyen. El hecho de que eso indignara a Gavar era la guinda del pastel.

No obstante, como de costumbre, Silyen y su madre, lady Thalia, eran las únicas personas presentes en el Pequeño Solar a esas horas. Y como era habitual también, había al menos media docena de esclavos de aquí para allá atareados con el desayuno. Silyen los observaba con aire distraído. Cuánto ajetreo, y todo tan innecesario.

Y ese día madre iba a aumentar aún más el número de los que tenían a su servicio.

—¿Una familia entera? —dijo él, intuyendo que se esperaba algún comentario por su parte—. ¿En serio?

La servidumbre era cosa de Jenner. Madre creía que era importante brindar a su hermano mediano la oportunidad de sentirse útil y valorado dentro de la familia. Silyen sospechaba que Jenner sabía perfectamente cómo lo veía en el fondo su familia. Habría sido tonto, además de No Diestro, si no lo supiera.

Al otro lado de la mesa madre mordisqueaba un brioche mientras hojeaba unos papeles que llevaban el membrete de la Oficina de Asignación del Trabajo.

—La mujer es la razón por la que la oficina nos ha enviado los documentos de toda la familia. Es una enfermera con amplia experiencia en cuidados paliativos, así que se encargará de atender a tu tía. El hombre tiene mano para los coches y restaura vehículos clásicos, de modo que podrá arreglar algunas de esas tartanas que tu padre y Gavar se empeñan en coleccionar. Y acaban de empezar su decenio, no vienen de una ciudad de esclavos, así que no... —Lady Thalia hizo una pausa para buscar la frase precisa—...no se habrán formado ideas equivocadas.

—Quieres decir que no habrán aprendido a odiarnos. —Silyen miró a su madre con unos ojos oscuros, como los de ella, por debajo de un cabello rizado y oscuro, otra seña de identidad de sus antepasados maternos, los Parva—. Has dicho que se trata de una familia. ¿Y los hijos?

Lady Thalia hizo un ademán de desdén, lo que provocó que una de las sirvientas diera un paso adelante para recibir órdenes antes de advertir su error y volver de nuevo a su sitio. Los esclavos que andaban siempre a la zaga de los Jardine protagonizaban aquella tediosa danza de servilismo a diario en numerosas ocasiones.

—Pues hay una chica de dieciocho años muy inteligente. Jenner lleva tiempo pidiendo ayuda para la Oficina Familiar, así que voy a asignársela a él.

—¿Dieciocho años? ¿Vas a contarles lo que le ocurrió a la última chica de dieciocho años que vino a Kyneston como esclava?

El impecable maquillaje que cubría el rostro de su madre ocultó toda muestra de rubor, pero Silyen vio como los papeles le temblaban en la mano.

—No deberías hablar así. Me pondría a llorar ahora mismo al pensar en esa pobre muchacha. Qué terrible accidente… y que haya sido tu hermano quien le disparó. Sigue destrozado. Creo que la amaba muchísimo, aunque fuera un capricho insensato. Y esa adorable criatura sin madre ni familia.

A Silyen le temblaron los labios con un tic incontrolable. Fue una suerte que Gavar no estuviera presente para oír aquellas palabras de repudio hacia su hija. A la pequeña se le había permitido a regañadientes llevar el apellido Jardine; al fin y al cabo, sus orígenes eran innegables. Su mata de pelo cobrizo revelaba a todas luces su parentesco con Gavar y el padre de todos ellos, Whittam. Pero ahí se acababan sus privilegios por vínculos de sangre.

—Creo que esa familia tan agradable podría ocuparse del tema —prosiguió su madre.

Normalmente, Silyen sentía un gran interés por la hija ilegítima de su hermano mayor. Si bien no era inaudito que entre las grandes familias hubiera bastardos fruto de la unión con una esclava, por lo general se les expulsaba junto con la madre culpable. Por suerte, la muerte de Leah había impedido que sucediera eso con la pequeña Libby, brindando a Silyen la oportunidad de estudiarla muy de cerca.

Dado que el bebé no había nacido de dos progenitores Iguales, los principios de la herencia genética consideraban que sería No Diestra. Pero nunca se sabía. A Silyen le intrigaba lo que había sucedido en la verja del muro la noche que Leah había intentado escapar. Y antes de eso habían ocurrido otras cosas curiosas en Kyneston, como la falta de Destreza de Jenner, a pesar del linaje impecable de sus padres.

Sin embargo, todo lo relacionado con el cuidado de Libby le interesaba mucho menos. Aquel día tenía otras cosas en que pensar.

El Canciller llegaría en breve a Kyneston. Winterbourne Zelston en persona. Zelston iba a visitar a la hermana de madre, con quien se había prometido en su juventud. Todavía seguían prometidos, cabía suponer, pues Zelston se sentía a la vez demasiado enamorado y culpable como para romper el compromiso. Pero tía Euterpe no estaba en condiciones de llegar al altar. De hecho, en los últimos veinticinco años no había estado en condiciones de hacer nada en absoluto, salvo respirar y dormir.

No obstante, Silyen tenía una novedad que contar al respecto. Zelston encontraría aquella visita memorable.

Silyen ardía de impaciencia. Se le movía la pierna bajo la mesa y se puso la mano en la rodilla para pararla. En los días como aquel sentía su Destreza palpitando en su interior, en busca de una salida. Canalizar la Destreza era algo así como tocar el violín, como ese momento en el que las vibraciones de las cuerdas afloraban en forma de música, una música exquisita e irresistible. Se moría por utilizarla.

Silyen no entendía cómo su familia podía hacer su vida sin verse afectada al parecer por dicha necesidad constante. No le cabía en la cabeza cómo Jenner, carente de Destreza, podía soportar vivir.

—Parece gente honrada, digna de confianza —estaba diciendo madre, quitándose las migas de la boca sin que se le corriera el pintalabios—. Llegan sobre las cuatro, así que se requerirá tu presencia. Jenner se encargará de que se instalen. Toma, echa un vistazo.

Madre le pasó una fotografía, deslizándola sobre la brillante superficie de nogal de la mesa de desayuno. En ella se veía a cinco personas en una playa inglesa azotada por el viento. Un hombre de mediana edad con entradas y una sonrisa llena de orgullo rodeaba con el brazo a una mujer esbelta vestida con un top con cremallera. Delante de ellos había una niña pecosa que posaba haciendo muecas ante la cámara. Flanqueaban el trío dos adolescentes: una joven alta con una larga melena rubia rojiza recogida en una trenza, sorprendida justo en el momento en que estaba decidiendo si sonreír o no, y un muchacho rubio que sonreía avergonzado.

La hija mayor no parecía ser de las que atraían a Gavar, lo cual era un alivio. En el chico se fijó un poco más. Aparentaba más o menos la misma edad de Silyen, lo cual planteaba posibilidades interesantes.

—¿Cuántos años tiene el hijo?

—Casi diecisiete, creo. Pero él no viene. No se me ha ocurrido nada para lo que pudiera ser de utilidad. Y ya sabes que los chicos de esa edad pueden resultar de lo más difíciles y problemáticos. No lo digo por ti, cariño. Ese no es tu caso ni lo será nunca.

Lady Thalia levantó su diminuta taza de té en reconocimiento de su hijo preferido, aunque Silyen no tenía mucha competencia en ese sentido. Él respondió sonriendo con serenidad. Sin embargo, resultaba frustrante que el chico no estuviera destinado allí. Quizá una de sus hermanas pudiera servir en su lugar.

—Pues tampoco se me ocurre nada para lo que pueda ser útil la más pequeña.

—Estoy de acuerdo contigo. Pero Jenner ha insistido. Quería que viniera la familia entera, alegando que no podíamos separar a unos padres de sus hijos. Así que llegué a una solución intermedia con él, y le dije que nos quedaríamos con la niña, pero no con el chico. Aun así, no se quedó contento, pero sabe que es mi última palabra. Me preocupa que, por su modo de ser, se identifique más de la cuenta con esa gente. No es algo que tu padre ni yo deseemos alentar.

La lamentable deficiencia de Jenner y su inapropiada simpatía por los ordinarios era otro tema de conversación manido, de modo que Silyen trasladó su atención de nuevo a la pera que tenía en el plato. Casi había llegado a diseccionarla por completo cuando sonó el timbre de la entrada, con el eco horrible de un aullido ahogado.

La tía abuela Hypatia iría acompañada de su mascota. Al aguzar el oído, Silyen percibió que el aullido daba paso a un gañir quedo. Sería un acto de misericordia matar a aquel ser un día de estos, aunque tendría más gracia dejarlo suelto.

—Serán el Canciller y tu tía abuela —dijo lady Thalia, y comprobó rápidamente su aspecto en una jarrita de plata antes de ponerse de pie—. Tu padre la ha hecho bajar para hablar de la boda de Gavar. Cuando Hypatia se ha enterado de que Winterbourne también venía, se ha invitado a hacer el trayecto en su vehículo oficial. Solo ella podría engatusar al hombre más poderoso del país para que la trajera en coche.

Los visitantes aguardaban junto a la puerta principal de roble tallado de Kyneston. El Canciller Winterbourne Zelston tenía un porte majestuoso, y la tía abuela Hypatia resplandecía con sus pieles de zorro, todas sacadas de un animal cazado por ella misma. Entre ambos aparecía una tercera silueta, flaca y roñosa, cuyos costados palpitaban con una respiración agitada. De vez en cuando se rascaba, como si tuviera pulgas, aunque sería más bien por las llagas que le parcheaban las costillas marcadas. Llevaba las uñas sin cortar y las recogía bajo las patas, escarbando con ellas las losas lisas del suelo.

—Lord Canciller —dijo lady Thalia, haciendo una elegante reverencia.

Al saludarla el Canciller con la cabeza, el sol que entraba por los ventanales del Gran Salón reverberó en las cuentas que adornaban las impecables trenzas de raíz con las que llevaba recogido el cabello, proyectando destellos luminosos en las paredes de Kyneston. Silyen sospechaba que el hombre cultivaba desde hacía tiempo el arte de adoptar la postura indicada para propiciar tales efectos.

Zelston estrechó la mano de lady Thalia. En sus dedos negros relucieron varios anillos de platino y un impecable puño blanco almidonado asomó bajo el suntuoso tejido negro de su abrigo. El traje que vestía daba a entender que se trataba de un hombre de absolutos. Pero sus ideas políticas eran menos claras. Padre, el anterior titular de la cancillería, solía aprovechar la hora de la cena para lanzar invectivas sobre los defectos de quien ostentaba dicho cargo en aquellos momentos.

—Es un honor estar de nuevo en Kyneston —musitó Zelston—. Lamento que la labor parlamentaria me haya impedido venir durante tanto tiempo. Echaba de menos estas visitas.

—Y mi hermana Euterpe lo echaba de menos a usted —contestó madre—. Estoy segura de ello, aunque no podemos saberlo a ciencia cierta. Vaya a verla, por favor.

El Canciller no perdió ni un segundo. Tras despedirse de la tía abuela Hypatia con un sucinto «Buenos días», se dirigió a zancadas hacia los rincones más ocultos de la casa. Silyen se despegó de la pared para seguirlo, pasando con cuidado por encima de la mascota temblorosa para no pisarla. A su tía abuela le dedicó su saludo habitual, que consistía en no decirle nada en absoluto.

El Canciller no necesitaba que nadie le indicara el camino mientras recorrían el amplio pasillo flanqueado de retratos de familia de los Jardine y los Parva. Llevaba visitando Kyneston desde antes de que naciera Silyen.

Al fondo había dos puertas. La de la izquierda se abría a una sala pintada con sencillez y ocupada por un piano de ébano, una espineta y estanterías repletas de partituras. Era la sala de música de Silyen, donde practicaba algo más que música.

Zelston la pasó por alto, naturalmente. Como de costumbre, su mano se posó en el pomo de la segunda puerta, la cual se hallaba cerrada, pero entonces se detuvo y dio media vuelta. En contraste con su tez morena, los ojos del hombre se veían rojos. ¿Habría llorado al leer la carta de Silyen?

—Si me has mentido —grunó Zelston—, te destrozaré.

Silyen reprimió una sonrisita. Eso ya era más normal.

El Canciller escudriñó su rostro con la mirada, en busca de... ¿qué? ¿Miedo? ¿Indignación? ¿Falsedad? Silyen permaneció en silencio, invitándolo a observarlo con detenimiento. Zelston lanzó un gruñido antes de abrir la puerta.

En la estancia de tía Euterpe no había cambiado casi nada desde que Silyen tenía uso de razón, incluyendo la mujer que la ocupaba, quien yacía en la amplia cama blanca, con su larga melena cepillada y extendida sobre las almohadas. Tenía los ojos cerrados, y su respiración era estable y acompasada.

Las ventanas de celosía de la habitación, que se mantenían con el pestillo sin echar, daban a un pequeño jardín formal. Las altas malvarrosas y los agapantos cabeceantes rozaban el alféizar, y la glicinia se enroscaba alrededor del marco de la ventana como si intentara tirar abajo la mansión. Más allá estaba el huerto de árboles frutales.

Los perales crecían en espaldera, adosados al muro de ladrillo rojo, con las ramas extendidas con cuidado como las extremidades del ayudante de un lanzador de cuchillos.

Junto a una mesa auxiliar, ocupada por un juego de jofaina y aguamanil de porcelana y numerosas botellas, había una sola silla de respaldo recto. Zelston se sentó en ella pesadamente, como si su cuerpo fuera una mole descomunal. La durmiente, ataviada con un camisón, estaba arropada con las mantas hasta el pecho, y uno de sus brazos reposaba sobre la colcha. Bajo la mirada de Silyen, el Canciller agarró la pálida mano de la mujer entre las suyas y la apretó más de lo que cualquier enfermera habría permitido.

—Entonces ha recibido mi carta —dijo Silyen a un Zelston cabizbajo—. Ya sabe lo que ofrezco. Y también lo que pido a cambio.

—Lo que pides es demasiado —repuso el Canciller, sin soltar la mano de tía Euterpe—. No hay nada de que hablar.

Silyen vio en la vehemencia del hombre todo lo que tenía que saber.

—¿No lo dirá en serio? —repuso suavemente, rodeando la cama para ponerse donde Zelston pudiera verlo bien—. Usted lo daría todo por eso, y ambos lo sabemos.

—Me costaría el puesto —afirmó el Canciller, dignándose a mirar a Silyen—. ¿Ha sido tu padre quien te ha dado la idea? Ya sabes que no puede ocupar la cancillería por segunda vez.

Silyen se encogió de hombros.

—¿Qué tragedia es mayor, dar por perdida una carrera o un amor? Tengo la impresión de que es usted un hombre con mejores sentimientos de lo que demuestran sus palabras. Estoy seguro de que mi tía así lo pensaba.

La estancia se quedó en silencio. Lo único que se oyó fue un zumbido, seguido del impacto audible de una abeja ebria de polen contra el cristal de la ventana.

—Lleva así veinticinco años —dijo Zelston—. Desde el día en que Orpen Mote quedó reducido a cenizas. He tratado de sacarla de este estado en el que se encuentra sumida; tu madre también lo ha hecho, e incluso tu padre. Los Diestros de mente más prodigiosa lo han intentado, y no lo han conseguido. Y tú, un muchacho de diecisiete años, te plantas ante mí y me dices que puedes hacerlo. ¿Por qué debería creerte?

—Porque he estado donde ella está. Lo único que tengo que hacer es traerla de vuelta.

—¿Y dónde está?

—Ya lo sabe. —Silyen sonrió. Era la sonrisa de su madre, lo que significaba que también era la de tía Euterpe, dado el parecido familiar, algo que debía de ser insoportable para Zelston—. Está justo donde la dejó usted.

Zelston se levantó airado de la silla, que cayó al suelo con un golpe lo bastante fuerte como para despertar a los muertos, pero no a la mujer postrada en la cama, naturalmente. El hombre agarró a Silyen por las solapas de terciopelo desgastado de la chaqueta de montar que llevaba puesta, lo cual supuso una reacción imprevista. Silyen oyó el desgarrón de la tela. Bueno, de todos modos necesitaba una chaqueta nueva. Notó el aliento caliente del Canciller en la cara.

—Eres un ser vil —espetó Zelston—. El hijo monstruoso de un padre monstruoso.

Acto seguido, lanzó a Silyen contra el marco de la ventana, y el ruido que hizo su cabeza al golpear contra el vidrio emplomado ahuyentó a los pájaros de los árboles.

—Soy el único que puede hacer realidad su deseo —dijo Silyen, molesto por lo aflautada que sonaba su voz, aunque era inevitable cuando una mano firme le oprimía a uno la tráquea—. Y tampoco pido tanto a cambio.

El Canciller emitió un sonido de repulsión y le soltó el pescuezo. Mientras Silyen se arreglaba el cuello roto de la chaqueta con dignidad, el hombre tomó la palabra.

—La Propuesta del Canciller me permite, todos los años, presentar ante nuestro Parlamento una nueva ley para que sea analizada en los tres Grandes Debates. Y tú me pides que este año abuse de dicha prerrogativa proponiendo la abolición del decenio de esclavitud, la base del orden social de nuestro país. Me consta que hay un puñado entre nuestros Iguales que cree que la esclavitud es de algún modo un error, y no simplemente el orden natural de las cosas. Pero nunca habría pensado que tú eras uno de ellos.

»Debes saber que semejante Propuesta jamás sería aprobada. Ni siquiera tu propio padre ni tu hermano votarían a favor. Ellos menos que nadie. Y dicha Propuesta no solo me arruinaría a mí, sino que amenaza con arruinar el país. Si se corre la voz entre los ordinarios, ¿quién sabe lo que podría pasar? Podría destrozar la paz de Gran Bretaña.

»Te daré cualquier cosa que esté a mi alcance. Puedo hacer que alguien sin hijos te designe su heredero. Si heredaras un dominio, y luego pasaras a ser lord, tendrías un escaño propio en el Parlamento y la posibilidad de convertirte en Canciller algún día, algo que nunca podrías conseguir como tercer hijo de lord Jardine. Pero esto no tiene sentido. Ningún sentido en absoluto.

Silyen miró al hombre que tenía enfrente. El rostro oscuro de Zelston brillaba de sudor, y llevaba torcido el pañuelo de seda de un blanco impoluto. Resultaba sorprendente el grado de emoción que manifestaba el Canciller. ¿Sería pura fachada, una costumbre propia de los políticos? ¿O habría personas que se veían realmente sujetas a una vorágine constante de sentimientos? Gavar era una de ellas, en opinión de Silyen. Debía de ser agotador.

Señaló la silla volcada junto a la cabecera de la cama y el asiento volvió a colocarse sobre las cuatro patas. Zelston aceptó de buena gana la invitación y se sentó. El Canciller inclinó la cabeza y se acarició las trenzas nudosas. Por la postura que adoptó parecía estar rezando, aunque Silyen no imaginaba para qué o a quién rezaría.

—Tengo una pregunta para usted, Canciller. ¿Qué es la Destreza?

Sabía que Zelston había sido abogado. Eso fue antes de que la muerte prematura de su hermana mayor lo ascendiera de reserva a heredero, momento en que dio muestras de una ambición política insospechada. A los abogados les gustaban las preguntas… y más aún dar respuestas inteligentes.

Zelston levantó la vista con recelo de entre sus dedos y se dispuso a complacerlo. Se valió de la taxonomía concebida por eruditos siglos atrás.

—Es una capacidad, de origen desconocido, que se manifiesta en un porcentaje muy pequeño de la población y se transmite por la sangre. Hay talentos universales, como la restauración, es decir, la curación. Otros, como la alteración, la persuasión, la percepción y la imposición, varían de grado de persona a persona.

—¿Podría decirse que es magia? —sugirió Silyen.

Vio estremecerse al Canciller. Se trataba de una palabra pasada de moda, pero a Silyen le parecía apropiada. Qué áridas e imprecisas resultaban aquellas categorías tradicionales. La Destreza no era una fragmentación de pequeños talentos, sino un resplandor que iluminaba las venas de todos los Iguales.

Pero tenía que hablar con el Canciller en un lenguaje que el hombre entendiera, el de la política.

—Quizá podría decirse que la Destreza es lo que nos separa —dijo, señalándose a sí mismo y a Zelston— de ellos. —Y apuntó hacia la ventana, al otro lado de la cual había dos esclavos jardineros quejándose de los gorgojos del manzano—. Pero dígame una cosa, ¿cuándo fue la última vez que utilizó su Destreza, más allá de curar un corte de esos que uno se hace con un papel al abrir una carta, o ejercer un poco de persuasión en cuestiones políticas? ¿Cuándo fue la última vez que empleó su Destreza para hacer algo de verdad?

—Ya tenemos a los esclavos para hacer cosas —respondió Zelston displicente—. La finalidad última del decenio de esclavitud es que nosotros gocemos de libertad para gobernar. ¿Y tú quieres desmantelar dicho sistema?

—Pero hay muchos países gobernados por ordinarios, como Francia, donde la gente se levantó contra la aristocracia de los Diestros y los masacró en las calles de París. O China, donde los de nuestra especie se retiraron a los monasterios de las montañas hace mucho tiempo. O los Estados de la Unión de América, que nos considera extranjeros enemigos y nos excluye de su «Tierra de Libres», aunque sus primos de los Estados Confederados viven como nosotros. La gobernación no es lo que nos define, Canciller. Ni el poder, ni la riqueza. Es la Destreza. La esclavitud nos ha hecho olvidarlo.

Zelston se lo quedó mirando, y luego se frotó los ojos. Todo en él indicaba que era un hombre a punto de sucumbir. A pesar de sus buenas palabras sobre la paz del país, iba a desecharlo todo por tener la oportunidad de recuperar el amor perdido de su juventud. Resultaba casi admirable, si uno se inclinaba a admirar tales cosas. No era el caso de Silyen.

—¿Y crees que esta Propuesta nos lo recordará de algún modo?

—Creo que ayudará a hacerlo —contestó Silyen.

Lo cual era cierto, en principio.

Zelston bajó su mirada entornada al rostro de tía Euterpe y, acto seguido, extendió la mano para acariciarle el pelo.

—Muy bien. Presentaré la Propuesta ante el Parlamento. La debatiremos en el castillo de Esterby, y después en Grendelsham. Y cuando el Tercer Debate llegue a Kyneston en primavera, cumplirás tu parte del trato. Euterpe me será devuelta antes de convocar la votación, la cual irá en tu contra. Y ahora desaparece de mi vista.

Silyen hizo una leve reverencia y no pudo evitar entrechocar los tacones de las botas con afán provocador para llamar la atención. Antes de abandonar la sala se volvió y dijo:

—Por cierto, milord Canciller. Sepa que no podría haberme puesto un dedo encima ahora mismo si yo no lo hubiera permitido.

Y cerró la puerta tras él.

Silyen fue a la sala de música contigua. En aquellos momentos solo le valdría el piano, algo lo bastante grande y sonoro como para ahogar un poco siquiera el estruendo incesante de la Destreza que tenía en su interior.

Retiró la tapa del instrumento. Mientras colocaba los dedos sobre el teclado oyó a través de la pared que el Canciller Winterbourne Zelston rompía a llorar.

TRES

ABI

Hicieron el trayecto en coche como atontados, hablando solo para expresar su furia, sollozar o —en el caso de Abi— proponer un plan tras otro para conseguir que revocaran la asignación de Luke a Millmoor. Papá permaneció en silencio, y mamá obligó a la conductora a parar mientras le examinaba la cabeza por si tenía una conmoción cerebral. Su veredicto tranquilizador calmó a Daisy, y permitió a Abi centrarse en su hermano. Durante el resto del viaje Luke fue lo único en lo que pensó.

Hasta que llegaron al muro.

—Kyneston está a la izquierda —anunció la mujer de la Oficina de Asignación del Trabajo al volante.

Había permanecido callada todo el trayecto, dejando claro que estaba por encima de su grupo salarial comentar el altercado ocurrido aquella mañana.

—Es el muro más largo y antiguo del país. Está construido con ocho millones de ladrillos. La mayoría de los Iguales no se molestaban en cercarlo todo, solo la mansión y los jardines más cercanos. Pero los Parva-Jardine sí lo hicieron. Rodearon la propiedad entera con un muro, incluyendo el bosque. ¿Lo veis?

Aquello llamó la atención de Abi, muy a su pesar.

Bajó la ventanilla del coche con un zumbido, como si con ello pudiera acercarse de algún modo a la franja de ladrillos que serpenteaba a lo largo de los exuberantes prados verdes, envolviendo la campiña inglesa como un regalo, que solo podían abrir los Iguales.

—No es muy alto —dijo sorprendida—. Siempre he imaginado que los muros serían mucho más altos. No parece que pueda impedir que se escapen los ciervos, y menos aún los esclavos.

La mujer soltó una breve risotada, como si le hubieran contado un chiste bueno.

—Ya lo creo que lo impide. Pero no son los ladrillos los que se encargan de eso. Ni siquiera los propios Iguales pueden entrar o salir de este lugar, salvo cuando lo permite el Joven Amo.

—¿El Joven Amo?

Ese debía de ser el menor de los hermanos Jardine, Silyen.

Abi sabía que la Destreza era un elemento inherente a la mayor parte de los muros de las propiedades, un legado de la Revuelta de Billy el Negro de 1802. Dicho alzamiento se inició cuando un herrero lideró un ejército de trabajadores contra sus señores en Ide, y terminó con el cabecilla torturado hasta la muerte con monstruosos instrumentos que le obligaron a forjar antes bajo el yugo de la Destreza. A raíz de dicha rebelión, los Iguales comenzaron a levantar muros alrededor de sus dominios. Se decía que algunas de las familias más poderosas contaban además con guardianes, encargados de mantener las capas centenarias de Destreza defensiva. Y los Jardine eran los más poderosos de todos, la Familia Fundadora.

¿Serían ciertas las historias de los guardianes? Y, en tal caso, sin duda resultaba extraño que Silyen Jardine, con solo diecisiete años, tuviera semejante responsabilidad. Sería algo así como confiar a Luke el único juego de llaves de la casa, pensó Abi, lo que no sirvió más que para hacerle sentir una vez más el dolor punzante por la ausencia de su hermano.

Mientras tanto, la mujer de la OAT había malinterpretado la curiosidad de Abi de una forma humillante.

—No te intereses por el Joven Amo, querida. Por lo que tengo entendido, es un chico bien raro, incluso entre los suyos. Nunca se le ha visto montado en un coche; va a todas partes a caballo.

Abi se ruborizó. Vio que la mujer se fijaba en ella a través del retrovisor y notó algo inesperado en su mirada. Preocupación.

—No, no te intereses por ninguno de ellos. Solo así pueden estar a salvo los que son como nosotros. Sin ver ni oír nada y haciendo su trabajo. La gente cree que estar en una de estas mansiones es una opción fácil, pero yo he oído historias que te helarían la sangre. Cuando me llegue el momento, Millmoor me parecerá bien, estaré entre mis semejantes.

Abi se reclinó en su asiento, enfadada e incómoda. ¿Quién en su sano juicio preferiría una ciudad de esclavos a aquella espléndida campiña? El aire que entraba por la ventanilla y le daba en la cara era puro y agradable. No, había tomado la decisión correcta al meter a su familia en Kyneston, estaba convencida. Y se aseguraría de que Luke también acabara allí.

Las ruedas aplastaron las piedras al detenerse el vehículo en el arcén. No había nada especial en aquel sitio, solo más calzada y muro, igual que en los últimos diez minutos. La propiedad de Kyneston debía de ser enorme.

—Ya hemos llegado —dijo la señora de la OAT—. Aquí os bajáis. Buena suerte. Aún queda media hora, pero podría aprovechar la ventaja para volver al norte. Seguro que después de todo el esfuerzo que habéis hecho para venir aquí, no se os pasaría por la cabeza la idea de desaparecer.

—Pero si aquí no hay nada —repuso Abi—. ¿Qué se supone que tenemos que hacer, esperar? ¿Va a venir alguien a buscarnos?

—Yo no sé sobre esto más que vosotros, cielo. Me han dado instrucciones de que os traiga a los cuatro aquí a las cuatro de la tarde. Este es el punto exacto, según el GPS.

—Pues estará equivocado.

Sin embargo, la mujer no transigió. Volvió a comportarse como una funcionaria que cumplía órdenes sin más. De nada servía discutir, así que Abi abrió la puerta, ayudó a Daisy a salir y luego fue hasta el maletero del vehículo y comenzó a sacar el equipaje.

—Que os sea leve el decenio —les deseó la conductora.

Acto seguido, subió las ventanillas tan deprisa que cualquiera habría pensado que el aire estaba contaminado. La gravilla salió volando de debajo de los neumáticos cuando el coche dio media vuelta y se alejó a toda velocidad.

Mamá se dejó caer sobre las pertenencias de la familia apiladas en un pequeño montón, con una pérdida momentánea del espíritu de lucha. A su lado papá miraba a lo lejos, afligido aún por la humillación y la impotencia de no haber podido rescatar a su hijo. Abi confió al menos en que se tratara de eso, y no de los efectos retardados de un traumatismo craneal. Fuera como fuera, ya podían espabilarse pronto o los Jardine les echarían un vistazo y los mandarían a Millmoor para reunirse con Luke.

Daisy se arrellanó en la hierba cortada del arcén y se entretuvo haciendo un collar de margaritas. Abi le advirtió que no se paseara por la carretera, lo que le valió una mirada de fastidio de su hermana pequeña como diciendo «¿Te crees que soy tonta?». Tras consultar el reloj, pensó que le daría tiempo de realizar una breve exploración. Si corría diez minutos siguiendo la dirección en la que habían viajado, y empleaba el mismo tiempo en regresar, aún tendría diez minutos de gracia antes de las cuatro.

Resultó ser un ejercicio infructuoso. El muro se prolongaba, bajo y monótono, exactamente igual que el tramo a lo largo del cual habían circulado. Cuando llegó la hora de volver, se paró para examinar el enladrillado y se sorprendió al descubrir que desprendía un tenue resplandor. Al sol resultaba casi imperceptible, pero por la noche el muro brillaría.

Abi se aventuró a tocarlo.

La mano retrocedió por sí sola; Abi se dio cuenta de que esperaba algo como una descarga eléctrica, pero no sucedió nada. En un gesto aún más atrevido pasó los dedos por los viejos ladrillos veteados, pero el muro le pareció de lo más normal, aparte de la débil luminiscencia. ¿Sería aquello la Destreza? Abi se preguntó si podría trepar al otro lado, pero probablemente no fuera el mejor momento para intentarlo.

Regresó junto a su familia con tiempo de sobra, aliviada al ver que sus padres por fin se habían animado a hablar un poco. Los minutos restantes los dedicó a ayudar a Daisy con su collar de margaritas, que después colgó al cuello de su hermana. Que los nuevos amos vieran que se trataba tan solo de una niña y debía ser tratada como tal.

—¡Caballos! —exclamó Daisy al oír el ruido apagado de cascos, lo que la llevó a mirar con entusiasmo a un lado y otro de la carretera.

—No es aquí —dijo Abi—. Suenan en la hierba, detrás del muro. Será alguien que se acerca.

¿Sería el Joven Amo, que iba a todas partes a caballo?

Abi se puso en pie y se juntaron los cuatro, de cara al muro.

Lo cual era una estupidez, pensó la chica, ya que allí no había nada salvo ladrillos macizos. A menos que fueran a abrir un boquete en el muro, o a pasar volando por encima.

Pero la ridícula imagen no le provocó una sonrisa porque la verdad era que no tenía ni idea de lo que podían hacer los Iguales. Nadie lo sabía. Solo se los veía en la tele o en internet, o en las revistas del corazón. En apariencia eran como todo el mundo, a decir verdad. Arreglados y espléndidos, naturalmente, pero para eso solo hacía falta dinero, no Destreza.

No existía información alguna acerca de las verdaderas capacidades de los Iguales. Aparte de los famosos relatos sobre la Revolución de los Iguales —el asesinato antinatural del rey Charles a manos de Lycus el Regicida, y la Gran Demostración de Cadmus Parva-Jardine cuando construyó la Cámara de la Luz—, los libros de texto de historia daban la tabarra con asuntos de Estado, no con la Destreza. En sus novelas favoritas los Iguales eran tíos buenos que hacían saltar por los aires coches Ferrari y villanos con control mental, pero Abi no le daba mucho valor a la exactitud de aquellos textos.

Las mejores pistas eran las que proporcionaban las noticias procedentes de un puñado de países que, al igual que Gran Bretaña, estaban gobernados por los Diestros. Como Japón, donde los cerezos del país entero florecían en un solo instante cada primavera, en una exhibición pública del poder de la Familia Imperial. En las Filipinas los sacerdotes Diestros repelían con frecuencia peligrosos fenómenos meteorológicos que amenazaban sus islas. ¿De qué eran capaces los Iguales británicos? Abi no lo tenía claro.

Pero pensaba averiguarlo. Una mezcla de entusiasmo y temor le cerró la garganta. El afán por descubrirlo era el motivo por el que había aplazado su futuro. ¿Cabría esperar que valiera la pena?

Y de repente ocurrió casi demasiado rápido para asombrarse. Daisy lanzó un chillido.

Delante mismo de los Hadley apareció una verja. Los elementos ornamentales de hierro eran una profusión dorada de aves y flores forjadas con maestría. La estructura doblaba la altura del muro y brillaba con una extraña e intensa luz. A través de su elegante tracería abierta se hicieron visibles dos figuras masculinas a caballo.

Abi se fijó sobresaltada en que eran más o menos de su edad. Uno lucía un jersey de punto trenzado azul marino e iba sentado recto a lomos de un bello corcel castaño. Tenía el cabello de ese color rojizo intenso característico de los Jardine, y un rostro despejado y hermoso. El otro caballo era un animal normal y corriente, todo negro. Su jinete llevaba unos tejanos negros manchados de barro, unas botas de montar arrugadas de color habano y una chaqueta con la solapa rota, que ondeaba suelta al aire. No había duda de que el pelirrojo era el Joven Amo y el otro un esclavo privilegiado, un mozo de cuadra quizá.

Pero el del caballo negro fue el primero en espolear a su montura en dirección a ellos. Chasqueó los dedos con gesto despreocupado y la enorme verja comenzó a abrirse. Los dos jinetes pasaron bajo las iniciales entrelazadas que coronaban el arco, monograma de la familia Parva-Jardine. A Abi le pareció que la parte superior de la P besaba con ternura a la J, y que la curva de esta abrazaba la P.

El jinete de aspecto desaliñado pasó una pierna por encima de la silla y descabalgó con ligereza. Le dio las riendas a su compañero y se acercó a los Hadley. Abi sintió que el joven desprendía un poder que echaba chispas como la electricidad estática, lo que le erizó el vello de los brazos y la nuca, y supo al instante que se había equivocado de medio a medio.

Aquel chico, y no el otro, era el Joven Amo.

Por el aspecto no lo parecía. Tendría más o menos la misma edad que Luke, y era más alto, aunque más delgado que su hermano. Le hacía falta un buen corte de pelo. Pero cuando se acercó a ellos, a Abi se le encogieron las entrañas de pavor.

El muchacho se detuvo delante de su padre. Papá abrió y cerró la boca sin decir nada, a todas luces turbado.

El joven extendió una mano y le tocó el hombro. Pareció un gesto de lo más suave, pero Steve Hadley se arrugó un poco como si se hubiera quedado sin aliento, y un débil quejido se le escapó por la boca. El semblante del Joven Amo era casi de aburrimiento, pero Abi vio bajo su cabello enmarañado que entrecerraba los ojos con una expresión de concentración. ¿Qué estaría haciendo?

Daisy estaba al lado de papá en la fila que habían improvisado. Abi se sintió orgullosa ante la falta de temor de su hermana pequeña cuando el chico bajó la mano aún con más levedad, y Daisy parpadeó y se meció como una flor en medio de la brisa. Al tocar a mamá, esta se limitó a agachar la cabeza y hacer un gesto de dolor.

Acto seguido, Silyen Jardine se colocó frente a Abi, que tragó saliva mientras él alargaba la mano...

...y le invadió esa sensación de vértigo que te entraba cuando te mirabas los pies desde un lugar elevado, como ese pánico repentino que te revolvía el cuerpo después de robar en una tienda una sola vez por puro atrevimiento. Fue como el milisegundo que siguió a la insensatez de tomarse un chupito triple de Sambuca cuando cumplió los dieciocho, como la alegría y el asombro que sintió aquel día en la cocina al abrir el sobre con los resultados de sus exámenes, antes de recordar que tendría que hacer de esclava en lugar de ir a la universidad. El corazón se le desbocó y luego se le paró un instante.

De repente, le entró un frío que le caló hasta los huesos y se sintió desnuda de un modo que no tenía nada que ver con llevar ropa o no llevarla. Fue como si algo la hubiera vuelto del revés por dentro con cuidado para ver hasta el último recoveco de su interior. Y luego, sin encontrar nada de interés o utilidad, la hubiera vuelto a dejar tal y como estaba, por fuera, al menos.

Cuando el chico levantó la mano de su hombro, Abi se estremeció y pensó que vomitaría.

El Joven Amo, que volvía a estar montado ya en su caballo, cruzó unas palabras con el segundo jinete antes de atravesar la verja y alejarse a medio galope. Abi no lamentó que se fuera. Las palabras de la mujer de la oficina de trabajo, sobre la preferencia que tenía por «sus semejantes», resonaron en su mente. Ni ella ni su familia se encontraban ya entre sus semejantes.

El segundo jinete se les acercó a lomos de su brillante corcel castaño.

—Supongo que sois los Hadley —dijo con una sonrisa—. Yo soy Jenner Jardine. Os doy la bienvenida a la propiedad de mi familia.

—¿Eres más amable que el otro? —preguntó Daisy.

Tierra trágame, pensó Abi incluso al ver como su madre palidecía. Pero, por increíble que pareciera, el joven se limitó a reír ante ellos.

—Lo intento —respondió—. Y siento lo que acabáis de experimentar. Es desagradable, pero necesario. Siempre le pido a Silyen que como mínimo advierta a la gente, pero nunca lo hace. Dice que sus reacciones le parecen interesantes.

—Ha sido horrible —opinó Daisy—. ¿Por qué no lo haces tú? Así al menos no sería tan horroroso.

A Abi le entraron ganas de tapar la boca a su hermana antes de que saliera por ella algo más desacertado.

—No puedo —fue la respuesta inesperada del joven—. Quiero decir que ninguno de nosotros podría hacerlo como Silyen, pero en mi caso no puedo de ninguna de las maneras. Poseo tanta Destreza como tú, Daisy Hadley. Así te llamas, supongo —añadió galante—, a menos que seas Abigail, y más bien bajita para tu edad, mientras que esta niña tan alta de aquí sería Daisy...

Jenner se volvió hacia Abi, mientras Daisy farfullaba entre risitas que no, que no, asegurándole que era como había dicho al principio.

Abi estuvo a punto de disculparse ante el descendiente de Kyneston por la bocazas de Daisy. Y quería preguntarle a qué se refería al decir que carecía de Destreza, cuando todos los Iguales la tenían.

Sin embargo, las palabras se apagaron tras sus labios cuando miró a Jenner Jardine. No viéndolo a lo lejos montado en su caballo, o con un ojo puesto en la indiscreta de su hermana pequeña, sino fijándose bien en él.

El joven poseía unos dulces ojos castaños y un cabello cobrizo. Su rostro se veía cubierto de pecas, y aunque tenía una boca más amplia de lo normal en un hombre, esta se hallaba equilibrada por unos pómulos pronunciados. Abi reparó en todos aquellos detalles, aunque no se quedó con ninguno de ellos. Volvió a sentirse mareada, y desnuda de nuevo.

Pero en este caso no se debía a la Destreza. Y no le invadió una sensación de frío. No, no notó frío en absoluto.

Jenner la observaba de una manera extraña, y Abigail cayó en la cuenta de que había estado mirándolo fijamente. Se sonrojó.

Un sentimiento de vergüenza humillante le embargó el ánimo.

Se veía ante aquel hombre no como la muchacha inteligente, espabilada y de atractivo aceptable que reconocía que era, sino como una esclava, lo cual en aquel momento le pareció lo más atroz y cruel que podía conllevar el decenio de esclavitud. Podía quitarte todo aquello que te hacía ser quien eras. Y luego te colocaba frente a alguien a quien, en circunstancias totalmente distintas, quizá te habrías permitido amar, e incluso verte correspondida.

Las palabras de Jenner eran amables, pero no debía engañarse. Se trataba de un Igual. Y pese a haber reconocido inexplicablemente su falta de Destreza, era un Jardine. Nunca vería a Abi como quien era realmente. Como había dicho el animal de Millmoor, para los Iguales ellos no eran más que enseres, cosas que se usaban… o se rechazaban por inútiles.

La humillación que sentía se consumió en una llamarada de ira y culpa al acordarse de su hermano menor. Era el plan cuidadosamente concebido por Abi el que había expuesto a Luke al juicio despiadado de los Jardine. Ella tenía la culpa de que lo hubieran desterrado a Millmoor. Sacudió la cabeza de un lado a otro, mareada por la fuerza de lo que acababa de comprender.

—¿Te encuentras bien?

Notó que una mano le agarraba con firmeza el codo.

Jenner. Luego un brazo le rodeó el hombro. Su padre. La mano la soltó.

—A veces la Destreza puede afectar a la gente —explicó Jenner—. Si uno nunca ha estado expuesto a ella, tiene que aclimatarse. Con Silyen cerca es más fuerte, pero puede que volváis a notarla cuando mi padre y mi hermano mayor regresen de Londres. Ahora os llevaré a todos a vuestra casa. Os he puesto en la Hilera; os gustará.

Jenner fue delante. No subió al caballo de nuevo, sino que caminó junto a ellos. Papá se cargó a los hombros su bolsa de viaje y la de Abi, mientras que mamá llevó la suya y la de Daisy, una en cada mano. Daisy correteaba de aquí para allá, admirando el caballo y acribillando a Jenner a preguntas sobre el animal. Abi caminaba sola, apartada a un lado, tratando de dar sentido a todo lo que se agitaba en su interior.

—¡Oh! —exclamó Daisy, alzando tanto la voz que el pequeño grupo se detuvo, sobresaltado—. Mirad —dijo, señalando el lugar desde el que habían echado a andar—. Ya no está. ¿Es invisible?

Allí donde había estado la verja reluciente, ahora se veía un único muro que se extendía de forma ininterrumpida. Los Hadley se quedaron mirando.

—Tienes razón al decir que «no está» —comentó Jenner, logrando con paciencia que el caballo parara—. La verja solo existe cuando un miembro de mi familia la invoca para que así sea, y puede llamarla en cualquier punto del muro. Por eso no hay una entrada ni caminos asfaltados dentro de la propiedad. Y por eso mi padre no deja de destrozar la suspensión de los coches clásicos que tanto adora, y Sil y yo preferimos movernos a caballo. Gavar va en moto. Sin embargo, la verja solo puede abrirse mediante la Destreza. Por ese motivo ahora...

Su voz se fue apagando.

—¿Por qué nos lo explicas? —le preguntó Abi—. Ese tipo de cosas me suena... no sé... a secretos de Estado o algo así, ¿no?

Jenner jugueteó con la brida del caballo, tomándose un tiempo antes de contestar.

—Kyneston no siempre es un lugar fácil. La gente se plantea a veces intentar salir. —Se volvió hacia Abi—. Mi hermano me ha dicho que antes de que llegáramos, cuando aún estabais al otro lado, has explorado un poco los alrededores. No, no te preocupes. —Y es que el pánico había cogido a Abi por el cuello y estaba apretándoselo con fuerza—. No has hecho nada malo. Pero procura... no mostrar demasiado interés por las cosas. Así es más fácil.

Jenner parecía hablar con contención, y Abi sospechó que no lo hacía en términos generales, sino recordando algo concreto y angustiante. ¿Era ridículo que ella quisiera consolarlo?

Sí, lo era.

—¿Que procure no mostrar demasiado interés? —dijo Abi con un toque de acritud—. ¿Acaso el lema de tu familia no es «*Sapere aude*», «Atrévete a saber»?

—Hazme caso —respondió Jenner, mirándola fijamente con aquellos ojos castaños—. Hay cosas que es mejor no saber.

Luego le dio la espalda y siguieron caminando todos en silencio. Al cabo de un cuarto de hora más o menos —Abi vio por la cara que ponía Daisy que esta comenzaría a preguntar de un momento a otro «¿Ya llegamos?»—, el terreno fue describiendo una pequeña subida. Y cuando llegaron a lo más alto, lo que vio Abi la dejó sin respiración.

Kyneston.

Había visto imágenes de aquel lugar, naturalmente, en libros, en la tele y en internet. Era la residencia de la Familia Fundadora, hogar en su día de Cadmus Parva-Jardine, Cadmus el Puro de Corazón, pacificador y arquitecto jefe del Pacto de Esclavitud.

La parte prerrevolucionaria de Kyneston estaba construida con una piedra clara de color miel. La edificación, de tres pisos y con ventanas vertiginosas, se veía coronada por una pequeña cúpula y rodeada de un parapeto abarrotado de estatuas.

Pero el resto brillaba con una intensidad casi insoportable. Desde el cuerpo principal del edificio se extendían dos enormes alas acristaladas, cada una de ellas tan amplia como la fachada original. Ambas eran fruto de la Destreza de Cadmus, que las había forjado al tiempo que erigía la Cámara de la Luz, sede del Parlamento de los Iguales. A la luz del sol bajo de la tarde, las dos alas parecían invernaderos llenos de exóticas flores de fuego y luz. En un primer momento Abi se protegió los ojos, pero luego tuvo que apartar la vista por completo.

—Qué bonito —opinó Daisy—. Y cómo brilla. ¿Vives aquí?

—Así es —respondió Jenner Jardine—. Corroboro todo lo que has dicho.

Estaba sonriendo, complacido de verdad ante el placer de Daisy. Abi se dio cuenta de que el joven amaba aquel lugar. Pero si era cierto aquello que había contado sobre la verja y sobre su falta de Destreza, él era tan prisionero de Kyneston como ellos.

—Mira —indicó el Igual, dirigiendo la mirada de Daisy hacia la pequeña silueta femenina que apareció por detrás de unos setos podados—. Esa es mi madre, lady Thalia. Entre los dos nos ocupamos de la casa y los jardines. Ella se encarga de todo lo Diestro, y yo, del resto.

—¿Y esa quién es? —preguntó Daisy, al ver aparecer a una segunda persona.

La pequeña dio entonces un grito ahogado, emitió un débil sonido de asombro que llevó a Abi a preguntarse por un momento si Jenner la habría pellizcado.

Abi dirigió la vista hacia donde Daisy estaba mirando, a la segunda silueta que salió en aquel momento de entre los setos. Se trataba de otra mujer, con el cabello convertido en una toca acerada y los hombros cubiertos por un manto hecho por lo que parecía un montón de pieles de zorro. Llevaba una correa enrollada en una mano enguantada.

Al final de la correa, agachado a cuatro patas y desnudo, había un hombre.

CUATRO

LUKE

A través de la ventanilla arañada y mugrienta de la furgoneta Luke vio Millmoor agachada bajo una nube producto de sus propios actos. Corrió el cristal diminuto para ver mejor, pero no notó mucha diferencia. La suciedad no estaba en el vidrio, sino en el aire mismo. La luz era pálida y turbia.

Aunque se hallaban a veinte minutos en coche de su propia casa, la presencia de Millmoor se percibía incluso en Manchester cuando el viento soplaba en la dirección que no debía. A veces se trataba de un hedor químico acre procedente de la zona industrial. Otros días era un olor olor a podrido nauseabundo, procedente de la planta procesadora de carne. Si se daba la mala suerte de que soplaba una fuerte brisa, se producía un cóctel de ambos que revolvía las tripas. En días como aquellos, mamá mantenía todas las ventanas cerradas.

No habría nada que cerrar en Millmoor. La carretera bajó y subió, y ante él apareció de nuevo la ciudad de esclavos, el doble de grande, llenando el horizonte. El cielo se veía lanceado por chimeneas, que se clavaban con crueldad en una panza colgante de esmog. De una antorcha de gas industrial manaba fuego.

La furgoneta se abrió camino a través de un cordón de vigilancia exterior y se detuvo después en un segundo control, donde todos salieron del vehículo. Un joven soldado de mirada ausente, armado de manera visible con un fusil en bandolera sobre el pecho, preguntó a Luke su nombre.

—Luke Hadley —contestó, pero con la última sílaba se le cortó la respiración puesto que Kessler le hundió la porra en el estómago.

—Eres Hadley E-1031 —espetó el hombre—. Y ahora dile tu nombre.

—Hadley E-1031 —repitió Luke, sorprendido por algo más que el dolor del golpe.

Desde el puesto de control atravesaron en fila el aparcamiento de una cochera. Al otro lado había un edificio bajo y ancho recubierto de una pintura plástica blanca mugrienta que no podía ser otra cosa que un centro médico.

—Esto no me hace mucha ilusión, la verdad —dijo uno de los que había llegado con Luke, un tipo obeso, pálido y sin afeitar—. Tiene que ser lo peor.

—¿De qué hablas? —preguntó Luke.

—¿No has leído el folleto? —replicó el hombre—. Caray, ¿es que no sabes nada de este sitio, chaval?

—Yo no debería estar aquí —masculló Luke, sin darse cuenta a tiempo de que eso no era lo mejor que podía decir.

—Es verdad —intervino Kessler, de nuevo allí con su porra, que empleó para empujar a Luke hacia delante—. Aquí Hadley E-1031 piensa que es demasiado bueno para estar con gente como vosotros. Cree que debería estar en el sur, mezclándose con sus Iguales. Según él, «ha habido un error».

Kessler imitó las palabras de Luke, haciendo que sonaran repipis, y el tipo de tez pálida se echó a reír, sin un ápice de compasión.

Lo «peor» era bastante horrible, pero Luke tenía ya el presentimiento de que Millmoor le depararía otras cosas que no se quedarían atrás. Una enfermera le subió la manga, palpó la piel del antebrazo y cogió un objeto. Parecía una grapadora, pero no disparaba solo una aguja, sino un montón, que se le clavaron muy dentro de la carne. Cuando le retiraron el artilugio, Luke vio que tenía una matriz perfecta con unos puntitos de sangre. Como Kessler no andaba por allí, se arriesgó a preguntar.

—Es tu chip identificativo, cielo —contestó la enfermera—. Se queda bien introducido en la carne. Así saben quién eres.

La enfermera le vendó el brazo con un trozo cuadrado de gasa y luego se lo escaneó con un pequeño lector óptico rectangular. Luke no tenía a la vista el panel de lectura, pero oyó un pitido y vio un destello verde.

—Eso significa que ya estamos. Toma, coge uno. —La mujer sacó un tarrito de caramelos de un cajón de su puesto de enfermería—. Normalmente los guardo para los niños pequeños, pero creo que te mereces uno. Solo tienes dieciséis años, y estás aquí sin tu familia. Creía que eso no estaba permitido.

Luke cogió uno, pensando mientras tanto en su hermana pequeña. El brazo de Daisy, tan delgado, apenas sería lo bastante grande para la pistola de chips. Habría estado vigilándola día y noche en aquel sitio. Sabía que Abi haría lo mismo en Kyneston.

Desde el centro médico Kessler los llevó a pie por las calles de Millmoor como si fueran un rebaño de ganado. Los únicos vehículos que se veían circulando eran los autobuses que avanzaban lentamente y los jeeps relucientes con la insignia de la ciudad de esclavos y la palabra SEGURIDAD escrita en un vivo color carmesí. Había hombres vestidos de uniforme apostados en las esquinas, acariciando el mango de las porras y la culata de las pistolas eléctricas con las que iban armados. Todos los demás vestían monos y casacas informes y caminaban con la cabeza agachada. Resultaba difícil distinguir la edad o el sexo de cada cual.

Incluso cuando Luke lograba captar la mirada de alguien, enseguida la apartaban. Aquel lugar no le cabía en la cabeza. Los habitantes de Manchester eran gente aguerrida... ¿cómo era posible que pudieran estar tan acobardados? Luke se juró que por mucho tiempo que pasara en Millmoor, nunca dejaría de mirar a los ojos a los demás.

Su nuevo hogar era una habitación compartida de seis camas en un bloque prefabricado de aspecto amenazador. Una hilera de monos colgaban de unos ganchos cual pieles secas, como si Millmoor hubiera absorbido la sustancia de los cuerpos que los llevaban puestos. En una de las camas una silueta se dio la vuelta y se tapó la cara con una manta para protegerse de la luz. Era de suponer que se trataba de un trabajador del turno de noche, pues Luke dudaba de que en Millmoor se viera con buenos ojos que uno se hiciera el enfermo. El aire estaba viciado y olía fuerte. Mucho sudor y poco jabón, como decía mamá.

Luke dejó la bolsa en la cama que solo tenía un colchón pelado, y abrió el sobre que había en la taquilla de al lado. Era su destino, la nave de componentes situada en la Zona D del Parque de Máquinas. Turnos: de lunes a sábado, de 8.00 a 18.00 horas. Fecha de inicio: 3 de septiembre. Al día siguiente. Se quedó mirando el papel con incredulidad.

Aquella tarde era todo lo que le quedaba de libertad hasta que llegara el domingo, para el que faltaban seis días. ¿Dónde estaba el Parque de Máquinas? ¿Cómo llegaría hasta allí? ¿Dónde podría conseguir algo de comer? Pensó con nostalgia en los sándwiches que había hecho mamá, preparando con esmero los preferidos de cada uno. Sus hermanas estarían zampándose el suyo en aquel momento, a medio camino de Kyneston. Deseó con todas sus fuerzas que lo que les esperaba a ellos al final del viaje fuera mejor que lo que él había encontrado allí.

Junto a la entrada del bloque dormitorio había un portero sentado en un oscuro cuchitril, un hombre que habría llegado allí rezagado con cincuenta y cinco años, retrasando hasta el último momento el decenio de esclavitud. El portero le esbozó amablemente un mapa rudimentario. Armado con él, y con unos cuantos recuerdos vagos que conservaba de las películas que les habían mostrado en clase de Ciudadanía, Luke salió a la calle. Sintió como cada alveolo de sus pulmones se contraía en protesta por el asfixiante esmog que impregnaba el aire.

Millmoor era la ciudad de esclavos más antigua del país, tanto como la industria en sí. En cuanto una mente brillante desarrolló la maquinaria manufacturera, los Iguales sometieron a la gente a trabajos agotadores que los tenían esclavizados. Hasta entonces, el decenio de esclavitud se había asemejado al feudalismo; todo el mundo cumplía con su deber para con su señor como labriegos, artesanos o esclavos domésticos. Las ilustraciones de los libros de texto escolares lograban que pareciera algo casi agradable, con estampas de campesinos agradecidos en casitas iluminadas por velas y apiñadas fuera del muro que brillaba con Destreza en torno a una espléndida propiedad. Pero durante trescientos años la realidad había sido Millmoor y las ciudades de esclavos que surgían a su imagen y semejanza, ensombreciendo todas y cada una de las grandes urbes de Gran Bretaña.

Luke consultó el mapa. El vejete había dibujado algo parecido a una diana de dardos, circular y dividida en partes. El núcleo de Millmoor era el centro administrativo, alrededor del cual se distribuían los bloques dormitorio. Más allá estaban las zonas industriales: el Parque de las Máquinas, la Zona de Comunicaciones (hangar tras hangar con centros de atención telefónica, junto a los que habían pasado en el viaje de llegada), el barrio de la carne y el casco antiguo, donde se hallaban las primeras fábricas y telares. El portero había sombreado esta última zona, explicándole que estaba abandonada y en ruinas.

El bloque de Luke se encontraba en el oeste, mientras que el Parque (dudaba que tuviera un estanque con patos y señales de PROHIBIDO PISAR EL CÉSPED) estaba al este, así que echó a andar en la que confió que fuera la dirección correcta. Pero las calles se convirtieron en una madriguera, bifurcándose una y otra vez, y no tardó en verse completamente perdido.

Acabó en un laberinto de patios sin salida situados en la parte trasera de varios bloques de viviendas abandonadas. En una placa oxidada de la pared se leía: ESTE 1-11-11, un dato que no podía serle de menos ayuda. Entonces vio a dos hombres de pie al fondo del patio, junto a una serie de conductos y pozos de ventilación que dibujaban un arco. Serían de mantenimiento. Ellos le podrían indicar cómo salir de allí.

Sin embargo, algo le frenó. Aquellos hombres no estaban hablando entre ellos, sino con una tercera persona, oculta tras el muro que formaba la espalda de ambos, alguien que debía de estar atrapado entre ellos, los conductos y el edificio en ruinas. Luke se acercó con sigilo.

—...sabemos que algo tienes —estaba diciendo el más alto de los dos—. Te hemos visto por ahí con ella. La vieja se pasa un rato sin quejarse cuando te dejas caer por allí, lo cual es cojonudo, pero unas cuantas ampollas de morfina para nuestro uso personal estaría aún mejor. Así que pásanosla.

¿Habría topado con una especie de trapicheo de estraperlo? Luke se dispuso a alejarse a hurtadillas cuando el otro hombre se movió de sitio, lo que le permitió ver a la persona con la que hablaban. Se trataba de una muchacha, y a juzgar por su apariencia de pajarito, apenas sería mayor que Daisy.

Los pies de Luke se quedaron pegados al suelo. No iría a ninguna parte hasta que no consiguiera alejar a la cría de aquellos cerdos que abultaban el doble que ella.

—No tengo nada para vosotros —replicó la niña con ímpetu—. Aparte de esto.

Y mientras Luke aún estaba devanándose los sesos para tramar un plan, ella se abalanzó sobre uno de los hombres, que soltó un alarido.

—La muy cabrona tiene un cuchillo —gritó el tipo mientras el otro lanzaba un gancho a la cría con un puño enorme, que acabó golpeando el aire vacío.

Luke la vio. La muchacha se había tirado al suelo, y se retorcía boca abajo para colarse por el espacio minúsculo que había bajo un conducto, con la intención de pasar al otro lado. El hombre al que había herido se puso en cuclillas y metió los dedos por el hueco para echarle la zarpa. El otro, al ver que la única manera de cogerla sería volver sobre sus pasos e ir por el otro lado, dio media vuelta y salió disparado, directo hacia Luke.

Siguiendo su instinto, Luke se agazapó y lanzó la mano a ciegas para intentar coger al tipo cuando este pasó corriendo a su lado. La tela basta que logró agarrar se le escapó al instante del tirón que dio el hombre al estrellarse contra el suelo, y él acabó cayendo de espaldas.

Unos dedos pequeños lo cogieron por las axilas y tiraron de Luke hacia arriba.

—Vamos.

La muchacha puso pies en polvorosa, con el cabello encrespado volando sobre sus hombros, cuando el hombre al que había atacado alzó la vista y gruñó mientras le caían gotas de sangre de la mano. Luke no se paró a pensar.

Nunca había agradecido tanto aquellas sesiones de entrenamiento de fútbol de fin de semana que solía hacer en pantalones cortos, tiritando bajo la lluvia. Y es que la cría corría como un gamo, por callejones y pasajes, metiéndose entre edificios, saltando por encima de muros rotos o bolsas de basura destripadas que dejaban un reguero baboso de desechos a lo largo de la acera.

—Arriba —gritó la muchacha, mientras avanzaban a toda prisa por lo que parecía un callejón sin salida.

Ella se lanzó sobre el muro del fondo, y fue metiendo los dedos en recovecos tan pequeños que Luke no alcanzaba a verlos. Él recurrió a saltar tomando impulso, con lo que estuvo a punto de estamparse la cara contra los ladrillos, y al notar que no tenía donde apoyar los pies, se estiró desesperadamente para llegar arriba del todo y pasó por encima a rastras.

La cría estaba esperando al otro lado, brazos en jarras; su pecho estrecho subía y bajaba con un leve movimiento pese al esfuerzo.

—Tranquilo, tigre —dijo—. Los hemos despistado siete calles atrás.

—¿Quiénes eran esos? —preguntó Luke, jadeando, con los hombros caídos—. ¿Qué querían de ti? Bueno, eso lo he oído. Morfina. Pero a tu edad… ¿cuántos años tienes? ¿Once? ¿Doce? ¿Qué haces con morfina?

La muchacha resopló con sorna.

—Trece, para ser exactos. Y no es asunto tuyo. Aunque hay una mujer en ese bloque que lo va a pasar mal unos días hasta que consiga llevarla al doctor.

—¿Doctor?

—Habría podido salir de esta sin problemas, pero gracias por intentarlo. No todo el mundo se arriesgaría a tener a esos dos de enemigos, o sea, que eres muy valiente o muy tonto. ¿Cuál de las dos cosas?

Los ojos de la cría, de un color marrón turbio, lo evaluaron.

—Bah, ni una cosa ni la otra. Es que eres muy nuevo. —La muchacha dejó escapar una risa gutural socarrona que le hizo parecer mayor de lo que era—. Bienvenido a Millmoor. ¿Cómo te llamas?

—Hadley E-1031. Y he llegado hoy. ¿Cómo lo has sabido?

—Pues por la Destreza que tengo —dijo la chica y se señaló la frente con dos dedos, que movió de forma misteriosa—. Qué va, es broma. Lo he sabido por el vendaje que llevas. Te acaban de poner el chip. Y no me vengas con el rollo ese de los números. ¿Cómo te llamas de verdad?

—Luke Hadley.

Y tendió la mano con sus mejores modales para formalizar la presentación. Qué orgullosa se sentiría mamá.

—Yo soy Renie —dijo la muchacha, mirando divertida la mano tendida de él. Luke la retiró. Seguro que en Millmoor no se llevaban mucho los modales—. Renie a secas. Bueno, Luke Hadley, cuídate. Y que te sea leve el decenio.

—¡Espera un momento! —gritó Luke al ver que ella daba media vuelta—. Estoy buscando un sitio, la nave de componentes, en la Zona D del Parque de las Máquinas. Es mi lugar de trabajo. ¿Sabes dónde está?

—¿La Zona D? Pobre desgraciado. —Las facciones crispadas de Renie se suavizaron por un momento—. Ya lo creo que lo sé. Es difícil de olvidar.

Renie señaló por encima de los tejados de los bloques de viviendas, hacia un edificio enorme con una estructura de andamio. Parecía no albergar nada más que un fuego que se agarraba a todas las ventanas, deseoso de salir. A su alrededor, cual estacas cercando a un monstruo, se erigían chimeneas de gran altura que expulsaban un denso humo negro. Luke reparó horrorizado en que aquella era la fuente del estruendo, audible incluso desde allí, a siete calles de distancia.

—Buena suerte. Vas a necesitarla allí.

Renie A Secas inclinó la barbilla, esbozando un leve saludo, y se marchó. La penumbra que cubría las calles de Millmoor la engulló.

Resultó que un autobús iba de los bloques dormitorio del oeste al Parque de las Máquinas, así que a la mañana siguiente, vestido con el mono y las botas que había encontrado junto a la cama, llegó con tiempo de sobra a la entrada de la Zona D.

Abi le había enseñado un día una ilustración de la verja de Kyneston; no era más que un boceto, pues no existían fotografías. Se trataba de una monstruosidad de hierro forjado con formas retorcidas por todas partes. En estos momentos su familia estaría ya al otro lado de esa verja. Luke se había pasado horas despierto en la cama pensando en ellos, confiando en que a sus padres no los consumiera la culpa y la preocupación, en que Abi tuviera en mente un plan para sacarlo de allí y en que fuera cual fuera el cometido que los Jardine tenían para Daisy, se tratara de algo aceptable y no degradante. (En los tiempos actuales ya no podían hacer que los niños deshollinaran chimeneas, ¿verdad que no?)

La entrada de la Zona D era distinta; se trataba de un arco de acero incrustado con una franja de escaneo que registraba los chips de cada esclavo que pasaba por él. Luke respiró hondo y avanzó hacia el arco. Mientras su etiqueta de identificación parpadeaba a lo largo de la pantalla de la puerta, un hombre robusto con la barbilla hundida se presentó como Williams L-4770, compañero de trabajo de Luke.

—¿Cuál es tu verdadero nombre? —le preguntó Luke.

Williams enseñó sus dientes salidos en lo que parecía una mueca de miedo y, sin decir nada, llevó a Luke al interior de la zona industrial. Atravesaron un edificio de ladrillo tras otro, grandes y tenebrosos, pasaron por áreas de carga inmensas y bordearon el corazón abrasador de la fundición. El estruendo fue a peor a medida que se adentraban en el lugar, como si lo más estrepitoso del mundo se hubiera reunido bajo un mismo techo. Del edificio que tenían delante llegaba un ruido que era al mismo tiempo una sensación y un sonido, como si un gigante violento hiciera temblar la tierra dando patadas en el suelo.

—La nave de componentes —dijo Williams L-4770, articulando las palabras para que Luke le leyera los labios.

¿Acaso no era la última de las humillaciones, pensó Luke, hasta el punto de que fregar los baños de Kyneston se le antojara de repente el mejor chollo imaginable en la vida?

Su lugar de trabajo consistía en una serie de cabrestantes suspendidos de un pórtico que trasladaban los componentes recién salidos de la fundición desde la prensa pesada (fuente del golpeteo) hasta la máquina de acabado preliminar, de donde las extraían después. Williams le dio unas instrucciones meticulosas, valiéndose en todo momento de la mímica. La representación que hizo el hombre de la suerte que había corrido su compañero anterior —el cual había acabado con la espalda aplastada cuando un polipasto de cadena que estaba deslizándose le arrojó una turbina como si fuera una bola de demolición gigante— a Luke le pareció excesivamente realista. Los monos y las botas de trabajo llenas de rozaduras que llevaban puestos no les ofrecían la más mínima protección.

No era solo el ruido lo que los obligaba a comunicarse en silencio. El trabajo era tan arduo que necesitaba todo el aire que respiraba para hacer funcionar sus músculos. Cuando lo llamaran para ir a Kyneston, saldría de Millmoor con el físico de un superhéroe de esas pelis prohibidas de la Unión Americana, suponiendo que no tuviera problemas con la maquinaria, en cuyo caso no podría ni caminar.

Se hacían dos pausas: un almuerzo rápido en una cantina donde se servía una ración de algo poco apetecible con algo incomible de acompañamiento, y un breve descanso de diez minutos por la tarde. Cuando acabó su turno aquel primer día, Luke salió a rastras de la nave de componentes, con todas las extremidades temblando de agotamiento, y se dirigió a la parada del autobús. Ya de vuelta en el bloque dormitorio, igual de desesperado por comer que por dormir, subió las escaleras renqueando hasta la mugrienta cocina comunal. Necesitaría alimentarse a fin de coger fuerzas para afrontar el día siguiente.

—¿Luke?

Volvió la mirada desde el armario en el que buscaba una lata de algo que supiera preparar —o abrir siquiera— y vio un rostro que le sonaba vagamente.

—O'Connor B-780 —dijo el chico en el momento en que Luke comenzaba a incomodarse por no recordar su nombre—. Ryan, quiero decir. Iba unos años por delante de ti en la Academia Henshall. Empecé el decenio recién salido de allí.

—Perdona —farfulló Luke—. Pues claro que me acuerdo de ti. Es que llegué ayer y aún me estoy adaptando.

—No pasa nada —respondió Ryan—. No me extraña que vayas perdido. Va, que prepararé algo para los dos.

Luke se habría comido sus propios calcetines en aquel momento, así que se abalanzó sobre la tostada con judías que Ryan le puso delante. Estuvo encantado de dejar hablar a Ryan, aunque resultó que su excompañero de colegio no tenía mucho que contar de su experiencia de dos años como esclavo. El joven se estaba planteando optar por la vía militar, tres años más de trabajo seguidos de siete años de servicio militar como «combatiente», y luego un mínimo de diez años en el ejército. Como combatiente seguías siendo un esclavo y no percibías ninguna paga o beneficio, pero tenías una ventaja en tu carrera dentro de las fuerzas armadas.

—El único inconveniente —añadió Ryan, con el tenedor lleno de judías— es que a los combatientes les asignan las misiones más peligrosas. Y no te pagan ninguna indemnización si resultas herido o mueres, claro.

Vistos los inconvenientes, a Luke no le pareció un detalle sin importancia.

Se abstuvo de referirse a Kyneston, recordando el tono burlón de Kessler y la reacción de los hombres con los que había llegado. Pero algún tema de conversación tenía que sacar, así que le habló de la muchacha que había conocido, la que proporcionaba fármacos. Ryan frunció el ceño.

—¿Morfina? Eso no suena bien. A una cría de su edad no se le permitiría nunca tener acceso a una sustancia como esa. La habrá robado para trapichear con ella. Deberías denunciarla.

—¿Denunciarla?

—Es lo más seguro —aseguró Ryan—. Aquí Seguridad es temible. Hasta la cosa más insignificante se considera una infracción, y los delitos más graves añaden años al decenio. En el peor de los casos, pueden condenarte a la esclavitud de por vida. Por lo visto los campos perpetuos hacen que este sitio parezca un palacio. Pero la otra cara de la moneda es que si señalas algo que huele mal, te granjeas el apoyo de Seguridad.

Luke reflexionó sobre ello. Estaba convencido de que la cría no se había dedicado a vender la morfina. Más bien le había dado la impresión de que se la proporcionaba a alguien que la necesitaba de verdad. Y si bien la explicación de Ryan sobre cómo funcionaba Millmoor tenía bastante sentido, también se parecía mucho a lo de chivarse en el cole.

—¿Y dónde la has visto? —le preguntó Ryan.

En su memoria Luke vio con claridad la señal oxidada atornillada a la pared, con la palabra ESTE y la fila de cinco unos.

—Pues no tengo ni idea —contestó—. Era mi primer día aquí. Casi no sé ni dónde estoy ahora mismo, aunque lo que sí sé es que mi cama está dos pisos más arriba. Gracias por el banquete, pero me voy a acostar. Nos vemos por aquí.

Retiró su silla hacia atrás y se fue. Y a pesar de los miles de pensamientos que se le arremolinaban en la mente, Luke se quedó dormido en cuanto apoyó la cabeza en la fina almohada llena de bultos.

El miércoles se levantó y repitió todo de nuevo. El jueves hizo lo propio. Y el viernes. El sábado se comió en tiempo récord la bazofia congelada que le sirvieron en la cantina y aprovechó lo que le sobró de pausa para meterse por un rincón de la Zona D que no había visto antes (un rincón sucio y ruidoso, como todos los que había investigado hasta entonces), cuando de repente surgió una voz de la oscuridad.

—¿Cómo te va, Luke Hadley?

Que él supiera, solo había cuatro personas en Millmoor que supieran su nombre, y solo una de ellas era una chica.

—¿Cómo has llegado hasta aquí? —preguntó a Renie, que estaba metida en un rincón detrás de una caseta de herramientas—. Y lo que es más importante, ¿para qué has venido?

—He venido de compras —respondió Renie—. Y de visita. Para ver qué tal andas. Bueno, aún tienes todas las extremidades, así que lo llevas bien.

La muchacha echó la cabeza hacia atrás y soltó aquella risa ronca que no le pegaba. Sonaba como si fumara medio centenar de cigarrillos al día. O como si hubiera pasado toda su vida en Millmoor, respirando el alquitrán que allí pasaba por aire.

—¿De compras? ¿Y qué vas a comprar, una nueva turbina?

—No es nada tan sofisticado —contestó Renie con una amplia sonrisa, y se subió la casaca para dejar al descubierto lo que serían varios metros de cable enrollado a la cintura.

Era de rayas blancas y rojas, una variedad de cable de primera calidad, de alta resistencia. (Era increíble lo rápido que aprendía uno sobre cables tras una semana de confiar su vida a ellos.)

Así que se dedicaba a robar. ¿Tendría razón Ryan con respecto a ella?

—Pero eso no es lo más importante. Estoy aquí para pedirte ayuda. Creo que me lo debes por sacarte de ese atolladero en Este-1.

Luke resopló, pero Renie siguió hablando.

—A la hija de un compañero tuyo se le rompieron las gafas la semana pasada. La cría está más ciega que un topo, pero no necesita ver bien para el trabajo de embalar que hace en Ag-Fac, y algo como unas gafas no encabeza precisamente la lista de prioridades de Millmoor. Total, que... ¡tachán! ¿Serás mi chico de los recados?

Renie se sacó un estuche de plástico plano del bolsillo trasero y se lo entregó. Luke la abrió. Contenía un par de gafas. Sacó la pequeña gamuza en la que estaban envueltas y palpó el estuche en busca de compartimentos secretos que pudieran contener drogas. Pero no era más que una funda de plástico duro.

—No te fías, ¿eh? —dijo Renie—. Bien hecho. Entonces, ¿qué? ¿Se las vas a llevar?

—¿De qué va todo esto? —preguntó Luke—. Porque como hada madrina no das el pego en absoluto, y no me trago ni por un momento que tengas permiso para llevarte todo ese cable. Puede que acabe de llegar aquí, pero no soy tonto del todo.

—No creo que lo seas. Creo que eres alguien que se le alegraría de hacerle un favor a otra persona. Millmoor cambia a la gente, Luke Hadley. Pero es uno mismo quien elige en qué sentido lo hace, algo de lo que nunca se da cuenta la mayoría.

Luke vaciló, rodeando con los dedos el estuche, que de repente había adquirido un peso extraño y desproporcionado.

Se lo guardó en el bolsillo del mono. Renie mostró sus dientes separados en una amplia sonrisa y Luke no pudo evitar devolverle el gesto.

La muchacha le dio de un tirón las instrucciones de entrega antes de girar sobre la punta de un pie y volvió a adentrarse en la oscuridad.

—Dile que son cortesía del doctor —dijo con voz áspera.

Y desapareció.

CINCO

BOUDA

La Cámara de la Luz —o el Nuevo Palacio de Westminster, sede del Parlamento de los Iguales— tenía cuatrocientos años. Sin embargo, se veía tan intemporal e impecable como el día que había sido construida.

Cuando el Rolls con chófer se detuvo bajo la puerta del Último Rey, Bouda Matravers estiró el cuello más allá de las amplias formas de su padre para admirar el edificio. Sus agujas almenadas eran tan altas como una catedral francesa y el tejado dorado relucía como un palacio ruso. Pero solo los más familiarizados con su imagen se fijaban en esos detalles. Los turistas y estudiantes de viaje miraban boquiabiertos los muros acristalados de la Cámara, con una extensa vidriera de una sola pieza a cada lado.

En el interior se hallaba la sala de debates, que albergaba ocho filas escalonadas de escaños dobles, cuatrocientos en total, ocupados por el señor de cada dominio —ya fuera lord o lady— y su heredero, que se sentaba al lado. Bouda se contaba entre estos últimos. Pero ninguno de los curiosos que miraban el edificio desde fuera los veía.

Eso era así porque los ventanales de la Cámara de la Luz daban a un sitio completamente distinto, un mundo reluciente, en el que no se podía distingir nada con claridad. El hecho más sorprendente, presenciado únicamente por los Iguales parlamentarios y los pocos observadores ordinarios a los que se permitía acceder a la cámara, era que el paisaje a través de las ventanas era exactamente la misma que en el interior. Estuviera donde estuviera quien miraba por el cristal, aquel misterioso reino incandescente aparecía al otro lado.

Cadmus Parva-Jardine sabía lo que hacía cuando, dotado de su Destreza, levantó semejante edificio de la nada aquel día de 1642, pensó Bouda, mientras sacaba las piernas del coche. La Gran Demostración, lo llamaba la historia. Los ordinarios solían malinterpretar el término, pensando que se trataba de una mera muestra de la increíble Destreza del hombre, un alarde de fuerza. Pero Bouda sabía que era mucho más que eso. La Cámara de la Luz ponía de manifiesto la gloria, la justicia y la inevitabilidad absoluta del dominio de los Iguales.

Nada expresaba aquel dominio mejor que la fecha de aquel día especial en el calendario parlamentario. El entusiasmo tenía a Bouda agitada por dentro mientras llevaba a su padre, lord Lytchett Matravers, al interior de la Cámara y una vez allí, por amplios pasillos engalanados con seda roja. Papá caminaba con paso vacilante. Su hermana Dina le había vuelto a recomendar otra dieta saludable. Sin embargo, Bouda sospechaba que los vasos de zumo de tomate que papá se había tomado para desayunar eran en realidad Bloody Mary, y de los fuertes.

Pero era el Día de la Propuesta, así que quizá estuviera justificada una pequeña celebración. La primera Propuesta del Canciller era la que había realizado Cadmus, y supuso el establecimiento de Gran Bretaña como república, gobernada a perpetuidad por los Diestros. En los siglos transcurridos desde entonces las Propuestas anuales habían oscilado entre lo razonable —como la suspensión en 1882 de los derechos legales de los ordinarios durante su decenio de esclavitud— y lo extremista. El ejemplo principal de estas últimas fue la «Propuesta de la Ruina» de 1789, la cual había instado a los Iguales británicos a arrasar la ciudad de París y aplastar la revolución de los ordinarios franceses contra sus amos Diestros. Los derrotaron por un escaso margen en lo que, en opinión de Bouda, constituyó un acto de cobardía imperdonable.

La primera Propuesta que ella había oído y votado había sido la última de lord Whittam Jardine hacía siete años, al final de la década en la que estuvo al frente de la cancillería. Dicha propuesta, como cabía esperar, planteó eliminar la restricción a un solo mandato para quien estuviera en el poder.

Bouda acababa de cumplir los dieciocho y de asumir su papel como heredera de Appledurham. No obstante, ya tenía firmemente puesta la mirada en una boda con Gavar Jardine, así que apoyó la Propuesta. Su padre hizo lo propio. (Papá jamás había sido capaz de negarle nada ni a ella ni a Dina.) El resultado de la votación fue contrario a Whittam. Pero Bouda había logrado al fin su propósito, y ahora era la prometida del heredero de Kyneston.

Sin embargo, no era a Gavar en sí lo que ella quería. Bouda tuvo muy presente ese hecho al ver a su novio. Su padre y ella atravesaron el umbral de las grandes puertas para acceder a la sala de debates, y Bouda sintió un cosquilleo por todo el cuerpo con la Destreza a flor de piel. Gavar se hallaba justo enfrente, bajo la estatua de mármol de su antepasado Cadmus.

Era tan apuesto como pudiera desear toda chica que se preciara, pero tenía la tez llena de manchas fruto de la rabia y sus labios dibujaban una mueca desdeñosa de mal genio. A su lado estaba su padre. Ambos se caracterizaban por su cabello castaño rojizo, su altura y su postura bien erguida. Pero mientras que las emociones de Gavar saltaban a la vista en su rostro, el semblante de su padre no dejaba traslucir nada en absoluto. Lo único que Bouda intuyó a juzgar por la pose vigilante de ambos fue que no estaban contentos, y que esperaban a alguien.

A ella, advirtió cuando lord Jardine la vio.

Una sensación de frío le recorrió el cuerpo. ¿Qué ocurría? Ahora que estaba tan cerca del premio de formar parte de la Familia Fundadora por medio del matrimonio, no sabría qué hacer si sus planes se frustraban.

Repasó con rapidez las posibilidades.

No le constaba que hubiera sucedido nada que pudiera poner en peligro la alianza. No es que un día hubiera amanecido fea o No Diestra, ni que la enorme riqueza de su padre se hubiera esfumado.

De hecho, el único obstáculo en su camino al altar era el que había puesto Gavar con su hija bastarda engendrada con una joven esclava. La afrenta a Bouda ante la existencia de aquella mocosa solo se había visto superada por la ira de lord Jardine, pero ella había reprimido sus emociones. A su futuro suegro le había impresionado la serenidad con la que Bouda había respondido a tan desagradable episodio.

Tras saludarlos con la cabeza, Bouda recorrió la cámara con la mirada. Por suerte lord Rix, el mejor amigo de su padre y padrino suyo y de DiDi, estaba esperando junto a los escaños de los Matravers. Tendría entretenido a papá con sus enrevesadas anécdotas habituales sobre caballos de carreras. Bouda saludó a Rixy con la mano y, besando a su padre en la mejilla, le susurró al oído «Enseguida vuelvo» y lo empujó con suavidad en la dirección correcta.

Luego se apresuró a oír lo que Whittam y Gavar tenían que decirle.

No era nada que pudiera siquiera sospechar.

—¿No lo dirá en serio, milord? —dijo Bouda entre dientes.

—Silyen me informó anoche mismo —respondió su futuro suegro. Mientras él hablaba, Gavar observaba la sala para ver si se fijaban en ellos, pero Rix era el único que miraba hacia donde estaban, con una cara de preocupación más que evidente—. Me lo contó como si nada, mientras untaba mantequilla en un panecillo durante la cena. Te aseguro que a mí me ha sorprendido tanto como parece haberte sorprendido a ti.

«¿Como parece?» Bouda no dio importancia a la insinuación que entrañaban dichas palabras. Pero no entendía lo que lord Jardine acababa de explicarle.

—¿Que Silyen ha negociado con el Canciller, utilizando a Euterpe Parva, y le ha pedido a Zelston que proponga nada menos que la abolición? Seremos el hazmerreír si esto llega a saberse. ¿Cómo ha podido permitirlo?

—¿Que yo lo he permitido? —preguntó Whittam, evaluándola con una mirada inexpresiva—. ¿Estás segura de que tu hermana no tiene nada que ver con esto?

—¿Mi hermana?

Ese era, pensó Bouda, el único aspecto de su vida que no podía controlar, a la boba de su querida hermana Bodina. Dina era una fanática de la moda, fiestera hasta la médula y dada a destinar fajos de billetes de papá a causas ridículas como el rescate de animales, la lucha contra la pobreza internacional... y la abolición.

Decía mucho de la ingenuidad de Bodina el hecho de que el dinero que gastaba tan alegremente procediera por completo de la esclavitud. La fortuna de los Matravers se mantenía gracias a la marca BB de papá —llamada así por los nombres de sus hijas—, la cual producía aparatos eléctricos por millones para exportarlos a Extremo Oriente.

Se decía que en la mitad de los hogares de China había secadores, hidromasajeadores de pies, arroceras y hervidores de agua de BB. Era el empleo de mano de obra esclava por parte de BB —la empresa contaba con fábricas en varias ciudades de esclavos— lo que mantenía unos precios competitivos.

Constituía una fuente de vana exasperación para Bouda que a pesar de los escrúpulos de su hermana con respecto a la esclavitud, Bodina estuviera más que dispuesta a vivir de los beneficios que generaba. Con su pasión por los viajes y la alta costura, DiDi se fundía el dinero.

—¿Por qué haría Silyen algo a instancias de Dina? Si apenas se conocen.

El rostro de Whittam se crispó; no tenía respuesta para eso. Así pues, aquello no eran más que meras especulaciones. Bouda sintió un gran alivio. Sus planes con los Jardine no llegarían a su fin aquel día, por el tema que acababan de tratar.

—Tu hermana es atractiva —observó el señor de Kyneston con un gesto de indiferencia—. Tiene cierto encanto núbil que podría cautivar a un chico.

—Si cree que eso tendría algún efecto en él, milord, está claro que no conoce en absoluto a su hijo menor.

Gavar, al lado de su padre, dio un resoplido grosero. Bouda y su futuro marido puede que tuvieran poco en común, pero una cosa en la que podían coincidir era en su antipatía por Silyen.

—No —insistió Bouda, con una indignación creciente ante el intento flagrante de su futuro suegro de trasladar la culpa por el escandaloso acto de Silyen de su familia a la de ella—. En lo único que piensa Bodina ahora mismo es en el desamor, y en la próxima fiesta que le ayude a superarlo. Debe buscar más cerca de casa para encontrar una explicación. Era solo cuestión de tiempo: Jenner, una aberración No Diestra, Gavar, padre de una mocosa, y ahora Silyen, un abolicionista. Felicidades, sus hijos son un trío de cuidado.

No debería haber dicho eso. Serenidad y control en todo momento, Bouda.

Un rubor iracundo afloró por encima del pañuelo estampado con una salamandra que lord Whittam llevaba atado al cuello, y le subió poco a poco por la cara. Gavar tenía los puños cerrados. Vaya con los Jardine y su temperamento de mecha corta.

—Mis más profusas disculpas —dijo Bouda y agachó la cabeza, mostrando el cuello con gesto sumiso—. Perdóneme.

Tras dejar pasar unos instantes para que se convencieran de la sinceridad de sus palabras, levantó la vista y se cruzó con la mirada de Whittam. A su lado, Gavar parecía estar a punto de estrangularla, pero Bouda vio con gran alivio que su padre tenía un semblante tranquilo.

—Te disculpas como un verdadero político, Bouda —comentó lord Whittam tras una pausa durante la cual ella estaba convencida de haber contenido la respiración—. Con prontitud y elegancia. Puede que un día descubras que eso no es suficiente, pero de momento bastará. Ya hablaremos de eso más adelante, cuando estemos seguros de que las palabras de mi hijo menor no eran una mera broma de pésimo gusto. Vamos, Gavar.

Lord Whittam dio media vuelta y Gavar lo siguió hasta el escaño doble de Kyneston, situado en el centro de la primera fila. Se hallaba justo enfrente de la majestuosa talla de la Silla del Canciller. Circulaba el viejo chiste de que de ese modo los Jardine tenían que recorrer la menor distancia posible hasta su asiento preferido en la Cámara.

Lord Whittam aspiraba a que Gavar ocupara aquella silla algún día. Bouda sabía que la riqueza de su familia la convertía en una novia aceptable. Pero, en su arrogancia, a los Jardine no se les había ocurrido preguntarse qué buscaría Bouda con dicha unión.

La joven respiró hondo para calmarse y se dirigió hacia el escaño del dominio de Appledurham, situado en el centro de la segunda fila, justo detrás de los Jardine. Aquel lugar destacado era fruto de un gran esfuerzo, no de una herencia. Ninguno de los antepasados de Bouda había estado presente el día que la Cámara de la Luz se alzó reluciente de las cenizas del Palacio Real de Westminster.

No, la fortuna familiar de Bouda era más reciente. Un par de siglos atrás Harding Matravers, heredero de un linaje tan recóndito como menesteroso, decidió aprovechar su Destreza para la meteorología, objeto de burla. Escandalizó a la refinada sociedad de Iguales de la época haciéndose a la mar como capitán de un carguero para regresar de las Indias convertido en un hombre indecentemente rico. No se oyó ni un murmullo cuando volvió a hacerlo la siguiente temporada.

Al llegar el tercer año la mitad de las grandes familias de Gran Bretaña estaba en deuda con él, y poco después el incumplimiento de un préstamo propició el cambio del escaño de los Matravers en la séptima fila por uno mucho mejor situado, cuyo lord dado al despilfarro le había ofrecido como garantía de pago.

Incluso después de todo aquel tiempo la mácula del intercambio pesaba sobre el apellido Matravers.

Solo había una manera de eliminarla, pensó Bouda.

Su mirada pasó rápidamente por encima de los Jardine, padre e hijo, y dio con la forma angular de la Silla del Canciller. El asiento plano de respaldo alto se sostenía sobre cuatro tallas en forma de leones. Debajo yacía una losa destrozada, la piedra de coronación de los reyes de Inglaterra. Lycus el Regicida la había partido por la mitad. Aquel había sido el trono del Último Rey, el único objeto que se salvó de la incineración del Palacio de Westminster por parte de Cadmus.

En los siglos transcurridos desde la Gran Demostración nunca lo había ocupado una mujer.

Bouda pensaba ser la primera.

Al llegar al escaño donde su padre estaba arrellanado, con los dedos cogidos a su chaleco de terciopelo granate, Bouda se agachó para darle un beso en la mejilla y le dio un leve codazo en el estómago. Lord Lytchett sacudió hacia atrás su melena de un blanco marfil y se puso de pie para dejar sitio a su querida hija. Bouda pasó con facilidad por el estrecho hueco hasta el escaño del heredero, a su izquierda.

Mientras tomaba asiento, alisándose el vestido, un sonido atronador retumbó en la cámara alta. Se trataba de la maza ceremonial, que golpeaba las macizas puertas de roble desde el exterior. Únicamente aquellos que reunían los requisitos necesarios de consanguinidad y Destreza, es decir, lores, ladies y sus herederos, podían abrirlas. Ni siquiera Silyen, con todos sus supuestos dones, sería capaz de entrar allí. Sin embargo, Cadmus había creado una disposición —la cual, en opinión de Bouda, debería haberse reformado hacía ya tiempo— para que una docena de ordinarios pudiera presenciar las deliberaciones parlamentarias.

—¿Quién solicita entrar? —preguntó con voz temblorosa el viejo Hengist Occold, el Mayor de la Cámara, en un tono que no pareció lo bastante alto como para que lo oyeran al otro lado de las puertas.

—Los Comunes de Gran Bretaña solicitamos humildemente entrar y ser admitidos entre sus Iguales —fue la respuesta formal, expresada con una clara voz femenina.

El anciano movió las manos en el aire con una habilidad sorprendente, y las puertas se abrieron hacia adentro para dejar entrar a un grupo de personas.

En apariencia, no había nada que distinguiera a los doce recién llegados, todos ellos bien vestidos, de aquellos que llenaban la cámara. Pero se trataba de meros OP, es decir, Observadores del Parlamento. Sin derecho a voto. Sin Destreza. Simples ordinarios. No, pensó Bouda, eso se sabría por el modo en que la arpía de Dawson, la Portavoz de todos ellos, iba de punta en blanco con el último grito de la moda de Shanghái.

Rebecca Dawson, una mujer morena que pasaba de los cincuenta, encabezó el grupo hasta su lugar asignado, el banco del fondo situado a lo largo del flanco oeste de la cámara, enfrente de las filas de los escaños pertenecientes a los Iguales y detrás de la Silla del Canciller. Permaneció de pie sin problemas, pese a llevar unos tacones de aguja altísimos. Seguro que la Portavoz y Bodina podrían pasarse horas hablando de zapatos, pensó Bouda. De zapatos y abolición, ambos temas igualmente inútiles.

Mientras los OP se acomodaban, el aire vibró de nuevo con un sonido de trompetas que anunció la llegada del Canciller. Aquel toque hizo estremecer a Bouda tanto como la primera vez que lo había oído. El indigno titular en aquel momento del más importante de los cargos entró majestuosamente en la sala, y con un ademán final del Mayor de la Cámara se cerraron las puertas.

Bañado por la luz titilante que entraba por el ventanal sur desde el reluciente mundo situado al otro lado del cristal, la silueta en blanco y negro de Winterbourne Zelston subió los peldaños hasta la silla que ocupaba. Tras desabrochar el pesado armiño y el manto que llevaba encima, dejó la prenda en las manos preparadas del Menor de la Cámara, el heredero más joven presente en la sala.

El Canciller tomó asiento. El Parlamento iniciaba la sesión.

A la Propuesta le precedió la actividad parlamentaria habitual. Por lo general, Bouda se interesaba mucho por los asuntos de Estado, pero aquel día estaba distraída por los pensamientos del inminente anuncio.

A pie de cámara Dawson estaba despotricando contra un plan totalmente lógico para ayudar a los desempleados de larga duración mediante su reincorporación a la esclavitud durante una prórroga de doce meses. Bouda dejó de prestarle atención y siguió dándole vueltas a la cuestión. ¿Silyen podría hacer realmente lo que había prometido, y resucitar a Euterpe Parva? ¿Sería posible que Zelston siguiera amando tanto a aquella mujer como para arriesgar su puesto con una Propuesta tan descabellada?

Y lo más difícil de entender, ¿por qué razón solicitaría Silyen semejante propuesta, cuando esta seguramente no prosperaría?

Bouda pensó sobre lo que sabía del chico, y para su sorpresa descubrió que no era mucho. Silyen rara vez estaba presente en los actos sociales celebrados en Kyneston, ya fueran las fiestas en el jardín, las cacerías o las interminables veladas de ópera de cámara. Alguna que otra vez asistía a las cenas familiares, en las que comía con moderación y hacía comentarios maliciosos y mordaces. La mayoría eran a costa de su hermano mayor, y Bouda tenía que reprimir las ganas de reír. La familia al completo sostenía que Silyen estaba dotado de una gran Destreza, pero Bouda nunca había visto una prueba directa de ello.

Sin embargo, había habido momentos. Sensaciones. Nunca había sabido decir concretamente de qué se trataba, pero a veces en Kyneston había tenido la vaga impresión de que algo fallaba. Conversaciones que no recordaba con claridad. Objetos que no acababa de sentir del todo bien en la mano. Incluso el aire se notaba raro en ocasiones, cargado y estático.

Normalmente lo atribuía a la generosidad de Gavar con el contenido de la bodega de su padre. Se había preguntado incluso si se debería a la carga que chisporroteaba por las extensas alas forjadas con Destreza de Kyneston.

Pero no lo sabía con certeza.

Cuando sonó el timbre del receso, papá se levantó haciendo contrapeso con el cuerpo para dirigirse al Salón de los Diputados en busca del carrito de los pasteles. Su desaparición brindó a Bouda la oportunidad de tener una conversación pendiente desde hacía mucho tiempo. Buscó a su presa. En efecto, allí estaba lady Armeria Tresco, en la última fila. Sola.

El escaño que ocupaban los Tresco en la cámara se correspondía con la ubicación de su dominio de Highwithel, periférica. Si el heredero de Highwithel no hubiera destrozado el corazón de su hermana, Bouda bien podría haberse visto algún día visitando con frecuencia aquella casa. Se alegraba de que aquello ya no fuera probable. La propiedad de los Tresco era una isla situada en el centro de las Sorlingas, un archipiélago cercano a la punta de Cornualles. Más allá del cabo de Land's End.

Era sin duda el mejor lugar para el irresponsable del heredero Meilyr y su espantosa madre. Ya podrían quedarse allí.

Lady Tresco levantó la vista cuando Bouda se le acercó. Estaba buscando algo dentro de un bolso de piel raído. Posiblemente un cepillo, dado lo despeinada que iba la señora, aunque no parecía probable que tuviera uno.

Armeria le dedicó una agradable sonrisa, cerró el bolso y lo dejó en el asiento de al lado. El escaño del heredero, que brillaba por su ausencia.

—Veo que Meilyr sigue sin aparecer —dijo Bouda—. ¿Tienes noticias de tu hijo pródigo?

—Ni una sola, me temo —respondió la mujer mayor—. Créeme, tu hermana sería la primera en enterarse. Pero ya hace más de seis meses que se marchó. Espero que a Bodina se le haya pasado la desilusión, si no del todo, al menos lo peor.

—Oh, sí —afirmó Bouda—. Ya lo tiene superado. Si por ella fuera, hace tiempo que Meilyr podría haber vuelto a Highwithel. Te lo preguntaba solo a título personal, porque voy a enviar las invitaciones de boda en breve. Entonces, ¿solo una para los Tresco?

—Nunca se sabe —contestó lady Tresco, mostrándose poco servicial—. Así que ya queda poco, ¿no? Hay que ver cómo vas subiendo de categoría. Enhorabuena.

—Gracias. —Le salió como una respuesta automática—. Y sí, será en Kyneston en marzo, después del Tercer Debate y la votación sobre la Propuesta.

—¿El Tercer Debate? Qué apropiado para tan política unión. Bueno, te veré antes en Esterby para el Primero.

Y, dicho esto, Armeria Tresco recuperó su bolso y comenzó a buscar de nuevo en su interior.

Bouda se quedó parada. ¿Acababan de mandarla a paseo? Eso parecía. Al menos nadie había visto lo ocurrido. Pero aun así... Sintió que le ardían las mejillas mientras daba media vuelta y bajaba hasta la segunda fila. Se la vería más rubicunda que a su querido padre.

Al menos había recogido alguna información para Dina. O más bien no tenía ninguna noticia, lo cual era sin duda una buena noticia, en su opinión. La pasión de su hermana pequeña por Meilyr Tresco había sido sincera, pero del todo errada. Meilyr era un ser afable, pero tenía las mismas convicciones políticas absurdas que su madre, y Bouda lo responsabilizaba a él principalmente de llenar la cabeza a DiDi con su fervor abolicionista.

Incluso la manera en que había roto con Dina había sido poco clara y convincente. Se había limitado a decir a la pobre DiDi que quería «encontrarse a sí mismo», según le había confiado su hermana destrozada. Con Meilyr fuera del mapa, se podría dar con un marido más apropiado para ella. Dina necesitaba alguien serio y fiable, que entendiera los intereses de la familia. Bouda tenía unas cuantas posibilidades en mente.

Papá estaba ya de vuelta en su escaño, con un trozo de pastel de reserva envuelto en una servilleta, que metió por el lateral del asiento. ¡Menudo glotón! Bouda le pellizcó la mejilla con indulgencia y le susurró al oído:

—Por lo que me ha comentado antes lord Jardine, esto podría ser interesante.

Las trompetas sonaron de nuevo, anunciando el regreso del Canciller. La cámara se sumió en un silencio expectante.

Zelston se acercó a su silla, pero se quedó de pie. Tenía una expresión adusta, y sujetaba con firmeza una sola hoja de papel con el orden del día. Abordó el asunto sin preámbulos.

—Es prerrogativa mía como Canciller presentar una propuesta de mi elección para someterla a consideración de la Cámara. Como todos sabrán, la presentación de una Propuesta por parte del Canciller no significa necesariamente que él la apoye. Puede tratarse simplemente de una cuestión que, en su opinión, merece ser debatida. Es el caso de la Propuesta que planteo hoy aquí.

Dicho desmentido provocó abucheos y silbidos entre los diputados más problemáticos.

—¡Menudo respaldo! —gritó uno desde la sexta fila.

—¿Y para qué molestarse entonces? —se mofó otro desde un asiento más cercano al de la máxima autoridad.

El Canciller, que no se dignó a responderles, recorrió la cámara con una mirada serena e impasible, aunque Bouda vio como le temblaba la hoja en la mano.

—Al concluir esta sesión el Silencio será impuesto a todos los Observadores, y el Sigilo, aceptado por todos los Diputados.

Hubo murmullos de sorpresa y desagrado entre los Iguales reunidos. Bouda se sentó en el borde del escaño, tensa y agitada. Nunca había presenciado la aplicación en público del Silencio y el Sigilo, dos actos antiguos donde los hubiera.

Naturalmente, llamarlo «Silencio» resultaba engañoso. El acto no silenciaba en realidad a una persona, sino que le ocultaba sus propios recuerdos. Estaba prohibido imponer el Silencio a un Igual, aunque era evidente que la práctica no contaba, conclusión a la que había llegado Bouda hacía mucho tiempo. ¿Cómo sino lograría alguien a dominar dicho acto? Todos los Cancilleres tenían que ser capaces de ejecutarlo, por ello Bouda se había ejercitado desde niña con su querida hermana. A la buena de DiDi no le había importado.

La práctica del Silencio se permitía únicamente dentro de la Cámara de la Luz, cuando se imponía a los ordinarios, es decir, a los Observadores. En ocasiones estos no tenían acceso al contenido de ciertas Propuestas u otros asuntos considerados demasiado confidenciales o incendiarios como para que llegaran a ser de conocimiento general. Una vez que el Canciller hubiera aplicado el Silencio, los OP no recordarían nada de su Propuesta hasta que él lo hiciera desaparecer de nuevo.

Los propios parlamentarios, los Iguales, aceptarían el Sigilo. Este era un acto menor, pero aun así eficaz. Uno conservaba sus recuerdos, pero no podía hablar o compartirlos con nadie que no formara parte del grupo autorizado, en este caso, los Diputados del Parlamento. Se rumoreaba que muchos secretos de familia se protegían por medio del Sigilo hereditario.

Por lo visto, la Portavoz Dawson deseaba protestar. Bouda hizo un gesto de exasperación. Naturalmente, a lo largo de la historia el Silencio se había empleado de formas quizá poco deseables. Puede que aún fuera así. Gavar y sus amigos llegaron a ser conocidos en Oxford por fiestas a las que asistían chicas ordinarias que a ojos de los invitados parecían sufrir una extraña desmemoria al día siguiente. No obstante, en la Cámara de la Luz ambos actos eran totalmente legítimos.

El Canciller se mantuvo imperturbable hasta que hubo cesado el alboroto. Luego miró por última vez el papel que tenía en la mano, como si no pudiera dar crédito a lo que ponía en él.

Bouda lo observó impaciente, tapándose la boca con una mano. Incluso su padre se había sentado bien para escuchar con interés.

Zelston habló.

—Propongo la abolición, total e inmediata, del decenio de esclavitud.

SEIS

LUKE

Era increíble lo mucho que se podía hacer en diez minutos.

Luke miró la hora en su reloj —uno barato de plástico marcado con el logo chillón de BB, el modelo estándar que llevaban todos los esclavos en Millmoor— y se movió con sigilo por el lateral de la nave al abrigo de la oscuridad para luego apretar la marcha hasta ponerse a correr. Aunque la pausa era breve, el trasiego de obreros por el Parque de las Máquinas brindaba la oportunidad ideal para llevar a cabo todo tipo de actividades de la mejor manera posible y sin llamar la atención.

Había aprendido eso, y mucho más, bajo la tutela de Renie. Después de que Luke hubiera entregado las gafas por ella, la chica había vuelto al cabo de unos días con otra petición, a la que siguió una más. Y Luke tenía la sensación de que por muy reventado que estuviera tras la jornada de trabajo en la nave de componentes, podía sacar fuerzas de flaqueza para hacer lo que ella le pidiera.

—Estoy seguro de que ya te he pagado todos los favores que crees que te debo —le había dicho Luke un día tras llevar unas piezas para arreglar un aparato estropeado de aire acondicionado en un bloque infecto situado al oeste, donde se habían desatendido las peticiones de los residentes para que repararan el inmueble, y la gente comenzaba a tener problemas respiratorios.

Respirar en aquel edificio era como aspirar los gases de un tubo de escape. Luke pensaba que había echado un trozo de pulmón por la boca en el poco tiempo que estuvo allí para realizar la entrega.

—Pues claro que sí —respondió Renie, mostrando sus dientes separados con una amplia sonrisa—. Ahora lo estás haciendo porque te gusta.

Y Luke había descubierto que así era.

Por lo que él veía, Renie a Secas era como un genio que cumplía deseos. O no tanto deseos como necesidades diarias básicas que a Luke no le cabía en la cabeza que no satisficieran a las autoridades de Millmoor. Sí, Renie actuaba fuera de los canales oficiales, pero sacaba mucha información sobre lo que la gente necesitaba de un doctor de Millmoor, y eso debía de hacerlo todo medio legal. Además, pese a todas las advertencias de Ryan, seguro que no te condenarían a la esclavitud de por vida por llevar a la gente medicinas, libros y comida.

Había llegado a la cantina. Le quedaban seis minutos y medio, tres para dar con lo que necesitaba y tres y medio para regresar a su puesto de trabajo junto a Williams.

Luke se había echado a reír cuando Renie le había comunicado cuál sería su última misión, liberar comida de los almacenes de la Zona D. Con lo que a él le costaba tragarse lo que le servían allí sin vomitar. Sin duda los únicos que se beneficiarían de que se llevara aquella bazofia serían los trabajadores de la Zona D, que así ya no tendrían que comérsela.

—Tiene más calorías y proteínas —le había explicado ella—. Para que los que hacéis trabajos pesados aguantéis. Deberías ver lo que dan de comer a la gente en las otras zonas. Es igual de asqueroso, pero llena la mitad. Y ya sabes la porquería que hay en las cocinas comunales. Aquí se coge el escorbuto, Luke. Va en serio.

Luke se había hecho sus preguntas sobre la propia Renie, a la que veía diminuta —incluso para ser una cría de trece años—, escuálida y con las mejillas hundidas. Ni el tono oscuro de su piel lograba tapar las ojeras que tenía. Parecía estar malnutrida de un modo que debería resultar inconcebible en la Gran Bretaña del momento. ¿Habría llegado a Millmoor con diez años? ¿Eran esos los efectos que habían tenido en ella tres años de vida allí?

Y como había hecho tantas veces a lo largo del mes que llevaba separado de su familia, Luke dio gracias en silencio de que ninguno de los suyos estuviera en aquel lugar de pesadilla. Sobre todo Daisy.

Se metió en la despensa a gatas. Los estantes se alzaban por encima de su cabeza. Todos ellos estaban etiquetados, pero no ordenados según un sistema lógico. Había infinidad de cajas y envases de cartón. Recorrió al trote una hilera de punta a punta, mirando arriba y abajo y fijándose en las etiquetas.

Y de repente se dio con el borde de la balda que tenía delante cuando algo lo golpeó en la cabeza por detrás.

Luke se desplomó en el suelo, medio ciego del dolor. ¿Le habría caído algo encima de alguno de los estantes más altos que tenía a la espalda?

Una puntera de acero le dio la vuelta, empujándolo por debajo del omóplato.

La tira de lámparas de techo fluorescentes emitía aureolas palpitantes. Una de ellas formaba un halo tecnicolor mareante alrededor de la cabeza de la silueta que se alzaba sobre él. Luke parpadeó para intentar estabilizar la vista. Lo que vio no supuso una mejora.

—¿Qué, de paseo, Hadley E-1031?

La bota le dio un toque suave bajo la barbilla. La mirada de Luke siguió la pierna hasta un pecho en forma de barril, un cuello de toro y una cabeza cuadrada con una corona de luz retorcida a su alrededor.

Era su mismísimo ángel del dolor. Kessler.

—Tenemos un poco de hambre, ¿eh? —Y, mirando las estanterías de la despensa, el guardia añadió—: ¿Es que no te gusta cómo te alimentamos en Millmoor, E-1031? ¿Te desilusiona no estar comiendo cisne asado con tus superiores en Kyneston?

La punta de la porra se clavó hasta el fondo en la parte blanda situada bajo las costillas de Luke. El trabajo en la Zona D había ido reforzando las capas musculares de su abdomen, pero eso no le bastó como defensa contra los golpes de Kessler. La porra se dirigió hacia arriba —el hombre sabía tanto de anatomía como mamá— y le asestó otra estocada, lo que provocó que el cuerpo de Luke se plegara mientras se acurrucaba de lado y vomitara los restos grumosos del desayuno.

Luke gimió y se limpió los regueros babosos de la boca con el puño del mono. Hasta el más leve movimiento hacía que su cabeza aullara de dolor. Recordó a mamá agachándose junto a papá en el camino de entrada. ¿Qué era lo que había gritado? Algo sobre un fuerte traumatismo. Luke cerró los ojos.

—Espero que no hayas robado nada, E-1031 —continuó Kessler—. Porque en Millmoor está muy mal visto robar. Te pueden caer más años aparte de los que te tocan como esclavo. Voy a comprobarlo, ¿vale?

Unas manos bastas le cachearon las extremidades, palpándole el mono de arriba abajo y tirándole de los bolsillos. Cuando Luke pensaba que todo había terminado, el guardia le agarró la barbilla entre el dedo índice y el pulgar, obligándolo a abrir la boca.

—Me gusta hacer mi trabajo a fondo —dijo Kessler.

Y, acto seguido, le metió el índice y el corazón de la otra mano en la boca. A Luke le entraron arcadas, y mientras se le llenaba la boca de saliva notó un sabor a jabón y antiséptico fuerte. ¿Serían las manos de Kessler lo único limpio que había en Millmoor?

Kessler sacó los dedos y se los limpió en la parte delantera del mono de Luke.

—Parece que has sido buen chico, E-1031. Pero ha sido un descuido por tu parte tropezar y caerte yendo de acá para allá por el Parque de las Máquinas. Eso puede ser peligroso en un sitio como este.

—¿Tropezar? —dijo Luke con voz ronca, llenándose de ira a medida que la náusea iba a menos—. Me has golpeado tú, cabrón.

Y tosió, confiando en que le saliera un poco de bilis para que se le quitara el sabor a Kessler de la boca.

—Has tropezado —repitió Kessler—. Está claro que necesitas una pequeña lección para que aprendas a ir con más cuidado en el futuro.

La porra se levantó ante él, y la luz brilló en toda su longitud.

Puede provocar la muerte, recordó de repente. Un fuerte traumatismo puede provocar la muerte si el cerebro se inflama.

Pero recibió el golpe más abajo. Luke oyó cómo si se rompiera algo —varias cosas— y dio un grito ahogado. Sintió cuchillos al respirar. Vio agujas.

Y perdió el conocimiento.

Cuando volvió en sí, el olor a antiséptico seguía allí. Pero al abrir los ojos, no vio a Kessler por ninguna parte. Luke estaba tirado en una silla, en una esquina de lo que parecía la sala de espera de un dispensario.

El centro de su cuerpo era una masa irregular de dolor, como si le hubieran sacado todos los órganos y lo hubieran rellenado con vidrios rotos. Se inclinó hacia delante con movimientos vacilantes y vomitó de nuevo en el suelo. Esta vez no fue mucho, y lo poco que echó era de un color tirando a rosa, con manchas rojas. Le costaba respirar.

—¿Cómo te ha ocurrido esto?

Percibió una voz cercana. Grave. Airada.

Una silueta se agachó a su lado y le puso una mano en la frente. Luke se apartó encogiéndose, pero no había adónde ir.

Era una mano delicada, fría al tacto, y Luke hundió la cabeza en ella con un sollozo de alivio.

—Soy el doctor Jackson, y quiero que intentes ponerte de pie —le dijo la voz—. No pienses que te va a doler, y puede que no sea así. Ven conmigo.

Y, por increíble que le pareciera, Luke vio que podía hacerlo. Apoyándose en el brazo del médico vestido con una bata blanca, y moviéndose como si le hubieran añadido un cero a su edad, recorrió el pasillo arrastrando los pies. El doctor lo llevó a una pequeña sala y le indicó que se apoyara contra la camilla.

—Voy a echarte un vistazo. Seré lo más cuidadoso posible. ¿Puedo?

El médico señaló los botones del mono de Luke, y este asintió con la cabeza. Observó al hombre con detenimiento para distraerse del dolor que sin duda sentiría a continuación. Se fijó en que llevaba el pelo corto por los lados y una barba arreglada. Tenía el rostro bronceado, con un tono de piel en el que resaltaba la palidez de las líneas de expresión que se le marcaban alrededor de los ojos. En el bolsillo de la pechera de la bata se leía el nombre JACKSON J-3646 bordado en azul. Parecía demasiado joven para ser médico.

Habría pasado a ser esclavo recién salido de la universidad, dedujo Luke. Abi le había contado que eso no era algo insólito entre los jóvenes graduados en medicina con más ambición que escrúpulos. Te metían de lleno en lo más duro de las ciudades de esclavos y adquirías una gran experiencia, sin que a nadie le importaran mucho los errores que pudieras cometer.

Pero aquel hombre sabía lo que hacía. Sus manos subieron suavemente la camiseta de Luke, y le levantaron el cabello con cuidado para examinarle el cráneo. Cada vez que lo palpaba, Luke esperaba sentir una explosión de dolor, pero lo único que notaba era una punzada sorda.

—A ver si lo adivino —dijo el médico, dejando que el algodón cubriera de nuevo la cintura de Luke—. Has sufrido un accidente en tu puesto de trabajo. Has tropezado y te has caído, justamente sobre algo con una forma parecida a… ¿una porra de Seguridad?

Sorprendido, Luke miró al hombre a la cara. ¿Sería una trampa? Cuidado, Luke.

Quizá el tal Jackson fuera amigo de Kessler. ¿Se dedicaría el sonriente doctor a remendar las «pequeñas lecciones» del responsable de Seguridad, manteniéndolas silenciadas?

—Sí, ha sido un accidente en mi puesto de trabajo —asintió Luke.

Jackson frunció el ceño.

—Claro que ha sido eso. Y te diré una cosa, no es tan malo como pueda parecer. Creo que al caer te has golpeado la cabeza, lo que ha provocado que tus vías neuronales entren en un estado de hipersensibilidad. Pero no es nada que no pueda arreglar con unos analgésicos potentes. Un segundo.

Jackson le dio la espalda para buscar algo en el interior de un armario de espejo.

El médico tenía razón; Luke se sentía ya mucho mejor que al volver en sí en la sala de espera. Pensaba que Kessler le había hecho polvo unas cuantas costillas, pero cuando se arriesgó a echar un vistazo a su estómago, solo vio un hematoma amoratado, lo cual tenía sentido, por retorcido que pareciera. Kessler no podía ir por ahí propinando palizas de muerte a la gente. Puede que los esclavos no fueran más que enseres del Estado, pero eso no significaba que unos guardias de Seguridad sádicos pudieran destrozarlos. Seguro que Kessler sabía perfectamente lo que hacía, asestando cada golpe de manera que causara el mayor sufrimiento y el menor daño posibles.

Jackson se volvió de nuevo hacia él con un tubo gordo de pomada. A medida que le aplicaba el ungüento con delicadeza por el abdomen, desapareció el resto del dolor. A Luke le dieron ganas de llorar de alivio y farfulló un «Gracias».

—No tiene importancia —dijo Jack, poniéndose derecho y mirando a Luke a los ojos—. Es lo menos que puedo hacer por el amigo de un amigo.

Y el corazón de Luke volvió a acelerarse de nuevo, sacudiendo con fuerza su tórax, que al final resultó no estar destrozado. ¿A qué se referiría el doctor? Luke no tenía ningún amigo en Millmoor, tan solo un compañero de trabajo mudo, un conocido de su antiguo colegio y una mandona que era poco más que una niña.

El doctor.

¡Él era el doctor! El que sabía cosas. El que controlaba los tejemanejes de Renie.

—Ese amigo suyo no será una chica, ¿no? ¿Una de sus pacientes más jóvenes?

Jackson se echó a reír, en un tono quedo y tranquilizador.

—Renie nunca ha sido paciente mía. Esa muchacha tiene más vidas que un gato. Si pudieras tirarla desde lo alto de un tejado, caería de pie. Cuidar de ti hoy es lo menos que puedo hacer, después de todo lo que tú has hecho por nosotros, Luke Hadley.

Luke se ruborizó ante aquel elogio inesperado.

—No he hecho gran cosa. Nada que no hubiera hecho cualquier otra persona.

—Me temo que eso no es así —repuso Jackson—. No hay muchos que vean este sitio como lo que es realmente. Y aún hay menos que se den cuenta de que la esclavitud no es una parte inevitable de la vida normal, sino una violación brutal de la libertad y la dignidad, perpetrada por los Iguales.

Luke se quedó mirando al doctor. ¿Era eso lo que él pensaba? No estaba seguro. La idea de la esclavitud le había dado pavor, y seguía horrorizándole pensar en el decenio que le quedaba por delante. Los Iguales le inspiraban rencor y envidia. Odiaba Millmoor, así como las crueldades y humillaciones que presenciaba cada día. Pero al igual que Abi y el resto de su familia, Luke nunca había puesto en duda el hecho de que al final tendrían que cumplir con su deber como esclavos.

—No debería agobiarte —dijo Jackson, intuyendo el desconcierto de Luke—. Bastante mal lo has pasado ya esta tarde. Vuelve a tu bloque y descansa. Pero que sepas que hay unos pocos más como Renie y yo, y nos juntamos de vez en cuando como el Club Social y de Juego de Millmoor. Si te apetece unirte a nosotros, estaremos encantados de verte. Renie puede indicarte cuándo.

Dicho esto, Jackson abrió la puerta y, asomándose al pasillo, llamó en voz alta al siguiente paciente.

Para su asombro, Luke amaneció al día siguiente sin dolor —tan solo con unos moretones amarillentos que mostraban las partes de su cuerpo donde Kessler la había emprendido a golpes con él—, lo cual ya estaba bien, porque tenía una misión que cumplir. Durante la pausa en su puesto de trabajo, fue directo a la despensa de la cantina. Kessler no esperaría que volviera allí o, en todo caso, no tan pronto. Se llenó los bolsillos del mono con tantos paquetes como pudo esconder. Aquella noche acudió al punto de encuentro acordado con Renie para la noche anterior, donde habían quedado en guardar el alijo de comida. Pero ella estaba esperándolo allí.

—Sabía que vendrías esta noche —dijo Renie, metiéndose en la boca un chicle, que no tenía pinta de estar bien visto en Millmoor—. El doctor me ha dicho que si aparecías, te dijera que la próxima reunión del club será este domingo. Nos vemos a las once de la mañana en la Puerta 9 del taller de reparación de vehículos del sector sur.

Y, tras meterse la comida robada dentro de la sudadera, volvió a perderse en la oscuridad.

—¡Espera! —exclamó Luke entre dientes—. ¿Qué quiso decir Jackson con eso de que tenéis un club social y de juego? ¿Qué hacéis realmente?

El rostro de la muchacha volvió a aparecer, asomando sin cuerpo bajo la tenue luz de una farola.

—Jugamos al ajedrez, al Scrabble… —Renie se encogió de hombros—. Teníamos el Cluedo, pero nos lo quitaron por subversivo. Liquidamos a unos pijos en una mansión, y sospechaban que podría haber sido uno de los criados.

Ante la cara de decepción de Luke, Renie echó la cabeza hacia atrás y soltó una risa socarrona.

—Que es broma. Pronto lo sabrás. Y recuerda que nadie te obligará a jugar. Puede que nosotros te hayamos elegido a ti, pero eres tú quien debes elegir el juego.

Y, dicho esto, desapareció.

Aquella noche Luke estuvo despierto en la cama de la habitación compartida donde dormía, pensando en su familia y en el club del doctor Jackson. Se había pasado toda su vida rodeado del ruido que hacían sus hermanas y sus padres, un sonido tan familiar que ni reparaba en él —como ocurría con la respiración—, hasta que dejó de oírlo. Así que a veces hablaba con ellos, lo cual no tenía nada de extraño.

No sabría nada de ellos hasta diciembre como muy pronto, una vez que llevara allí tres meses y hubiera transcurrido el periodo de restricción habitual para los nuevos esclavos en cuanto a la comunicación con el exterior. Y tampoco podría explicarles lo del club por carta, de modo que tendría que conformarse con un monólogo dentro de su mente.

¿Qué pensarían acerca de cómo había pasado sus primeras semanas en Millmoor, y de su plan de quedar con Renie el domingo? Porque estaba seguro de que las actividades del club no tenían nada que ver con juegos de mesa.

—Olvídalo, hijo —le aconsejaría papá desde debajo del capó del Austin-Healey, con la mano tendida en espera de una llave inglesa—. Tú agacha la cabeza y sigue con tu trabajo.

—No te metas en líos —imaginaba que le decía su madre.

Y Abi le recordaría sin duda que él no sabía nada de esa gente con la que andaba juntándose.

A Daisy puede que le molara. Nunca había sido de las que hacían lo que se le decía, aunque Luke confiaba en que estuviera siendo más obediente en Kyneston. ¿Acaso Millmoor habría hecho de Daisy una Renie, avispada y rebelde?

Luke vio al final que se trataba de una sola pregunta, ¿valdría la pena arriesgarse a recibir otra paliza de Kessler —o algo peor, posiblemente incluso poner en peligro su traslado a Kyneston— por colaborar con el club?

Mamá y papá responderían que no sin dudarlo ni un segundo. Pero ellos no habían estado allí ni habían visto cómo era la vida en aquel lugar. Cayó en la cuenta de que la decisión ya no dependía de sus padres. Como le había prometido Renie, era suya.

Ser consciente de ello no le ayudó a conciliar el sueño.

El domingo por la mañana Luke llegó a la cochera media hora antes de lo previsto. Movido por la curiosidad, fue a merodear junto a la alambrada. Había una fila de 4 × 4 de Seguridad elevados sobre gatos hidráulicos, para poder trabajar con los vehículos por debajo. Sabía también lo que habría dicho papá al respecto, que eso era increíblemente peligroso sin caballetes. ¿Acaso las autoridades que dirigían Millmoor serían tan ignorantes como para desconocer eso, o simplemente no les importaba la gente que estaba allí como esclavos?

¿O se trataría de algo peor? ¿Serían los numerosos accidentes que tenían lugar en Millmoor —como el sufrido por Jimmy, el tío de Simon, o por el hombre que había precedido a Luke en su puesto de trabajo— algo más que meras negligencias excepcionales? Quizá formaran parte del funcionamiento de las ciudades de esclavos. Unas labores arriesgadas y unas condiciones de vida duras hacían que la gente se mantuviera centrada en sí misma y en sus propios retos, impidiendo que tuvieran una visión de conjunto.

¿Es eso lo que había intentado decirle el doctor Jackson?

¿Empezaba Luke a ver Millmoor como lo que era realmente?

Renie apareció junto al codo de Luke. El gesto de aprobación que le dedicó al verlo rondando por la cochera se convirtió en una amplia sonrisa cuando él le explicó que un día había arreglado un automóvil con su padre.

—No es que aquí vaya a tener muchas oportunidades de emplear mis conocimientos —dijo Luke con pesar—. El mes que viene cumplo diecisiete. Debería estar aprendiendo a conducir. Más o menos ya sé, pero pasará mucho tiempo antes de que pueda verme al volante de un coche o debajo de un capó.

—Nunca se sabe, Luke Hadley —contestó Renie, masticando con ganas un chicle—. Venga. Vamos a presentarte al club.

Luke puso en marcha su GPS mental para intentar recordar la ruta que siguieron, pero al cabo de un cuarto de hora se perdió con los atajos que tomaron y los edificios y patios por los que se colaron, de modo que le fue imposible retener en la memoria los caminos que habían recorrido y las esquinas por las que habían torcido. ¿Acaso Renie no quería confiarle la ubicación de la reunión?

—¿Qué es esto, una ruta turística? —preguntó Luke con cierta brusquedad.

—La ruta con menos vigilancia —contestó ella, sin dejar de avanzar a paso ligero.

Al poco rato Renie pasó agachada bajo la persiana medio bajada de la entrada de mercancías de un almacén y se encaminó hacia una puerta encajada en la pared de aquel local grande y tenebroso.

A Luke no le dio tiempo a atusarse el pelo y poner su mejor cara. Sus temores eran infundados. El Club Social y de Juego de Millmoor resultó ser un grupo de seis personas reunidas en una sala oscura.

Estaban sentadas en enormes sillas de oficina de malla negra alrededor de una mesa con ruedas llena de latas de refresco y un frutero vacío. Parecía el jurado del concurso televisivo de talentos más horrible del mundo.

Había dos mujeres canosas que debían de ser rezagadas; parecían mayores incluso para encajar en dicha categoría, pues aparentaban tener sesenta y tantos años. Un tipo delgado hacía girar la silla que ocupaba con una energía nerviosa. Un hombre negro con la cabeza rapada se hallaba sentado junto a una mujer menuda de tez pálida con una coleta. ¿Serían los padres de Renie? Si lo eran, ella no les dedicó una atención especial. Y también estaba el doctor Jackson, con dos asientos vacíos a su lado.

—Hola, Luke —lo saludó—. Bienvenido al Club Social y de Juego de Millmoor.

Los demás se presentaron: Hilda y Tilda, Asif, Oswald —«Llámame Oz», le dijo— y Jessica. Las dos mujeres con nombres parecidos eran hermanas, pero Oz y Jessica no mencionaron tener vínculo alguno con Renie.

—Y este es Luke Hadley —dijo Jackson, dándole una palmadita tranquilizadora en el hombro mientras él tomaba asiento.

Pese al extraño grupo que formaban aquellas personas, a Luke le invadió una sensación de entusiasmo.

—Ya has visto cómo socializamos —dijo el doctor, sonriendo—. Cosas como la comida y las piezas de un aparato de aire acondicionado son minucias de nuestro quehacer diario. No se trata solamente de cuestiones esenciales. Un libro, música o una carta de amor del exterior que no haya leído antes un censor… todo lo que venga de fuera que haga más soportable la vida aquí, nosotros nos ocupamos de ello.

»Pero aunque todo eso es importante, no supone ningún cambio.

Y lo que pretende el club es cambiar las cosas, Luke. A eso es a lo que jugamos. Te enseñaremos en qué consiste.

Luke asintió, nervioso pero intrigado.

—Si decides que no quieres jugar, lo entenderemos —prosiguió Jackson—. Pero en tal caso, te pedimos que no hables del club o de sus actividades con nadie. Jessica, ¿quieres empezar tú y mostrarle a Luke cómo lo hacemos?

Resultó que el frutero no estaba vacío, porque Jessica metió la mano dentro y sacó un trozo de papel doblado en un cuadrado pequeño. La mujer lo miró con el ceño fruncido.

—En serio, Jack, qué mala letra tienes.

Jackson levantó las manos.

—¿Qué quieres que te diga? Soy médico.

—Al menos me ha tocado una buena —prosiguió Jessica, leyendo lo que ponía en el papel—. «Detectar y destruir pruebas de Seguridad sobre los cargos contra Evans N-2228.» Elijo a Hilda y Oz; a ella para la detección, y a él para la destrucción.

Jessica miró a Oz. Puede que no fueran los padres de Renie, pero se notaba que había algo entre ellos, lo cual tenía su encanto.

—Danos más información, doctor —dijo Oz con una voz retumbante.

Jackson entrelazó los dedos, adoptando de repente un semblante serio.

—Barry Evans perdió una mano en un accidente en la planta procesadora de aves. Llevaba siglos advirtiendo a su supervisor que las máquinas fallaban, pero no se hizo nada. El día que sale del hospital, se cuela en la planta durante las horas de cierre nocturno y la hace casi añicos. Nadie lo vio, pero lo grabaron con las cámaras y piensan empapelarlo de por vida. Localizad las imágenes y borradlas. Aseguraos de que no queda ni una copia de seguridad en los servidores. Y si existe alguna otra prueba incriminatoria, hacedla desaparecer también.

Las dos mujeres se miraron y Hilda golpeó la mesa con la mano. ¿Sería una muestra de entusiasmo por su labor? ¿O de indignación por lo que le había ocurrido a Evans? Luke no sabía qué pensar. De hecho, le costaba creer lo que acababa de oír, pero ya había pasado el turno y en ese momento era Tilda quien estaba metiendo la mano en el frutero. Al abrir el papel que había elegido, rechifló.

—«Entrevista en directo con ABC AM». ¿Esos son los de la radio australiana, doctor? «El martes a las 11.15 horas, para tratar el tema de las condiciones en las ciudades británicas de esclavos.» Asif, tú te encargas de hablar y yo de buscar una línea segura con el exterior a través de NoBird.

—Estupendo —dijo Jackson—. Haréis un gran trabajo. Eso significa que solo queda un juego para esta semana.

Se hizo el silencio en la sala. Asif dejó de hacer girar la silla, silenciando su chirrido; incluso Renie paró de masticar el chicle. Las siete personas allí reunidas miraron a Luke.

Sin presionar.

—Debes saber que lo que hacemos tiene consecuencias —le advirtió Jackson, volviéndose directamente hacia él—. Los temas de los que acabamos de hablar podrían acarrear una pena de muchos más años de esclavitud. Pero hacemos esto porque creemos que, si no lo hacemos, las consecuencias para los demás serán mucho más graves.

»Me gustaría que te unieras a nosotros, Luke. Creo que podrías hacer grandes cosas por el club. Pero tú eres el único que puedes decidir si juegas o no. En nuestro juego no hay ganadores, no hasta que todo acabe. Y el rival siempre es el mismo.

Luke miró el frutero, que estaba delante de Tilda. En el fondo había un solo cuadrado de papel, doblado hasta ocupar el tamaño de la uña del pulgar.

Volvió la vista a Jackson y, tras secarse el sudor de las manos en las perneras del mono, las apoyó sobre el borde de la mesa.

Siempre le habían gustado los juegos. Aquel valía la pena jugarlo.

Alargó la mano hacia el frutero.

SIETE

ABI

Daisy estaba encantada con su trabajo en Kyneston. Incluso mamá y papá habían llegado a aceptarlo, cuando vieron que su hija más pequeña se defendía.

Pero Abi creía, en su humilde opinión, que no acabaría bien.

Ella había sido la primera en ver la cuna, cuando Jenner les había mostrado la casa donde vivirían. Había preguntado qué hacía allí, en el tercer dormitorio, que debería haber ocupado Luke.

Jenner había puesto cara de avergonzado, y había prometido explicarlo en el momento en que les informara de sus respectivos cometidos al día siguiente. Cuando el joven se presentó en la cocina aquella mañana, Abi se levantó para recoger todo lo que había en la mesa, ya que de lo contrario Daisy no habría dejado de atiborrarse de tostadas. Era imprescindible que causaran la mejor impresión posible si querían que Luke regresara junto a ellos cuanto antes.

Abi no se vio capaz de regresar a su asiento, dado que Jenner había ocupado la silla vacía que había al lado. En vez de eso se quedó junto al fregadero mientras él comenzaba a hablar. Las tareas encomendadas a sus padres eran exactamente las que Abi había confiado que recibirían al rellenar los formularios para el departamento de Servicios a Propiedades. Mamá cuidaría de una dama en la mansión, y atendería a los esclavos. Papá se encargaría de la colección de coches clásicos de lord Whittam, así como del mantenimiento de los otros vehículos del dominio.

—Y creo que tú serás idónea como asistente de la administración de Kyneston —había dicho Jenner, mirando directamente a Abi con aquella sonrisa tan encantadora—. Espero que no te parezca una función demasiado sencilla para alguien tan inteligente y brillante como tú, pues en realidad no lo es. Yo mismo asumí la gestión de la Oficina Familiar al terminar la universidad el año pasado, y no te imaginas lo mucho que hay que hacer. Necesito a alguien en quien poder confiar para garantizar que todo funcione como es debido.

Abi se puso roja de vergüenza. Estaría trabajando junto a él. Era una pesadilla y un sueño envueltos en un solo paquete tan emocionante como incómodo, atado con un lazo y con una tarjeta de regalo en la que ponía: FLECHAZO. Al ver a Daisy riendo con disimulo, le lanzó una mirada feroz.

A continuación, el cometido de Daisy acaparó la atención de todo el mundo, incluyendo la de Abi.

Daisy tendría a su cuidado a un bebé, una criatura nacida de una joven que había sido esclava allí, en la propiedad de los Jardine. Según las explicaciones de Jenner, la muchacha había mantenido una relación poco apropiada con su hermano mayor, pero había sufrido un trágico accidente hacía unos meses.

Todos ellos tenían multitud de preguntas, pero estaba claro que Jenner no quería hablar al respecto. «Eso es todo lo que puedo contaros», se limitó a decir un tanto enfadado, y Abi miró hacia Daisy y le advirtió «Cállate», articulando la palabra con énfasis para que le leyera los labios.

Poco después había aparecido el heredero Gavar. Tenía un semblante cargado de ira, como si se hubiera presentado allí para acusarlos de robar algo. Era más alto incluso que sus hermanos y de complexión corpulenta, con los hombros anchos. La criatura, a la que tenía cogida en brazos, parecía muy pequeña, pero dormía plácidamente, y Gavar la sostenía con suma delicadeza, como si se tratara de una muñeca de porcelana.

—¿Esa es la niña? —había preguntado a Jenner, señalando a Daisy—. No lo dirás en serio, ¿no? Si ella misma es casi un bebé.

—No empieces —repuso Jenner en tono cansado—. Ya sabes cómo tiene que ser.

El heredero masculló una grosería y papá empujó la silla hacia atrás como si fuera a regañarlo por decir palabrotas, pero cambió de idea. La pobre Daisy parecía estar muerta de miedo.

Gavar le ordenó que se acercara con un «Ven aquí» cortante, pero Daisy estaba demasiado aterrada como para obedecer.

—Vamos —la animó mamá, empujándola suavemente—. No va a comerte.

Y a Abi se le llenó el corazón de orgullo cuando su hermana emprendió la acción más valiente de su vida al echarse a andar para ponerse frente a Gavar Jardine. Este le clavó los ojos como si pudiera atravesarla con la mirada.

—Esta es Libby, mi hija —dijo el heredero, inclinando el brazo ligeramente.

El bebé era adorable, con unos mofletes sonrosados, un cabello cobrizo rizado y unas pestañas largas y oscuras.

—Es lo más importante de mi vida, y ahora lo es también de la tuya. Debes estar con ella en todo momento, y cuando yo esté en Kyneston vendré a buscarte todos los días. Sabré dónde estás. Tienes que hablar con ella, manteniendo una conversación como es debido, no una mera cháchara sin sentido. Juega con ella. Enséñale cosas. Su madre era una mujer inteligente, y ella también lo es. Te dirigirás siempre a ella como «Señorita Jardine». Si le ocurre algo, tu familia y tú pagaréis por ello. ¿Entendido?

—Sí —contestó Daisy, asintiendo enérgicamente con la cabeza. Luego añadió—: Sí, señor.

—Bien —dijo Gavar.

Acto seguido, puso al bebé en los brazos de Daisy.

En las semanas siguientes Daisy fue adquiriendo cada vez más confianza en el manejo de la pequeña criatura que tenía a su cargo. Y Abi indagó un poco para averiguar más cosas sobre Libby Jardine y su madre.

Descubrió que una de las esclavas de cocina de mayor edad había cuidado del bebé antes de que llegaran los Hadley. Era una mujer amable, y se mostró habladora cuando Abi se dejó caer por allí con la excusa de hacer inventario de la despensa.

—El nombre real de la niña es «Liberty» —le contó, sacudiendo la cabeza de un lado a otro—. Lo eligió su madre. Era una buena chica... Leah se llamaba, y estaba muy enamorada del heredero Gavar. Pero cuando ella se enteró de que estaba embarazada, tuvieron una riña y él la trató con crueldad. Así que Leah llamó así a la pequeña para meterse con él, para refregarle por las narices que ella no era más que una esclava.

»Él quería que la chiquitina tuviera un nombre rebuscado y pomposo, como los de todos ellos (Amelia, Cecilia, Eustacia o algo parecido), pero sus padres se negaron. Tampoco les gustaba «Liberty», naturalmente. Lord Jardine decía que era «de mal gusto». Y fue lady Thalia, que Dios la bendiga, quien dio con la solución, y desde entonces la pequeña se ha llamado Libby.

»Pero no la ven como a una más de la familia. Es una No Diestra, aunque su madre estaba convencida de que sí que tenía Destreza. Pobre chica. Creo que al final desvariaba un poco. Es imposible que la tenga, cómo no; eso lo sabe todo el mundo. Por eso Libby ha estado a nuestro cuidado, en lugar de ahí arriba, en la mansión. Pero el heredero Gavar la quiere con locura.

Y bien cierto que era.

Ninguno de ellos sabía cuándo podría aparecer Gavar para ver a su hija. Se presentaba de repente en la cocina de la casa, mientras Daisy metía cucharadas de papilla en la boca pegajosa de Libby y le cantaba canciones infantiles. Al asomarse a la ventana de la oficina de Kyneston, Abi lo veía a menudo acercándose a grandes zancadas al lago, adonde Daisy llevaba a la pequeña a ver los patos.

Un día, mientras iba a toda prisa por los pasillos de servicio, Abi oyó a Gavar rugir con furia porque habían faltado el respeto a su hija. Temiendo lo peor, Abi se desvió en dirección a la entrada formal de la casa dispuesta a interponerse entre Daisy y él. Sin embargo, al abrir la puerta falsa, vio a una esclava de salón especialmente altanera encogida contra un tapiz, con una pila de ropa blanca limpia hecha un rebujo a sus pies. Gavar le dio un toque en la cara con un dedo rollizo. La otra mano estaba apoyada con afán protector en el hombro de Daisy, reposando sobre la mochila portabebés que utilizaba para llevar a Libby.

—Y pídele disculpas a la señorita Hadley —espetó Gavar—. Aunque la veas sola, estará haciendo algo al servicio de mi hija. Así que eres tú quien debe quitarse de en medio, no al revés. Y ahora quiero oírlo de tu boca.

—Lo... lo siento, señorita Hadley —balbuceó la sirvienta—. No volveré a hacerlo.

Gavar gruñó, y Daisy inclinó la cabeza en agradecimiento como una reina diminuta. Estupefacta, Abi cerró la puerta en silencio y retomó sus quehaceres.

Lo más sorprendente sucedió a la semana siguiente. Los Hadley no llevaban ni un mes en Kyneston y estaban los cuatro sentados a la mesa para cenar. Daisy parecía tristona, cosa rara en ella, incluso cuando mamá abrió el horno y sacó un postre sorpresa: *crumble* de manzana.

—¿Qué ocurre, cielo? —le preguntó papá.

Daisy se sorbió la nariz haciendo teatro y se la limpió con el dorso de la muñeca.

—Echo de menos a Gavar —respondió con una vocecilla—. Voy a ver cómo está Libby.

Y en el momento en que mamá ponía el postre en la mesa delante de ella, Daisy se levantó y desapareció escaleras arriba.

Los tres se miraron perplejos.

—¿Dónde está el heredero Gavar? —preguntó mamá.

Abi suspiró y se sirvió un poco de *crumble*.

—Se ha ido con lord Jardine al norte —respondió—. Al castillo de Esterby, donde se celebra el Primer Debate... ya sabes, ese encuentro en el que se discute la Propuesta del Canciller. Hay uno en otoño, otro en pleno invierno y luego el Tercer Debate, que se hará aquí, en Kyneston, en primavera.

»Jenner dice que normalmente hablan mucho de las Propuestas en su familia, pero que este año Gavar y su padre no han abierto la boca. Se ve que Silyen también está implicado, aunque no sé cómo. Jenner dice que la Propuesta es, según su padre, tan ridícula que no vale la pena ni debatirla. Pero me da la sensación de que no lo cree.

—Jenner dice esto, Jenner dice aquello —se mofó papá—. ¿Es que mis dos hijas se han vuelto locas por esos jóvenes Jardine?

Pese al tono burlón de sus palabras, papá tenía un semblante adusto.

—Ten cuidado, jovencita —le advirtió mamá.

Cualquier réplica habría provocado una pelea familiar tremenda a grito pelado, así que Abi se mordió la lengua. Las insinuaciones de sus padres eran absurdas. Ella apenas hablaba de Jenner.

No, era Daisy la que debía preocuparles. Puede que el heredero Gavar tuviera carisma, pero era un animal, con su aire arrogante y sus gritos, siempre contrariado con todo y con todos salvo con su hija.

Y había algo aún peor. En el dominio corría el rumor de que él era el responsable de la muerte de Leah, la madre de Libby, a la que habían disparado accidentalmente estando Gavar de cacería una noche.

¿Qué motivo habría tenido Leah para vagar, ya de noche, por los terrenos de la propiedad? Abi no veía la forma de construir un escenario convincente, lo que la llevaba a plantearse una cuestión ineludible: ¿había sido realmente un accidente?

En todo caso, no parecía prudente que Daisy pasara tanto tiempo con el heredero de Kyneston. El miedo inicial que le inspiraba se había visto sustituido por una especie de adoración venerable. Pero Daisy solo tenía diez años, y si bien estaba desempeñando de maravilla su cometido con Libby, seguro que en un momento dado podía meter la pata o cometer un error. ¿Cómo reaccionaría entonces Gavar? No, era demasiado arriesgado. Abi tendría que tantear a Jenner para ver si podía buscarle a Daisy alguna otra tarea.

Ante aquel pensamiento sintió que la invadía de nuevo la culpa. No había conseguido el menor progreso en su intento de sacar a Luke de Millmoor y trasladarlo a Kyneston. Las primeras veces que había dejado caer el tema de su hermano en una conversación con Jenner, este no había comentado nada al respecto y ella había pensado simplemente que estaría ensimismado. Pero en la tercera ocasión Jenner se había vuelto hacia ella con una expresión de mero pesar en aquellos ojos castaños de mirada amable.

—Lo siento mucho, Abigail, pero hay una razón justificada por la que tu hermano no pudo venir a Kyneston, y esa razón sigue existiendo. No insistas más, por favor.

Jenner se sumió luego en un mutismo absoluto, como había hecho el día que llegaron allí o la primera vez que le habían preguntado por Libby.

Sus palabras eran amables, pero su negativa supuso un duro golpe para Abi. Tenía que seguir insistiendo. Pensar en Luke, atrapado varios meses más en Millmoor, a merced de gente como aquel guardia salvaje, era horroroso. La posibilidad de que él nunca llegara a reunirse con ellos resultaba inconcebible. Tratándose del único chico, puede que Luke se creyera el protector de sus hermanas, pero Abi era la mayor. Velar por sus hermanos era su responsabilidad.

Fuera cual fuera esa «razón justificada», descubriría de qué se trataba y superaría los obstáculos.

Mientras tanto, debía pensar en Daisy.

El día siguiente era sábado, y aunque ya hacía frío pues era finales de septiembre, la mañana amaneció soleada y espléndida. Abi encontró a su hermana cambiando al bebé y le propuso ir a dar un paseo por el bosque de la finca. Sería una oportunidad ideal para hablar con ella seriamente pero con tacto sobre su apego hacia Libby y hacia su padre.

—Podemos enseñarle a Libby las plantas que hay por aquí y le daremos patadas a las hojas —sugirió a su hermana—. A los bebés les gusta el color y el ruido; les estimula el cerebro.

—A Gavar le gustaría —dijo Daisy en tono de aprobación mientras Abi intentaba no poner cara de exasperación—. Iré a buscarle el gorro y las manoplas.

El bosque era tan hermoso de cerca como lo parecía de lejos. Junto al lago había un extravagante templo en miniatura. (Los caprichos arquitectónicos se habían puesto de moda entre los Iguales hacía unos siglos, porque estaba claro que tener una mansión enorme no resultaba lo bastante ostentoso.) Luego comenzaron a verse los árboles, que se extendían hasta donde alcanzaba la vista. El dominio de Kyneston era realmente tan vasto como había aparentado desde el primer día.

Abi, que iba delante, se adentró bajo las ramas mientras sus botas hacían crujir el denso lecho de hojas otoñales caídas en el suelo a medida que avanzaba. La luz del sol se filtraba entre las copas de los árboles, confiriendo brillo e intensidad al follaje lleno ya de colorido, como un vidrio de colores creado por alguien al que solo le gustara la primera mitad del arcoíris.

—Esto es rojo —dijo Daisy, agachándose para coger una hoja del suelo y mostrársela a Libby, que la tiró de inmediato—. Y esto, naranja.

Más adelante había un árbol alto y triangular de un amarillo perfecto. Abi se agachó y metió la mano en el lecho de hojas de donde sacó una vistosa que sirviera de muestra para enseñársela a Libby.

Y tocó algo sólido aunque blando. Algo peludo.

Abi retrocedió y, agarrando a Daisy, empujó a su hermana pequeña y al bebé detrás de ella, hacia el tronco macizo del árbol.

¡Qué tonta había sido! En aquel bosque podría haber cualquier cosa. Y qué si, en teoría, ya no había lobos u osos en Inglaterra. Se suponía que tampoco había hombres desnudos atados con correa, pero lady Hypatia había llevado uno a Kyneston.

Sin embargo, no salió nada del suelo del bosque. No les intentaron morder unos colmillos babeantes, ni acuchillaron el aire unas zarpas en pleno ataque. Nada.

Abi aguardó. Le temblaban las manos.

Nada.

¿Por qué no se movía el animal? Con el golpe tan fuerte que le había dado, cualquier cosa se despertaría... incluso Luke.

Casi sin creer lo que estaba haciendo, volvió sigilosamente hasta el montón de hojas. Aguantando la respiración, metió la mano poco a poco y palpó lo que había debajo.

Un pelaje grueso, pero frío al tacto. E inmóvil. No hacía falta ser estudiante de medicina para entender lo que significaba.

Envalentonada, apartó el resto de las hojas. El animal —Abi vio enseguida que se trataba de un ciervo— se mantuvo quieto en todo momento. Tenía los ojos muy abiertos y vidriosos. Estaba muerto.

Pero ¿cómo había ocurrido? No presentaba lesiones ni señales de enfermedad. El cuerpo se hallaba en perfecto estado en todos los sentidos. El pelaje aún se veía grueso y lustroso, y ni siquiera olía mal.

De hecho, en aquel paraje se respiraba un aroma agradable. Abi levantó la cabeza y miró a su alrededor, oliendo el aire. Detectó la fuente de aquella fragancia con la vista y el olfato al mismo tiempo.

A poca distancia de allí, en un claro a cielo abierto, había un árbol. Un cerezo, a juzgar por la profusión de flores de color rosa, cuyas ramas estaban vencidas por el peso. En el fresco aire otoñal su perfume resultaba inconfundible.

La imagen era cautivadora. Abi se acercó y notó que su hermana la seguía. Alargó las manos para rozar las flores, deleitándose con su exuberancia. Junto a ella Daisy le había quitado las manoplas a Libby y la animaba a tocarlas.

—Qué bonito —susurró Daisy al bebé—. ¿A que es precioso?

Si no fuera por el hecho de que también era de lo más impropio, según se percató con retraso una parte del cerebro de Abi. Estaban a finales de septiembre. Era otoño, no primavera, la época en la que solían brotar aquellas flores.

De repente, sintió un escalofrío que no tenía nada que ver con ninguna brisa. El ciervo estaba muerto, pero no lo parecía. El árbol estaba vivo y en flor, cuando no tocaba.

—Muy bien, cielo —dijo a Libby, apartando la rama con delicadeza fuera de su alcance y lanzando a Daisy una mirada como diciéndole: «Esta vez confía en mí»—. Nos vamos ya. Haremos el pícnic en la casa grande.

No lo vio hasta que no se dio la vuelta.

Estaba sentado en el suelo, a varios metros de distancia, con las piernas estiradas hacia delante y la espalda apoyada en el tronco de un árbol. Tenía el pelo enredado, y se lo había apartado de la cara, que se le veía delgada y cansada. Sin embargo, los ojos le brillaban con una expresión de curiosidad mientras las observaba. Era el Joven Amo.

Por un momento permaneció callado, igual que ella. Luego se puso de pie, con un movimiento rápido y fluido, y se les acercó con aire despreocupado. Tendiendo la mano, ofreció un dedo a Libby, que se lo cogió y comenzó a mordisquearlo con entusiasmo.

Abi notó que Daisy se movía inquieta a su lado. Era evidente que quería apartarse, pero no podía hacerlo sin separarlos.

—¿Os gusta mi árbol? —preguntó Silyen Jardine.

—¿Su árbol? —dijo Abi como una tonta.

—Sí —respondió él con una sonrisa tan radiante y fría como el día—. Aunque sería más apropiado decir mi experimento. Por el sonido que acabas de hacer ahora, diría que habéis encontrado también el otro. Pero este es más bonito, ¿no?

Y, alargando la mano que tenía libre, tocó los pétalos con aire pensativo.

—El ciervo muerto —dijo Daisy con indignación—. ¿Es cosa suya?

—La muerte. La vida —comentó Silyen, moviendo el dedo dentro de la boca pegajosa de su sobrina mientras esta hacía burbujas a su alrededor—. Los típicos trucos de salón. La verdad es que fue la pequeña Libby quien me sirvió de inspiración. O, mejor dicho, su madre, cuando Gavar le disparó y murió allí mismo, delante de nosotros. Yo no pude hacer nada, lo cual fue... intrigante. No me gustan los problemas que no puedo resolver. Estoy seguro de que sabes a qué me refiero, Abigail.

A Abi se le pusieron los pelos de punta al oírle decir su nombre de aquella manera. Pero lo que había dicho antes le llamó la atención. Silyen había visto disparar a Gavar, y morir a Leah. No parecía que hubiera sido un accidente de caza.

—¿Cómo? —Daisy se puso colorada de manera alarmante—. ¿Gavar? Imposible. Él amaba a la mamá de Libby. Me lo ha dicho él mismo.

—¿Sales en su defensa? El don de la seducción de Gavar con las mujeres es legendario, pero no sabía que surtiera efecto a una edad tan temprana. Sin embargo, tu hermana sabe que digo la verdad.

—¿Abi? —inquirió Daisy con voz chillona.

Abi apretó los dientes. Le habría gustado plantearlo de forma que su hermana fuera haciéndose poco a poco a la idea de que Gavar Jardine quizá no fuera un héroe, no que se enterara de una manera tan horrible. Daisy ni siquiera sabía que Gavar estaba implicado de algún modo en la muerte de la madre de Libby, y menos aún conocía aquella versión más dramática de los hechos relatada por Silyen.

—Ya lo hablaremos después —sugirió ella—. Ahora íbamos a volver. Así que si nos disculpa, señorito Silyen.

Abi agachó la cabeza e hizo que Daisy se apartara de él, pero Silyen Jardine aún no había terminado con ellas.

—Dime —dijo él, soltándose de Libby y observándola de manera especulativa—. ¿Alguna vez hace algo... especial? ¿Fuera de lo normal?

—¿Con Destreza, quiere decir? —replicó Daisy—. No. Es un bebé sin más.

—Oh, eso no es impedimento para nosotros —repuso Silyen, sonriendo—. De hecho, la Destreza en los bebés es mucho más perceptible, porque está más incontrolada. Por lo visto, Gavar hacía añicos los platos si nuestra madre intentaba darle de comer algo que no fuera plátano chafado. Apenas ha cambiado en veintitrés años.

—No me creo nada de lo que ha dicho sobre él —aseguró

Daisy—. Lo que pasa es que está celoso porque él es el heredero.

Por favor, pensó Abi. Por favor, que salgamos de este bosque sanas y salvas, dejando atrás animales muertos, los trucos de salón de Silyen Jardine y la falta total de instinto de supervivencia de Daisy.

Pero Silyen se limitó a encogerse de hombros y les dio la espalda, volviendo la mirada al árbol. Acto seguido, agarró una rama y la agitó, tal como había hecho Daisy. Al ver la lluvia de pétalos que caía al suelo, frunció el ceño.

Silyen retiró la mano, pero los pétalos siguieron cayendo, cada vez más rápido, con flores enteras y en perfecto estado que se desprendían del árbol, hasta acumularse tantas que les llegaron a los tres a los tobillos. Del suelo del bosque emanó un efluvio embriagador. En las ramas aparecieron de repente brotes verdes, que se abrían en cuanto lograban salir. En un abrir y cerrar de ojos el árbol quedó cubierto de hojas, tan gruesas y llenas como las flores. Pese al deseo de huir que había tenido momentos antes, Abi se quedó clavada en el sitio como si ella misma hubiera echado raíces.

Las hojas comenzaron a ondularse. A medida que se secaban, se ponían amarillas y caían, el árbol fue perdiendo su lozanía. Las hojas caídas se amontonaron encima de las flores.

El árbol no tardó en quedar completamente pelado. Convertido en un cuerpo negro y esquelético, hundió sus largos dedos en la tierra para arrastrarse con tristeza entre su belleza y vigor caídos, como si anhelara reunirlos de nuevo.

Silyen Jardine no dijo nada. Daisy tampoco. La pequeña Libby pataleó y gorjeó.

De repente, Silyen ladeó la cabeza, como si escuchara algo.

—Mi padre y mi hermano ya han regresado —anunció, volviéndose hacia ellas—. Gavar se muere por volver a ver a su hija. Vendrá directo a buscaros. Será mejor que no os encuentre conmigo. Es la manera más rápida de que os echen de aquí.

Silyen señaló hacia el otro lado del claro, indicando una ruta entre dos robles enormes. A ninguna de las dos les hizo falta que se lo dijeran dos veces.

Daisy echó a andar a buen paso, haciendo crujir bajo sus pies las primeras bellotas caídas mientras Libby le daba con los suaves talones de las botitas en la cintura. Abi la siguió. No miró atrás, ni al Joven Amo, ni al cerezo muerto ni al bosque situado más allá del claro, donde yacía el ciervo inmóvil y sin vida. Salió de la zona arbolada parpadeando ante el resplandor del sol. El corazón le latía con fuerza, como si acabara de escapar por los pelos, aunque no sabía muy bien de qué.

Una vez que hubieron pasado la gruta del templo, Abi oyó el ruido lejano de una moto. Daisy dio palmas con entusiasmo y Abi sintió vergüenza ajena. No sabía que la gente hiciera eso de verdad.

Y lo que era aún peor, ¿cómo podía ser que Daisy tuviera aún tantas ganas de ver a Gavar, ahora que sabía lo que le había ocurrido a la pobre madre de Libby?

La moto apareció y se detuvo acuchillando la hierba, donde abrió un surco de barro. Tras bajar el pie de apoyo de una patada, el heredero se les acercó a toda prisa.

—Estáis muy lejos de la casa —dijo a Daisy con severidad.

Abi bien podría no haber estado allí. Gavar tenía aquel semblante furibundo que hacía que los esclavos domésticos se mearan encima de miedo, pero su hermana pequeña se limitó a sonreír.

—Vamos bien abrigadas y tenemos todo lo que necesitamos —le contestó, desabrochando los cierres de la mochila portabebés para entregar a Libby a su padre.

Gavar contempló con devoción a la criatura unos instantes y frotó su nariz contra la de ella, haciéndola reír. Luego miró a Daisy con expresión casi tierna.

—La he echado de menos estando fuera —dijo—. Pero sabía que contigo estaría en buenas manos. Vamos a sentarnos junto al lago para que puedas contarme qué habéis estado haciendo.

Gavar estrechó a Libby contra su pecho y puso una mano sobre el hombro de Daisy para conducirla hacia un banco situado a la orilla del agua.

—Tú —añadió, sin molestarse a mirar—. Lleva la moto al garaje.

Abi frunció el ceño mientras lo veía alejarse, con la certidumbre de que fueran cuales fueran las capacidades que confiriera la Destreza, entre ellas no estaría la de tener ojos en la nuca.

La moto era una pesadilla, un bulto de metal incomprensible que apestaba a gasolina y cuero caliente. No tenía la menor idea de cómo ponerla en marcha. Luke sí que habría sabido.

—¡Es una idea genial! —oyó susurrar a Daisy, en un tono de aprobación ensimismado.

Abi se volvió para ver qué hacía ahora Gavar el Maravilloso. Un barco de quilla alargado y de poco calado estaba surcando las aguas del lago. Al otro lado de la orilla las puertas del cobertizo para botes donde solía guardarse la embarcación estaban abiertas. Los remos estaban fuera del agua, apoyados en la cubierta a lo largo del casco. No había nadie a bordo ni ningún medio de propulsión visible. El barco iba directo hacia donde estaban sentados Daisy, Gavar y el bebé, como si fuera de juguete y lo movieran tirando de una cuerda.

Sostenida en pie por su padre, Libby le pataleaba en el muslo y daba palmadas.

La embarcación emitía un débil murmullo mientras avanzaba con suavidad por el agua. Una gallineta, agitada ante su presencia, se alejó entre gorjeos. Por lo demás, reinaba el silencio y la calma, así que Abi alcanzó a oír con claridad lo que el heredero Gavar dijo a continuación.

—Yo no hago nada.

Abi se puso tensa, agarrando en vano el manillar de la moto con una mano. Escudriñó el borde del bosque en busca de alguna señal de Silyen. No vio nada, pero eso no significaba que él no estuviera allí, haciendo de las suyas. Solo había grajos, volando en círculos.

La proa chocó suavemente con la orilla, justo enfrente del banco. Se oyó un débil ruido de madera al rodar los remos con el impacto. El barco se balanceó entonces hasta quedar apoyado junto a la ribera del lago en toda su longitud.

Cabía la posibilidad, remota donde las hubiera, de que la embarcación se hubiera soltado de su amarradero en el cobertizo y hubiera ido a la deriva por el agua. Sin embargo, aquel movimiento era antinatural. Intencionado.

Abi oyó las palabras que dijo Gavar a continuación, llenas de asombro y orgullo… y algo de incredulidad.

—No soy yo, Daisy. Es ella.

Retorciéndose en el regazo de su padre, Libby Jardine se rio.

OCHO

LUKE

Desde su atalaya en lo alto del parapeto de la azotea Luke podía ver toda Millmoor. Nadie cobraría a los turistas diez libras por admirar aquellas vistas en un futuro cercano.

Lo que destacaba no era la forma o el tamaño de la ciudad de esclavos, sino su color… o, mejor dicho, su falta de color. Todo tenía una imagen gris y exhausta, sobre todo en un momento del día como aquel, en el que el atardecer parecía teñir el cielo de moho. Eso se debía en parte a que todo estaba construido de cemento y metal, y también a que el sol servía únicamente para convertir la contaminación del aire en una niebla tóxica permanente. Pero se había dado cuenta de que aquella imagen estaba más que nada en su cabeza.

Francamente, no era el escenario que habría elegido para su decimoséptimo cumpleaños. Y las actividades previstas para aquella noche tampoco eran las que habría planeado para celebrar su gran día.

Pero mientras estaba allí sentado, esperando a Renie y tratando de no prestar atención al miedo y la agitación que le retorcían las entrañas, pensó que no había nada que le apeteciera más que jugar a lo que le proponía el doctor Jackson. Cada día que pasaba veía con más claridad la injusticia del decenio de esclavitud y la capacidad de resiliencia de aquellos que lo soportaban.

«Mira siempre a las personas, no a la masa —le había dicho Jackson—. Fíjate en un rostro, no en la multitud. Mira al mundo, no al suelo. Cada pequeño y nimio detalle que ves es una victoria.»

Así que mientras golpeaba la azotea con los talones, Luke intentó hacer exactamente eso. Miró los edificios de oficinas bajos que tenía a su alrededor, y los de viviendas altos que se extendían más allá. Distinguió la silueta de una planta que crecía en una maceta, en un alféizar, y una toalla con los vivos colores de un equipo de fútbol colgando por encima de una puerta. Bajo la luz amarilla del hueco de la escalera de un bloque dormitorio había una pareja dándose el lote contra la pared. Luke desvió la vista con rapidez y vio a una niña sentada en una ventana, leyendo. Eso le hizo pensar en sus hermanas; la cría parecía tener la edad de Daisy, y Abi rara vez estaba sin un libro en las manos.

¿Estaría en lo alto de aquel edificio si su familia estuviera en Millmoor con él? Luke no estaba seguro. Una cosa era arriesgarte tú mismo, y otra muy distinta poner en peligro a tus seres queridos por tus acciones.

Y había visto una cantidad de acción sorprendente en el mes transcurrido desde que había metido la mano en el frutero del club, una acción adaptada siempre en torno a su trabajo agotador en la Zona D. Por suerte, los que compartían habitación con él tenían distintos turnos, así que su ir y venir a todas horas pasaba desapercibido. Cuando te tocaba dormir, te tapabas la cabeza con las finas mantas y los oídos con la almohada llena de bultos e intentabas pasar de todo.

De hecho, pasar de las cosas era un talento que adquirían todos los residentes de Millmoor. Y Luke se había percatado de que eso favorecía a las autoridades de la ciudad. No era tan probable que alguien velara por los demás si tenía la sensación de que su propia supervivencia dependía de que ese alguien velara por sí mismo.

Bueno, pues nadie podría pasar de lo que Renie y él estaban a punto de hacer.

Un silbido grave lo asustó tanto que Luke estuvo a punto de caerse, y se le escapó una palabrota. Detrás de él, Renie soltó un ruido por el que sin duda se había inventado la palabra «carcajada».

—Cuidado —exclamó—. Caerse de un décimo piso no es la mejor manera de celebrar lo tuyo, cumpleañero.

Luke se volvió para fulminarla completamente con la mirada, pasando las piernas por encima del parapeto para pisar de nuevo un suelo firme.

—Muy graciosa —dijo—. Me parto. Tengo lo que necesito, ¿y tú?

Dio una patada al rollo que tenía a los pies. Se trataba de una cuerda que acababa en una maraña de cinchas y ganchos metálicos ovalados. Había robado dicho material de una caseta situada detrás de la planta de fundición. Los equipos de mantenimiento de la Zona D lo utilizaban para limpiar el interior de algunas de las máquinas más grandes. Renie y él pensaban darle otro uso aquella noche.

—Lo que necesito yo lo llevo aquí —respondió Renie, dándose unas palmaditas en el bolsillo abultado de la parte delantera de la sudadera, que hizo ruido—. Déjame ver esa cuerda. Más vale que te acuerdes de cómo se hacen los nudos, boy scout.

—Y tú más vale que te acuerdes de cómo se escribe —replicó Luke, molesto por la necesidad de Renie de revisar lo suyo—. Supongo que irías al cole lo suficiente como para aprender el alfabeto, ¿no?

—Eso ha dolido —exclamó Renie, haciéndole una peineta—. Nunca he ido al cole. Pero sí, sé escribir dos miserables letras, acento incluido.

—¿Nunca has ido al cole? —preguntó Luke, incrédulo—. ¿Eso es posible? ¿No venían a buscarte los del ayuntamiento?

—¿Qué ayuntamiento? —inquirió la muchacha, antes de agarrarse a la manga de Luke con una mano y asomarse con cautela por el borde del parapeto para echar un vistazo a las calles que había abajo—. Aquí no hay de eso, que yo sepa.

—¿Cómo?

Luke trató de entender las distintas posibilidades, pero ninguna de ellas le cuadraba.

—Es una larga historia —añadió Renie—. Ya te la contaré después, si no me dejas caer. Pero ahora tenemos que irnos. Por aquí.

Y desapareció por la azotea, moviéndose con la seguridad y el sigilo de un gato. Luke se colgó la cuerda al hombro y la siguió. Apenas distinguía adónde iba, lo cual resultaba desconcertante... aunque puede que fuera mejor no ver el vacío bajo sus pies. El cielo se estaba oscureciendo por momentos. No era tan tarde como parecía, pero siendo principios de noviembre enseguida anochecía.

Como era domingo, el distrito administrativo estaba desierto. Los esclavos no eran dignos de confianza para trabajar en el mADMIcomio, apodo que recibía la sede de la Administración de Millmoor. El personal estaba formado en su totalidad por empleados libres, procedentes de rincones lejanos del país para que no hubiera riesgo de favoritismo. Abandonaban la ciudad de esclavos al finalizar su jornada laboral, y las oficinas permanecían cerradas los fines de semana. Seguridad patrullaba la zona, pero Renie conocía sus movimientos. Jackson y ella habían calculado la hora a la perfección.

—¡Ay!

Luke acababa de topar contra la espalda de Renie, que tenía todo el derecho del mundo a estar cabreada, dado el precario equilibrio en el que se movían. Habían pasado de la seguridad relativa de la azotea a una estrecha pasarela de rejilla que unía el edificio con el colindante. No había barandilla, tan solo un borde metálico bajo a cada lado.

—Concéntrate en el juego —le reprendió Renie, pareciéndose más a mamá de lo que cabría esperar en una cría de su edad. Luego se ablandó; seguro que Luke estaría avergonzado—. No quiero ser mala, pero es que no podemos permitirnos no estar en lo que estamos, ¿vale? No hasta que no hagamos una cosa.

—Vale —dijo Luke—. No volverá a pasar, lo siento... y perdona por lo que te he dicho antes. Tengo un poco de miedo, la verdad.

—No pasa nada —contestó Renie, suavizando un tanto sus facciones crispadas—. Yo también. Esto es algo grande.

Renie señaló hacia la penumbra que tenían delante.

—Allá vamos. La última planta de este edificio es la Oficina de la Supervisora, o de la Supervizorra, y debajo están todos sus compinches. Ahí abajo es donde voy a ir. A cambiar un poco la decoración.

Renie se volvió y escupió con un gesto expresivo por un lado de la pasarela antes de dirigirse al lugar que había señalado. Luke la siguió, procurando mantenerse a dos pasos de distancia, ni más ni menos.

¿Qué había querido decir Renie con eso de que no había ido nunca al cole? ¿Cómo había adquirido aquel conocimiento tan exhaustivo de todos los rincones de Millmoor habidos y por haber? ¿Realmente cabía la posibilidad de que llevara años allí? Eso explicaría muchas cosas, sobre todo su salvajismo y escualidez.

Renie había ayudado al doctor a dar las instrucciones para preparar aquella acción, explicando con todo detalle cómo podía llegar Luke hasta la azotea sin ser visto. Asimismo, había trazado la ruta que tomarían Oz y Jessica. Ellos dos estaban en la otra punta de Millmoor, cerca de la cochera. Asif y Jackson se hallaban en el complejo más grande que reunía los centros de atención telefónica. ¿Cómo les iría a todos?, se preguntó.

No, se dijo. No debía distraerse.

Céntrate, Luke.

Renie lo esperaba, botando sobre la planta de los pies. Lo que llevaba en el bolsillo hacía un ruido sordo.

En la azotea de aquel edificio no había parapeto, tan solo un borde que llegaba hasta los tobillos. Si perdía el equilibrio, aquello no sería suficiente para impedir que cayera al vacío.

Se descolgó el rollo de cuerda del hombro, lo dejó en el suelo de cemento y comenzó a revisarlo todo. Cuando se lo pidió, Renie se colocó dentro del arnés sin poner objeciones. Aunque le iba enorme, como era de esperar, Luke le ciñó todas las correas que pudo hasta que Renie se sintió lo bastante cómoda con él. Luke había visto un buen punto de anclaje para enganchar el extremo de la cuerda, una especie de trampilla de mantenimiento situada en la azotea. Era de suponer que los ocupantes del mADMIcomio nunca esperarían que les arreglaran el aparato del aire acondicionado si se le rompiera el filtro.

Y luego estaban los nudos, que se había esmerado en aprender, como el ocho doble empleado para asegurar el arnés de Renie, con la lazada en el extremo enganchado para poder controlar su descenso. Tiró de los cables que había dejado en el suelo y practicó la técnica de ir soltando cuerda para cerciorarse de que todo corría sin problemas. Acto seguido, pasó las manos por el borde del edificio para ver si había algo que pudiera enganchar o deshilachar la cuerda. Renie lo observó.

—Muy meticuloso —dijo en tono aprobatorio—. Te estás haciendo todo un experto en esto, por lo que veo.

Luke le sonrió, pasándose una mano por su cabello crespo; uno de su bloque dormitorio había intentado hacer sus pinitos con un cortapelos unos días atrás. A mamá le habría dado un ataque al ver el resultado, pero a Luke le parecía un peinado con estilo.

—No te puedo dejar caer, ¿no? Ni siquiera el doctor sería capaz de recomponerte.

—No estés tan seguro. —Renie se miró el reloj—. Vamos, chaval, es la hora.

Luke estuvo a punto de protestar por el hecho de que una cría de trece años lo llamara «chaval», pero Renie evitó toda réplica echándose a andar hacia atrás hasta desaparecer por el borde de la azotea.

Luke se tambaleó al tensarse la cuerda, pero esta aguantó. El corazón le aporreaba las costillas mientras los pensamientos se agolpaban en su mente. «Debería haber hecho otra comprobación. ¿Estará bien sujeta la cuerda? ¿Y si se afloja el nudo? ¿Y si…?».

—¡Más! —La voz de Renie subió flotando desde la oscuridad—. Tres metros. Despacio.

Luke fue soltando la cuerda, poco a poco. Desde abajo le llegó un ruido cuando Renie se sacó el bote del bolsillo y lo agitó. Luke oyó como le quitaba el tapón de plástico, y luego como salía el espray mientras Renie dibujaba la letra lo más grande posible. Se preguntó de qué color sería la pintura que había robado. Fosforescente estaría bien. O rojo, como la sangre. Se la imaginó goteando lentamente por el edificio. Sí, bonito efecto.

—¡Bájame más! —le gritó Renie.

Luke cambió de posición para darle más cuerda, haciendo una mueca de dolor al ver que esta rozaba el borde de la azotea. Oyó de nuevo el zumbido de los rodamientos de bolas y el silbido del gas propelente. Notó que la conexión entre ambos se doblaba al retorcer Renie el cuerpo. La cuerda se le clavó en la palma de la mano, pero no llegó a rajarle la carne, y cuando ella le pidió que la bajara más, Luke fue soltando el último tramo. Renie había descendido quince metros y, pese a su peso de gorrión, era increíble lo tensa que estaba la cuerda.

Ya iba por la segunda letra. Luke oyó un resoplido mientras la chica hacía un gran esfuerzo para dibujarla en un solo trazo alargado y suave. Luego percibió que se cerraba el bote con el tapón de plástico. Desde la oscuridad de abajo le llegó el olor a pintura mojada y aerosol, lo que provocó que le picara la nariz.

—¡Súbeme! —oyó gritar.

Apoyando el pie contra el borde de la azotea, se preparó para tirar hasta arriba del todo del peso muerto que era Renie en aquel momento. Oz podría sin problemas con Jessica, pero se preguntó si el doctor y Asif lanzarían una moneda al aire para decidir a quién de los dos le tocaría el trabajo pesado en su equipo.

Pues claro que no. En Millmoor no había monedas. Otra más de las cosas extrañas que tenía vivir allí, pensó mientras tiraba de la cuerda entre resoplidos. No había dinero en efectivo. Recordaba el asombro que le producían las historias publicadas en las revistas que leía mamá acerca de mujeres que se arruinaban poco después de finalizar su decenio de esclavitud. Sacaban del banco los ahorros que habían logrado acumular en su vida anterior y se los pulían en bolsos, zapatos y chorradas de ese tipo. A Luke le parecía ahora que entendía un poco mejor su locura.

Desde que estaba allí entendía mejor muchas cosas. Acababa

de cumplir los diecisiete, pero se sentía al menos diez años mayor.

No obstante, la edad no era la única alteración que tenía presente mientras estaba allí, tirando con las dos manos de la cuerda hasta que vio los dedos de Renie palpando a tientas el borde del tejado. Se notaba cada vez más fuerte, con el cuerpo más musculoso. ¿Quién habría dicho que lo único que hacía falta para ponerse cachas era una dieta continua de cocina de cantina y un trabajo de esclavo de verdad? Era una combinación infalible, aunque era poco probable que se pusiera de moda.

Millmoor lo estaba cambiando, por dentro y por fuera. Y recordó las palabras de Renie cuando Luke realizó el primer encargo para ella: «Millmoor cambia a la gente. Pero es uno mismo quien decide en qué sentido lo hace».

—¡Muy bien! —exclamó la muchacha mientras él la cogía de las manos para levantarla en peso.

Acto seguido, Luke la dejó en un lugar seguro de la azotea, donde Renie se agachó un momento para limpiarse la cara con la palma de la mano.

—Volvamos a la base —dijo—. Quiero oír por boca de Jackson por qué razón exactamente todos hemos recibido el amable encargo de pintar los monumentos más bellos de Millmoor.

En cuanto se quitó el arnés, se pusieron en marcha. Regresaron por la pasarela, bajaron por la escalera de incendios, se metieron por el hueco de la escalera de servicio con olor a humedad y salieron a la calle.

La luz del alumbrado era débil e intermitente, pero Renie sabía dónde estaban todas las farolas. Cada vez que doblaban una esquina, aparecían siempre en la acera de la calle que quedaba a oscuras. Renie no dejaba de mascullar comentarios sarcásticos en su calidad de guía turística, la menos digna de propinas del mundo, indicando atajos por aquí y cámaras de vigilancia por allá. Pero no era Millmoor lo que despertaba la curiosidad de Luke.

—¿Cómo sabes todo eso? —le preguntó—. ¿Cuánto tiempo llevas aquí? Los niños no pueden ser esclavos hasta que no cumplen los diez años, y solo si van acompañados de sus padres. Los tuyos te habrán traído aquí, pero nunca hablas de ellos.

Mientras aquellas palabras salían de su boca, un pensamiento horrible le vino a la mente y quiso darse de patadas. ¿Y si los padres de Renie estaban muertos o habían fallecido en un accidente espantoso?

Pero en cierto modo era incluso peor que eso.

La mandíbula de Renie, que movía con tanta insistencia para masticar el chicle que tenía en la boca, se quedó quieta. Cuando la muchacha se volvió hacia él, lo hizo con una expresión feroz. Luke se alegró de que la oscuridad la ocultara a medias.

—Todo ese rollo… —dijo ella, encorvando los hombros, con las manos metidas en los bolsillos—. Son las normas de las que os hablan. Las normas para la gente como tú, no para todos nosotros.

»Mi madre y mi padre eran buenas personas, e intentaron hacer todo lo posible por nosotros. Mamá era muy joven; tenía tu edad cuando tuvo al primero de mis hermanos. Y papá no es que hubiera recibido mucha educación que digamos. Pero se querían, y a mis hermanos y a mí también. Papá nos mantenía a todos de la mejor manera que podía. El problema es que no era una manera que aprobara la policía precisamente.

»Aparecían cosas en casa, cosas bonitas que él había robado. Mamá nos decía que no las tocáramos para no romperlas, porque si no, no se podían vender. Nos mudábamos a menudo; supongo que era para que nunca se fijaran demasiado en él. Pero al final alguien debió de hacerlo. Yo tenía seis años cuando vinieron a buscarnos.

Se quedó callada, con la mirada al frente, perdida en la oscuridad, como si buscara a su familia entre las sombras profundas.

—No supe lo que les había ocurrido a ninguno de ellos hasta que Asif me ayudó a buscar mi expediente un día que estábamos con un juego. A papá lo enviaron a un campo perpetuo, y a mamá, a mis hermanos y a mí nos repartieron. Yo vine a Millmoor. Vivía en un bloque con otros medanas… o sea, otros críos —añadió al ver la cara de perplejidad de Luke—. «Menores de Dieciséis Años No

Acompañados». Suena bien, ¿eh? Pues no tenía nada de bueno. Me escapé hace unos dos años. Me las arreglé sola; nunca me pillaron. Me escondí en el casco viejo de la ciudad, la parte más antigua. Está todo abandonado y en ruinas, y nadie va por allí.

»Pero necesitaba moverme para conseguir comida y demás, así que me quité el chip de rastreo. No lo hice bien. —La chica se subió la manga y Luke hizo un gesto de dolor al ver la masa retorcida de tejido cicatrizado. Parecía que Renie se había cortado un filete de su propia carne—. Se me infectó y creí que de aquella no salía, pero al menos habría muerto libre. No pensaba ir a un hospital para que me engañaran otra vez. Y entonces el doctor me encontró.

Luke estaba horrorizado. Lo que siempre se contaba es que no había niños solos en las ciudades de los esclavos. Que a la gente la condenaban a perpetuidad solo por crímenes malvados, como un asesinato o una violación. ¿No había casas de acogida para jóvenes como Renie?

—Las casas de acogida son para críos que tienen solución —dijo Renie con resentimiento—. Para críos como tú, si le pasara algo malo a tu familia. No para críos como yo, que nacimos ya sin solución. Tienes mucho que aprender.

Ni que fuera poco todo lo que llevaba aprendido.

Luke pensaba que estaba cogiéndole el tranquillo a aquel sitio, y que en el club había encontrado la manera de luchar contra sus crueldades menores.

Pero resultaba que detrás de dichas crueldades había otras aún mayores. Peores. ¿Sabían los adultos que ocurrían cosas así —que los niños pequeños eran abandonados en las ciudades de los esclavos—, pero que nunca se hablaba de ello? ¿O es que todo el mundo era completamente ajeno a aquella situación?

Luke no tenía claro si Renie lamentaba haberle contado todo aquello, porque estuvo apagada durante el resto del trayecto. Cuando llegaron al punto de encuentro de aquel día, donde Jackson y Asif ya estaban esperando, se encaramó en lo alto de una pila de cajas de cartón sin decir ni mu. Fue Luke quien respondió a la pregunta del doctor sobre el éxito de su misión con un visible gesto de aprobación.

—Y ahora, ¿vas a contarnos de qué iba todo esto? —preguntó Luke—. ¿Por qué en el mADMIcomio se lee ahora la palabra «SÍ» con letras de tres metros de altura?

—Y en COM-1 —añadió Asif—. No me ha dicho de qué iba, ni siquiera cuando estábamos allí.

—Vamos a esperar a que vuelvan Jessica y Oz —dijo Jackson con una sonrisa—. No tardarán mucho. Y podéis estar seguros de que Hildy y Tildy también han estado ocupadas.

El doctor señaló las cajas, que no estaban allí cuando el club se había reunido antes en aquel sitio.

Las hermanas rezagadas entraron por la puerta tambaleándose con una caja más, y luego se desplomaron en unas sillas apilables poco sólidas. Hilda echó la cabeza hacia atrás y se quedó mirando al techo, mientras que Tilda se masajeó la nuca con ambas manos. Parecían reventadas. Al poco rato entraron de golpe Jessica y Oz, con la cara sudorosa y jadeando, como si hubieran estado corriendo, pero lucían una sonrisa triunfal en el rostro.

—Hecho, doctor —dijo Jessica, plantando el espray de pintura en el estante más cercano a Jackson.

—Y ahora desembucha —exigió Oz—. Nos has hecho escribir «SÍ» por toda la cochera (a Jessie se le ha ido un poco la mano), y queremos saber por qué. ¿Es que la Supervizorra ha pedido tu mano en matrimonio, y esta es tu forma de mostrarle lo mucho que la quieres?

Incluso Renie, que seguía apagada, soltó un resoplido ante aquellas palabras.

—Buena suposición —contestó Jackson con ironía—. Pero no. Y Asif, no a tus teorías. A todas ellas. Sobre todo a la de los extraterrestres. Hilda, quizá queráis enseñarles a todos lo que habéis estado haciendo.

Hilda asintió y se levantó de la silla. Destapando una de las cajas, sacó una hoja impresa y la sostuvo en alto.

—Señoras y señores —anunció—, les presento la Propuesta del Canciller: la abolición del decenio de esclavitud.

A Jessica se le cortó la respiración. Incluso Asif se quedó quieto. Debía de ser una broma, ¿no?

—Nadie tiene derecho a voto sobre la Propuesta salvo los parlamentarios Iguales, naturalmente —dijo Jackson—. Y aparte de un puñado quizá, todos votarán «No». Pero no creo que sean conscientes de lo que han hecho al plantear siquiera este debate. Bastaría tan solo con que unos pocos cientos de Iguales abrieran la boca y dijeran «Sí» para poner fin al decenio de esclavitud... a la pérdida de libertad, a los abusos, a los trabajos pesados, a todo. Una sola sílaba pronunciada tras el Tercer Debate la próxima primavera en el Ala Este de Kyneston, y todo se acabaría.

Jessica volvió a atarse la coleta con un chasquido rápido y enérgico de la goma, un gesto que trajo a la memoria de Luke el recuerdo doloroso de Abi. Al hablar también lo hacía con un tono enérgico.

—No es por ser aguafiestas, pero ¿estás seguro? ¿Cómo lo sabes?

El doctor hizo una pausa durante un momento, mirando alrededor de la sala. Está preguntándose si puede confiar en nosotros, se percató Luke.

Y fue entonces cuando se dio cuenta de que la lealtad era algo mutuo.

Al empezar con todo aquello, a Luke le había quitado el sueño no saber si podía confiar o no en Jackson, si el club sería en el fondo una trampa muy elaborada. Pero después de haber participado en unos cuantos juegos sin recibir la visita de Kessler, y sin que unas manos lo sacaran de la cama en plena noche, se había obligado a desprenderse un poco de aquel miedo. El doctor era de verdad.

Sin embargo, a Jackson cualquiera de ellos podía traicionarlo en cualquier momento.

Bueno, Luke no. Él nunca lo traicionaría.

—Estoy en contacto con alguien de fuera —reveló Jackson finalmente—. Un Igual. Más que eso... alguien cercano al poder.

Renie se echó hacia delante tan deprisa que fue un milagro que no cayera desde lo alto de las cajas. Hilda y Tilda cruzaron una mirada de asombro. Jessica se metió la punta de la coleta en la boca y masticó como una niña nerviosa, no como una mujer hecha y derecha. Fue Oz quien tomó la palabra.

—Caramba, doctor —dijo—. Menuda sorpresa tenías guardada. ¿Te importaría explicarte?

Jackson apoyó las palmas de las manos en la mesa y se las quedó mirando un momento.

—Él ve todas las sombras en la Cámara de la Luz —dijo el doctor, como si les hablara de alguien a quien señalara desde la otra punta de la sala en una fiesta—. Cree en esta causa… en nuestra causa.

—¿Y tú confías en él? —inquirió Hilda sin rodeos.

—Sí —contestó Jackson.

Abrió la boca como para añadir algo más, pero luego cambió de idea.

—¿Y por qué nadie ha oído hablar de esta Propuesta? —preguntó Asif—. ¿Es demasiado comprometedora? ¿Hay un bloqueo informativo?

Jackson parecía un hombre que intentara sonreír y hubiera olvidado cómo hacerlo.

—Algo así —respondió finalmente—. Existen dos actos de Destreza llamados el Silencio y el Sigilo. El Silencio hace que olvides cosas. Al final de la sesión de la Propuesta, el Canciller se lo impuso a todos los ordinarios, los Observadores del Parlamento. Por su parte, los parlamentarios Iguales se han sometido al Sigilo. Lo recuerdan todo, pero el Sigilo les impide compartir lo que saben con nadie que no sea también diputado, incluyendo sus propias familias. Digamos que hemos encontrado una alternativa.

La sala se quedó en silencio.

Luke estaba horrorizado. ¿Los Iguales podían dejarte sin recuerdos? ¿Silenciarte con Destreza? Era inconcebible. En las novelas de Abi lo hacían, naturalmente —herederos canallas que seducían a chicas y luego les hacían olvidarlo todo con un simple chasquido de dedos—, pero Luke nunca hubiera imaginado que fuera cierto.

¿Cómo se podía esperar que ellos ganasen a gente que era capaz de hacer eso?

Pero Jackson debía de creer que sí se podía, porque se inclinó hacia ellos como un general dispuesto a transmitir los planes de batalla a sus oficiales de confianza.

Eso era exactamente el doctor, pensó entonces Luke. Y se sintió mareado, como si se hubiera tomado de un trago un cóctel con una parte de miedo y dos de terror. Con hielo.

—Me alegro de que os resulte chocante —dijo Jackson, mirándolos uno a uno con aquellos ojos de un azul claro—. Eso significa que todos estáis pensando en la tarea que tenemos por delante. Que pensáis en ella de verdad. Todos los que viven en esta ciudad de esclavos tienen que conocer la existencia de dicha Propuesta. Todo el mundo debe entender que la abolición está tan cerca que podríamos tenerla al alcance de la mano… si nos atrevemos. Esta podría ser la mejor ocasión que tengamos en nuestra vida de poner fin al decenio de esclavitud.

La mirada de Jackson se cruzó con la de Luke, y este no pudo apartar la vista.

—Esta es una partida larga donde las haya —dijo el doctor—. Tenemos que alzarnos con la victoria cuando acabe el juego.

NUEVE

ABI

Si quería descubrir por qué motivo Luke no era bien recibido en Kyneston, la única opción que tenía Abi era Jenner. Pero él ya le había advertido que no insistiera.

Así pues, ¿cómo podía conseguir ella que se lo dijera?

Quizá si pudiera ganarse su confianza. Su admiración. ¿Tal vez incluso su cariño?

Resopló ante aquella idea, y se volvió hacia el montón de cartas que tenía sin abrir encima de la mesa. Puede que no hubiera nada más tonto que una chica lista enamorada, como decía mamá, pero Abi no era tan ilusa. Deseaba el cariño de Jenner, estaba claro, pero lo querría incluso si Luke estuviera en Kyneston con el resto de su familia.

Cogió el abrecartas —un cuchillo de plata pesado adornado con la salamandra que representaba el emblema de la familia Jardine, un lagarto que lanzaba fuego dentro de un jardín circular cercado— y procedió a abrir la pila de sobres.

La cuarta estaba escrita con una letra que reconoció. La suya propia.

Era la tarjeta de cumpleaños que le había enviado a Luke, devuelta sin abrir desde Millmoor y sellada con la palabra «Inadmisible». Abi lanzó un gruñido de frustración. Ni siquiera llevaba la marca del censor. No se habían molestado en abrirla y ver que no era nada más sedicioso que una tarjeta, hecha a mano por Daisy. El periodo de incomunicación de tres meses para todos los recién llegados a la ciudad de esclavos aún no había finalizado para Luke, así que se limitaron a devolverla sin más.

Sin embargo, le quedaba poco. Miró el calendario que tenía encima de la mesa, donde se veía una fecha marcada con un círculo rojo a principios de diciembre, para la que faltaban solo unos días. Los tres meses se cumplirían entonces y recibirían noticias de cómo le iba a Luke, dando por sentado que él estaría tan desesperado por escribirles como ellos estaban por saber de él.

Abi confió en que estuviera siendo sensato y acatando la disciplina. Seguro que la vida en Millmoor no podía ser mucho peor que tener una porquería de trabajo y un piso horrible compartido en el mundo real. Lo más probable era que Luke se pasara los días embalando cajas en una fábrica, y que ya tuviera su grupo de amigos.

Al menos esa era lo que Abi se decía. Intentaba no pensar en aquel guardia, Kessler, o en el día en que lo habían arrancado de su lado. Prefería no darle vueltas al hecho de que Luke, y todos ellos, fueran meros «enseres del Estado sin derecho alguno». Apartó de su mente la imagen de papá de rodillas, con un reguero de sangre cayéndole por la cara, mientras empujaban a Luke con una porra para que se metiera en una furgoneta.

Abi haría lo posible para que, costase lo que costase, Jenner Jardine consiguiera que trasladaran allí a Luke. Y había empezado por lo que mejor se le daba: el trabajo.

En los casi tres meses que llevaba en Kyneston, ya había introducido mejoras en el funcionamiento de la Oficina Familiar. Había creado una hoja de cálculo del calendario de actividades de la propiedad, con códigos de color y repleto de alertas y recordatorios. Había pedido a ciertos miembros clave del personal —si es que los esclavos podían denominarse así— que empezaran a realizar auditorías mensuales.

Había intentado no dar la impresión de ser una advenediza mandona, y en la mayoría de los casos la habían escuchado cuando explicaba que una mejor organización redundaba en interés de todos. Su mensaje era que cuanto mejor funcionara la casa y el dominio, menos probable sería que lord Jardine y el heredero Gavar explotaran. Todos ellos habían visto la frecuencia con lo que eso ocurra, de manera que accedían gustosos a su petición. El ama de llaves se mostraba especialmente cordial, y Abi siempre era bienvenida abajo para tomar una taza de té con un bollo. Sin embargo, le constaba que al Señor de los Canes entrado ya en años no le había gustado nada que aquella chica de ciudad venida del norte introdujera sus ideas en aquel antiguo dominio del sur.

¿Y qué decir del propio Jenner? Pues que era un sueño.

Era un joven encantador y divertido, trabajador y considerado. Una relación detallada de todas las virtudes que lo convertían en un portento sería más larga que la lista de asuntos pendientes de Abi.

Gavar era probablemente el tipo de hombre que atraería a la mayoría de las chicas, pero su mal genio hacía que su físico escultural resultara más intimidante que atractivo. Y el Joven Amo daba demasiado miedo como para pensar en él en dichos términos. Así pues, podía afirmar que Jenner era el único de los tres que no le inspiraba terror. Aunque esto por sí solo no constituía un reconocimiento rotundo, se sumaba a los demás méritos, lo que daba pie al flechazo que estaba experimentando en aquellos momentos la señorita Abigail Amanda Hadley.

¿Cabía la posibilidad de que él llegara a sentir lo mismo? La parte sensata del cerebro de Abi insistía en que era imposible. No obstante, su parte ilógica —que al parecer era más grande de lo que jamás había sospechado— continuaba atesorando pequeños momentos, de la misma manera que en el fondo del cajón de su mesa se acumulaban tapones de bolígrafos y clips. Una mirada, una pregunta sobre su familia, un falso pretexto para que se quedara hasta tarde, una mano en su brazo mientras le señalaba algo.

Una sola acción no significaba nada por sí sola, pero, en su conjunto, ¿podían suponer algo más?

En este orden de cosas, Abigail se llevó un chasco al acudir un día a la llamada de Jenner para que se reuniera con él en el Gran Solar a primera hora de la mañana, y una vez allí ver la cámara repleta con lo que parecía el conjunto de los esclavos domésticos de Kyneston.

Una de sus amigas de las cocinas le explicó que se trataba de la limpieza a fondo que se realizaba cada año antes de Navidad, y en la que todo el mundo tenía que arrimar el hombro. Abi se disponía ya a coger a regañadientes un trapo del polvo cuando Jenner apareció a su lado.

—Usted no, señorita Hadley. Si me permite, confiaba en que pudiera ayudarme en la biblioteca.

Tras llevarla hasta allí, Jenner dudó sobre si cerrar la puerta o no. A Abi no se le daba muy bien lo de «leer las señales», como una amiga del colegio coqueta lo había calificado en una ocasión. Pero la situación parecía en cierto modo prometedora.

Para ocultar su desconcierto Abi volvió la mirada hacia lo que había encima de la mesa. Apoyados sobre un grueso tapete de fieltro gris se veían tres cuadros y un lienzo sin enmarcar, varios portadocumentos y unas cajas de libros hechas a medida.

—He pensado que esto te gustaría más que limpiar el polvo —dijo Jenner, tras haber cerrado la puerta finalmente para reunirse después con ella—. Con motivo de la boda de mi hermano con Bouda Matravers a finales de marzo, así como del Tercer Debate, madre ha sugerido que mostremos con orgullo algunos de los tesoros familiares a nuestros invitados. Al fin y al cabo, que el heredero se case solo ocurre una vez por generación. He estado desempolvando unas cuantas opciones.

Abi observó con detenimiento los cuadros, todos ellos retratos. Reconoció a los sujetos de las dos pinturas de mayor tamaño, pero no tenía ni idea de la identidad de los otros dos modelos. Uno era una joven de cuello largo con un vestido del mismo color bronce que sus cabellos. Estaba acariciando un lagarto grande que sostenía en brazos. El otro, sin marco, era un niño de ojos negros y mirada nostálgica que tendría siete u ocho años.

—Este es Cadmus Parva-Jardine, el Puro de Corazón —dijo Abi con seguridad, tocando el retrato más grande con su marco dorado en forma de corona de laurel.

Jenner asintió con la cabeza.

Los dedos de Abi pasaron al segundo. Le constaba lo que había hecho aquel hombre. ¿Bastaba el hecho de que lo supiera para que su retrato le pareciera arrogante y despiadado, o sus acciones se traslucían realmente en su rostro?

—Es el padre de Cadmus, Lycus Parva. Lycus el Regicida. Asesinó a Charles Primero y Último.

Abi se estremeció. Lycus se había valido tan solo de la Destreza para matar al Último Rey, y contaban las crónicas que Charles había tardado cuatro días en morir en el patíbulo de Westminster. Según los escritos de la época, el espectáculo fue tan atroz que hubo mujeres embarazadas que sufrieron abortos y hombres que enloquecieron al presenciarlo.

—Esta es la madre de Cadmus, Clio Jardine —dijo Jenner, señalando a la mujer con el vestido de color bronce—. La retrataron para celebrar su matrimonio con Lycus. ¿Ves el jardín tapiado a su espalda? Es el emblema de la familia Jardine. Y lo que sostiene es una salamandra, divisa heráldica de los Parva. En nuestro escudo de armas actual se combinan ambos, si bien el lema de los Parva ha caído en desuso. A Silyen le gusta, pero es demasiado modesto para los gustos de los Jardine.

Abi se fijó en el estandarte pintado. «*Uro, non luceo*». «Ardo, no brillo». Un lema que casaba a la perfección con la salamandra, ese animal legendario del que se creía que lanzaba fuego y renacía de sus propias llamas.

Clio miraba de soslayo a un punto situado fuera del lienzo. Su rostro se veía enmarcado por unos tirabuzones ingeniosos y sus cejas dibujaban unos arcos pronunciados. Sin embargo, a Abi le resultaban familiares los rasgos y la tez de la mujer. Eran como los del joven que tenía al lado.

Abi miró a Clio y después a Jenner, y fue como si un muro tan impenetrable como el de Kyneston se alzara entre ellos. Puede que él no poseyera la Destreza, pero tenía la misma sangre. Aquellos nombres imposibles de los libros de historia eran sus antepasados. Su familia. Sus tatarabuelos.

Jenner, que no se había percatado de su reacción, continuó.

—Clio era la única descendiente en la línea directa de los Jardine. Eso fue antes de que se permitiera la sucesión femenina, así que no pudo heredar Kyneston. La casa debía pasar a un primo suyo. Pero cuando se hizo patente la increíble Destreza de su hijo Cadmus ya en la adolescencia, este fue designado como heredero de los Jardine y recibió el apellido doble de Parva-Jardine.

»Cadmus era un hombre erudito y llevaba una vida tranquila. Se casó joven, y cuando su primera esposa falleció lo invadió el desconsuelo y se centró en sus investigaciones. Ya sabes lo que ocurrió a continuación: la Revolución. Lycus, el padre, asesinó al rey. Cadmus, el hijo, restableció la paz. Derribó el palacio y construyó la Cámara de la Luz, en la Gran Demostración. Y tras convertirse en nuestro primer Canciller, se casó de nuevo. Fue el hijo mayor fruto de dicho matrimonio, Ptolemy Jardine, quien heredó Kyneston. Pero no debería haber sido así.

—¿Por qué no? —preguntó Abi, cautivada por la historia revelada—. ¿Quién debería haberlo heredado?

—Alguien de quien nunca hablamos —respondió Jenner. Y señaló el último cuadro—. Él.

El joven retratado tenía los ojos negros y grandes de lady Thalia y del Joven Amo, pero ni asomo de la chispa de ella o la arrogancia de él. Su expresión era tierna y triste. No se trataba de una pintura especialmente bien ejecutada; la ropa se veía plana y las manos del muchacho, mal hechas. Sin embargo, el artista había captado de algún modo la profunda aflicción del pequeño.

—Padre no permitiría jamás que se expusiera —prosiguió Jenner, con un extraño tono en su voz—. Lo habrían destruido hace años de no ser porque se trata del único cuadro que tenemos pintado por el propio Cadmus.

—¿Y quién es él?

Abi estaba enganchada a aquel secreto que nunca había encontrado en todo lo que había leído acerca de Kyneston y los Jardine. Y otra parte vergonzosa de ella se emocionó con el hecho de que Jenner quisiera contarle aquella historia que a todas luces significaba tanto para él.

—Él soy yo. Es el otro fruto podrido del árbol genealógico. El único de nuestra historia grande y gloriosa no dotado de Destreza... hasta que llegué yo.

¿Y qué se podía decir ante eso? Abi se devanó los sesos en busca de una respuesta, pero no se le ocurrió ninguna. Lo suyo no era la gente, maldita sea. Lo suyo eran los libros. Había una diferencia abismal.

Recordó el día que habían llegado a Kyneston, cuando Daisy abrió su bocaza y preguntó por qué les había dejado entrar por la puerta el Joven Amo y no Jenner. Su respuesta sobre su falta de Destreza había sido tan natural como caballerosa. ¿Cuántos años habría estado practicando aquellas palabras para poder pronunciarlas con aquella espontaneidad? Como si no significaran nada, cuando era evidente que su vida estaba dañada desde sus orígenes por aquella carencia espantosa e inexplicable.

—Fíjate bien —le instó Jenner.

Había numerosos objetos expuestos alrededor del muchacho. Una jaula de pájaros vacía con la puerta cerrada. Un tulipán en flor colocado en un jarrón, pero gris y sin gracia, como si llevara muerto una semana. Una hoja pentagramada pero sin notas. Un violín sin cuerdas. Abi miró detenidamente la palabra escrita en la parte superior de la partitura en blanco. La obra inexistente tenía un título en latín: *Cassus*.

—Significa «hueco» —dijo Jenner—. «Vacío». O bien «inútil» o «deficiente». Es decir, falto de Destreza. Todo eso —añadió, señalando la flor y la jaula— es la representación de cómo ven mi mundo.

Abi seguía sin tener la menor idea de qué decir. Buscaba algo cuidadoso.

—Si él debería haber heredado Kyneston después de Cadmus, es porque sería... ¿su hijo mayor?

Se vio premiada con un amago de sonrisa por parte de Jenner.

—Sabía que lo captarías, Abigail. Se trata del hijo que tuvo Cadmus con su primera mujer. Se llamaba Sosigenes Parva, pero no lo encontrarás en ningún libro de historia.

¿So-si-ge-nes? Aquel nombre era un trabalenguas incluso para los Iguales.

—No es que sea muy fácil de pronunciar que digamos —opinó Abi, y enseguida se ruborizó ante su osadía.

Sin embargo, Jenner se echó a reír, animándose un poco.

—No pasa nada —dijo—. Yo sería el primero en reconocerlo. Es un nombre que si fuera por mi padre, no se oiría nunca más. Hoy por hoy, después de que los diarios de Cadmus se perdieran en el incendio de Orpen, este pequeño retrato es la única prueba que tenemos de que Sosigenes llegó a existir.

Abi conocía la historia del gran incendio de Orpen. Aunque había tenido lugar antes de que ella naciera, había visto unas imágenes temblorosas filmadas desde un helicóptero que volaba más allá del muro de la propiedad.

Orpen Mote era la residencia de los Parva, donde lady Thalia Jardine y su hermana Euterpe habían nacido y crecido. El lugar quedó reducido a cenizas en una sola noche. Las dos hermanas estaban ausentes, pero lord y lady Parva y todo el personal doméstico perecieron mientras dormían. La conmoción sufrida al descubrir la muerte de sus padres sumió a Euterpe en el coma en el que aún se hallaba.

Pero aquel incendio no solo supuso la pérdida de una casa y sus ocupantes. La reputación de los Parva como eruditos venía dándose desde hacía siglos, y Orpen Mote albergaba la colección más importante de libros acerca de la Destreza que se conocía en todo el mundo. Dicha colección incluía la biblioteca personal de Cadmus, y toda ella acabó siendo pasto de las llamas.

Sin embargo, Abi nunca había oído hablar de que se conservara ningún diario del Puro de Corazón. ¡Qué documentos tan extraordinarios debían de ser! Y qué crueldad enterarse en el mismo instante de su existencia y su destrucción.

Jenner estaba entretenido con las cajas de la mesa. Arrastró una desde la otra punta de la mesa y la destapó. El interior estaba cubierto por una espuma gruesa, cortada a la medida para que el pequeño retrato cupiera a la perfección. Jenner retomó la palabra sin levantar la vista.

—Nadie imaginaba que habría otro niño No Diestro. Cadmus era tan poderoso que la familia culpó a la madre de Sosigenes de la afección de su hijo. Ella murió en el parto, así que resultaba fácil llegar a la conclusión de que era débil. De hecho, «Sosigenes» significa «nacido sano y salvo», de modo que puede que el parto también fuera traumático para él. Es una explicación decorosa.

—¿Podría ser cierta? —inquirió Abi, sin tener claro si estaría adentrándose en terreno peligroso o no, pero sintiendo demasiada curiosidad como para no preguntar—. ¿Y un parto difícil podría ser la respuesta también en tu caso?

Jenner sonrió de nuevo, pero siguió sin mirarla.

—Madre me expulsó en cinco minutos exactos, si es eso lo que me preguntas. Por lo visto Gavar fue un bebé enorme, así que Sil y yo llegamos al mundo con mucha facilidad. —El joven hizo un mohín—. Nunca he tenido la necesidad de saber más al respecto.

»Lo curioso es que nadie se dio cuenta al principio… me refiero a lo mío. Algunos bebés muestran su Destreza muy pronto. Por lo visto, Silyen prendió fuego a las cortinas de la sala de neonatos cuando tenía tan solo unos días de vida. Y la niñera no hacía más que encontrar pájaros que le cantaban encaramados a su cuna. No podían quitarle el ojo de encima ni un segundo. Pero también es de lo más normal que no se manifieste con fuerza hasta los cuatro o cinco años.

»Madre jura que yo hacía cosas que parecían propias de la Destreza, pero serían meras casualidades, porque cuando cumplí los cuatro años no pasó nada. Ni a los cinco, ni a los seis. Por lo visto, aunque yo no lo recuerdo, fue entonces cuando anuncié que ya no celebraría más cumpleaños. Sin duda entendí que cada uno de ellos era un hito importante que me saltaba año tras año.

Jenner había terminado de enredar con la caja. El cuadro quedó envuelto, con la tapa puesta y sellada con cinta adhesiva. Puso las manos sobre el paquete, crispadas como si tuvieran algo encima, pero no había nada. El joven alzó la mirada, con un brillo sospechoso en los ojos.

—El muro sigue reconociéndome, porque tengo la sangre de la familia. La verja se me aparece, pero no puedo abrirla. A la pequeña Libby le ocurre lo mismo. Cuando yo era un crío, llegó a armarse un lío porque se dudaba de que yo fuera hijo de mi padre. Como si eso pudiera ponerse en tela de juicio.

Jenner se pasó los dedos por el cabello, que era exactamente del mismo color que el de lord Jardine, y tiró de él, como si quisiera arrancarse unos cuantos pelos y mostrárselos como prueba de su origen.

—En fin, sé que te hacías preguntas al respecto. Lo he visto en tu cara. Así que ya lo sabes. No es un gran misterio. —Esbozó una sonrisa forzada—. A mi modo, soy incluso más excepcional que Silyen.

Abi sintió como si le hubieran cambiado el corazón por otro mucho más grande que no le cabía en el pecho. Avanzó un paso para acercarse a Jenner.

—Así es —le dijo—. Eres excepcional. Increíble.

—¿Increíble?

Abi le tocó la mejilla, agradeciendo no sin cierto sentimiento de culpa que careciera de Destreza. De haberla tenido, seguro que la haría salir disparada a través de las estanterías por su impertinencia. Pero Jenner no se movió; se limitó a llevarse la mano a la cara para ponerla encima de la suya, como para confirmar que su gesto era real.

Y entonces Abi le dio prácticamente una bofetada al retroceder cuando oyó que se abría la puerta de la biblioteca.

La caja cayó al suelo de un golpe y Jenner se agachó para recogerla. Eso hizo que Abi, con las mejillas encendidas como la salamandra de los Parva, tuviera que enfrentarse a quienquiera que los hubiera interrumpido.

Podría haber sido peor, pero podría haber sido muchísimo mejor. Lady Thalia entró en la sala en dirección a ellos, con el dobladillo de su bata de seda moviéndose en el aire, mientras en la puerta esperaba lady Hypatia Vernay.

Mientras lady Thalia arrullaba a su hijo por lo bien que estaba yendo la limpieza, la mujer de mayor edad se quedó mirando a Abi con semblante adusto y luego alargó un brazo. Temiendo lo peor, Abi vio que la mano enfundada en un guante de piel de la anciana Igual sostenía el extremo de una correa.

—Muchacha, lleva este animal a la perrera —le ordenó. Y al ver que Abi vacilaba, añadió—: Ahora.

Sin atreverse a mirar a Jenner, Abi se limitó a hacer una reverencia. Con la cabeza agachada, fue a coger la correa. El hombre perro estaba fuera, en el pasillo, tumbado sobre la moqueta. Abi salió de la biblioteca y oyó que la puerta se cerraba con firmeza a su espalda.

Había visto al sabueso de lady Hypatia varias veces desde aquel primer día, pero solo de lejos. Verse cara a cara con él de aquella manera casi hizo que se quedara petrificada de la impresión.

El hombre estaba agachado en una posición incómoda, obligado a ir con la espalda más baja de lo que sería natural para un humano a cuatro patas, como si intentara reproducir el modo de andar de un perro. Tenía el torso escuálido, y aunque poseía unas extremidades nervudas, los músculos no se le veían bien formados. Estaba completamente desnudo, y un vello oscuro y grueso le cubría la mayor parte de las piernas, las nalgas y la región lumbar. El pelo de la cabeza era fino y le crecía por el cuello como una piel grasa. Su edad resultaba totalmente indescifrable.

—Hola —se aventuró a decir Abi cuando recuperó el control de su voz—. ¿Cómo te llamas?

El hombre gimió todo tembloroso. Si hubiera sido realmente un perro, habría tenido las orejas pegadas al cráneo y el rabo entre las patas.

—¿No? ¿Cuánto tiempo llevas así? ¿Por qué?

Las manos del hombre golpetearon la moqueta, haciendo que se le oyeran las uñas al engancharse en ella. Agachó la cabeza y tiró hacia atrás los cuartos traseros, como haría un can en peligro.

—¿Puedes hablar al menos? ¿Qué te han hecho?

A Abi se le quedó la boca seca del horror.

El hombre gimió de nuevo, esta vez en un tono más alto y apremiante, casi tragando saliva. Lo último que quería Abi era que la sorprendieran de aquella manera, como si fuera ella quien torturara al hombre. El miedo la forzó a hacer lo que la razón le impedía y tiró de la correa.

—Vamos, pues. Te llevaré a la perrera.

Al atravesar el Solar, Abi notó que los otros esclavos volvían la cabeza para mirar. Se detuvo junto a la majestuosa puerta de entrada de la mansión. Aunque estaba cerrada, el aire gélido se colaba por el umbral, y Abi sabía que fuera el suelo estaría cubierto por una gruesa capa de escarcha. ¿No cogería el hombre una pulmonía?

Abi permaneció allí parada con aire vacilante, hasta que el hombre perro escarbó en la puerta, como si suplicara salir. Parecía imposible, pero quizá prefiriera estar en la perrera antes que el trato que recibía de manos de lady Hypatia.

La escarcha no había desaparecido y al salir de la casa Abi sintió el aire helado que le pareció irrespirable. Cuando miró atrás, vio la mansión oculta ya por la niebla, que la cubría como una enorme sábana de polvo blanco. Incluso los sonidos se oían apagados. Daba la sensación de que el sabueso de Hypatia y ella eran los únicos seres vivos que quedaban sobre la faz de la tierra.

Angustiada, Abi se dirigió a toda prisa hacia donde pensaba que estaban los establos. La temperatura no era muy superior a los cero grados, y el hombre tiritaba ya de tal manera que la correa daba sacudidas en la mano de Abi. La chica miró con repulsión la lazada de cuero. ¿Y si la soltaba sin más? ¿Y si dejaba que el hombre desapareciera y decía que lo había perdido en mitad de la niebla?

Pero ¿cómo escaparía? El muro seguía estando allí, con la puerta oculta de forma permanente a menos que un Jardine la invocara.

Abi sintió un alivio reconfortante cuando llegaron a los edificios anexos que formaban una piña. Tras atravesar el patio empedrado, entró en la perrera, una construcción baja y alargada que formaba un ángulo con los establos.

Allí dentro hacía más calor, y el olor a perro era insoportable.

De la oscuridad surgió una figura: el Señor de los Canes. El hombre fue a su encuentro sin intención de saludarla.

—Vaya, si es la señorita Marimandona —dijo con desdén. Al ver al hombre perro añadió—: Así que lady Hypatia ha vuelto.

Abi le tendió la correa, pero el hombre no hizo ademán de ir a cogerla.

—Mételo en la veinte. Lo tengo separado por el ruido que hace.

La número veinte era una jaula metálica, una de las cuatro que había en una zona ruinosa de la perrera que, por otra parte, parecía no utilizarse. Tenía un techo de malla y una puerta con barrotes asegurada por fuera con un cerrojo. Dentro una fina capa de paja sucia cubría el suelo de cemento.

Abi vaciló al poner la mano en el collar; luego desenganchó la correa y el hombre perro entró con sigilo en el cubículo. Se acurrucó encima de la paja y escondió la cabeza en su pecho desnudo. Tenía las plantas de los pies agrietadas y mugrientas, y la piel roja y en carne viva de caminar por la escarcha.

El amo de la perrera regresó con un par de cuencos metálicos, uno con agua y el otro con una mezcla de galletas secas y una gelatina de un color marrón rosáceo. Comida de perro. Los puso en el suelo y los arrastró hacia el interior de la jaula con la punta de la bota antes de cerrar la puerta y echar el cerrojo.

—¿Tienes la correa? —Cuando Abi se la entregó, el hombre la colgó de un clavo—. No puedo dejársela puesta, a saber qué se le ocurriría hacer, ¿eh? Y no lo culparía, siendo como es el perro de una arpía como Hypatia.

El hombre escupió con un gesto expresivo en la jaula. Su ocupante estaba bebiendo agua en aquel momento, pero no sostenía el cuenco en alto entre las manos, sino que estaba agachado sobre él, sorbiendo como haría un perro de verdad. El Señor de los Canes vio que Abi lo observaba.

—No habías visto nunca la obra de lord Crovan, ¿eh? Lord Jardine cree que ese hombre podría enseñarme algo sobre doma.

El amo de la perrera soltó una risa desagradable y Abi no pudo disimular su repugnancia.

—Oh, no me mires así, jovencita. Este es un Condenado, y con toda la razón. Puede que su dueña sea cruel, pero él se lo merecía.

Sacudiendo la puerta de la jaula por última vez para cerciorarse de que estaba bien cerrada, el amo de la perrera aseguró el cerrojo poniéndole un candado. Acto seguido, se sacó del bolsillo un aro lleno de llaves y las pasó una a una hasta dar con una pequeña de aluminio, que extrajo para ponerla en la palma de la mano de Abi. Luego se alejó silbando con aire despreocupado. Cuando desapareció tras torcer la esquina, los perros raposeros comenzaron a ladrar y aullar por el regreso de su rey.

Abi miró la llave, reacia incluso a sujetarla con el puño cerrado. No quería ser la cuidadora de aquella criatura… de aquel *hombre*, se corrigió. Regresaría a la mansión con aquella llave y se la devolvería a lady Hypatia. Que hiciera con ella lo que quisiera.

Puede que la anciana estuviera todavía en la biblioteca. Quizá Jenner también se encontrara allí.

Abi permitió agradecida que la mente se le llenara de nuevo de pensamientos del hijo No Diestro de los Jardine. De lo que él le había mostrado y de su significado. De lo que había pasado entre ellos antes. De lo que habría ocurrido, si no los hubieran interrumpido.

Así que cuando notó que una mano le agarraba el tobillo, soltó un grito. Los dedos estaban helados y secos, pero eran fuertes. Mucho más de lo que Abi hubiera imaginado.

—Chist…

El sonido apenas podía identificarse como propio de una voz humana. Si los lobos pudieran hablar, sonarían así después de pasarse una noche aullando. A Abi se le erizó el vello de la nuca al oírlo. Los dedos le apretaron el tobillo, y unas uñas afiladas se le clavaron en la piel a través del calcetín.

La voz bramó de nuevo.

—Ayúdame.

DIEZ

EUTERPE

Él le había dicho que se llamaba Silyen.

Euterpe no sabía con certeza cuánto tiempo llevaba yendo a Orpen a visitarla, pero era un crío cuando se presentó allí por primera vez.

Fue un día que estaba sentada al sol en una tumbona, mirando a su alrededor en busca de Puck, que debía de andar persiguiendo conejos otra vez. De fondo oía un violín sonando suavemente no muy lejos de allí. Le parecía que llevaba siglos sin ver a nadie, así que había llamado al músico para invitarlo al jardín. Al cabo de un rato apareció un niño de cabello oscuro entre los rosales, y cuando ella lo saludó con la mano, él siguió el camino flanqueado por setos de boj hasta donde estaba ella.

El pequeño se quedó allí quieto, mirándola con cierto asombro; a ella también le sorprendió su presencia. Tendría unos diez años, y le llamó la atención lo mucho que se parecía a Thalia y a ella. Era casi como ver una versión masculina de sí misma. Por un breve instante de confusión Euterpe se preguntó si aquel niño sería su hermano. Pero ¿cómo se podía tener un hermano y no saberlo?

Comenzó a sentir un débil pinchazo en la base del cráneo; habría estado más rato de la cuenta sentada al sol sin el sombrero. Sin embargo, olvidó su malestar cuando el pequeño desconocido empezó a mirar la casa que Euterpe tenía a sus espaldas y se le iluminó el rostro con admiración.

—¿Eso es Orpen? —le preguntó él—. ¿Orpen Mote?

—Sí. ¿No lo sabías?

Euterpe se volvió para seguir la mirada del niño hasta su querido hogar. Aquel día el cielo era azul y el foso, más que estar lleno de agua, parecía un espejo en el que la casa se veía reflejada a la perfección. La parte baja de Orpen, que desaparecía en el agua, estaba hecha de piedra maciza; la parte superior era de madera y estaba enlucida. Había pequeñas vidrieras emplomadas encajadas aquí y allá, formando una línea torcida. Unas veces se apilaban en dos pisos, y otras en tres. La gran chimenea, formada por ocho tiros dispuestos en una sola fila, se alzaba sobre la Sierra Norte. Sin embargo, aquel día no se veía ninguna columna de humo saliendo de ellos. De hecho, todo el lugar se hallaba sumido en una calma inusitada.

—Pero Orpen ya no existe —repuso el pequeño, reacio al parecer a apartar la mirada—. Desapareció.

—¿Que desapareció? —dijo ella desconcertada—. Pues tú pareces haberla encontrado sin problemas. ¿Te ha dejado alguien entrar por la puerta?

—Has sido tú —respondió el niño, y le tendió la mano—. Me llamo Silyen, Silyen Jardine. Y tú eres Euterpe Parva. Pero eres más joven.

—¿Más joven? Tengo veinticuatro años, así que soy bastante mayor que tú —contestó Euterpe.

Realmente era un niño bien peculiar.

El pequeño Silyen frunció el ceño y pareció estar a punto de corregirla, de modo que Euterpe se apresuró a tomar la mano que le ofrecía y se la estrechó. Era una mano pequeña y de huesos finos, pero apretaba con fuerza, y notó el tacto áspero de los callos que tenía provocados por el arco del violín.

—¿Eres un Jardine? —le preguntó—. En ese caso, debemos de ser parientes. Mi hermana Thalia es la prometida de Whittam, el heredero de lord Garwode.

Whittam era un animal y Garwode, un bravucón; esa era la opinión personal de Euterpe, pero no pensaba compartirla con aquel Jardine que había venido a visitarla.

—¿Aún no se han casado? —preguntó Silyen. Parecía desconcertado al respecto, si bien recuperó la compostura enseguida. Hizo un ademán desdeñoso, quitando importancia al tema de la boda como solo podría hacer un crío de su edad—. Da igual. Ya somos parientes.

Y Euterpe supuso que tenía razón. Los Jardine estaban emparentados con los Parva desde hacía cientos de años, a través del propio Cadmus Parva-Jardine, y su padre Lycus el Regicida. Ambos habían vivido allí, en Orpen Mote, y sus retratos seguían colgados en las paredes. Sus rostros le resultaban tan familiares como los de su propia hermana y sus padres. De hecho, Silyen tenía un notable parecido con ellos... mucho más que con su verdadera familia, los Jardine, pelirrojos y de ojos verdes.

—¿Quieres ver la casa? —sugirió al niño—. Creo que algunos de los retratos te gustarían.

Euterpe no esperaba ver en el rostro del pequeño una sonrisa igual de pícara que la de su hermana.

Silyen recorrió la mansión con los ojos abiertos como platos, pasando las manos por todo lo que encontraba a su paso. Golpeó con los nudillos la armadura de la entrada, y toqueteó los hilos de los tapices del pasillo hasta que ella lo regañó. Incluso se detuvo a oler las flores que ella había cortado aquella mañana y había colocado en el jarrón del comedor. Estaba claro que era un niño inteligente, y a Euterpe le pareció intuir cuál sería la estancia que más le gustaría.

De hecho, cuando ella abrió las puertas tachonadas que daban a la biblioteca, el niño entró corriendo en la sala. Se quedó allí quieto, girando sobre sí mismo, mirando hacia arriba extasiado, bañado por el sol apagado que se filtraba entre las persianas. Luego se dedicó a recorrer la estancia, sacando libros de los estantes y abriéndolos mientras los sujetaba con cuidado por el lomo. Pasaba unas cuantas páginas antes de devolver el libro a su sitio y coger otro.

A Euterpe no le sorprendió que Silyen Jardine fuera a visitarla en numerosas ocasiones después de aquella primera vez. Ella le leía obras célebres, como *Los relatos del rey*. Paseaban juntos por el jardín y los alrededores, y Euterpe le mostraba plantas o piezas de arquitectura interesantes. A Silyen le gustaba muchísimo escuchar relatos de su infancia, y los líos en los que se metía guiada por la atrevida de su hermana menor.

—Háblame de cuando Thalia y tú ibais a patinar —le rogaba él.

Así que ella le contaba de nuevo la historia del pasatiempo preferido de las dos hermanas: patinar sobre hielo en pleno verano. Le explicaba que Thalia aparecía en la puerta del dormitorio de Euterpe los días más calurosos del año, con dos pares de botines blancos con cuchilla, y la arrastraba escaleras abajo ante la mirada divertida de sus padres para sacarla después al foso. Una vez allí, Thalia sujetaba a su hermana mientras Euterpe se inclinaba desde la orilla para chapotear con los dedos en el agua. Tras unos instantes de cosquilleo, el foso se helaba hasta el lecho como una gruesa capa de cristal verde, y las chicas se ataban los cordones de los patines para pasar un día de agosto deslizándose arriba y abajo por el hielo refrescante.

Aunque Silyen siguió visitándola, dejó de preguntarle por aquellos recuerdos de infancia. Euterpe advirtió también cambios físicos en él. Cada vez lo veía más alto. Durante varias visitas notó que le salían gallos al hablar, hasta que un día el chico se dirigió a ella con voz de hombre.

Sería que el tiempo pasaba, y Euterpe se preguntaba a veces cómo era posible que ocurrieran tan pocas cosas en su propia vida. La boda de su hermana aún no se había celebrado, y tampoco su propio casamiento con su amado Winterbourne.

Sin embargo, nunca veía a nadie para poder preguntar a qué se debía aquello.

Y siempre que intentaba entender las cosas por su cuenta, lejos de aclararse, se volvían más confusas. Notaba un dolor creciente en la nuca. Era más fácil disfrutar de la brisa sin más mientras miraba las mariposas y se preguntaba dónde se habría metido el diablillo de Puck.

Silyen y ella cayeron en una rutina. Primero paseaban por el jardín y el foso, donde siempre hacía un tiempo cálido y soleado.

Luego entraban en la casa y el visitante se sentaba a la mesa de la gran biblioteca para hojear algún libro que había cogido de los estantes. Euterpe se acomodaba junto a la ventana con una novela o un cuaderno de bocetos.

Su familia nunca estaba presente durante las visitas de Silyen. Le habría encantado presentarle a Thalia, que sin duda se habría maravillado tanto como ella ante lo mucho que se parecía aquel joven desconocido a ambas. Y también era una lástima que no hubiera tenido la ocasión de presentarle a Winterbourne.

El hombre en el que tenía puesta toda su ilusión era excepcional, con talento, le contó a Silyen con orgullo. Había sido el primero de su promoción en Oxford y ahora se hallaba a las puertas de la que sería sin duda una brillante carrera como abogado. A Winterbourne le fascinaba la política, pero al haber nacido en segundo lugar nunca tendría cabida en la Cámara de la Luz.

El chico sonrió al oír aquello, y le hizo la observación de que Winterbourne sería un Canciller excelente. A Silyen le constaba además —como a todo el mundo, según le dijo— el gran afecto que sentía Zelston por la señorita Euterpe.

Poco después, estando en la biblioteca durante una tarde de verano —y qué largo se le había hecho aquel verano—, Silyen cerró el libro que estaba leyendo. Se reclinó en la silla y levantó los brazos por encima de la cabeza para desperezarse. Era el proceder inconfundible de alguien que había terminado una carrera o un libro que exigía un gran esfuerzo.

—¿Lo has acabado? —le preguntó ella.

—Ya me los he acabado todos —contestó Silyen, flexionando los dedos. Euterpe oyó crujir los finos huesos, como un pájaro entre las fauces de Puck—. Este era el último —añadió, apartando el libro.

—¿El último? —se mofó Euterpe—. Ni siquiera un ratón de biblioteca como tú podría haberse leído todos los libros que hay en estas estanterías. Te has dado por vencido. Y no te culpo… ese precisamente es un tostón.

—Eso tenía entendido —respondió Silyen—. Tú no conseguiste pasar de la mitad del primer capítulo.

Euterpe lo miró asombrada.

—¿Y tú cómo diablos sabes eso?

Sosteniendo el libro en alto, Silyen lo abrió por la primera página. Grabado en el frontispicio, escrito por completo en latín, se revelaba que el texto era un tratado holandés del siglo XVIII sobre el uso de la Destreza para invocar los vientos alisios hacia las Indias.

Era el libro que había inspirado el infame viaje de Harding Matravers, recordó Euterpe. Ella pensaba que sería apasionante, pero le había resultado sumamente tedioso. Había insistido durante unas cuantas páginas, atraída por la descripción que hacía el autor de la isla de Java, pero finalmente había renunciado a leerlo cuando se volvió técnico. Su familia tenía fama de ser dada a la erudición, pero a Euterpe nunca le había interesado el funcionamiento de la Destreza. El gran poder que sentía en su interior la asustaba y lo utilizaba lo menos posible.

Silyen estaba pasando las hojas del libro, cada una de ellas cubiertas con una letra en negrita tan gruesa que esta había dejado una impresión profunda en el papel. Y de repente ya no había más texto, solo páginas en blanco, manos de papel amarillento. Euterpe parpadeó sorprendida.

—Lo dejaste aquí —afirmó Silyen—. En la página... —Volvió a la última hoja impresa— veintitrés. Y esta no acabaste de leerla, ¿me equivoco? Qué lástima.

Alargó el brazo hasta la otra punta de la mesa y arrastró hacia él un hermoso libro voluminoso encuadernado en cuero verde. El texto del lomo estaba escrito en griego antiguo, un idioma que Euterpe no entendía, aunque reconocía el tomo en sí. Nunca lo había abierto.

—Según el título, va sobre si ciertos mitos griegos son explicaciones o alegorías de la Destreza —dijo el chico—. Parecía interesante, pero...

Abrió el libro y pasó las páginas en abanico. No había nada impreso en ellas. Estaban todas en blanco.

—Todos estos libros... —prosiguió Silyen, con un tono de frustración patente en su voz— se perdieron en su día para el mundo, y ahora se han vuelto a perder para mí.

¿A qué se refería? Euterpe se levantó y fue hasta la mesa para examinar el ejemplar.

Y sintió de nuevo aquel dolor que le comprimía la nuca como si alguien la agarrara por el cogote, como si a un gatito lo cogiera sin miramientos su madre indiferente. Euterpe se frotó la zona con los dedos. Deseó que Silyen se marchara; necesitaba estar sola un rato.

Pero el muchacho no mostró ninguna señal de querer irse. Se reclinó en la silla y la observó entrecerrando los párpados, con aquellos ojos negros y brillantes tan parecidos a los suyos.

—Estos no son los únicos libros que hay aquí, ¿verdad? —inquirió Silyen—. Hay otros, guardados en una caja. Y lo has hojeado todos, ¿no es cierto? Son los diarios de Cadmus Parva-Jardine.

Euterpe se llevó sin querer la mano al cuello y rodeó con los dedos una fina cinta de terciopelo que lo adornaba. Del extremo de la cinta, metida por dentro del escote del vestido de modo que quedaba oculta a la vista, colgaba una pequeña llave de hierro.

—¿Cómo sabes eso? —le preguntó ella—. Corren muchos rumores sobre esta biblioteca y lo que contiene. Los ordinarios parecen creer que la mitad de los libros están escritos con sangre de sus semejantes, en pergaminos hechos de piel humana. Pero nadie fuera de mi familia, ni siquiera los miembros de la tuya, conocen la existencia de esos cuadernos. Están protegidos con el Sigilo hereditario. Los Parva solo podemos contárselo a nuestros hijos, y solo los descendientes del heredero pueden transmitir el secreto.

Silyen la miró durante un rato largo antes de responder, como si sopesara lo que iba a decir. Cuando habló, lo hizo con un tono cuidadoso y observándola con la cabeza ladeada.

—Mi madre me ha hablado de ellos.

El dolor estalló dentro de la cabeza de Euterpe, echando chispas ante su vista como el hogar del Gran Salón cuando por fin prendía la lumbre y las llamas que salían de las astillas ascendían silbantes por la campana de la chimenea. Notó que se tambaleaba y se apretó las sienes con una mano, mientras agarraba la llave con la otra. Su respiración se volvió rápida y superficial, y se esforzó por controlarla de nuevo.

Una pregunta había acudido a su mente. Una pregunta ridícula y descabellada, pero no podía dejar de hacerla.

—¿Soy yo tu madre?

Por supuesto que no lo era. ¿Cómo iba a serlo? Se llevaban muy pocos años. Ella tenía veinticuatro, y Silyen aparentaba unos quince. A no ser que él tuviera diez cuando se conocieron, con lo que ella tendría ahora veintinueve… y eso no era así, *sabía* que no era así. Ella era Euterpe Parva y tenía veinticuatro años. Su hermana era Thalia Parva. Su amado, Winterbourne Zelston. Puck, su Jack Russell, era el perro más travieso del mundo, y ella vivía en Orpen Mote con sus queridos padres.

Y había ocurrido algo terrible, algo demasiado espantoso para pensar en ello.

Pues no pienses en ello. No lo hagas.

Euterpe cerró los ojos. Oyó como la silla de Silyen se retiraba de la mesa, y el crujido del suelo de madera cuando él se acercó a ella. Notó el tacto de una mano fría en la frente, una mano que ya no era de niño. Un brazo le rodeó entonces los hombros y otro la cogió por las corvas, y la levantaron en peso. Se abrió una puerta de una patada, y luego otra, y una más. Y de repente sintió su piel bañada por el sol. Oyó el zumbido de las abejas y percibió el olor de las flores. Casi llorando de alivio, Euterpe Parva dejó que los sentidos desterraran los pensamientos.

Cuando despertó al cabo de un rato, estaba en la tumbona, sola.

En la siguiente visita de Silyen, lo llevó directamente a la biblioteca. Allí, en medio de la mesa, estaba la caja de cedro. Euterpe había ido a buscarla para cuando volviera a verlo. No era una decisión que hubiera tomado a la ligera. Pero por algún motivo que no lograba entender del todo, ahora le parecía de vital importancia que otro par de ojos vieran aquellos cuadernos.

Silyen se detuvo en la puerta. La cara que puso al ver la caja le recordó al pequeño que había sido cuando se conocieron. En aquella ocasión había contemplado Orpen Mote como si el lugar hubiera salido de un libro de cuentos por arte de magia. ¿Sentiría el muchacho lo mismo que había sentido ella cuando Winterbourne le ofreció champán aquel día en el jardín y encontró un anillo de brillantes en el fondo de la copa? Silyen parecía embelesado, como si tuviera delante la culminación perfecta de sus sueños y esperanzas más secretos.

Euterpe de repente echó tanto de menos a Zelston que le dolió.

—Ojalá estuviera aquí Winter —dijo, incapaz de contenerse—. O mi hermana. Tengo la sensación de que hace siglos que no los veo. Ni siquiera recuerdo la última vez que vi a mis padres. Tú vienes a visitarme, pero ¿dónde están ellos?

El semblante de Silyen resultaba difícil de descifrar. Parecía de preocupación, pero se veía extrañamente desapasionado. Como el de un médico que escuchara decir a una paciente que se encontraba mucho mejor, cuando a él le constaba que su estado era terminal.

¿Estaría enferma? Aquella idea se le había pasado por la cabeza, y explicaría por qué se sentía confundida con tanta frecuencia, por qué pasaba tanto tiempo sentada al aire libre, sola en paz y tranquilidad. ¿Habría pasado por una enfermedad de la que ahora estaba recuperándose? Quizá Silyen fuera una especie de médico.

Pero no podía ser; él era un chico de quince años, y sin duda el pariente que decía ser. Y ella tenía algo que mostrarle. Sí.

Euterpe lo llevó hasta la caja que había encima de la mesa, sacó la pequeña llave que tenía atada al cuello y la introdujo en la cerradura. Oyó como el complejo mecanismo de cuatro lengüetas hacía clic y se deslizaba. Luego levantó la tapa y los sacó con cuidado, uno a uno. Once tomos finos encuadernados en vitela blanca, todos ellos con el lomo adornado con gruesas estrías y grabado con un número pintado de negro. Olían ligeramente a cuero viejo y tinta rancia hecha a saber con qué, además de desprender aquel aroma persistente a madera de cedro. Los forros se habían desgastado hasta adquirir un brillo de marfil por su uso a lo largo de los siglos.

Las manos de Euterpe estaban entre las que habían sujetado aquellos cuadernos, los cuales le habían fascinado desde bien pequeña. Abrió uno para mostrárselo a Silyen. El texto estaba escrito en una caligrafía apretada y ondulante. Era como si el autor hubiera intentado escribir tanto como le fuera posible en una sola página, por temor a que no hubiera suficiente papel en el mundo en el que volcar todos los pensamientos que tenía en la cabeza.

Euterpe no entendía gran cosa de lo que exponían los diarios, pero apreciaba la relación que guardaban con su famoso antepasado. Además, le encantaban los versos esporádicos que Cadmus componía en memoria de su difunta esposa, o las observaciones que garabateaba acerca de la naturaleza y las estaciones, así como sus vívidos bocetos de plantas y animales dibujados a pluma.

Sobre todo atesoraba el recuerdo de los pasajes rebosantes de culpa y desconsuelo por su hijo No Diestro, Sosigenes. El muchacho del que nunca hablaban, y que constituía un secreto guardado y oculto como una carta de amor en el seno de su familia. Fue el drama de Sosigenes lo que impulsó el incesante estudio analítico y experimental de su Destreza y del alcance de su poder.

Euterpe había pasado toda su infancia hojeando aquellos cuadernos, sentada en su lugar preferido junto a la ventana de la biblioteca. Se había identificado con aquel tataradeudo suyo, y lo había absuelto tanto de los actos que se le atribuían como de las acciones que había ocultado. Había mirado hasta la última página.

Se fijó en que a Silyen le temblaban las manos mientras terminaba de echar un vistazo a los diarios y dejaba el último de los pequeños volúmenes encima de la mesa cubierta por un tapete.

—Gracias —le dijo el muchacho, volviéndose hacia ella. Su voz sonó ronca, cosa rara en él—. Muchísimas gracias. No sabes lo importante que es esto.

Y así reanudaron su rutina, aunque en lugar de los libros de la biblioteca, Silyen se dedicó a estudiar los diarios de Cadmus Parva-Jardine.

Eso no fue lo único que cambió. Cuando paseaban por el foso, era Silyen ahora quien señalaba cosas y contaba anécdotas sacadas de los cuadernos. Narraba episodios de la historia familiar, apuntaba reformas realizadas por Cadmus tanto en el edificio como en el jardín y repetía las ocurrencias del hombre a expensas de miembros de otras grandes familias. La retentiva de Silyen era prodigiosa, y cuando Euterpe se burlaba de él al respecto, el chico confesaba que se estaba aprendiendo de memoria largos pasajes de los libros.

Asimismo, seguía viéndolo cada vez más alto, aunque su constitución no ganaba la masa muscular que caracterizaba a los Jardine. Euterpe pensaba en Whittam, el prometido de su hermana Thalia, y se estremecía. Para entonces ya se habrían casado, supuso. Pero si así era, ¿por qué no había estado en la boda?

Al cabo de un tiempo Euterpe se percató de que Silyen había terminado de leer todos los diarios. Un día, estando los dos en la biblioteca, lo vio sentado muy quieto, observando sin más los cuadernos esparcidos delante de él. Euterpe lo miró nerviosa desde su asiento situado junto a la ventana. ¿Qué más podía mostrarle para que siguiera yendo a Orpen?

Pero no tenía por qué haberse preocupado. Silyen comenzó a leerlos de nuevo, y esta vez pareció elegirlos al azar. O cogía dos o tres y los colocaba juntos, uno al lado del otro, para luego hojearlos de cabo a rabo, como si los comparara y los relacionara entre ellos.

—¿Qué haces? —le preguntó, después de observar que repetía aquel proceder durante varias visitas—. Los habrás leído todos más diez veces.

Silyen levantó la vista sobresaltado. Euterpe rara vez hablaba cuando estaban en la biblioteca.

—Intento determinar en qué acertó y en qué se equivocó —contestó él.

Euterpe se mofó de él, sin mala intención.

—Cadmus sabía de la Destreza más que nadie que haya existido.

—¿En serio? Puede que fuera quien más reflexionó al respecto. Pero ¿saber más que nadie? Hay una cosa importantísima que no sabía, y en sus escritos queda bien claro.

Euterpe miró a su amigo. Se veía a todas luces que Silyen quería que le preguntara de qué se trataba, así que ella accedió a su deseo, dando un suspiro.

—Por qué su hijo carecía de Destreza —respondió Silyen.

Euterpe se sorprendió. Aquella era la parte de los diarios que mejor conocía, la parte que le hacía llorar. ¿Qué habría visto Silyen que a ella se le había escapado? Y que el resto de los herederos de los Parva que los habían leído tampoco habían sabido ver.

—Ya es coincidencia, ¿no crees? —dijo Silyen—. Que el hombre con la Destreza más potente de toda nuestra historia engendrara a un niño carente de ella por completo.

Sus palabras quedaron flotando entre ellos. Euterpe casi las veía arremolinándose y dando vueltas alrededor de la resinosa luz del sol, cual ideas atrapadas en ámbar, perfectas e inalterables.

—Y si no es coincidencia, ¿qué es entonces? —preguntó ella—. ¿Que si en una generación hay exceso de Destreza, esta se agota para la siguiente?

El chico habría chasqueado la lengua en señal de desaprobación si no hubiera sido tan educado.

—Los otros hijos de Cadmus eran totalmente normales. No, es mucho más simple que eso. Cadmus se la quedó.

—¿Que se la quedó? —Euterpe se levantó de un respingo, presa de la indignación, y salió en defensa de su antepasado calumniado—. No seas ridículo. Amaba a ese chico más que a nada en el mundo. Ya has leído sus palabras: estuvo toda su vida obsesionado por la falta de Destreza de su hijo. Además, ¿cómo puede uno «quedarse» con la Destreza? No puedo creer que con todas las horas que te has pasado leyendo, no se te ocurra nada mejor que esa idea absurda.

—Te veo un poco a la defensiva —dijo Silyen, con aquella displicencia con la que hablaba a veces, como si no tuviera sangre en las venas. En dichas ocasiones el adolescente de ojos negros y mirada inquisitiva casi se desdibujaba, y quedaba únicamente la operación mecánica de un cerebro analítico—. Me pregunto por qué. Tu hermana Thalia posee una Destreza casi nula, ¿no es así? Apenas es capaz de hacer que hierva el agua de una taza de té. Lo que me lleva a tener dudas sobre ti.

Euterpe no pudo más. Se resistía a tener aquella conversación. Se negaba por completo. Tiró al suelo el cuaderno de bocetos y salió corriendo de la biblioteca. Cuando, horas más tarde, Silyen pasó al lado de la tumbona de camino a la puerta del jardín, ella apretó los labios y no le dijo ni adiós.

El tiempo pasaba y Winterbourne seguía sin ir a visitarla.

Thalia tampoco aparecía, con un plato de bollos en una mano y una jarra de limonada fría en la otra. El travieso de Puck continuaba sin aparecer, como solía hacer, dando saltos y meneando la cola, con unas cuantas plumas de tamaño desigual entre sus dientecillos afilados.

Los dolores de cabeza de Euterpe fueron a peor. Notaba molestias incluso cuando descansaba tranquilamente en el jardín, sentada en su tumbona. El zumbido de las abejas era tan fuerte que le resultaba insoportable. Al ponerse de pie, se mareaba. Un día miró de pasada su propio reflejo en el espejo del salón, y se dio cuenta del mal aspecto que tenía. Pero el rostro que le devolvió la mirada seguía radiante y con las mejillas sonrosadas, sin arrugas ni manchas. Conservaba su belleza y sus veinticuatro años.

Veinticuatro años por siempre jamás.

Una sensación de miedo le recorrió la espalda como una llave fría, y le cortó la respiración.

—¿Qué me ha ocurrido? —preguntó a Silyen cuando este volvió a aparecer, andando por el camino de setos de boj tras atravesar una puerta de jardín que quedaba siempre fuera de su vista—. ¿Por qué no envejezco? ¿Por qué no veo a nadie, aparte de ti? Parece que siempre es verano. Y tengo la cabeza cada vez peor. Ya casi no puedo pensar con claridad.

Euterpe estudió el rostro del chico, por el que pasó una emoción tras otra, con la inconsistencia de una nube en el cielo. Y finalmente, al igual que el sol, apareció aquella sonrisa, la misma que le había visto poner el día que lo conoció hacía ya tantos años. Era la sonrisa de Thalia, no le cabía la menor duda. Y ahora que pensaba en ello, realmente habían pasado muchos años desde su primer encuentro con Silyen en el jardín.

Años en los que aquel muchacho se había convertido en un hombre, mientras que ella no había cambiado en absoluto.

Euterpe notó que el cráneo se le partía por la mitad como un huevo que se rompiera desde dentro. Le aterraba la vida nueva y extraña que pudiera salir de él, desnuda y deforme.

—Esto va a doler —le advirtió Silyen, tendiéndole las dos manos para ponerla en pie—. Pero ya va siendo hora. Además, tengo curiosidad. Madre me ha contado cosas, pero no toda la historia. Y Zelston nunca ha soltado prenda.

Silyen puso las manos sobre los hombros de Euterpe para sujetarla. Luego fue dándole la vuelta dirigiéndola hacia la casa.

Orpen Mote era una ruina calcinada.

El hogar de su infancia. Todo lo que había conocido se hallaba reducido a cenizas. Ahora lo recordaba. Había sido un accidente, provocado por una brasa caída de la chimenea mientras los ocupantes de la casa dormían.

Thalia y ella estaban fuera aquella noche, en un baile celebrado en Lincoln's Inn. Winterbourne la había despertado de madrugada, en una fría habitación de invitados. Euterpe recordaba cómo se había sentido en aquel momento, sin aliento e invadida por el deseo de que su amado por fin hubiera acudido a su lado en lugar de esperar a la noche de bodas.

Hasta que vio por su cara de espanto que no era aquel el motivo que lo había llevado allí.

Sus padres habían muerto a causa del humo sin despertar siquiera, y su Destreza no les había servido de nada para salvarse, para salvar a los esclavos ni la casa.

Euterpe ahogó un grito ante la riada de recuerdos. Solo las manos de Silyen impidieron que perdiera el equilibrio mientras se tambaleaba.

—Mira —le susurró él al oído—. Allí.

Euterpe dirigió la vista hacia donde él señalaba. Había tres personas juntas, y un pequeño perro blanco y habano corriendo en círculos entre sus pies dando aullidos. Reconoció la grácil silueta de Thalia, la figura fornida y oscura de Winterbourne y, sostenida entre ambos, se vio a sí misma. Por la cara de su otro yo corrían lágrimas. Llevaba el pelo suelto y despeinado, y parecía incapaz de mantenerse en pie bajo el peso de su desesperación.

Bajo la mirada de Euterpe, a la joven acongojada le fallaron las rodillas. Winterbourne la cogió en brazos y la dejó en el suelo con ternura.

Euterpe se vio a sí misma acurrucada boca abajo sobre la tierra quemada y cubierta de ceniza. Se oyó a sí misma estallar en un llanto inconsolable y escarbar en la mugre gris como si esperara, por obra de un milagro, desenterrar a sus padres, sanos y salvos.

Entonces cayó del cielo la primera ave.

Ninguna de las tres personas que tenían enfrente se dio cuenta, de tanta devastación como había ya a su alrededor. Sin embargo, Euterpe y Silyen veían lo que el trío no podía.

Vieron el viento azotar el aire en calma, levantando una columna de ceniza como un géiser mugriento. Los escombros acabaron atrapados por el remolino y un árbol calcinado y ennegrecido, destrozado por el fuego, cayó al suelo.

Otro pájaro se desplomó desde el aire, un ánade real que volaba desde el lago. El cielo se oscureció sobre las ruinas de Orpen, y una maraña de nubes comenzó a girar movida por una mano invisible hasta convertirse en una madeja de tormenta. Con la lluvia torrencial cayeron en picado más aves pequeñas.

Euterpe oyó a Silyen respirar con fuerza.

—Eres tú —dijo él. Parecía casi entusiasmado—. Tu Destreza. Increíble.

Euterpe, lejos de sentir entusiasmo, estaba angustiada. Su Destreza la aterrorizaba y le daba asco.

—¡Mira! —oyeron exclamar a Thalia, mientras esta hacía que Winterbourne apartara la vista de la chica que tenía en los brazos.

Ambos miraron hacia la vega situada en la otra punta del río, de donde provenía el agua del foso.

El río había creado un cortafuegos natural y los campos situados a su alrededor se habían mantenido verdes y llenos de flores, incluso mientras la casa era pasto de las llamas. Pero ahora la hierba se inclinaba, ondulante, como movida por un viento que se acercaba por momentos… y allí por donde pasaba, lo agostaba.

—¡Es ella! —gritó Thalia, alzando la voz para que se la oyera por encima de la fuerte lluvia—. Es algo que no puede controlar; le ocurre sin más. Ya lo he visto antes, alguna vez que ha llegado a estar muy disgustada. Pero no tenía ni punto de comparación con esto. Tenemos que detenerla.

Puck soltó un aullido estridente y se arrimó a las faldas de la joven afligida. Luego se quedó sin aliento y le fallaron las patas. Sucumbió a la muerte acurrucado junto a su dueña, como había hecho en vida.

Desde su posición estratégica en el jardín, con Silyen al lado, a Euterpe se le escapó un sollozo ahogado. Unas lágrimas ardientes le rodaron por las mejillas.

—¡Detenla! —gritó Thalia a Winterbourne. Ahora también ella parecía estar medio desquiciada, con el cabello pegado a la cara por la lluvia. Una ráfaga de relámpagos difusos iluminó el cielo ennegrecido—. Yo no puedo. No tengo el poder necesario. Pero tú sí.

Euterpe vio como su amado se agachaba sobre su otro yo abatido.

La joven estaba temblando con violencia por la Destreza incontrolada que le recorría el cuerpo, desencadenando el caos y la destrucción. Pero aun así Winterbourne la incorporó para abrazarla, estrechándola con fuerza contra su pecho, y la besó con delicadeza en la frente.

Los que miraban desde el jardín no llegaron a oír las palabras que el hombre susurró. Pero Euterpe sabía qué le había dicho.

Lo recordaba.

—Chist —le dijo Winterbourne, con una voz cargada de Destreza—. Te quiero. Tranquila.

La joven se relajó en sus brazos. La tormenta cesó con una brusquedad chocante. Thalia se restregó la cara con las manos y se apartó el cabello. Miró incrédula la devastación que tenía a su alrededor, y el cielo azul y despejado en lo alto.

En el jardín bañado por el sol la memoria de Euterpe se abrió y tomó conciencia del horror que salía de ella.

Notó las manos de Silyen sobre sus hombros. El joven —el hijo de su hermana— le dio la vuelta hasta colocarla frente a él, y ella alzó la vista para mirarlo a la cara.

—Ahora ya lo sabes —dijo Silyen—. Y dentro de poco llegará el momento de dejar este jardín. Ambos te esperan. Llevan años esperándote.

ONCE

GAVAR

La ciudad de esclavos de Millmoor bien podría estar en llamas, pero Gavar Jardine no entendía que eso tuviera que ser de su incumbencia. Sobre todo a las ocho de la mañana.

¿Cómo era posible que unos pocos incidentes y detenciones en el norte requirieran una reunión de emergencia del Consejo de Justicia? ¿Qué era lo bastante importante como para alejar a Gavar de Kyneston y de su hija unos días antes de Navidad? Bastante tenía ya con el largo viaje que se vería obligado a realizar en breve a Grendelsham con motivo del Segundo Debate, para que ahora tuviera que personarse también en Londres.

A través de las vidrieras emplomadas de la caldeada cámara del consejo, Gavar vio que estaba nevando. Se preguntó si la pequeña esclava, Daisy, estaría jugando fuera en los jardines de Kyneston con Libby, haciendo quizá un muñeco de nieve. Más les valdría ir bien abrigadas.

—Presta atención.

El susurro de su padre en su oído fue como un soplo de aire frío desde el más allá, y a Gavar poco le faltó para encorvar los hombros y subirse el cuello. Con un temblor, trató de concentrarse en la oradora que hablaba desde la otra punta de la mesa, lo que le habría resultado más fácil si la voz de la mujer no hubiera sido tan monótona, ni su rostro tan sumamente feo.

—...información sediciosa —estaba diciendo— distribuida por toda la ciudad, incluyendo bloques dormitorio, lugares de trabajo e incluso servicios sanitarios. Es decir, baños —aclaró.

Gavar resopló. ¿Acaso pensaban los ordinarios que los Iguales nunca requerían el uso de «servicios sanitarios»? Aunque era cierto que había conocido a alguno que consideraba que los de su especie casi no eran humanos. Gavar no había hecho nada para sacarlos de su error. La ignorancia originaba miedo, como le gustaba decir a padre, y el miedo originaba obediencia.

Aunque en este caso algo había ido mal con esta máxima sucinta, si debían dar crédito a las palabras de la mujer.

Gavar la había escuchado con bastante atención durante los primeros minutos. La noticia de la necia Propuesta de Zelston no solo se había filtrado de algún modo, a pesar del Silencio, sino que había llegado como mínimo a una de las ciudades de esclavos. Los habitantes de Millmoor estaban armando un escándalo y exigiendo que el Parlamento votara en favor de la Propuesta.

Era el colmo de lo absurdo. ¿Qué diablos pensaban que conseguirían? Nada, salvo años sumados a su decenio como esclavos. Y para los cabecillas quizá la condena a esclavitud perpetua y una generosa reeducación a manos de lord Crovan. Todo aquel que fuera lo bastante insensato como para arriesgarse a eso seguramente suponía, por defecto, un peligro para la sociedad.

Crovan era un miembro honorario del Consejo de Justicia, pero por suerte nunca asistía a sus reuniones. Rara vez abandonaba su castillo escocés, Eilean Dòchais, situado en una pequeña isla en medio de un enorme lago. Allí vivía solo, junto a unos cuantos esclavos domésticos, además de los Condenados, los peores de los sentenciados a esclavitud perpetua.

Hiciera lo que hiciera Crovan con los Condenados (nadie le preguntaba nunca al respecto), lo mantenía bastante ocupado. Solo aparecía por Westminster una vez al año para la apertura del Parlamento, la cual se daba con demasiada frecuencia en opinión de sus Iguales. Incluso la Cámara de la Luz parecía más oscura en su presencia. Y, por supuesto, asistía siempre al Tercer Debate celebrado en Kyneston.

Cuando Gavar se convirtiera en Canciller, no le quedaría más remedio que tener trato con Crovan, pensó apesadumbrado, dejando de escuchar la perorata de la Supervisora de Millmoor. La sentencia de Condena siempre la dictaba el Canciller, antes de que el prisionero fuera entregado directamente a su nuevo amo.

Gavar no estaba seguro de cuándo había empezado la práctica de poner a los Condenados en manos de Crovan. ¿La habría instaurado padre? Fuera como fuera, el hombre estaba presente en todas las sentencias, deseoso de reclamar su nueva propiedad. Era un tanto desagradable y una razón más para poner en duda que el cargo más alto de todos fuera tan bueno como se decía, a pesar de que padre insistiera en que la cancillería era un derecho de nacimiento de la familia Jardine.

El fondo de la cuestión con respecto a los derechos de nacimiento, pensó Gavar resentido, y no era la primera vez que lo pensaba, consistía en que te venían dados de forma automática. No tenías que hacer nada, excepto ser quien eras. En palabras de padre, la cancillería era una prerrogativa de los Jardine tanto como una plaza en el Domus College de Oxford. Así pues, si le vendría dada igualmente, ¿por qué tenía Gavar que pasar por aquel tedioso aprendizaje político? ¿De verdad era necesario que asistiera a interminables consejos, comités y debates legislativos?

Su mirada deambuló con desgana por la mesa. Allí estaban todos los sospechosos habituales. Su futuro suegro, Lytchett Matravers, tenía los ojos cerrados en lo que él esperaba sin duda que fuera una expresión de suma concentración, pero que casi con certeza se debía a los gases retenidos en su interior por culpa de un desayuno apresurado. A su lado se hallaba lord Rix, amigo de Lytchett, que parecía tan aburrido como el propio Gavar. El hombre notó su mirada y le dedicó un gesto de camaradería poniendo cara de exasperación.

Gavar no tenía nada contra Rix, pero junto a él se encontraba la indeseable de su prometida, que estaba tomando notas como si algo de todo aquello tuviera importancia. La muy bruja se había sentado junto a Zelston, que presidía la mesa. Si padre se equivocaba, y asegurarse la cancillería requería un mínimo de esfuerzo, incluso en el caso del heredero de los Jardine, Gavar estaba convencido de que su futura esposa podría ocuparse de allanarle el camino.

Después de todo, alguna ventaja debía tener casarse con una arpía como Bouda. Como padre le había recordado el día que Zelston había soltado su pequeña bomba en forma de Propuesta, los Jardine no necesitaban realmente los millones de los Matravers. Y en aquel momento Gavar tampoco estaba beneficiándose en ningún otro sentido. Bouda había intentado abofetearlo cuando él le había hecho una sugerencia de lo más razonable tras la cena del Primer Debate. Con lo fácil que era con las chicas ordinarias, con las que nunca había que molestarse en preguntar.

No a menos que te importaran.

Gavar apretó los puños bajo la mesa. Se negaba a pensar en Leah. Con ello solo conseguía ponerse furioso, y eso era lo que había provocado el horrendo desaguisado en un principio.

Respiró hondo y sintió que el pecho se le tensaba contra su camisa blanca recién planchada. Luego se relajó de nuevo, haciendo girar los hombros.

Estando en Londres le resultaba más fácil. Su ira siempre era mucho peor en Kyneston. No sabía por qué. Quizá fuera por la carga que le imponían las expectativas que pesaban sobre él. La casa que heredaría, los retratos de los antepasados a cuya altura tendría que estar. ¿Y para qué? Para poder ver a su propio heredero pasar por lo mismo que él, y llegado el momento legarle el dominio, como haría padre con él, como el abuelo Garwode había hecho con Whittam.

Era todo un sinsentido espectacular.

—¿Y qué puede contarnos de los responsables? —oyó preguntar a una voz.

Se trataba de Rix.

Gavar nunca había oído a nadie que pareciera menos interesado en la respuesta dada a una pregunta propia. Lo que fuera por paliar el aburrimiento, supuso.

—Tenemos a uno detenido —le informó la Supervisora de Millmoor, y sacó una fotografía de un pliegue de papel manila de color marrón que deslizó hasta el centro de la mesa—. Estaba en el lugar en el que se perpetró un sabotaje, en la Oficina de Asignación del Trabajo del Sector Este. Se cree que una fémina no identificada en estos momentos estaba llevando a cabo la intrusión. Sin embargo, cuando fue sorprendida por una patrulla de Seguridad, el sujeto hizo una demostración de fuerza que permitió su huida. Posteriormente, dicho individuo fue reducido y apresado.

¿Es que aquella mandada no podía hablar con un lenguaje sencillo? El hombre se había enfrentado a los guardias con la intención de ganar tiempo para que la mujer escapara. En otras circunstancias, habría sido un acto honorable.

Gavar echó un vistazo a la fotografía, la cual mostraba a un hombre negro y musculoso, con un ojo hinchado y cerrado, que le confería un aspecto de matón. Tenía la piel tan oscura que era imposible distinguir si estaba herido, pero llevaba la camiseta manchada de sangre por todas partes. Aparentaba la misma edad que Zelston, aunque iba con la cabeza rapada y su indumentaria no tenía nada que ver con la ropa fina y los lujosos adornos del elegante Canciller.

El azar del nacimiento, pensó Gavar, recordando otra de las expresiones favoritas de su padre. El azar del nacimiento había propiciado que aquel esclavo delincuente y el hombre más poderoso del país tuvieran la misma piel por fuera, pero capacidades muy distintas por dentro. Y a partir de aquella diferencia sus destinos habían tomado rumbos opuestos.

Libby tenía la misma piel que Gavar por fuera. Su cabello. Sus ojos.

Recordó el barco surcando las aguas del lago dirigiéndose hacia ellos, aquel día. ¿Podría tener la pequeña las mismas capacidades por dentro?

—¿Ha dicho una «patrulla» de Seguridad?

La voz oficiosa de Bouda interrumpió los pensamientos de Gavar. Sabía que su sonido le resultaría irritante el resto de su vida.

La Supervisora asintió, con una expresión de cautela. Era evidente que Bouda se había percatado de algo que la mujer había confiado en que pasara desapercibido.

—Me imagino que se refiere a una patrulla de rutina, ¿no es así? —preguntó la joven rubia—. O sea, que después de varias semanas de múltiples incidentes, incluyendo las pintadas de su propia oficina central, ha conseguido coger a uno de los responsables... ¿por casualidad?

La cara de la ordinaria pasó de la cautela a la consternación. Gavar estuvo a punto de echarse a reír.

—Entenderá —terció padre, inclinándose hacia delante, con lo que la mullida butaca de piel roja crujió ligeramente— que la autoridad de la Oficina de Supervisión de Millmoor no es suya, sino *nuestra*. De los Iguales y del gobierno de este país. Por lo tanto, dichos ataques, que usted no ha conseguido impedir, son ataques que recaen directamente sobre nosotros.

Gavar tuvo que quitarse el sombrero ante su padre; él hombre sabía cómo impresionar. La temperatura bajó de repente varios grados en la sala. No le habría extrañado ver que el vaho que cubría el interior de las ventanas se volviera hielo.

—Naturalmente —continuó Whittam—, no se puede tolerar que sigan produciéndose dichos desmanes. Ahora que tiene detenido a uno de los responsables, confío en que habrá tomado todas las medidas necesarias para descubrir a sus socios, ¿no es así?

—Pues...

Incluso Gavar podría haber dicho a la mujer que aquella no era la respuesta correcta.

Whittam se reclinó en su asiento y, juntando las manos con los dedos en forma de campanario, miró por encima de ellas. Era una postura que, en una humillante ocasión durante su infancia, había provocado que Gavar se orinara encima. No había podido olvidar la expresión de su padre mientras el líquido caliente le caía tristemente por la pierna. No había ira en su mirada, solo desprecio.

Desprecio por un niño. Nadie miraría nunca a Libby de aquella manera. Gavar lo mataría antes.

Dado que no era un niño de cinco años, la mujer regordeta no se hizo pis en las bragas, pero sí palideció. Luego levantó la barbilla ligeramente y miró a padre a los ojos. Puede que tuviera agallas, después de todo. Las ciudades de esclavos eran lugares horribles, por lo que Gavar tenía entendido. Seguro que había que ser duro para llegar a lo más alto de una de ellas.

—Con todo respeto, milord, ese es precisamente el motivo por el que estoy aquí. El detenido ha sido interrogado a conciencia, empleando todos los medios a nuestro alcance, pero de momento no ha dado ninguna respuesta satisfactoria. Hoy he acudido aquí en busca de la aprobación y la ayuda del consejo para poner en práctica medidas especiales en nuestro centro de detención.

Gavar oyó a su izquierda un ruido que podría haber sido un resoplido de Lytchett mientras dormía o un bufido de desdén de Rix. No tenía ni idea de a qué se refería la ordinaria con lo de «medidas especiales», pero recordó la orden de padre: «Nunca hay que mostrar ignorancia». No pensaba ponerse en evidencia preguntando. Sentada junto a Zelston, Bouda asentía sabiamente. Era probable que ella lo supiera, pero también podría estar marcándose un farol. Con aquella mujer tan indeseable nunca se sabía.

—Las medidas especiales no deben emplearse a la ligera —sentenció una voz nítida desde el extremo opuesto al de Zelston.

Armeria Tresco, ¿quién sino? La vieja mojigata andaba siempre dando la lata con los derechos de los ordinarios; sin duda sería la única persona que votaría a favor de la Propuesta en el Tercer Debate. A menos que apareciera su heredero Meilyr, con el rabo entre las piernas. Madre e hijo bien podrían ser un par de parias. Encantadores.

—El uso de la Destreza para penetrar en la mente de otra persona es inadmisible —afirmó Armeria—. Todos sabemos los efectos perjudiciales que pueden tener las medidas especiales. Están bien documentados. Algunos sujetos han acabado sufriendo una incapacidad mental de por vida. Cuando el acto se lleva a cabo por parte de alguien inexperto en el empleo de la Destreza para dicho propósito, puede llegar a provocar la muerte.

Así que eso es lo que eran las medidas especiales. Gavar palideció. Parecían horrendas. O la idea que tenía Silyen de un pasatiempo para una noche tranquila.

—Armeria —dijo Bouda en un tono represivo, como si se dirigiera a un niño tozudo—. Estamos hablando de un *esclavo*. Los esclavos no constituyen entidades reconocidas legalmente, así pues el concepto de «perjuicio» no es aplicable en su caso.

Bouda había sido la estudiante de derecho estrella de su promoción en Oxford. Ese era uno de los motivos por los que Gavar había preferido estudiar economía del territorio, aunque hablar de «estudiar» sería quizá una exageración.

—Me importa un comino que este hombre —dijo Armeria, dando un toque a la fotografía— sea o no una «entidad reconocida legalmente», Bouda. Es un ser humano. Si quieres hablar con tecnicismos, me permito recordarte que el estatuto que regula el empleo de medidas especiales establece que estas deben aplicarse únicamente en situaciones que pueden desembocar en la pérdida de una vida.

»Si no he entendido mal, este hombre fue detenido en el lugar donde se realizó un hackeo bastante creativo de la red de la Oficina de Asignación del Trabajo por medio del cual se reiniciaron los datos de todo el mundo para que tuvieran la condición de «Ciudadano libre». Además, puede que esté involucrado en los daños provocados a la propiedad de la Administración de Millmoor, así como en la huida de varios esclavos detenidos por delitos relacionados con actividades clandestinas y las pintadas de eslóganes políticos en distintos edificios emblemáticos de Millmoor. Y también se le relaciona con la difusión de información para exponer una verdad objetivamente fidedigna, como es la naturaleza de la Propuesta actual. Nada de esto puede considerarse precisamente trivial, pero no veo ninguna prueba de que la vida de nadie haya corrido peligro como resultado de dichas acciones.

Gavar presenció aquel diálogo con cierta satisfacción. ¿Acaso no era fascinante, pensó, la rapidez con la que la tez de Bouda, blanca como la leche, se ponía roja como un tomate?

—Armeria tiene razón —murmuró Zelston en tono erudito, volviéndose hacia Bouda—. El estatuto es muy claro, y es el estatuto lo que debemos tomar en consideración a priori. La cuestión más amplia de la condición de los esclavos *in rerum natura* no es inmediatamente pertinente.

Fuera cual fuera el significado de aquella jerigonza, a Bouda no le gustó nada en absoluto. Le estaba bien empleado, pensó Gavar. Y si alguna vez se atrevía a utilizar aquel tono con Libby, se las vería con el dorso de su mano, fuera o no su esposa.

—Yo no estoy a favor de las medidas especiales —anunció Rix.

Varios de los presentes volvieron la cabeza hacia él para mirarlo sorprendidos. El Igual de cabellos plateados arqueó una ceja.

—¿Qué? No hay muertos en las calles, así que ¿por qué debería ir uno de nosotros a Millmoor a poner orden? Creía que eran ellos quienes nos hacían el trabajo sucio, no al revés.

Lytchett se rio a carcajadas y dio una palmada a su amigo en la espalda por su ocurrencia. Rix sonrió con una expresión socarrona. La política sería más divertida si hubiera más en la cámara como él, pensó Gavar.

—Eso parece... —empezó a decir Zelston, mirando alrededor de la mesa.

—Parece que la cuestión merece una mayor reflexión —le interrumpió padre—. Lady Tresco cita el estatuto con exactitud: «Situaciones que pueden desembocar en la pérdida de vidas». Sin embargo, en su fervor habitual, la señora diputada pasa por alto que dicha pérdida de vidas no se refiere a un hecho inmediato, sino a un desenlace final. En ese caso, considero que el posible riesgo es elevado.

Padre miró a los miembros del consejo, con las manos ligeramente entrelazadas y apoyadas en la mesa lisa. Cuando era más joven, Gavar había practicado aquella expresión demoledora durante horas delante de un espejo, pero nunca había llegado a cogerle el tranquillo.

—El empleo de medidas especiales salva vidas —prosiguió padre—. Creo que todos saben que en mi juventud acepté un traslado al Mando Conjunto de la Unión de Estados de América. Fue durante los años de estancamiento que vivieron en Oriente Medio. Estaban lo bastante desesperados como para recurrir a nosotros y a sus hermanos Confederados y pedirnos que empleáramos nuestra Destreza en apoyo de su ejército. La misma Destreza que habían declarado execrable, una opinión por la que dividieron en dos su gran continente con una guerra civil hace dos siglos.

Ya estaba lord Whittam Jardine con sus batallitas. Gavar había oído unas cuantas a lo largo de los años, normalmente cuando su padre había bebido más de la cuenta. El hombre tenía medallas para demostrar la verdad de sus palabras, que guardaba en una caja y nunca lucía. Pero tampoco se había deshecho de ellas.

Gavar le había preguntado en una ocasión, viendo en padre una inusitada inclinación a contar intimidades —es decir, borracho como una cuba—, por qué había decidido trabajar con los americanos de la Unión. Después de todo, manifestaba con frecuencia su desdén por la nación que había abolido la esclavitud a costa de prohibir la Destreza.

—Me dio una oportunidad —le había respondido padre, con sus ojos azul verdoso inyectados en sangre pero no por ello menos penetrantes—. Una oportunidad para utilizar mi Destreza de un modo que aquí estaría mal visto. Tenía curiosidad. Y descubrí que me gustaba.

Luego le había contado una anécdota con todo lujo de detalles sobre cómo había empleado exactamente su Destreza. Al oírla, Gavar dejó el vaso de whisky que tenía en la mano y no volvió a tocarlo en toda la noche. No había vuelto a interesarse por las vivencias de padre en el desierto.

Por suerte, Whittam no entró en detalles. Los esclavos habrían tenido que emplearse a fondo durante días para limpiar los vómitos de la moqueta de la sala del consejo. Pero tuvo la atención de sus Iguales mientras seguía hablando.

—Mi función era la de aplicar lo que llamamos «medidas especiales» a presos determinados. En más de una ocasión la información que obtuve desbarató los planes que habrían causado miles de víctimas y la destrucción de infraestructuras civiles. Hablo de ciudades —aclaró—. Filadelfia y Washington, para ser exactos.

»A veces los poseedores de dicha información no eran quienes cabría esperar, como líderes bélicos o religiosos, sino profesores y comerciantes. Hay que explorar toda vía capaz de transmitir conocimiento, empleando para ello todos los medios que sean necesarios. Es un error pensar que hay alguien incapaz de cometer una atrocidad o libre de toda sospecha. Incluso un niño por pequeño que sea.

Gavar recordó ese pasaje de las memorias de su padre, y notó un sabor a bilis en la boca. A veces se preguntaba si lord Jardine no estaría un poco trastocado. También se preguntaba si sería de él de quien había heredado su tendencia a perder el control.

De hacer daño a los demás.

De hecho, se preguntaba a veces si podía culpar a su padre de todas y cada una de las cosas que le habían salido mal en la vida. ¿Sería aquella una actitud cobarde? Podría ser. Pero no significaba que no fuera verdad.

El silencio se había instalado entre los Iguales allí reunidos. La ordinaria miraba boquiabierta a lord Jardine como si este fuera una especie de dios. El propio Gavar había visto aquella mirada en otras mujeres y de vez en cuando la utilizaba a su favor, pero en general le inspiraba repulsión.

—¿Y qué propones exactamente, Whittam? —le preguntó el Canciller—. ¿Te ofreces voluntario para ir a Millmoor y ver qué puedes sacar de este sospechoso?

Zelston señaló la fotografía, pero tenía los ojos clavados en los de lord Jardine. Bouda pasaba la mirada entre ambos con ansiedad e impaciencia. Incluso Rix observaba la escena con el ceño fruncido.

—Oh, no —respondió padre, ampliando un poco más su sonrisa lacerante—. Ofrezco los servicios de mi hijo y heredero, Gavar.

El resto de la reunión pasó sin que él se diera cuenta.

La Supervisora de Millmoor desvió su mirada ansiosa hacia Gavar. Rix se ganó su gratitud al reiterar su opinión de que los Iguales no deberían rebajarse acudiendo a una ciudad de esclavos. No obstante, la intervención de padre garantizó que la decisión tomada fuera de prever. En la votación quedó aprobado el uso de medidas especiales sobre el detenido de Millmoor. El resultado fue de once a uno, con el de Armeria Tresco como único voto en contra.

La mano de Bouda Matravers fue la primera en alzarse.

Después, mientras Gavar seguía a su padre por el pasillo, oyó el sonido sordo de unos tacones altos recorriendo la gruesa moqueta a toda prisa. Cuando Bouda los alcanzó, se puso delante de padre para bloquearles el paso.

—Cinco minutos —pidió—. Tenemos que hablar.

El rostro de padre era inescrutable, mientras que Gavar experimentó un momento fugaz de esperanza pensando que ella se ofrecería voluntaria para ir a la ciudad de esclavos en su lugar. Nada más lejos de la realidad. Bouda tenía la aversión de un verdadero político a mancharse las manos.

—Muy bien.

Padre pasó delante y abrió la puerta de una sala contigua. Bouda se puso a hablar en cuanto oyó que la puerta se cerraba tras ellos.

—¿Cómo ha ocurrido esto? —quiso saber, dirigiéndose únicamente a padre como si Gavar ni siquiera estuviera presente—. Los observadores están bajo los efectos del Silencio, y todos hemos aceptado el Sigilo. ¿Cómo es posible que se haya sabido? Seguro que ha sido Zelston quien lo ha echado todo a perder. Habrá realizado mal los actos, o no habrá aplicado la potencia necesaria.

Bouda hizo una pausa. Lo que acababa de decir era tan evidente que no podía ser esa la razón que la había llevado a meter a lord Jardine y su heredero en una sala vacía para tener una conversación privada.

Padre se limitó a mirarla mientras esperaba. Gavar había observado a lo largo de los años que aquello solía servir para hacer hablar a la gente, por muy reacia que fuera a compartir lo que tenía en la mente. Por desgracia, dudaba de que a él le funcionara si lo intentaba con el prisionero de Millmoor.

Se le revolvió el estómago ante la idea del cometido que le habían encomendado. ¿Qué se sentiría al llevarlo a cabo?

¿Qué se sentiría al fracasar?

Gavar había vivido casi dos décadas y media como hijo mayor de lord Whittam Jardine, tiempo que le había servido para que no le quedaran dudas de cuál de dichas opciones debía temer más.

—Me hace pensar que Zelston no es digno de ser Canciller.

Gavar miró fijamente a Bouda mientras esta daba rienda suelta a sus pensamientos reprimidos hasta entonces.

—Esta Propuesta no debería haberse planteado jamás. Zelston tendría que haber previsto que ocurriría algo así. Aunque se ataje el problema de Millmoor antes de que vaya a más, el siguiente podría surgir en Portisbury, o en Auld Reekie una semana después. Ha corrido la voz y no podemos aplicar el Silencio al país entero. Hoy, hasta que usted no ha intervenido, Zelston ni siquiera se atrevía a adoptar las medidas necesarias.

Bouda hizo una pausa para coger aire rápidamente.

—Le quedan tres años más de mandato. Ahora mismo no estoy convencida de que eso sea lo mejor para los intereses de Gran Bretaña.

Padre la observó.

—¿Qué insinúas, Bouda?

—¿Insinuar?

Y ahora que ya había soltado lo que no podía decirse, Gavar vio que Bouda recobraba la compostura, envolviéndose en ella de nuevo como si de un elegante abrigo de marca se tratara.

—No insinúo nada. Simplemente comparto mis humildes ideas. —Bouda se encaminó hacia la puerta y la abrió—. Será mejor que vaya a buscar a papá antes de que descubra cómo llegar al carrito de los pasteles. Nunca es agradable. Por cierto, Gavar, buena suerte.

¡Menuda zorra!

Pero en lugar de pensarlo debió de decirlo en voz alta, porque padre se volvió contra él, con una cara tan feroz que Gavar dio un paso atrás.

—Es el doble de política de lo que tú serás jamás —le dijo Whittam—. Como lo es tu hermano. Siempre he sabido que Silyen era el más Diestro de mis hijos, pero debo considerarlo también el estratega más capaz. Tiene al Canciller sometido a su voluntad, mientras que tú y yo hemos de correr de aquí para allá remediando las consecuencias.

¿Acaso no había cambiado nada desde que tenía cinco años?, se preguntó Gavar. ¿Nada en absoluto? Si ahora ya era un hombre… e incluso padre. ¿Cuándo lo trataría su propio padre como tal? Miró a Whittam a los ojos. El hombre tuvo que levantar la vista un poco hacia su hijo, más alto que él.

—Rix tiene razón —dijo Gavar—. ¿Por qué debemos resolver nosotros la papeleta? Somos Iguales, de la Familia Fundadora, no policías ordinarios. ¿Por qué tengo que ir yo?

Esa no era la pregunta acertada.

—Vas tú porque la información de ese esclavo es necesaria —respondió Whittam, acercándose a él para acortar el espacio que Gavar había dejado entre ambos.

»Vas porque te lo mando yo. Porque la gente cotillea todavía sobre la muerte de la joven esclava en tu supuesto «accidente de caza». Puede que esto te sirva como rehabilitación. Y vas porque como cabeza de familia tengo el poder de decidir si esa bastarda tuya se cría en Kyneston o es enviada a una casa de MDANA. Al menos así tu madre y yo no tendríamos que mirarla y recordar cada día lo decepcionante que eres.

El rostro de su padre estaba a solo unos centímetros del suyo, pero Gavar casi no podía verlo. Se le nubló la vista, y todo se tiñó de rojo y negro. Volvía a tener cinco años. Pero lo que ahora manaba de su interior, caliente y apestoso, no era un reguero de miedo y vergüenza, sino un chorro de odio.

Esa no era la respuesta acertada, padre.

No era la respuesta acertada en absoluto.

DOCE

LUKE

Desde la captura de Oz hacía dos días Luke se había mentalizado para notar una palmada en el hombro o una mano agarrándole del brazo. O, posiblemente, un porrazo en la nuca sin más.

Pero por muy mentalizado que estuviera, el corazón casi se le salió del pecho cuando ocurrió.

Acababa de terminar su turno, y había cambiado el calor abrasador de la nave de componentes por el frío gélido de las calles. Ya estaba oscuro, y las densas ráfagas de aguanieve reducían la visibilidad hasta hacerla casi nula. Se hallaba a solo unos bloques de las puertas de la Zona D cuando una mano le tiró de la manga. A Luke se le disparó el pulso y echó a correr.

Pero no tan rápido como para no oír a su espalda una voz que dijo entre dientes «¡Soy yo!».

Se detuvo resbalando en el pavimento mojado y se volvió.

—Vamos a sacarlo esta noche —anunció Renie. Estaba en medio del callejón, con la aguanieve cuajando a su alrededor bajo la luz amarilla de la farola—. A Oz. Necesitamos un medio de transporte. Una de esas furgos de enlace que salen de aquí. He encontrado una. Está en la cochera para ser reparada. Tienes que comprobar que esté bien y cargarte el rastreador GPS.

Luke la miró atónito. Ayudar a tu padre a arreglar un coche de época no te capacitaba precisamente para lo que acababan de pedirle.

—Tenemos que hacerlo —afirmó Renie—. Por él.

Así que lo hicieron.

La furgoneta era exactamente como la que había trasladado a Luke hasta Millmoor. Le provocó recuerdos horribles, tanto de aquel primer día como de Kessler en el almacén. Por un momento se quedó paralizado por el miedo a que los pillaran allí.

Cerró los ojos con fuerza y deseó que las manos le dejaran de temblar. Se dijo que podía confiar en Renie para que estuviera alerta, igual que ella había confiado en él para que sujetara la cuerda en el tejado del mADMicomio.

Ser consciente de ello hizo que algo echara chispas en su interior, con una conexión pequeña pero crucial que sirvió para que el motor de su coraje cobrara vida con un chisporroteo. Luego se aceleró y rugió.

Todo era posible gracias a la confianza. Te prestaba los ojos de otro, sus fuertes brazos o su mente ágil. Te hacía más grande de lo que eras por ti mismo. La confianza era lo que permitía que el club funcionara, que todo aquel sueño descabellado de la abolición pudiera tirar adelante, solo con que la gente pudiera unirse y mantenerse firme. Ni siquiera los Iguales, ni su Destreza, serían más potentes.

Reparar la furgoneta en sí fue algo casi fácil. Los detalles de los arreglos que necesitaba figuraban en una tablilla sujetapapeles colgada en la pared. La llave del vehículo pendía de una hilera de ganchos. Las medidas de seguridad parecían poco estrictas; consistían tan solo en unas cuantas cámaras de videovigilancia, que Renie se había encargado de sortear o inutilizar.

—Ajá —dijo ella, cuando él se lo advirtió—. Es que lo difícil no va a ser sacar esa furgo de la cochera, sino sacarla de Millmoor. Hay tres cordones de Seguridad y dos puntos de control de chips como el que tenéis en la Zona D.

Lo cual hacía que pareciera imposible.

—Ahí es donde entra Angel, encargada de la línea de ferrocarril de Riverhead. Es especialista en sacar a gente de los lugares de forma clandestina, aunque no suele hacerlo así. Normalmente se vale de camiones, compartimentos ocultos, conductores de confianza, ese tipo de cosas. Pero nuestro amigo Oz es una entrega especial, así que esta vez va a venir ella en persona. Esta noche.

—¿Angel? No es un nombre del todo tranquilizador.

Renie ladeó la cabeza con una expresión divertida.

—No es su verdadero nombre. Ninguno de nosotros lo conocemos. Pero la llamamos así porque es nuestro Ángel del Norte. Ya sabes, como esa enorme escultura con alas que hay por Riverhead. Además… bueno, ya lo verás. —La muchacha soltó una risa socarrona—. En fin, ¿ya estamos?

Así era. Luke se guardó las llaves en el bolsillo.

Renie lo guio hasta el punto de encuentro, un almacén polvoriento donde había montones de documentos olvidados en cajas de archivo. Allí encontraron solo a Jackson, quieto y tranquilo, y a Jessie, caminando de aquí para allá como si quisiera abrir un boquete en el suelo por el que Oz pudiera llegar a rastras hasta Australia.

—¿Por qué seguimos esperando, Jack? A saber qué estarán haciéndole.

Jess se secó las lágrimas de los ojos con una violencia que traslucía una mezcla de ira y desesperación. Y también de culpa, sospechó Luke, en vista de que ella había logrado escapar mientras que Oz había sido apresado. Verla así le partió el alma.

—Todos sabemos lo que hay que hacer, Jessica —dijo el doctor—. No se pueden llevar a cabo intentos de rescate durante las primeras cuarenta y ocho horas. Los prisioneros se encuentran bajo una estrecha vigilancia y no hay tiempo para establecer rutinas de Seguridad. Hilda ha estado monitorizando la información de la cámara de la celda, así que sabemos que Oz está bien. No de maravilla, porque lo han molido a palos, pero no tiene nada que no pueda arreglarse. Además, teníamos que ver la manera de sacarlo de aquí. En cuanto llegue Angel, que está al caer, nos iremos.

—¿Crees que lo logrará? —preguntó Jess, sorbiéndose la nariz, con una voz tan irritada como si hubiera hecho varios turnos seguidos al pie de los hornos de fundición de la Zona D.

El rostro de Jackson adoptó por un momento una expresión inescrutable.

—De momento, nunca ha fallado. Yo no llevo ni un año en Millmoor pero ella tiene experiencia en este tipo de cosas desde hace mucho más. Pongo mi vida en sus manos y, digo más, la de todos vosotros. Luke ha arreglado el vehículo; ahora necesito que tú lleves a Angel hasta él. No puedes quedarte aquí y no voy a correr el riesgo de que vengas con nosotros.

—No puedo creer que te lleves a estos críos y a mí no —espetó Jessica—. Te juro que si esos cabrones de Seguridad le han hecho algo…

—Eso es precisamente por lo que no te llevo. Siéntate, Jessie. Respira hondo. El rescate está en marcha y vamos a sacar a Oz de aquí.

Mientras escuchaba sentado en cuclillas en el suelo, Luke reparó en lo que Jessica acababa de decir. «Que te lleves a estos críos».

Los únicos críos allí presentes eran Renie y el propio Luke. No había nadie más en la sala. Renie le había contado que Asif y las hermanas rezagadas estaban ocupándose de las cuestiones técnicas desde distintos emplazamientos, monitorizando a distancia el centro de detención. El doctor llevaba una especie de auricular que hacía ruido cada vez que alguno de los tres se comunicaba con él.

Jessie se dejó caer en el suelo, donde se apoyó en una pila de cajas, con la cabeza gacha. Aparte del ruido de su respiración agitada, la sala estaba en silencio. Jackson se acercó a Luke, que de repente fue superconsciente de que Renie los observaba.

—No voy a llevarte a ninguna parte a la que no quieras ir —dijo Jackson—. Pero Jess tiene razón. Me gustaría que vinieras con Renie y conmigo. Oz es un tipo grande, y puede que necesite ayuda para mantenerse en pie y caminar.

Jessica contuvo un sollozo.

—Tenemos que entrar y salir de allí lo más rápido posible. No voy a poder ofrecerle atención médica hasta que estemos fuera del edificio. Si nos encontramos a alguien, tendré que ocuparme de ellos. Esperemos que no sea así, porque Asif y las chicas estarán siguiendo de cerca toda la operación para decirnos si tenemos vía libre. Pero todo esto significa que tendrás que cuidar de Oz.

—¿No resultará sospechoso que te presentes allí con unos críos? Me refiero a alguien tan joven como Renie —dijo Luke.

—Renie esperará en la entrada para alertarnos por si ve algo allí fuera que los demás no controlan con las cámaras o las comunicaciones. Tú eres lo bastante mayor como para pasar por un guardia de Seguridad. Renie ha ido a comprar ropa y tiene un uniforme que te irá bien. Luke, no permitiré que esto salga mal.

—No hagas promesas que no puedes cumplir —dijo Jess con amargura.

—Oh, no es una promesa —repuso una voz queda y desconocida con un ligero acento de Newcastle—. Es un hecho. Hola, doctor Jackson.

El Ángel del Norte.

Mientras la recién llegada se aproximaba a ellos bajo la franja de luz parpadeante, Luke entendió enseguida la otra razón que justificaba su apodo.

Era una joven alta, rubia y guapísima. Parecía salida de una revista, como esas fotos que los profesores siempre decían que estaban retocadas, para que las chicas normales no se sintieran poco agraciadas cuando intentaban compararse con ellas. Aquella mujer era la perfección hecha persona. Tanto como un ángel en la vidriera de una iglesia, o como una modelo de un anuncio de lencería. Era un copo de nieve único e inmaculado caído en las sucias calles de Millmoor.

—¿Qué tal, Renie? —dijo Angel, saludando a la muchacha con la cabeza—. Y tú debes de ser Jessica. Sé que estás muy preocupada por Oswald, pero va a salir de esta sano y salvo. Y tú eres Luke, supongo. He oído hablar mucho de ti.

—Y tú eres... Angel —dedujo Luke, tendiéndole la mano. ¿Quién iba a pensar que pudiera sudarle tanto la palma de la mano en solo diez segundos? El tacto de ella le hizo sentir un hormigueo electrizante—. Le preguntaba... —Rio nervioso—. Le preguntaba a Renie que por qué te llaman así, pero creo que ahora ya lo sé.

Ella sonrió. A Luke le pareció que no podía haber nada en el mundo más mágico que aquella sonrisa, ni siquiera la propia Destreza. Le ardieron las mejillas como si estuviera en la nave de componentes. Angel era mayor que él, pero no mucho. Seguro que no, ¿verdad?

De nada servía preguntarse tal cosa, Luke Hadley. Angel era inalcanzable para él fuera cual fuera la vía que pudiera imaginar para llegar a ella.

Si aquella misión de rescate tenía éxito, ¿quedaría impresionada? Si fallaban, ¿iría y lo sacaría ella de allí?

—Iba a decirle al doctor que estoy listo —comentó Luke, dirigiéndose a ella—. Y he arreglado el vehículo. Para ti. No te dará problemas.

Esperaba con todas sus fuerzas que así fuera.

El auricular de Jackson estaba emitiendo un sonido sibilante y la piel del contorno de los ojos se le arrugó mientras se concentraba en lo que le decía Asif. Luego levantó la vista.

—Dentro de veintiocho minutos habrá un hueco con poca presencia de personal. El plan es el siguiente.

Eran casi las nueve cuando llegaron al centro de detención. Oz estaba separado del resto de presos en el corredor de máxima seguridad del pabellón de prisión preventiva. Eso era bueno, ya que habría menos movimiento para advertir su presencia, pero también era malo, pues aquellos con quienes se cruzaran estarían allí por el mismo motivo que ellos, para ver a Oz.

Renie se ocultó en la oscuridad cuando llegaron a la entrada.

—Buena suerte —musitó—. Hasta luego.

Instantes después ya estaban dentro, solo Jackson y él.

Los empleados de Seguridad, al igual que los de Administración, no eran esclavos. Los arquitectos del sistema habían tenido cuidado de asegurarse de que no hubiera una causa común entre los esclavos y aquellos que los tenían a raya. Eso significaba que no había una puerta que registraba los chips de aquellos que pasaban por ella, sino un equipo de entrada provisto de dispositivos de mano con los que comprobaban las pulseras donde se almacenaba la identificación de Seguridad, o bien los chips insertados en la carne de los esclavos que ingresaban allí como prisioneros.

—Hay dos escáneres distintos —le había explicado Jackson—. Al ver el uniforme de Seguridad, utilizarán el de las esposas.

A Luke le temblaban tanto las piernas como aquel día que había llevado a Daisy a una pista de hielo y había hecho el ridículo al caerse. Como si le fueran a salir disparadas en direcciones opuestas y a dejarlo con el culo en el suelo sin previo aviso. No os separéis, pensó, tensando los músculos para recordar que seguían allí.

—Estamos aquí por Walcott G-2159 —informó el doctor al guardia de la entrada, y alargó el brazo derecho para pasarlo por el escáner.

Las pulseras, que llevaban todos los trabajadores libres de Millmoor, eran colocadas a los empleados a su llegada en los puestos exteriores de entrada y se las retiraban cuando se iban. Luke se preguntó cómo habría conseguido el club las dos que llevaban Jackson y él.

—Ya decía yo que no me sonaban vuestras caras —dijo el guardia—. Sois especiales del mADMIcomio. ¿Qué tal es eso de servir a la mismísima autoridad suprema? Bah, no me contestéis. No quiero saberlo. —El hombre rio para sus adentros—. Nos habían comunicado que vendría alguien a ver a Walcott, pero no sabíamos exactamente cuándo. No creo que la Supervizorra saque mucho de él esta noche, tal como está.

El guardia rio de nuevo, como si aquella observación fuera igual de divertida. ¿Acaso para aquel puesto buscaban deliberadamente a gente sin compasión, o sería el trabajo el que te volvía así?

Luke levantó obediente la muñeca para que se la escanearan. Así que esperaban que Oz recibiera visita. ¿Sería el club tan bueno como para haber infiltrado autorizaciones falsas en el sistema de Seguridad?

Pero no parecía que fuera así, pues mientras recorrían los pasillos del centro de detención, el rostro de Jackson se crispó con una expresión de preocupación. Luke lo oyó ahuecar la mano para musitar unas palabras que debían pasar por el auricular. La respuesta que le llegó al oído con un ruido le hizo mover la cabeza de un lado a otro con un gesto de frustración.

El edificio era aséptico e implacable. El suelo, de cemento pulido, resonaba tan fuerte bajo sus botas que Luke se encogió. Comenzó a entonar en su mente un canto traidor al ritmo de sus pasos: fu-ga, fu-ga. Casi le asombró que nadie más lo oyera. Estaba claro que no podían confiar en salirse con la suya, ¿no?

Pero no. Recordó una conversación con Asif. El tipo era un hacha con la tecnología y llevaba construyendo sus propias matrices desde niño. Según él, la tecnología era algo sencillo que todo el mundo veía complejo por convicción propia. Podía fallar, pero todos la creían infalible. La gente había relegado su buen juicio —y lo que les demostraba sus propios sentidos— al poder de la tecnología. Si eras capaz de engañar a la tecnología, no tenías por qué preocuparte de burlar a los humanos.

Así que gracias a los uniformes y las pulseras de identificación lograron traspasar una segunda puerta custodiada, hasta llegar a un tercer punto de verificación, donde tuvieron que acercar las pulseras a un panel incrustado en la pared. La última etapa era la entrada al pabellón de máxima seguridad.

—Qué aplicados sois —dijo el guardia mientras sacaba un juego de llaves anticuadas, con las que abrió dos pares de puertas atrancadas con doble cerrojo, como jaulas de animales salvajes—. No hace ni diez minutos que llegó el visto bueno final. ¿Y qué? ¿Dónde está el amo y señor? Esperando en el mADMIcomio con vuestra jefa, ¿no? Supongo que pensaba que hacerlo aquí no sería de su agrado. Demasiado cerca del pueblo llano, ¿eh? Al menos, si utiliza la Destreza, no tendrá que preocuparse por mancharle de sangre la moqueta. Aunque diría que papá Jardine tiene dinero de sobra para comprarle a la Supervizorra una nueva.

Por suerte, el hombre estaba agachado sobre las cerraduras mientras hablaba, porque Jackson se olvidó por un momento de mantener la compostura. Sus ojos se entrecerraron en un gesto de concentración absoluta mientras intentaba entender lo que acababa de oír.

Luke también estaba dándole vueltas a la cabeza. El nombre «Jardine» lo había distraído, haciéndole pensar en Kyneston y su familia, pero una cosa le quedó clara después de oír las palabras del guardia y ver la reacción del doctor. Ellos no eran los únicos que pensaban acudir en busca de Oz.

Las celdas con rejas abiertas situadas más allá de las puertas no contenían el hedor, una mezcla rancia de todo lo repugnante que podía salir de un cuerpo humano. Al principio Luke se esforzó por distinguir la figura acurrucada de Oz en el suelo. Cuando lo logró, deseó no haberlo hecho. El guardia apuntó directamente a la cara de Oz con una linterna tan potente que el haz de luz que proyectaba podía considerarse realmente un arma. El único consuelo era que Oz tenía los ojos completamente cerrados de tan hinchados como estaban; no podría haberlos abierto ante aquel resplandor cegador aunque hubiera querido.

—Vamos, arriba —le ordenó el guardia, dándole un toque con la porra—. La Supervisora y el heredero Gavar Jardine solicitan el honor de tu compañía para una fiesta particular. Y no te has molestado en vestirte para la ocasión. Muy mal.

Luke apretó los puños. Oz no se movió.

—No sé si puede ponerse en pie —dijo el guardia—. Creo que vais a tener que llevarlo a rastras.

—Yo me ocupo —se ofreció Jackson, dando un paso al frente.

Acto seguido, se agachó junto a Oz. ¿Podría su amigo reconocerlo siquiera? Oz no dio muestra alguna de ello. Pero de repente profirió un gemido tremendo y rodó hasta ponerse a cuatro patas. El doctor le habría inyectado una dosis de adrenalina.

—Levántate —le ordenó Jackson, poniendo una voz dura e indiferente. Y, dirigiéndose a Luke, añadió—: Haz que se mueva.

Luke agarró a Oz por la parte de atrás del mono y tiró de él. Oz subió poco a poco, pero como mínimo lo hizo en parte gracias a su propia fuerza. Menos mal. Eso significaba que no tenía nada roto.

Aparte de la nariz, quizá. Probablemente un pómulo. Puede que una cuenca ocular. Jessica no hubiera soportado de ningún modo verlo así, allí dentro.

—Vamos tirando —dijo Jackson al guardia—. No quiero hacer esperar a nuestros superiores.

El guardia de la celda hizo un gesto de indiferencia.

—Pues adiós muy buenas a ese. Durante los interrogatorios no ha soltado prenda. Me atrevería a decir que va de tipo duro. Pero cuando estaba solo se le oía llorar como a una nenaza. Espero que tu jefe le sonsaque más que los muchachos de aquí.

Por suerte, Luke tenía las manos aferradas al mono de Oz, cuya tela notaba tiesa y pegajosa, porque deseó con todo su cuerpo dar a aquel cerdo una paliza.

Tras pasar de nuevo por las puertas atrancadas, Jackson y Luke recorrieron los pasillos sosteniendo a Oz. Este había conseguido entreabrir un párpado, y una diminuta pupila negra que nadaba en una esclerótica inyectada en sangre los miró, como el ojo de una criatura marina a varias brazas de profundidad. ¿Vería con la claridad suficiente como para poder reconocerlos? Luke confió en que así fuera.

El auricular de Jackson siseó en un tono distinto al de antes. Sería Renie.

—Sigue caminando —dijo el doctor cuando cesó el sonido—, con decisión. Al otro lado del segundo control nos cruzaremos con unas personas. No les hagas caso. Ya sabes cuál es el punto de recogida. Llevaremos a Oz directamente allí. Si me veo atrapado por algún motivo, tú continúa adelante. No me esperes. Mételo en el vehículo y marchaos.

Fruto del terror, a Luke se le hizo un nudo en la garganta del tamaño de un puño, pero se lo tragó. Puso una mirada un tanto desenfocada, como aquella de ojos vidriosos que caracterizaba al personal de Seguridad. Él formaba parte de la Seguridad. Tenía la pulsera de identificación que lo acreditaba.

En el segundo control Luke no dijo nada mientras la mostraba. Reprimió una mueca de dolor cuando Oz se quejó al cogerle el guardia el brazo para pasarle por encima el dispositivo con el sensor de chips.

—¿Os ha llegado la alerta? —le preguntó el doctor mientras enseñaba la pulsera—. Creo que las noticias viajan más rápido por nuestra red que por las comunicaciones generales. Porque me imagino que no querrás perdértelo. A ver si la vais a cagar y os meten en la celda donde estaba este.

Jackson dio a Oz un golpe suave con el codo que le hizo tambalearse, y se rio con crueldad.

—¿Cómo? ¿Una alerta? —dijo el guardia, torciendo el gesto con cara de preocupación.

—¿No os habéis enterado? Es un intento de rescate. Se ve que los socios de Walcott han estado escuchando vuestro canal de mierda y vienen de camino para liberarlo. Por eso nos han enviado a toda prisa. Lástima que vaya a perdérmelo. Entre ellos hay un tipo que se hace pasar por el propio heredero Jardine, aunque supongo que nunca han visto fotos de él, porque intentan colárosla con un pelirrojo. Y todo el mundo sabe que los Jardine son rubios.

—¿Ah, sí? —El hombre palideció. Hizo girar la pulsera en su muñeca y dio un toque a la pantalla—. No hay notificaciones. ¿Por qué somos siempre los últimos en enterarnos de todo? ¿Y cómo voy a hacer para detenerlos?

—Lo mejor es que se lo comuniques a tu compañero de la entrada —le sugirió el doctor—. Si yo estuviera en vuestro lugar, los dejaría pasar y luego los encerraría aquí. Los habréis apresado vosotros solos, y estarán donde van a acabar igualmente, en el pabellón de máxima seguridad. Asunto resuelto.

El alivio que sintió el hombre se hizo palpable en su rostro.

—Sí. Bien pensado, sí. Gracias.

Y acto seguido reanudaron la marcha, dejando atrás al guardia mientras este llamaba a su compañero por el micro del casco. Desde delante les llegó el estrépito de unos pasos que resonaban en el suelo de cemento. Resultaba difícil decir cuántos pares de pies se dirigían hacia ellos. ¿Tres?

—Ahora estamos en el espacio general del centro de prisión preventiva —dijo Jackson, hablando rápido y en voz baja—. Así pues, nuestro preso podría ser cualquiera. Lo más probable es que Gavar Jardine vaya acompañado del personal de Seguridad de la Supervizorra, así que tampoco reconocerán a Oz a simple vista. Aunque ni su propia madre lo reconocería, con lo maltrecho que está. Sigue caminando.

Se hallaban a un paso de la entrada cuando los otros aparecieron al doblar la esquina. Y a Luke se le erizó el vello del brazo en cuando lo vio.

Gavar Jardine era un monstruo de hombre. Pasaba del metro ochenta y llevaba un abrigo de cuero negro que le caía desde sus anchos hombros hasta las botas de moto, también de cuero. A juego con los guantes negros.

Pero el atuendo de psicópata era lo que menos miedo daba de él. El heredero de los Jardine bien podría haber ido con un pijama Happy Panda, y habría seguido siendo la persona más aterradora que Luke había visto en su vida. Abi les había mostrado fotos a todos ellos, pero ninguna imagen podía prepararte para la realidad de un Igual en carne y hueso. Y no era él solo, sino toda una familia. Abi trabajaba en su oficina, y mamá cuidaba de uno de ellos. Luke tenía la esperanza de que al menos Daisy se mantuviera al margen.

—Llegaremos a la entrada. Baja la mirada —le ordenó Jackson entre dientes.

Y así se cruzaron los dos grupos, por un lado, Luke y Jackson juntos, con Oz medio oculto detrás de ellos, y, por el otro, Gavar Jardine, avanzando a grandes zancadas. Los dos hombres de Seguridad estaban tan concentrados en seguirle el ritmo que pasaron casi sin mirarlos.

Luke tenía la sensación de que le habían cambiado los huesos por montones de bolas inestables, y que en cualquier momento se vendría abajo.

Pero todavía no. No hasta que lograra poner a salvo a Oz.

El guardia de la entrada estaba boquiabierto, con los dos escáneres preparados.

—¿Los habéis visto? —susurró, y el doctor asintió con la cabeza—. Habéis venido justo a tiempo. Desde luego, no les faltan agallas, eso hay que reconocerlo. Los refuerzos están en camino para cuando hayan sido reducidos. Vosotros encargaos de entregar al prisionero.

Jackson asintió de nuevo, y sin más complicaciones se vieron fuera, en medio de la gélida noche.

Mientras cruzaban la carretera, una figura menuda surgió de la oscuridad y los siguió. Tras recorrer dos calles, Jackson apoyó a Oz contra una pared. Le cogió la cara entre las manos y le subió los párpados con mucho cuidado.

—Ya casi estamos, grandullón. Estás a salvo.

La mera presencia de Jackson devolvió la vida a Oz, que se esforzó por abrir los párpados hinchados. Se humedeció con la lengua los labios partidos e inflados. Renie le acercó una botella de agua a la boca y él bebió con avidez. Acto seguido, Oz se palpó la cara.

—No es que antes fuera muy guapo que digamos —dijo Oz con voz ronca, y Luke pensó que nunca se había alegrado tanto de un chiste pésimo.

De repente, desde la dirección del centro de detención les llegó el sonido sordo de una explosión amplificado por el vacío de la noche.

—Cógelo, Luke —ordenó Jackson—. Y tú también, Renie. Llevadlo al punto de recogida lo más rápido posible. No hay tiempo que perder.

—¿Por qué? —preguntó Renie con los ojos abiertos como platos—. ¿Qué ha sido eso?

—Eso ha sido Gavar Jardine.

Jackson dio media vuelta y volvió corriendo por donde habían venido. Empezaron a oír gritos a sus espaldas. Voces confusas. El aire mojado crujió mientras caía la aguanieve.

—Por aquí —indicó Renie—. Angel está preparada con la furgo.

Luke había avanzado una calle más llevando a Oz a rastras y empujones cuando oyó el sonido de unos disparos. Una vez. Dos. La segunda vez alguien profirió un grito horrible.

Luke no estaba seguro, pero le sonó muy parecido a Jackson.

—No era él —dijo Renie con ferocidad y tiró de la manga de Luke—. No era él.

En la cuarta calle estaba la furgoneta. Mientras se acercaban a ella a toda prisa, apareció una figura corriendo. Jessica.

Se abalanzó sobre Oz, como si pudiera levantarlo ella sola. Evidentemente, no pudo. Renie empujó al trío hecho una maraña en dirección al vehículo; luego apartó el brazo de Jessie para que Luke pudiera meter a Oz en el asiento trasero. Jess soltó un sollozo y apoyó la cara en el mono sucio del hombre, y desde la oscuridad de la furgoneta apareció una mano enorme y destrozada para acariciarle el pelo. Jessie la cogió y la besó.

—Tenemos que ir tirando, Jess.

El rostro de Renie se vio iluminado entonces por un extraño resplandor mientras una columna de fuego químico salía disparada por encima de los edificios a varias manzanas de distancia. Un humo acre y fétido flotó hacia ellos y Luke percibió su sabor mientras oía caer una lluvia de escombros sobre un tejado cercano.

—Es hora de irse —dijo una voz desde el asiento del conductor—. Cierra, Renie.

Angel. Luke se había olvidado de ella por completo. Cómo había podido, se preguntó al mirarla mientras ella se asomaba por la ventanilla. La joven llevaba su melena rubia oculta bajo una gorrita y agarraba el volante con las dos manos.

—Oz ya está a salvo, os lo prometo. No os preocupéis por Jackson; a él tampoco le pasará nada. Cuidad de vosotros mismos. Dispersaos y volved a casa. Coged distintas rutas... menos en esa dirección, claro está.

Angel señaló con la cabeza hacia el punto donde la columna de humo seguía ascendiendo en el aire. El cielo se veía iluminado con tonos desagradables en azul y naranja, como si se tratara de un espectáculo pirotécnico para daltónicos.

El motor ya estaba en marcha. Mientras Angel probaba el acelerador, Luke se quedó como un tonto donde estaba, mirando a través de la ventanilla bajada del conductor.

Entonces ella sacó el brazo y, en un gesto increíble, le tocó la mejilla con los dedos. Luke notó de nuevo aquel hormigueo electrizante, y le fue imposible apartar la mirada de aquel rostro perfecto.

—Ponte a salvo, Luke Hadley —le dijo Angel.

Acto seguido, aceleró el motor y el vehículo se alejó hasta perderse en la noche.

TRECE

BOUDA

—¿Que emplearon la Destreza?

—Eso es lo que he dicho.

Su futuro marido se cruzó de brazos y se puso rojo ante el escepticismo de ella.

Bouda suspiró. ¿Así sería la vida de casados? ¿Se pondría Gavar de mal humor y agresivo ante la más mínima provocación? «¿Era esa la mermelada que querías, cariño?». Mirada fulminante. «¿Vendrá hoy tu tía abuela a tomar el té, cielo?». Ceño fruncido. «Eso es lo que he dicho».

Pronto lo averiguaría. Faltaba un día para el Segundo Debate, celebrado en Grendelsham. Tras el Tercero contraerían matrimonio en Kyneston.

Quedaban tres meses.

¿Qué habría pasado si el destino le hubiera deparado la unión con uno de los otros hijos de Jardine, con Jenner o Silyen? Supuso que con Jenner habría sido imposible. Si él hubiera sido el mayor, Whittam lo habría desheredado.

¿Y con Silyen? Bueno... quizá había cosas peores que el mal genio de Gavar.

Y puede que las estrategias que aprendiera para tratar con él le resultaran útiles cuando tuvieran hijos.

—Pero, por las palabras de tu padre —dijo ella, alzando la vista hacia Whittam en busca de su apoyo, que él le ofreció en forma de un ademán de confirmación—, entiendo que la fuga puede explicarse completamente por la falta de rigor de los protocolos de seguridad de Millmoor.

Bouda contó con los dedos los defectos observados, haciendo un gesto de disgusto ante el esmalte turquesa chillón que llevaba en las uñas. Dina había regresado de París aquella madrugada, y había entrado por la puerta haciendo ruido y cargada con bolsas de tonterías de marca y cosméticos de precios exorbitantes. Había insistido en arreglarle las manos a su hermana después del desayuno, «¡Porque la política no está reñida con la belleza!». Aquel era otro caso del azar del nacimiento, supuso Bouda. No quería ni pensar en la posibilidad de que DiDi hubiera sido la heredera de los Matravers.

—Los responsables de la fuga llevaban pulseras de identidad válidas. Y como se hicieron pasar por personal de Seguridad de la Administración, el hecho de que resultaran desconocidos para los guardias carcelarios no levantó sospechas. —Bouda dobló dos dedos, contando—. Tu padre acaba de recibir la confirmación de que también tenían controladas las cámaras de videovigilancia. Asimismo, estaban monitorizando los canales de comunicaciones de Seguridad, que es como se enteraron de vuestra llegada.

»Y sobre todo, actuaron con valentía. Si la fuga de Walcott no fuera tan exasperante, les aplaudiría por su descaro. Mira que salir de allí con el prisionero, mientras les decían a los imbéciles de guardia que vosotros erais el equipo de rescate. —Bouda bajó el último dedo—. En general, motivos más que suficientes para explicar cómo sacaron al prisionero delante de las narices de semejantes incompetentes.

Gavar se mantuvo firme, alzándose imponente frente a ella, que permanecía sentada en el sofá, sin dejarse intimidar. Se hallaban en el acogedor comedor del pequeño refugio de papá en Mayfair. En aquel lugar era todo tan cómodo y mullido como su propio padre, y Bouda se sentía segura. Estaba en su territorio.

—Fue más que eso —insistió Gavar—. Me atrevería a decir que los vigilantes de Seguridad de la ciudad de esclavos no son contratados por su inteligencia, pero de ahí a que estos guardias hayan caído en una trampa tan sencilla... ¿Y yo? Si es que me crucé con ellos, y ni los miré.

Y eso era lo más sencillo de todo en aquel asunto absurdo, pensó Bouda. Gavar Jardine no detecta una operación de fuga que tiene lugar delante de sus narices y, para ocultar su idiotez, comienza a decir que todo es obra de la Destreza. En una ciudad de esclavos nada menos. Bouda había visto lo nervioso que se había puesto Gavar ante la idea de utilizar medidas especiales con el prisionero. Seguro que se había dedicado a beber sin parar desde que su coche salió de Londres. Todo el mundo sabía de la existencia de las licoreras alojadas en el asiento trasero del Bentley de los Jardine.

—Interesante hipótesis —opinó lord Whittam, que había estado apoyado en la repisa de la chimenea, observando el diálogo entre Gavar y Bouda—. Pero carente de lógica. El vehículo robado ha sido hallado abandonado dentro del Distrito de los Picos, medio sumergido en una cantera. Ahora mismo lo están sacando de allí, aunque no parece probable que vaya a servirnos de mucho. Esa no es la clase de estratagema a la que recurriría una persona Diestra.

—¿Sabemos quién conducía el vehículo? —preguntó Bouda a Whittam—. ¿Era el propio fugitivo o un cómplice?

—Seguridad desplegó un dispositivo de control de chips perimetral unos cinco minutos después de que se descubriera la fuga. Eso les permitió comprobar que todos los individuos con microchip que no se hallaban dentro de los límites de la ciudad contaban con autorización para ausentarse, salvo el prisionero Walcott. El vehículo pasó varios controles internos. Según han informado los guardias de todos ellos, la identificación estaba en orden y el conductor era una mujer blanca, si bien las descripciones que han hecho de ella son tan imprecisas que no sirven de mucho.

—¿Mujer y sin chip? —inquirió Bouda—. ¿Será su esposa, que está fuera? ¿Libre?

—Murió hace tres años de un cáncer de mama —respondió Whittam sin inmutarse—. Parece que fue lo que llevó a Walcott a comenzar su decenio de esclavitud.

—Os digo que fue la Destreza —insistió Gavar intensamente.

Bouda estaba convencida de que la única Destreza que se había empleado en Millmoor la noche anterior había sido la del propio Gavar. Furioso al verse atrapado dentro del centro de detención por un guardia que lo tomó por el rescatador de Walcott, Gavar se había limitado a hacer volar el lugar por los aires para salir de allí. El pabellón de máxima seguridad de la prisión había quedado reducido a escombros y varios individuos que se hallaban en su interior resultaron gravemente heridos. Fue todo bastante desmesurado, si bien es cierto que sirvió como un recordatorio muy oportuno para los insurgentes de Millmoor del poder al que intentaban desafiar.

Posteriormente, Gavar había perseguido a alguien por las calles con su querido revólver, pensando al parecer que se trataba de Walcott o de su cómplice en plena huida. El heredero Jardine convertido en héroe de acción. Bouda sonrió para sus adentros. Menudo chiquillo estaba hecho.

Pero no quería que Gavar tirara todos sus juguetes fuera del cochecito tan pronto. A fin de cuentas, pasaría los dos días siguientes con los Jardine, padre e hijo. Quizá fuera el momento de utilizar un tono más suave.

—¿Qué ocurrió con la persona a la que disparaste? Fuera lo que fuera lo que te puso en alerta... la Destreza, la intuición o un oído fino —dijo Bouda, dedicando a Gavar su sonrisa más tranquilizadora, a la que él, por desgracia, pareció inmune—, tus sospechas sobre el intento de rescate eran acertadas.

—Yo no le disparé —repuso Gavar—. Le pegué. Lo oí gritar.

A Gavar no le gustaba que hicieran comentarios sobre su puntería. Era un tema delicado para él desde que se había corrido la voz de su accidente de caza, en el que había matado a la joven esclava madre de su hija. Bouda no había sentido ninguna pena al enterarse de dicho incidente.

—Pero ¿no encontraste un cuerpo, o un rastro de sangre que indicara que había alguien herido, donde creías que estaba tu objetivo?

—No —respondió Gavar en tono irascible, negando con la cabeza—. Ya he pasado por todo esto con padre.

Bouda lo vio lanzar una mirada muda a lord Whittam, como pidiéndole apoyo.

No lo obtuvo.

Ni en aquella ocasión ni nunca. Era casi digno de compasión.

—Si Gavar golpeó al fugitivo, no hay nada que hacer, porque ha desaparecido. Pero si fue un cómplice, aún debe de estar en Millmoor. Los dispensarios deberían estar monitorizados —sugirió Bouda a su futuro suegro—. Habría que interrogar al personal sanitario. Y aunque la herida no fuera de extrema gravedad y la víctima intente curarse por sus propios medios, encargados y capataces deberían recibir la orden de mantenerse alerta. El personal de los bloques dormitorio ha de estar ojo avizor por si ven sangre en sábanas o toallas.

—Buenas sugerencias —afirmó Whittam, y Bouda no pudo evitar pavonearse ante su aprobación.

¿Sería mucho esperar que su suegro reconociera hasta qué punto ella era más apropiada que su hijo para un cargo de importancia? Por desgracia, lo sería. La única cosa que Whittam Jardine valoraba más que el mérito era el linaje. Con todo, al menos los hijos de Bouda se beneficiarían algún día de la inquebrantable devoción de aquel hombre a la preeminencia de su estirpe.

—Así pues, los hechos son los siguientes —dijo Whittam con el tono que utilizaba para concluir las reuniones oficiales, incluyendo aquellas en las que el Canciller estaba presente—. El delincuente Walcott se escapó del centro de detención con ayuda de dos hombres, posiblemente Diestros.

Al decir esto, inclinó la cabeza hacia su heredero de un modo condescendiente. ¿Acaso no veía el rencor en la mirada de su hijo?, se preguntó Bouda. Gavar era como un perro maltratado que sabe exactamente lo que mide su cadena y que espera el día en que su amo se despiste.

—Creemos que luego uno de los cómplices o el propio prisionero resultó herido por un disparo. Desconocemos el paradero actual de los cómplices. Sin embargo, el detenido logró salir de Millmoor en un vehículo conducido por una mujer no identificada y desprovista de chip. ¿Estoy en lo cierto?

—No sé de qué hablan —dijo una voz adormilada desde la puerta—. Pero ¿quieren un café? Le he pedido a Anna que me haga uno. He cometido la estupidez de volver a la cama a media mañana. Me he divertido como nunca en París, pero estoy totalmente reventada.

Era Dina, con la cara arrugada. Llevaba una bata de cachemir holgada sobre los hombros y a su horrendo doguillo, Canalla, entre sus brazos. Bouda ni siquiera había oído a su hermana abrir la puerta de lo concentrada que estaba en la conversación.

Whittam la fulminó con la mirada. Bouda sabía que él veía a Dina como una niña mimada y un lastre. Fue mala suerte que la joven los hubiera interrumpido justo cuando precisamente hablaban de ese tema. Bouda tendría que explicar, una vez más, que la idea de DiDi de desafiar al régimen se basaba en dirigirse a los esclavos por su nombre. En eso y en dedicar el dinero ganado con el esfuerzo de papá en supuestas organizaciones de derechos humanos, que sin duda despilfarraban hasta el último penique en oficinas pijas y fiestas para la prensa internacional.

Se acercó a su hermana y la rodeó con un brazo para llevarla de vuelta a la cocina.

—Estábamos preparándonos para el debate de mañana, querida, pero ya hemos terminado. Y sí, me encantaría tomarme un café antes de ponernos en camino a Grendelsham.

—Canalla me ha despertado —dijo Dina, mirando a su hermana con inquietud—. Tiene dolor de barriga. Supongo que no debería haberle dado tantos caracoles. No creo que le sienten bien. O quizá sea el ajo.

Bouda miró al perro con preocupación. Canalla se había ganado su nombre multiplicado por diez en su corta vida. El doguillo le devolvió una mirada atónita con una expresión inconfundible de culpa.

—¿Por qué no lo dejas en el suelo? —le sugirió—. Seguro que le sienta bien correr un poco por el comedor.

Cogiendo el perro de los brazos de su hermana, Bouda lo puso en el suelo. Acto seguido, le dio un fuerte puntapié en la barriga —confiando en que Dina no lo viera—, con el que lo envió entre aullidos y resbalones a la sala en la que estaban lord Whittam y su heredero.

Luego cerró la puerta.

Tras el café y la despedida llegó el largo trayecto al sur de Gales y Grendelsham. Mientras que el primero y el tercero de los debates tenían lugar en los grandes equinoccios de otoño y primavera, el Segundo Debate se celebraba en el solsticio de invierno, el día más corto del año. Bouda siempre calculaba el tiempo para que su llegada coincidiera con la puesta de sol.

Cuando el coche giró en una curva, apareció la vasta extensión de arena de la península de Gower. Y allí, en lo alto de los acantilados, bañada por el último fulgor del sol del ocaso, estaba Grendelsham. Parecía una caja de pura luz, rosada y palpitante. La mansión, obra de la Destreza, estaba construida íntegramente en vidrio. Tan magnífica como poco práctica, constituía el primer y único ejemplo del llamado estilo del Tercer Revolucionario. Apodada el «Invernadero», se asemejaba al tipo de pretenciosas instalaciones de arte que a Dina le gustaba financiar en las galerías de Southbank. Pero aquella era cien veces mayor y más imponente.

Bouda no podía quitarle los ojos de encima. Nunca se sabía de qué color sería el Invernadero: de un azul cielo en un día de verano, de un amarillo mantecoso con la tenue luz el sol o de un lila glacial al amanecer. Y el color seguía cambiando en un momento como aquel, con la puesta de sol. El tono rosado se oscureció e intensificó hasta convertirse en un rojo carnoso y ardiente, el color inconfundible de la sangre.

Bouda se encogió en su asiento, sintiendo una incomodidad repentina. Dándole a un botón, subió la ventanilla tintada del vehículo. Había recordado la fotografía del edificio de la Administración de Millmoor pintado con una «S» y una «Í» enormes en color escarlata. Habían rociado la pintura a modo de grandes cortes, como si la palabra estuviera grabada en la piel. Por otra parte, estaban los panfletos confiscados. «SANGRAMOS bajo su LÁTIGO», rezaba en uno. A Bouda le había parecido una burda basura propagandística. Como si alguien utilizara látigos en aquellos tiempos.

Se alegró de que por fin estuviera oscuro cuando el coche aparcó en la casa, y que Grendelsham resplandeciera desde su interior bajo el firmamento. Bouda se abrió camino entre los Iguales que abarrotaban el lugar, ofreciendo y recibiendo saludos y besos de camino a la habitación que le habían asignado. Las paredes de los dormitorios y baños de la mansión también eran de cristal (aunque, por suerte, tenían cortinas). El Segundo Debate era conocido por las indiscreciones e intrigas que provocaba. Bouda se recordó a sí misma asegurar la puerta aquella noche, por si Gavar Jardine se veía inspirado por la fama de la casa.

Llamó a una esclava para que la ayudara con un vestido que tenía una raja hasta la parte baja de la espalda. Era tan estrecho que Bouda no sabía cómo ponérselo; se trataba de una prenda de alta costura que DiDi le había traído de París y ella no había tenido el valor de rechazar. No debería haberse preocupado. El vestido le cayó desde los hombros hasta el suelo en una cascada de destellos plateados, un efecto tan agradable que Bouda ni siquiera reprendió a la esclava cuando esta expresó su admiración de manera espontánea.

Le complació llamar la atención mientras bajaba de nuevo a la recepción y se zambullía entre esmóquines y vestidos de noche. Su padre y Rix estaban disfrutando de una copita en un sofá en cromo y piel de aspecto incómodo. Papá estaba ya como una cuba, mientras que su padrino reaccionó con una risa socarrona ante la versión de Bouda sobre los últimos acontecimientos ocurridos en Millmoor.

—Así que un esclavo fugitivo, ¿eh? —dijo Rix, expulsando por las ventanas de la nariz el humo aromático del puro que estaba fumando—. ¿Y no podemos soltar a los perros para que vayan tras su pista? El de Hypatia, quizá.

Bouda torció el gesto. El sabueso de Hypatia tendría que estar encerrado en la perrera durante el Tercer Debate y sus esponsales… o, mejor aún, no estar en Kyneston para nada. Crovan había hecho bien su trabajo. Aquella cosa era una monstruosidad. Seguro que DiDi pondría el grito en el cielo.

Se sentó entre los dos hombres durante la cena, y luego se separó de ellos discretamente para comenzar a moverse a su aire por el salón. Su parte preferida de la velada.

Se había corrido la voz sobre el desastroso suceso de Millmoor y sus Iguales estaban interesados en saber más al respecto. Ella se mostraba evasiva; lo contaría todo en un breve discurso que daría al día siguiente, como secretaria del Consejo de Justicia. Pero dejaba caer algún que otro detalle, a modo de semillita para que fuera regada por las habladurías y las conjeturas. Acompañaba la información con una dosis de pesar, de exasperación… incluso de duda. ¿En qué estaría pensando el Canciller con su irresponsable Propuesta, que tanto se prestaba a malas interpretaciones? Y oía los murmullos de acuerdo antes de seguir su camino.

¿Qué fruto acabarían dando aquellas semillas?

A medida que avanzaba la noche, el gentío comenzó a disminuir. Sin embargo, el volumen de ruido no bajó proporcionalmente, ya que los invitados que quedaban allí estaban ya bastante borrachos. Un terreno más pedregoso para sus semillas. Había llegado el momento de retirarse y repasar su discurso por última vez. Pero antes quizá le sentara bien un poco de aire fresco, para despejarse un poco.

Mientras se abría paso sorteando grupos de Iguales que coqueteaban entre risas y algún que otro Observador del Parlamento, se fijó en todos aquellos que estaban especialmente juntos. Puede que aquellas horas de la noche no fueran ideales para intercambiar información, pero aun así podían aprovecharse para recopilar datos de interés. Bouda se dirigía hacia la enorme puerta con los cantos en bronce de Grendelsham. Estaba lo bastante cerca como para ver la playa bajo el brillo de la luna cuando tiraron de ella hacia atrás con tanta fuerza que se le cortó la respiración.

Bouda se dio la vuelta furiosa, preparada para arremeter contra Gavar, puesto que había visto una mata pelirroja mientras giraba sobre sus talones, y de repente se encontró cara a cara con su futuro suegro. El hombre le apretó el brazo mientras la atraía hacia sí. Al desequilibrarse sobre los tacones altos, Bouda tropezó y cayó sobre el pecho de Whittam, que la rodeó con el otro brazo. El vaso de cristal tallado que él sostenía en la mano se le clavó en la parte baja de la espalda que llevaba al descubierto.

Bouda percibió el olor del whisky que había estado bebiendo. Tenía la cara de su suegro tan cerca que cuando él habló fue como si le insuflara las palabras directamente en la boca, como un dios dando vida a una figura de arcilla.

—Estás dando un espectáculo con este vestido.

Para dar énfasis a su comentario, Whittam le pasó el vaso por la espalda desnuda. Se detuvo al llegar a la nuca y le rozó el cuello con el pulgar. Bouda echó la cabeza hacia atrás para evitar el roce, pero solo sirvió para que se sintiera más expuesta. Oyó un rumor en los oídos que podría haber sido el bombeo de su propia sangre, o el mar más allá de las puertas de la mansión. Pero se hallaban rodeados de gente. No podía montar un número.

—No es apropiado para un miembro de mi familia —sentenció Whittam, haciéndole cosquillas en la clavícula con su aliento mientras le clavaba un poco más el pulgar.

El vestido plateado y resbaladizo era peligrosamente fino. Bouda notó cada forma del cuerpo de su suegro en contacto con el suyo.

Cuando la invadió una ola de frío, se preguntó si se habría desmayado, o si Whittam habría cometido el mayor de los atropellos, haciendo valer la Destreza sobre ella para detener su lucha. Pero al abrir los ojos —¿cuándo los había cerrado?—, vio que la gran puerta de cristal se había abierto. Frente a ella había una silueta oscura, envuelta en la oscuridad de la noche, en la que resaltaba un diminuto punto de luz candente. Un cigarrillo, advirtió mientras el humo flotaba hacia ella. Whittam bajó las manos y Bouda dio un pasito atrás.

—¿Va todo bien?

Era una voz de hombre. Cortés. Desconocida.

—Solo estaba charlando con mi nuera —respondió Whittam con soltura.

Acto seguido, se llevó el vaso a los labios para tomar otro trago de whisky. Parte de la bebida se había derramado por la espalda de Bouda, que la notaba pegajosa y medio seca ya en la piel.

—Por supuesto, lord Jardine. Espero no interrumpir. Lo digo porque he visto a la señorita Matravers tropezar y he pensado que quizá le sentaría bien tomar el aire. Aunque cuando hablo de «aire» —puntualizó quien hablaba, haciendo una pausa pensativo—, me refiero naturalmente al «vendaval que aúlla en lo alto del acantilado». Su efecto es de lo más vigorizante. ¿Señorita Matravers?

El desconocido empujó la puerta para abrirla por completo, y se quedó en la entrada como invitándola a salir, interponiéndose así entre Bouda y su suegro.

El viento que soplaba fuera entró en la casa y la gente comenzó a mirar hacia ellos mientras se alzaban voces pidiendo de mal talante que cerraran la puerta. Así pues, Bouda hizo lo más sencillo en aquel momento: levantarse el dobladillo del vestido y traspasar el umbral. Se percató de que Whittam se alejó a su espalda para mezclarse de nuevo entre los suyos.

¿Qué acababa de ocurrir?

Su salvador —que tampoco era tal, pues ella podía cuidar de sí misma perfectamente— dejó que la puerta se cerrara. Aunque no se hallaban en medio de un vendaval, el viento era fuerte y Bouda entrecerró los ojos. Hacía un frío terrible, y si bien eso no era una molestia para los Iguales, Bouda no sabía si su inesperado acompañante sería uno de su misma especie, o un ordinario. No había logrado reconocerlo en la entrada.

Cuando se le acostumbró la vista a la oscuridad, lo observó con detenimiento. No había duda de que no era un Igual, pero tampoco un OP.

Entonces cayó en la cuenta y frunció los labios. Qué ignominia.

—Usted es Jon Faiers —dijo—. El hijo de la Portavoz Dawson.

—No le echaré en cara sus lazos familiares —respondió él, señalando en un gesto despreocupado con el cigarrillo hacia el lugar por donde había desaparecido Whittam Jardine—, si usted no me echa en cara los míos. En fin, llevo siglos esperando aquí fuera.

—¿Esperando?

A Bouda le sorprendió tanto su impertinencia que le costó pronunciar aquella sola palabra.

—Cuando viene aquí para el Segundo Debate, siempre sale antes de acostarse, haga el tiempo que haga. Le gusta este lugar, ¿verdad?

Faiers abarcó con un ademán la mansión resplandeciente en toda su amplitud y al volverse hacia la luz Bouda le vio la cara. Tenía el pelo castaño y muy corto, y los ojos azules. Había visto Grendelsham bañado por aquel mismo azul en un día de verano sin una sola nube, hacía años.

—No la culpo —continuó Faiers, ajeno a la mirada escrutadora de Bouda—. Es increíble. Hermoso. Ni nuestros mejores ingenieros civiles podrían levantar semejante construcción hoy en día, y los de su especie lo hicieron con la Destreza hace siglos.

¿Acaso intentaba congraciarse con ella? Aun así, había un extraño tono de sinceridad en su voz.

Sin embargo, ¿qué tenía que ver eso con ella?

—Está en lo cierto, señor Faiers. Pero no creo que este sea el lugar ni el momento indicados para una conversación sobre monumentos arquitectónicos.

—Oh. —Faiers se volvió, y su rostro quedó de nuevo oculto por la oscuridad. El cigarrillo brilló con una última calada antes de que lo tirara al suelo y lo aplastara con el talón—. No hablaba de monumentos arquitectónicos.

Hizo una pausa, durante la cual dio la sensación de que contemplaba las vistas. La luna estaba llena y alta, y su resplandor plateado se reflejaba en el mar revuelto. ¿Le daría pie aquella imagen a decir una torpe galantería sobre su vestido?

—Muchos de mis congéneres, mi madre, por ejemplo, piensan

únicamente en lo que los Iguales nos quitan. Nuestra mano de obra, nuestra libertad, una década de nuestras vidas. Pero entre los nuestros los hay que somos conscientes de lo que nos dan ustedes: estabilidad, prosperidad. Una magnificencia que otros países envidian. Un recordatorio de que en el mundo hay más de lo que puede verse.

¿Acaso sería una especie de obseso de la Destreza? Bouda sabía de la existencia de gente así, ordinarios que tenían fijación con la Destreza y con lo que esta podía hacer. Muy de vez en cuando, alguno especialmente chiflado intentaba cometer el asesinato ritual de un Igual para robarle la Destreza, lo cual era imposible, naturalmente. Si no los mataba aquel que habían elegido como víctima, eran Condenados. Y entonces podían pasarse el resto de su vida disfrutando en sus carnes de las demostraciones de lo que era capaz de hacer la Destreza, a manos de lord Crovan.

Faiers no parecía un loco, pero eso nunca se podía decir.

—Hace fresco aquí fuera —dijo Bouda de manera cortante—. Así que si tiene algo que decir…

Bouda confió en parecer represiva, pero Faiers se limitó a sonreír.

—Me he enterado de lo de Millmoor —dijo—. Y creo que no tardará en tener noticias de incidentes similares en otros lugares. En Riverhead, o Auld Reekie. Y quizá la que siga el ejemplo después no sea ni una ciudad de esclavos, sino una normal.

»Y puede que ese día, si no antes, recuerde que entre los ordinarios hay unos pocos a los que también nos gusta este mundo tal y como es. Que nos beneficiamos de él y no deseamos ver que las cosas cambian.

La mirada de Faiers se posó por un instante en el interior iluminado de Grendelsham, como si buscara un destello de unos cabellos pelirrojos entre los pocos invitados que quedaban en pie. Torció el gesto.

—Sus aliados no son siempre los que cree que son, señorita Matravers. Ni sus enemigos tampoco.

Dicho esto, el hijo de la Portavoz se despidió con una gran reverencia y dio media vuelta para adentrarse en la noche ventosa.

CATORCE

LUKE

El Club Social y de Juego de Millmoor planeaba dar la mayor fiesta de Año Nuevo que se hubiera vivido en la ciudad de esclavos.

Sería un motín.

La Navidad había sido menos insoportable de lo que Luke temía. Incluso los esclavos tuvieron el día libre, y Ryan le había hecho de guía en los exiguos festejos del bloque dormitorio: permanencia en la cama hasta tarde, comida a base de pollo asado y verduras pasadas y emisión del mensaje de Navidad del Canciller en la sala de ocio principal. A continuación, pusieron películas y programas especiales de televisión. A medida que transcurría el día, aparecieron botellas de matarratas destilado ilegalmente que fueron pasando de mano en mano. Luke se sumó a un partido de fútbol desenfadado aunque peligroso en algún que otro momento que se jugó en la calle contra el bloque vecino.

Evidentemente no hubo regalos. Ni siquiera una carta de su familia en Kyneston, ya que si bien en su caso se habían cumplido los tres meses sin contacto con el exterior, las comunicaciones en Millmoor se hallaban bloqueadas desde la maniobra de la pintada del «SÍ». Sin embargo, la liberación de Oz era el único regalo de Navidad que Luke había deseado.

La semana siguiente le había deparado otro regalo tardío: ver a Jackson, ileso.

—Pensábamos que te habían dado —dijo Jessica—. Oímos gritar a alguien y, claro, supusimos que serías tú, ya que no ibas armado.

Jackson puso cara de disculpa.

—Intentaba alejarlo de vosotros. Siento que os preocuparais.

—Y la explosión —intervino Luke—. Con todas esas llamas. ¿Qué fue eso?

—Eso fue la Destreza, Luke. Y solo una pequeña demostración de lo que pueden hacer los Iguales.

—Pues lo que no pueden hacer es mantener los dos ojos bien abiertos —se mofó Renie—. Ese pelirrojo grandullón se cruzó con vosotros en el trullo y ni os vio.

—No esperaba vernos saliendo de allí con Oz —respondió Jackson—. Por eso no nos vio. Así funciona la gente, Iguales incluidos. Ven lo que quieren ver. No hay que tomarse a la ligera a Gavar Jardine, os lo aseguro. Ni a él ni a ningún Igual.

—Ese «Jardine» se llama como los de la casa en la que está mi familia como esclavos, ¿no? —comentó Luke—. Es uno de ellos. Mi hermana hizo que nos aprendiésemos todos sus nombres.

—Así es. Y el plan sigue siendo que te trasladen a su propiedad para que te reúnas con tu familia lo antes posible. No deberías estar aquí tú solo, Luke.

Pero Luke no estaba solo, ¿verdad? Tenía al club.

Tenía amigos. Y un objetivo.

Pero también tenía familia. Hermanas.

¿Cómo debía ser para Daisy y Abi ver a Gavar Jardine cada día? Si aquel hombre podía hacer volar una cárcel únicamente con la fuerza de su mente —su Destreza—, a saber lo que podría hacerle a un esclavo que lo contrariara.

No, el lugar de Luke estaba junto a su familia. Pero era extraño cómo la necesidad devoradora de reunirse con ellos se había vuelto menos imperiosa con el paso del tiempo.

—¿Qué te parece, Luke? —La voz de Jackson lo devolvió al presente—. ¿Montamos una fiesta de Año Nuevo muy especial para la Supervisora y sus amigos?

En realidad, de «fiesta» tendría bien poco.

Resultaba sorprendente, pensó Luke mientras miraba a los demás sentados alrededor de la mesa, cómo había logrado reunir el doctor a un grupo de personas con todos los talentos que el club necesitaba. Tras conocer mejor a sus integrantes, se había dado cuenta de que detrás de su apariencia externa cotidiana subyacían unas capacidades impresionantes. Las hermanas rezagadas, por ejemplo. Ambas habían sido agentes de policía, pero tardó un tiempo en enterarse de a qué se habían dedicado exactamente.

—Ciberdelincuencia —le había dicho un día Hilda, apiadándose de Luke en sus intentos por adivinarlo.

—Cogíamos a pervertidos, traficantes de drogas por internet... ese tipo de gente tan agradable —había añadido su hermana, entrando en detalles—. Así que sabemos dónde encontrar material y cómo esconderlo en cualquier sistema.

—Además tenemos unos cuantos chistes buenísimos que a tu madre no le gustarían —había concluido Hilda.

Lo mismo ocurría con los demás. Jess había sido profesora de gimnasia, y con lo que ganaba se pagaba una carrera como *freerunner* semiprofesional. Había iniciado su decenio de esclavitud cuando llevaba tiempo sumida en una depresión tras darse cuenta de que ya no tenía nivel para competir. «Fue la peor decisión que mi ego y yo tomamos en toda nuestra vida», le había contado Jess con arrepentimiento.

Asif era un profesor de informática recién titulado al que la docencia le había echado para atrás. («Les tengo pánico a los críos. Imagínate una clase llena de treinta Renies». Luke lo entendía.) Se había sentido fascinado por los protocolos de restricción de internet en las ciudades de esclavos. Tras pasar un par de años experimentando con la manera de piratearlos desde fuera, había decidido asumir el reto aún mayor de intentar hacer lo propio desde dentro.

—¿Te hiciste esclavo para ponerte un reto? —le preguntó Luke incrédulo.

—Pues sí. Lo admito —Asif se encogió de hombros—. Reconozco que la tecnología me puede.

¿Y qué aportaba Luke al equipo? No lo tenía claro. Había echado una mano arreglando la furgoneta empleada para la fuga, pero era difícil prever que necesitarían sus conocimientos en ese sentido. Asimismo, estaba dispuesto a correr riesgos para hacer lo correcto. Eso le salía de manera natural, aunque Luke llevaba ya lo suficiente en Millmoor como para ver que esa no era la elección generalizada.

Eso lo situaba en una minoría. Pero sin duda había una sola cosa que lo hacía único, y era el hecho de que su familia se hallaba en Kyneston.

Un lugar al que, a pesar de todas sus acciones en Millmoor, Jackson insistía en que tenía que ir.

¿Tendría el doctor una razón para ello?

Al no ocurrírsele ninguna respuesta de inmediato, Luke dejó pasar aquel pensamiento y se centró en la planificación de la fiesta.

Hablaron y debatieron durante horas, hasta que tuvieron algo parecido a un plan propiamente dicho para provocar un día de caos en Millmoor. Renie mascó tanto chicle que fue un milagro que los dientes no se le desgastaran hasta las encías. A Jessica se le veía de nuevo con vida por primera vez desde la detención de Oz. Hilda y Tilda seguro que se habían tomado una bañera de té, y Asif no paraba de moverse en su asiento con pinta de estar totalmente concentrado en nada en absoluto.

—No sé si deberíamos buscar la participación de gente de otras ciudades de esclavos —dijo Luke finalmente—. Como Riverhead, quizá.

Renie se dio cuenta enseguida de que aquello no era más que una excusa para volver a ver a Angel, y rio sin piedad. Incluso Jess esbozó una sonrisa.

—¿Qué? —protestó Luke, ruborizándose—. Solo es una idea. Puede que tengan a gente… increíble, eso es todo.

Jackson se dio cuenta de que Luke se moría de vergüenza.

—Riverhead tiene sus propias prioridades —sentenció con una amplia sonrisa.

—Vale, vale.

Luke sabía reconocer la derrota.

El doctor puso fin a la reunión. Ahora lo único que tenía que hacer el club era materializar sus planes.

Y a Luke se le había ocurrido de algún modo el plan más ambicioso de todos: una huelga de un día que paralizaría la Zona D.

Era a todas luces el más apabullante de todos los grandes logros de su vida hasta entonces, a saber: ser fichado para el equipo de fútbol sénior, dirigir un proyecto escolar para el festival comunitario y hacer *varial kickflips* sobre su monopatín. No podía ir por ahí sin más pidiendo a la gente que se uniera a un parón. Seguridad lo pescaría en un abrir y cerrar de ojos. Y aunque no lo hicieran, ¿quién secundaría un plan tan arriesgado, liderado por un chaval de diecisiete años? Sin embargo, Luke tenía una idea de por dónde empezar.

A aquellas alturas ya conocía a sus compañeros de la Zona D. Se había fijado en aquellos que hablaban más alto estando en la cola de la cantina, aquellos que siempre tenían un corrillo a su alrededor, en el que había cabida para las bromas y la camaradería a pesar de un horario concebido para hacerlo imposible.

Uno de ellos era un tipo llamado Declan, que había conocido al tío Jimmy de Si. Era una conexión lejana, pero serviría para que Luke encontrara la manera de profundizar en la red de confianza y amistad que existía entre sus compañeros. De un hombre a otro podría hacerse correr la voz de una insurrección.

Por primera vez agradecía el estruendo de la Zona D, pues de lo contrario seguro que Declan oiría el palpitar de su corazón, más fuerte que el ruido de cualquier máquina. Luke le tiró de la manga cuando pasaban cerca del almacén y lo apartó a un lado.

—¿Qué piensas de ese parón del que no dejo de oír hablar? —le preguntó Luke—. Suena genial, pero da miedo. ¿Tú estás metido en el ajo?

Declan se quedó perplejo, porque naturalmente no había ningún parón, no todavía, ni se había hablado de ello… aunque eso no tardaría en ocurrir. Así que Luke le explicó su plan a grandes rasgos como si fuera algo que le habían contado a él, y Declan lo escuchó con interés.

—En la sala de desmoldeo no hemos oído nada al respecto —respondió el hombre—. Será un exaltado de componentes que la quiere liar. Pero la idea suena bien. Hay que darle una lección a la Supervizorra por privarnos de toda comunicación con nuestras familias justo en Navidad. Por no hablar de esas patrullas que rondan por todas partes últimamente. ¿El tercer viernes, dices? Déjame consultarlo con los demás.

Y cuando Luke volvió a ver a Declan, este le informó de que, si bien ninguno de sus compañeros había oído hablar tampoco del parón, estarían todos dispuestísimos a apoyarlo.

—No van a castigarnos a todos —comentó Declan, agarrando el hombro de Luke de un modo tranquilizador—. Así que mantente firme y ven con nosotros, chaval.

—¿Sabes qué? —dijo Luke con una amplia sonrisa—. Creo que lo haré.

Llegó el uno de enero y no hubo ninguna fiesta. No tardaría en celebrarse, aunque no como la Supervisora y los Iguales esperaban.

Luke tuvo unas cuantas conversaciones más. Al poco tiempo la respuesta de aquellos con los que hablaba comenzó a cambiar. Según le contaron, ellos también habían oído hablar del parón. Eran montones los que ya se habían enterado. Y estaban todos listos.

El tiempo era igual de gris de un día para otro, pero a mediados de mes la atmósfera en la Zona D y en toda Millmoor había cambiado de un modo intangible pero significativo. Y entonces llegó la semana de la fiesta del club.

El lunes por la mañana Williams masculló algo inaudible en medio del ruido de la maquinaria que estaban manejando Luke y él en su lugar de trabajo.

—¿Cómo dices?

—¿Que si te has enterado? —repitió Williams, con cara de querer morderse la lengua.

—¿De qué?

Luke apartó la vista y siguió con la mirada el lento avance de la enorme pieza de metal que en aquel momento pendía sobre sus cabezas. Quizá si nadie lo observaba, Williams podía engañarse pensando que tampoco estaba hablando con nadie. La realidad no existe hasta que no la miramos, como se suele decir.

—De lo de no aparecer por aquí. El viernes. ¿Te apuntas?

—Sí. ¿Y tú?

Se produjo una larga pausa. Juntos desbloquearon los cierres de seguridad y soltaron la pieza enorme en la base. Luke se lamió el sudor que le caía por el labio superior y notó un sabor metálico.

—Sí.

El hombre parecía aterrorizado, pero Luke no pudo contener su júbilo. Ahora que hasta un tipo tímido y reacio a los problemas como Williams sabía lo de la huelga, seguro que se habría corrido la voz por toda la Zona D.

Y todo había sido idea de Luke.

Pensar en ello hizo que le diera vueltas la cabeza. Era casi como la Destreza... hacer aparecer algo partiendo de la nada.

—No hay magia más poderosa que la voluntad humana —había dicho Jackson en la tercera y última reunión del club.

Luke comenzaba a creer que era cierto.

Mientras Williams y él se movían en un ambiente de trabajo donde fluía la cooperación, Luke se preguntó cómo les iría a los demás con sus respectivos planes.

Más que nada, se trataba de cuestiones relacionadas con el día de marras. Lo repasarían todo en aquel último encuentro. Hilda y Tilda se encargarían de reiniciar el inventario electrónico de precios en todos los comercios de Millmoor, de modo que no se dedujera ningún crédito en la cuenta de nadie por las compras realizadas. Con suerte el día en cuestión se correría la voz rápidamente y las tiendas se verían asediadas. Renie tenía el cometido de sabotear el parque de vehículos de Seguridad —un «trabajito de pincharruedas», lo había llamado ella—, mientras que Asif se lo pasaría en grande con el odiado sistema de megafonía.

—Lo sintonizaré con Radio Libertad Para Todos —anunció, refiriéndose a un canal on-line que, según se creía, emitía desde una barcaza de los Países Bajos—. Nada como un poco de pop chino para tu propuesta de insurrección.

Luke gruñó.

—Prométeme que desenchufarás si comienza a sonar «Happy Panda».

Por un instante su memoria lo transportó de golpe al verano anterior, cuando Daisy y sus amigas brincaban por el jardín cantando en un chino espantoso. Era casi el último recuerdo que Luke tenía de su vida antes de Millmoor. Solo había pasado medio año desde entonces, pero le parecía algo tan lejano como la historia de los Iguales que había estado empollando aquel día.

Si algo salía mal en la fiesta del club, ¿volvería a ver alguna vez a su familia?

Pero no, si pensaba así, nunca haría nada. Jamás cambiaría la situación de todas las demás Daisys que no tenían a una Abi lo bastante ingeniosa como para sacarlas de Millmoor.

Vuelve a los planes, Luke.

Renie había mostrado a Jess cómo alterar los ajustes de potencia de las pistolas eléctricas de Seguridad para luego poder colarse en el almacén donde guardaban sus equipos y modificarlos. El doctor tenía varias pancartas preparadas para colocarlas en edificios emblemáticos de toda la ciudad. Pero el acto más destacado sería una concentración masiva ante el mADMIcomio.

Seguridad estaría distraída con cuestiones de menor grado: el restablecimiento del orden en los comercios, la retirada de pancartas y quizá una redada para reunir a los trabajadores de la Zona D y obligarlos a regresar a sus puestos. Así que cabía esperar que no se dieran cuenta de lo que ocurría en el mADMIcomio hasta que no se hubiera congregado una muchedumbre. Lo que sucediera a continuación dependería de la propia multitud.

—¿No vas a dar un discurso ni nada? —había preguntado Renie.

—Yo no —le había contestado él, para sorpresa de todos—. Esto tiene que ser algo que la gente quiera por su propia voluntad, no algo que nosotros podamos hacer que suceda.

—Pero ¿no es eso lo que llevamos haciendo estas últimas semanas? —inquirió Tilda—. ¿Hacer que suceda?

—En realidad, no. —Jackson se rascó la barba—. Estamos dando permiso a la gente, por así decirlo. Reduciendo el riesgo para todos y cada uno de los individuos al crear una masa en la que puedan perderse. Si sucede algo más, será porque los habitantes de Millmoor así lo desean.

Los habitantes de Millmoor.

Luke era ahora uno de ellos.

Y algo extraño y espantoso había ocurrido en las semanas transcurridas desde el día en que comenzó a fraguarse aquel plan y el momento actual: Luke había empezado a pensar que debía quedarse en la ciudad de esclavos.

La idea le había asaltado por primera vez, ya plenamente formada en su mente, mientras mantenía una de aquellas conversaciones fortuitas con un compañero de trabajo de las que surgiría el parón. Después de lo que acababa de hacer en Millmoor, ¿podría volver a ser simplemente el hijo de sus padres y el hermano menor de Abi? ¿Un mero sirviente en una gran propiedad que se pasara el día diciendo «Sí, señor» y «No, señor»?

Una vez que aquella idea hizo acto de presencia, mostró una extraña resistencia a desaparecer de su cabeza.

Le rondaba cada día mientras trabajaba junto a Williams.

No tenía más suerte para librarse de ella en la intimidad inexistente de su habitación compartida por la noche. Había recurrido al truco de niño de taparse la cabeza con la manta. Intentaba engañarse pensando que si no veía a sus compañeros de cuarto, ellos tampoco lo verían a él, tumbado en la cama sin poder dormir.

En medio de la oscuridad todo intento de aplicar la lógica le recalentaba el cerebro hasta que le entraban ganas de romper la manta de pura frustración. Su familia en el sur, y sus amigos allí. El esplendor de Kyneston, y la miseria de Millmoor. Esclavitud en un sitio y en otro. Pero desde donde él estaba existía una posibilidad de hacer algo, de cambiar algo.

Quizá incluso de cambiarlo todo.

No, eso era absurdo. Él no era más que un adolescente. Bastante hacía ya si se cambiaba de ropa interior todos los días. Su familia deseaba verlo a su lado en Kyneston. Hasta Jackson quería que fuera allí.

Pero si el doctor cambiaba de idea y le pedía que se quedara... ¿lo haría?

Luke amaneció el jueves sin haber descansado y llegó a su turno a trompicones sin lograr despejarse. La ansiedad y la excitación por los acontecimientos del día siguiente se alojaron en su estómago, y le produjeron náuseas. Ya de vuelta en el bloque dormitorio, fue a la cocina para improvisar su especialidad del día: tostada con espaguetis. Pero no tenía apetito y se quedó allí quieto, mirando los fogones oxidados.

—¿Estás bien? He pensado que te encontraría aquí.

Luke se volvió. Era Ryan.

A veces coincidían los dos en la sala de ocio un sábado por la noche, o en la sala de desayunos, y charlaban un rato. En realidad, no tenían mucho en común, sobre todo ahora que Ryan se había decidido por la vía militar y se había alistado como combatiente. Su conversación giraba en torno a las sesiones de instrucción y a sus compañeros cadetes. Pero era agradable tener a alguien con quien bromear sobre el improbable halo de nostalgia que rodeaba Henshall, el horrible colegio del que ambos habían sido alumnos.

Luke no había visto a Ryan desde Navidad. Ya le iba bien que apareciera justo en aquel momento. Así se distraería un poco de todas sus cavilaciones.

Ryan retiró una silla de una de las mesas de la cocina y se puso cómodo. Parecía que le tocaría a Luke hacer el papel de anfitrión, así que llenó el hervidor de agua, lo encendió y sacó otra bolsita de té del tarro polvoriento.

—Es un poco como estar en la uni, ¿no? —comentó Ryan, señalando con un gesto vago las dos tazas que Luke había colocado en la encimera—. Mi primo estaba estudiando en Staffordshire y una vez fui a visitarlo y me quedé allí con él. Vivía en una residencia universitaria y tenían cocinas como esta.

Luke se quedó mirando a Ryan. ¿La esclavitud le parecía la uni? ¿Porque tenían cocinas compartidas? ¿Estaba mal de la cabeza?

¿O era eso a lo que se refería Jackson al decir que era la gente de Millmoor la que tenía que querer levantarse? Ryan estaba apoyado contra la pared, mirando al techo. Se le veía tan dispuesto a levantarse como a Daisy cuando tenía que ir al cole.

Luke sirvió el té y llevó las dos tazas a la mesa. Lo que daría en aquel momento por una galleta.

Ryan parecía un poco tenso, y Luke se preguntó qué le rondaría por la cabeza. ¿Habría conocido a una chica? Un cadete bien plantado como él. Qué potra la suya. Luke se planteó hablarle de Angel, pero sabía que tendría que cubrir la historia con tantas verdades a medias que no valdría la pena el esfuerzo. Y le aterraría tanto la idea de irse de la lengua que solo le serviría para sentir más estrés que alivio.

Deseó poder hablar con alguien de todo lo que ocurría allí, alguien que no tuviera nada que ver con ello.

Pero Ryan comenzó entonces a darle a la sinhueso y Luke descubrió que estaba bien escuchar sin más, y perderse en los detalles prosaicos de la existencia de otro. La mitad de su cerebro seguía el relato de Ryan sobre su nueva rutina de ejercicios y algo llamado Instrucción Básica, mientras la otra se sumía en un sopor de lujo. Puede que aquella noche lograra por fin conciliar el sueño.

Y, de repente, sintió que la adrenalina le recorría el cuerpo como si se la hubieran inyectado en vena entre los omóplatos al igual que hizo el doctor con Oz la noche que lo ayudaron a escapar.

—¿Qué has dicho? —preguntó a Ryan, entrecerrando los ojos ante la luz fluorescente, que lejos de iluminar más el espacio, solo servía para teñirlo de un amarillo horrible.

—¿Que mañana es un gran día?

¿Y qué narices significaba eso? A Luke se le cerró la garganta, pero levantó la taza de té para ganar tiempo, apoyando el codo en la mesa por si le temblaba la mano.

—¿Un gran día? —repitió, intentando sonreír—. Ni que esto fuera la Academia Henshall, Ryan. Mañana solo es viernes, y eso no tiene nada de grande. Para mí la semana no acaba hasta el sábado por la noche.

—Ya, claro —dijo Ryan, que recorrió la encimera rápidamente con la mirada, cautivado al parecer por los escasos aparatos y utensilios que había allí, hasta posarla en una pila de cacerolas especialmente fascinantes—. Es que he oído que…

Luke dejó la taza en la mesa. Estaba perdiendo la batalla para evitar que le temblara la mano, y temía acabar derramando el té en cualquier momento.

Ryan vaciló.

—No es fácil estar aquí, ¿eh? Estarás cabreado por que destinaran a tu familia a otra parte y a ti te trajeran aquí.

Luke se quedó parado. No podía creerlo. Ryan le estaba echando el anzuelo para intentar pescarlo. No le cabía duda.

¿Qué sabrían ellos, fueran quienes fueran? ¿Tenían controlado a Luke en concreto? Eso no sería nada bueno, ya que significaría que habían encontrado un nexo con el club. ¿O simplemente se habían olido que se cocía algo en la Zona D? ¿Y acaso Ryan, como buen cadete que era, se había ofrecido voluntario para sonsacar algo a su amigo que trabajaba allí?

Su amigo. Ya había dejado de serlo. Menudo cabrón.

—Espero que mi familia consiga que me trasladen pronto a Kyneston —respondió Luke. Era preferible que Ryan pensara que él quería marcharse de allí, y que por tanto acataría la disciplina como un buen chico—. Tacho los días que faltan para ese momento. ¿Quién me iba a decir que echaría de menos a mis hermanas?

Ryan resopló con un amago de sonrisa y se volvió hacia Luke. Tenía muy mala cara.

—¿Así que no has oído nada fuera de lo normal en el trabajo últimamente? —inquirió—. ¿Nada extraño?

Ryan había abandonado a todas luces la táctica más sutil. A Luke le sudaban las manos. Una negación rotunda resultaría sospechosa. Mejor disfrazar una gran mentira con una pequeña verdad.

—Mira, yo no sé cómo será el trabajo donde tú estás, en mantenimiento, pero en la Zona D es rollo duro. La única manera de soportarlo es quejarse. Me paso el día oyendo barbaridades. Tíos que hablan de destrozar maquinaria, de no ir a currar o de darles una paliza a los guardias. Así es como se desahogan.

Ryan frunció el ceño.

—¿Y no denuncias nada de eso?

—Solo son palabras, Ryan. Es como si denunciara a alguien por ir al váter o meterse el dedo en la nariz. Ya sabes cómo es esto, lúgubre y aburrido. Tú te librarás por ser combatiente. Has hecho bien. Yo también lo haría, si tuviera que quedarme aquí.

Ryan bajó la vista y la fijó en la mesa. Había tomado menos té que Luke. Quizá ni siquiera lo hubiera tocado. De repente, corrió la silla hacia atrás, más animado que en todo el rato que llevaba allí.

—Será mejor que me vaya a la cama. Ha sido una larga semana y aún no ha terminado. Gracias por el té.

Dio una palmada a Luke en la espalda al pasar junto a él.

Que te den. Traidor.

Luke oyó como los pasos de Ryan recorrían el pasillo en dirección a las escaleras. Entre el eco del hueco de la escalera y las voces y el ruido de fondo de los otros hombres que andaban por allí, era difícil saberlo con certeza, pero le pareció que Ryan se dirigía hacia abajo.

No hacia arriba, en dirección a su habitación en el piso superior, para irse a la cama, sino que bajaba, para salir a la calle... ¿e ir a presentar su denuncia, quizá?

Luke se quedó en la mesa un momento, sin atreverse a ponerse de pie hasta que dejaran de temblarle las piernas.

¿Qué debía hacer? Asif era el miembro del club que tenía más cerca; la mayoría de los hombres solteros de Millmoor se hallaban en los bloques dormitorio del oeste. ¿Habría recibido él también una visita de cortesía de un «amigo» a altas horas de la noche? Pero si alguien lo tenía controlado, ir en busca de Asif sería una idea pésima. Si conocían la existencia del club, les serviría para confirmar la relación entre sus miembros. Si no la conocían, les brindaría una nueva persona de interés.

Lo mismo ocurriría si iba en busca de cualquiera de los otros.

Quizá Renie estuviera merodeando por aquellas calles.

Sabía que no era probable que fuera así. Estaría en la otra punta de la ciudad, pinchando ruedas. Pero tenía tantas ganas de estar acompañado que fregó las dos tazas, las puso en el escurreplatos y luego fue corriendo hasta el final del pasillo para ir a averiguarlo.

Estaba a punto de llegar a las escaleras cuando de repente pensó en Ryan. Se detuvo en seco. ¿Y si su excompañero de colegio no había ido a ninguna parte a dar cuenta de la conversación que habían mantenido? Puede que la persona a la que informaba hubiera ido hasta allí, y estuvieran hablando en la calle en aquel preciso instante.

Además, sin duda ya era demasiado tarde para hacer nada. Los hombres de la Zona D irían a trabajar o no aparecerían. Todo lo demás ocurriría según lo planeado, o no. Luke dio una vuelta a su alrededor contemplando las posibles alternativas, pero no parecía tener ninguna.

Así que se fue a la cama.

Le costó dormirse. Se despertó poco después de las siete de la mañana, zarandeado por uno de sus compañeros de cuarto que trabajaba en los gallineros y que cogía un autobús para ir al trabajo más o menos a la misma hora que Luke.

—Llegarás tarde, hijo.

—No me encuentro bien —masculló Luke con la cara pegada a la almohada—. Paso de ir a trabajar.

—Allá tú.

El hombre se marchó y Luke volvió a taparse con la manta e intentó seguir durmiendo. Por increíble que pareciera, lo logró.

Despertó de golpe por segunda vez al cabo de un rato —al mirar el reloj, vio que eran las nueve—, gracias a un espantoso y atronador acople del sistema de megafonía. Los altavoces estaban instalados en todos los edificios y a lo largo de todas las calles. Mientras Luke se restregaba los ojos, el que había en su bloque dormitorio emitió una sonora pedorreta antes de chisporrotear con las primeras palabras que sonaron a través de él.

Luke reconoció la voz. ¿Habrían avisado a Jessica?

—Hola, gente de Millmoor —dijo Oz con voz resonante—. Os habla Oswald Walcott a través de Radio Libertad Para Todos, desde donde quiero desearos muy buenos días. Hoy va a ser un día increíble. Vamos a comenzar con una petición muy especial para un amigo mío.

Hubo un momento de pausa, como si Oz intentara aclararse con los controles; luego el aire se llenó con los primeros acordes inconfundibles del sintetizador típico del *bubblegum* o *paopaotang*.

Luke hundió la cara en la almohada y gruñó mientras empezaba a sonar el ritmo de acompañamiento que tan bien conocía.

La música llenó la habitación y se extendió hasta el pasillo, donde topó con una estela de cursilería vocal que salía de otros altavoces para colarse por todo el edificio. Incluso resonaba en las calles con una síncopa demencial.

—¡Es «Happy Panda»! —anunció triunfante la voz grave de Oz—. ¡Que empiece la fiesta, peña!

QUINCE

ABI

La velada en el Gran Solar había comenzado, como ocurría muchas noches en Kyneston, con Gavar Jardine lanzando un vaso de whisky a la chimenea. Quizá la acabara él mismo, haciendo saltar por los aires una de las estanterías con puerta de cristal, o una preciada pieza de porcelana de su madre; no sería algo extraño en ningún caso.

Aquella noche Abi no solo había visto a Gavar hacer añicos el vaso, sino que estaba junto a la chimenea cuando lo hizo. Jenner se levantó a medias de la silla y espetó a su hermano que tuviera más cuidado, pero Gavar se limitó a reír con desdén. Sentada enfrente, sola en un sofá de dos plazas, Bouda Matravers apretó los labios como si estuviera viendo a un niño pequeño en plena rabieta en medio de un supermercado.

La probabilidad de felicidad conyugal para aquella pareja era en aquel momento nula, pensó Abi.

La organización de la boda se había sumado hacía tan solo unas horas a las tareas encomendadas a Abi. Jenner y ella tuvieron que acorralar a Gavar y a Bouda para que les dieran más detalles, en vista de que solo faltaban dos meses para la ceremonia. Sucumbiendo al asedio, Bouda había entrado en el Solar después de la cena y, tras tomar asiento, no sin antes alisarse la falda, consultó la hora en su reloj engastado con diamantes y dijo a Jenner que tenía su atención hasta las nueve. Gavar había aparecido poco después arrastrando los pies.

Abi estaba fascinada por verse tan cerca de la heredera de los

Matravers. Había visto fotos de Bouda antes, naturalmente, en las revistas. Incluso le había inspirado admiración. La joven parlamentaria se veía siempre refinada y desenvuelta, con una mirada de inteligencia impasible manifiesta en sus ojos azul claro. Era una mujer que sabía abrirse paso sin complejos en un mundo de hombres. (Abi pasaba más rápido las fotos en las que salía su hermana de rostro afable, a la que los paparazzi siempre pillaban saliendo de locales nocturnos con un perro diminuto y un bolso gigantesco como complementos de su atuendo.)

Bouda Matravers en persona era completamente distinta. La inteligencia estaba ahí, en efecto. Pero más que impasible, mostraba una sangre fría que helaba las venas. No había ni reparado en la presencia de Abi para empezar. Bouda era uno de esos Iguales para los que los ordinarios eran simplemente irrelevantes. Invisibles. Abi se preguntó por un momento qué haría falta para llamar su atención. Pincharle con un lápiz afilado en la pierna, quizá. No pensaba intentarlo.

—No le hagas caso —dijo Bouda a Jenner, evitando deliberadamente mirar a Gavar, que había dejado de caminar de un lado a otro para clavar los ojos en el fuego con aire taciturno—. El Consejo de Justicia ha votado esta tarde que lo envía de nuevo a Millmoor esta misma noche. Tiene un asunto pendiente desde su última visita fallida a ese lugar. Así que está de mal humor y medio beodo ya, por si no te habías dado cuenta.

A Abi se le resbaló el lápiz de los dedos y logró cogerlo con torpeza antes de que se le cayera al suelo.

¿Millmoor? ¿Por qué Millmoor?

Desde su posición a un lado del sillón de Jenner, Abi no podía llamar su atención. Pero él sabía lo preocupada que estaba ella por Luke, sobre todo porque el bloqueo de las comunicaciones les había impedido tener noticias de su hermano desde el día que lo habían separado de su familia. Así que le dieron ganas de abrazar a Jenner cuando este preguntó, con delicadeza, qué ocurría en aquella ciudad de esclavos.

—No ocurre nada —contestó Gavar, rebuscando en el arcón de bebidas en forma de tambor—. Rumores. Un prisionero se escapó justo antes de Navidad y ahora nos ha llegado nueva información, así que a padre y a Bouda se les ha metido en la cabeza que mañana han organizado algo. A Zelston le han faltado agallas para autorizar el uso de la fuerza letal, así que se ha optado por enviar a un servidor a —y al decir aquello Gavar se volvió, sujetando con más fuerza de la cuenta una botella verde rectangular, e imitó la voz resonante del Canciller— «tomar la decisión sobre el terreno».

Destapó el licor y echó un trago, bebiendo directamente de la botella.

—¿Fuerza letal? —inquirió Jenner en un tono que, pese a sonar cortante, no llegó a plasmar ni de lejos el miedo de Abi.

Por favor, que Luke esté a salvo. Por favor.

—El único que ha dicho algo sensato ha sido Rix —masculló Gavar. Y, limpiándose el mentón con el dorso de una mano, se dirigió a su futura esposa—. Ha señalado que nadie está asaltando los dominios con palos de escoba o cuchillos de cocina, así que por qué deberíamos intervenir. Y tiene razón. La gente que trabaja en Seguridad en la ciudad de esclavos son todos ordinarios. ¿Por qué habría de preocuparnos que se ataquen entre ellos?

Bouda lanzó las manos al aire con exasperación y luego, casi al instante, las juntó y volvió a ponerlas sobre su regazo. Controlaba cada uno de sus gestos, cada palabra, advirtió Abi. ¿Qué haría falta para que Bouda Matravers perdiera la compostura? No quería ni pensarlo.

—No podemos contarte más —dijo Bouda a Jenner—. De hacerlo, contravendríamos el Sigilo. Pero digamos que esta es una oportunidad que tiene Gavar de brillar, y para variar está haciendo todo lo posible para desaprovecharla.

—Porque el que ha brillado esta tarde ha sido tu padre —replicó Gavar. Y, volviéndose hacia Jenner, añadió—: Resulta que «Papi querido» —dijo, esta vez imitando la voz ronca de Bouda— ha cogido un berrinche porque Armeria Tresco ha corregido algunos malentendidos por parte de mi futura esposa. De repente, ha empezado a aflorar su Destreza y ha partido en dos la mesa del consejo. Un armatoste de caoba que pesará unas cuantas toneladas. No sabía que lord Manteca la tuviera en su interior.

Bouda se puso de pie de un salto. Volvía a tener las manos en alto, las juntó y las retorció ante ella como si una intentara asfixiar a la otra.

—Eso sí que no —gruñó—. Con mi padre no. No te atrevas...

—¿O qué? —le interrumpió Gavar, con una voz cantarina y provocadora.

Abi se percató de que estaba realmente borracho, ebrio como nunca lo había visto.

—O lo lamentarás —sentenció Bouda.

Y Abi lo vio... vio el momento en que, apretando un poco los dedos, Bouda Matravers detuvo las palabras de Gavar Jardine en su garganta. Gavar hizo unas arcadas y se llevó al cuello su enorme mano izquierda. La otra soltó la botella, que cayó con fuerza, desprendiendo un empalagoso olor a anís al derramarse su contenido por el suelo de roble. Gavar buscó apoyo a tientas en la repisa de la chimenea, y tiró al suelo una fotografía con un marco de plata de una joven lady Thalia y tres chiquillos, dos con el cabello castaño rojizo y uno moreno.

—¿Dónde estábamos? —dijo Bouda, alisándose la larga coleta sobre el hombro antes de sentarse de nuevo—. Ah, sí. Ya sé. Rosas de color rosa para mi ramo y los ojales, ¿o marfil? Mejor de color rosa, ¿no crees, cariño? Quedarán ideales con el tono de tu piel.

Gavar Jardine emitió de repente una especie de rugido incipiente. Una mezcla de expulsión de sonido e inhalación succionadora.

—¡Zorra! —gritó.

Y bajo la mirada horrorizada de Abi, Bouda Matravers se vio alzada en volandas sin que nadie la tocara y lanzada por los aires hasta estamparse contra la pared. Se oyó un crujido escalofriante cuando su cabeza chocó con el enorme marco dorado de un sereno paisaje de la Empalizada de Kyneston. Abi vio como se abría un corte profundo en el nacimiento de aquella cabellera rubio platino del cual manaba un reguero de sangre brillante, al tiempo que Bouda se desplomaba en el suelo.

Antes incluso de que a Abi le diera tiempo a gritar, la puerta del Solar se rompió en mil astillas.

Frente a ellos apareció lord Jardine, con el brazo extendido hacia el pomo de la puerta que su Destreza y su ira habían hecho que resultara innecesario. Tenía la cara tan roja como la de Gavar, pero cuando habló, su voz sonó tan controlada como la de Bouda.

—¿Qué ocurre aquí?

Bouda se levantó del suelo. Debería haber perdido el conocimiento, sin duda, o al menos estar aturdida. Pero parecía estar perfectamente. Tenía la cara medio manchada de rojo por la sangre, que le goteaba por el escote del vestido azul cielo, pero ya no había ni rastro del corte en su cuero cabelludo.

Le había desaparecido, advirtió Abi sobresaltada. Así que era cierto. Los Iguales podían curarse por sí solos. ¿Cómo era posible?

—Diferencias de opinión sobre los planes de boda —respondió Bouda con calma—. A Gavar no le han gustado los colores que he elegido.

¿Y los Iguales podrían matar utilizando la Destreza?, se preguntó Abi. Porque en tal caso Gavar Jardine tendría que había sido a aquellas alturas una mancha de ceniza humeante en la moqueta.

—Gavar —dijo su padre—. ¿Qué haces aquí todavía? Deberías estar camino de Millmoor. Vete.

Lord Jardine se apartó a un lado para dejar libre la puerta y le indicó que saliera. Padre e hijo se miraron antes de que Gavar profiriera un gruñido quedo y agachara la cabeza para abandonar la sala, dando puntapiés a las astillas desparramadas por el suelo.

Bouda Matravers observó su marcha con una mirada triunfante, una mirada que no le duró mucho.

—Bouda —dijo su futuro suegro—. No debes provocarlo.

La joven abrió la boca pero lord Jardine le cortó.

—No discutas. Gavar es mi heredero, hasta que yo, y esta familia, tengamos otro mejor. Tu deber es saber manejarlo, no irritarlo. Espero que cumplas mejor con tu cometido. Y ahora ven conmigo.

Lord Jardine le hizo señas a Bouda para que se acercara a él y ella así lo hizo.

No es Gavar con quien se casa Bouda, se percató Abi mientras observaba la escena, sino con su padre. Con su familia. Con su casa. Con el apellido Jardine. Y va a entregarse a un hombre al que desprecia con el fin de conseguirlo todo.

Lord Jardine colocó una mano en la parte baja de la espalda de Bouda y la llevó hacia el pasillo.

—Ah, un momento —dijo la joven, volviendo la vista atrás—. Ya que hablamos de saber manejar las cosas. No quiero que los criados chismorreen sobre lo ocurrido aquí.

Aquellas garras pintadas se movieron como las de un halcón apresando un ratón.

—No —se opuso Jenner, dando un paso al frente—. No es necesario.

Pero la Destreza de Bouda Matravers ya había traspasado el cráneo de Abi. La Igual arremetió contra su interior con la fuerza de un atizador y lo hizo rodar de un lado a otro hasta quemar por completo los recuerdos de lo que acababa de suceder en el Gran Solar, para luego cauterizar el vacío. La cabeza de Abi retrocedió con tal fuerza de la impresión que se mordió la lengua, y el grito que dio borboteó en su boca llena de sangre mientras veía grumos oscuros en los ojos.

Luego todo acabó y se encontró sentada en el sillón con Jenner y lady Thalia mirándola con preocupación. Abi parpadeó, una vez, dos. Le escocían los ojos… ¿habría estado llorando?

Intentó ponerse de pie, pero le temblaban las piernas. Alargó la mano para aferrarse al brazo de Jenner y recobrar el equilibrio, pero él la retiró de su manga suavemente, dedo a dedo, y la puso sobre el tapizado granate del sillón. Pese a la delicadeza empleada, Abi interpretó aquella acción como una muestra inequívoca de repudio, y comenzó a picarle la piel alrededor de los ojos de la vergüenza que sentía. Tenía un dolor de cabeza terrible. El olor a alcohol persistía en el aire.

Recorrió la sala con la mirada; se hallaban en el Gran Solar, pero no vio nada fuera de lugar. La puerta estaba cerrada, y los muebles en su sitio. Los únicos objetos que le llamaron la atención fueron una botella vacía apoyada en la campana de la chimenea y la fotografía enmarcada que sujetaba lady Thalia. El cuaderno de Abi y un lápiz estaban cuidadosamente colocados en el suelo. Aquella imagen no cuadraba con un recuerdo coherente.

¿Qué había pasado? ¿Se habría emborrachado? ¿Había hecho el ridículo? La idea le resultó insoportable. No le permitirían seguir trabajando junto a Jenner. Puede que incluso la enviaran a Millmoor.

Al pensar en la ciudad de esclavos un último espasmo de dolor le sacudió el cerebro y Abi ahogó un grito.

—¿Qué ha ocurrido? —preguntó Abi, mirando a Jenner y a su madre—. No lo recuerdo. Lo siento. Espero no haber hecho nada malo.

Madre e hijo se miraron. Abi sintió que se le encogían las entrañas, tuvo una sensación parecida a las náuseas cuando ya no queda nada que vomitar.

—Por supuesto que no, pequeña —respondió lady Thalia, colocando de nuevo la fotografía entre las figuras de Meissen y otras bagatelas enjoyadas.

Luego puso la mano en el rostro de Abi, que percibió el tacto frío de sus dedos en la mejilla y el aroma leve y floral de su perfume.

—Estabas aquí, tomando notas sobre los planes de boda de mi hijo. Pero se te habrá enganchado el pie en la barra del guardafuegos o en esas tablas viejas y flojas torcidas que tenemos en el suelo, porque te has caído de mala manera y te has golpeado la cabeza. Nos has dado un buen susto. Pero ahora ya estás bien.

—Aún me siento un poco mal —reconoció Abi—. Espero no haberles causado molestias.

Abi miró con inquietud a Jenner, que se veía abatido.

—No te preocupes por eso —dijo lady Thalia con una sonrisa brillante. Y Abi intuyó que bajo la muestra de interés, subyacía la intención de que se retirase—. En cualquier caso, Gavar ha tenido que salir para ocuparse de un asunto parlamentario. Creo que sería mejor que volvieras con tus padres y te acostaras temprano. Jenner te acompañará a casa.

En otras circunstancias, Abi habría estado encantada de contar con la compañía de Jenner en la caminata que tenía hasta las casas donde vivían las familias de esclavos. Pero aquella noche el joven no dijo una sola palabra. Se limitó a andar con la barbilla metida en la bufanda y las manos en los bolsillos mientras se dirigían hacia la Hilera, manteniéndose en todo momento a unos pasos de distancia por delante de ella. Abi tenía la sensación de estar castigada, aunque ignoraba por completo el motivo.

Hacía una noche fría y clara, con más estrellas que oscuridad en el firmamento, y ambos expulsaban columnas de vaho a su paso. Abi se palpó las sienes con cuidado. No lograba entender en qué parte de la cabeza se había golpeado. Puede que lady Thalia la hubiera curado, pensó. No del todo bien. La señora de Kyneston poseía una escasa Destreza, aunque tenía buena mano para reparar las cosas que rompía su hijo mayor cuando montaba en cólera.

Ante aquel pensamiento notó de repente un dolor abrasador dentro de la cabeza, se quedó quieta donde estaba y lanzó un gemido. Eso hizo que Jenner se volviera y, al verla, fue enseguida hacia ella.

—¿Qué te pasa? —le preguntó—. ¿Te duele algo?

Y Abi no pudo evitarlo. Lo tenía allí mismo, junto a ella, todo preocupado. Y fue un gesto de lo más inocente. Hizo ademán de tocarlo de nuevo.

Pero él se apartó. Fue un movimiento pausado, y esta vez no tenía cerca a ningún miembro de su familia con su vista de águila. Abi notó una punzada de desilusión.

Jenner le puso las manos delante, como Abi le había visto hacer con Conker, su caballo castrado, cuando este se asustaba.

—Abigail —le dijo Jenner con voz tranquilizadora. La suposición de que él pudiera calmarla como a un animal provocó un pico de ira en medio de su aflicción—. No sigas por ahí, por favor. Eres una chica encantadora. Formamos un gran equipo de trabajo, pero creo que te estás confundiendo. No es la primera vez que ocurre eso aquí. Lo he visto con otras chicas, aunque no puedo decir que me haya pasado a mí.

Soltó una risa de desprecio hacia sí mismo, y a Abi le entraron ganas de darle un bofetón por tener tan mala opinión de sí mismo, a pesar de estar sintiendo un cosquilleo en todas las teminaciones nerviosas de su cuerpo por el bochorno que estaba pasando. Él era el mejor de todos. El único realmente bueno y amable.

—Tú eres una esclava —prosiguió Jenner—. Y yo un Igual. ¿No preferirías pasar diez años rápidos en la oficina a verte confinada en la cocina o el lavadero, o destinada a Millmoor, porque alguien de mi familia considera tu comportamiento inapropiado?

¿Sería posible morirse de vergüenza? Abi creía que sí. Ella sería el primer caso en la historia de la medicina. Podrían rajarla en canal y estudiarla; ya veía los ganchos metálicos de los patólogos extrayendo primero su cerebro más grande de lo normal y luego su corazón de dimensiones reducidas. Notó el calor de las lágrimas que le caían por la cara y se llevó la mano a la frente, haciendo una mueca como si le volviera el dolor.

Pero no era la cabeza lo que le dolía.

—Lo siento, Abigail —dijo Jenner en voz baja—. Pero tienes que entenderlo, es más fácil así. Creo que desde aquí sabes llegar tú sola, ¿verdad? Ya no queda mucho.

—Sí, sé llegar yo sola —corroboró ella—. Estaré en mi mesa a las ocho y media, como de costumbre.

Abi dio media vuelta con toda la dignidad de la que fue capaz. Aguzó el oído para saber en qué momento se decidiría Jenner a regresar a la casa, y así al menos tener la ilusión de que se quedaría allí para verla marcharse, pero la hierba amortiguó las pisadas.

Ojalá tuviera la gente un interruptor de apagado, pensó mientras caminaba. Un dispositivo que con un solo golpecito bloqueara los pensamientos y sentimientos, permitiendo que la memoria muscular se centrara en los movimientos necesarios para poner un pie delante del otro. El desconcierto que embargaba su corazón excedía a la capacidad resolutiva de su cerebro. ¿Qué problema sacado de un libro de texto sería más difícil que aquello? Ninguno.

Las casas de la Hilera se hallaban aún fuera de su vista, al otro lado de la cuesta empinada que ocultaba las viviendas de los esclavos de la mansión. Abi estaba subiéndola a duras penas cuando algo monstruoso y atronador se precipitó hacia ella desde la cima. Se tiró a un lado justo en el momento en que la moto de Gavar Jardine pasaba junto a ella, deslumbrándola por un instante aterrador con la luz del faro.

El heredero había salido para ocuparse de un asunto parlamentario, había dicho lady Thalia. Y entonces, ¿qué hacía allí? El recelo afloró en la mente de Abi mientras subía corriendo la pendiente.

Desde lo alto vio la larga hilera de casitas encaladas, luminosas casi a la luz de la luna. Y acercándose a ellas vislumbró una figura tan grande e irregular que Abi creyó en un primer momento que estaba confundida, hasta que logró entenderlo.

—Espera —gritó, y su hermana dio media vuelta y se detuvo.

Daisy llevaba puestos todos los abrigos que colgaban del perchero de la entrada: el suyo, el forro polar de su padre encima y el plumón de mamá. Cargaba con un inmenso nido de mantas en el que apenas se distinguía el pequeño cuerpo envuelto de Libby Jardine.

—¿Qué haces aquí fuera? —inquirió Abi—. Hace un frío que pela. ¿Por qué dejas que os saque de casa a las dos?

—No me ha sacado de ningún sitio —repuso su hermana impasible—. Ha sido idea mía. Vuelven a enviarlo a Millmoor y ha venido a despedirse de Libby. Le he dicho que se la llevaría y que esperara al final de la Hilera.

—Pero ¿para qué?

Daisy entrecerró los ojos. Habría resultado cómico, si lo dicho a continuación no hubiera sido tan inquietante.

—Quería hablar con él en privado.

—¿De qué?

—De nada. —Su hermana pequeña sacudió la cabeza de un lado a otro—. Puede que no ocurra. Si no es así, ya te enterarás.

Daisy se negó a decir nada más. Se inclinó sobre las mantas para enredar con ellas sin necesidad.

—Ya sabes cómo es Gavar —espetó Abi, cuya frustración encontró por fin una válvula de escape—. Y ya sabes lo que nos contó Silyen sobre la madre de Libby. No es alguien con quien deberías tener conversaciones secretas. No te comportes como una niña pequeña; no estamos en un patio de recreo.

Daisy la fulminó con la mirada.

—Es el heredero Gavar —repuso—. Y a mí siempre me ha tratado bien. Me siento valorada. ¿Puedes decir tú lo mismo?

Daisy volvió pisando fuerte hacia la casa, pero Abi tampoco tenía respuesta a su pregunta.

Era extraño; estaba convencidísima de que una propiedad sería la mejor opción para mantener a su familia unida, a salvo y cómoda durante el decenio de esclavitud. Y, sin embargo, en la práctica se encontraban divididos y vulnerables como nunca lo habían estado, con Luke en Millmoor y Daisy bajo el influjo del voluble heredero de Kyneston.

¿Qué has logrado, Abi Hadley?

No mucho, se dijo. Ni de lejos lo suficiente.

Se metió una mano en el bolsillo del abrigo y buscó a tientas. Allí estaba, el pequeño cuadrado de metal frío en contacto con la yema de sus dedos.

Al menos estaba haciendo una cosa que suponía un cambio. Dio la espalda tanto a la Hilera como a la mansión y echó a andar por la hierba helada.

Dentro de la perrera el hombre estaba haciendo flexiones, y los músculos se le marcaban en los brazos y a lo largo de la espalda. La jaula era demasiado pequeña como para ponerse de pie en su interior, y aquel era el único ejercicio que podía hacer. Cuando la sombra de Abi lo cubrió, enseguida se tiró al suelo, donde se quedó quieto. Aquello significaba que su rutina de ejercicios era una actividad encubierta.

Aquello significaba que no estaba del todo destrozado por su cautividad.

—Soy yo —dijo ella, acercándose.

Había visto la luz encendida en las habitaciones del Señor de los Canes en el alero, de manera que no habría nadie vigilando en la perrera, aunque él estaría lo bastante cerca como para oír cualquier alboroto.

—Te he traído los antibióticos. Y algo de comer para acompañarlos.

Unos dedos nervudos pasaron entre las rejas y cogieron el puñado de pastillas, haciendo caso omiso de la manzana que le ofrecían. El hombre perro se metió los medicamentos en la boca y tomó un trago de agua del cuenco.

—He pensado que... —Abi vaciló, sin acabar de creerse lo que estaba haciendo—. He pensado que podíamos ir a dar un paseo. Sin la correa, quiero decir. De pie.

Cuando el hombre la miró, Abi vio una expresión de recelo en sus ojos.

—Sí —contestó él finalmente con voz áspera.

—¿Y no te escaparás? ¿Ni... ni me harás daño?

Abi se odió a sí misma por tener que preguntar aquello. Pero durante sus visitas a la perrera se había dado cuenta de que fuera lo que fuera lo que le habían hecho a aquel hombre perro —seguía sin saber su nombre, porque él no lo recordaba—, habían minado no solo su humanidad, sino también su cordura. En alguna que otra ocasión le había gruñido, y una vez había llegado incluso a hacer el amago de morderle la mano. Ella se había pasado casi una semana sin ir por allí del miedo que tenía.

Aquellos ojos buscaron los suyos. Se veían humanos. En su mayor parte.

—No haré daño —masculló él—. A ti. No te haré daño.

—Ni a mí ni a nadie —insistió Abi.

Le temblaba la mano. ¿En qué estaría pensando? No tenía ni idea de qué habría hecho aquel individuo para que lo sentenciaran de aquella manera, para ser un Condenado. Lo único que sabía era lo que le había contado el Señor de los Canes, que merecía el castigo que había recibido a manos de lord Crovan. Y dado el horror de dicho castigo, no quería ni imaginar la atrocidad de sus delitos.

—Confío en ti —dijo ella, e introdujo la llave en el candado.

—Confiar —bramó el hombre antes de verse sacudido por un horrible acceso sibilante.

Se trataba de una carcajada, advirtió Abi un instante después, con una sensación de malestar.

Aún estaba a tiempo de marcharse y dejarlo encerrado. Había abierto el candado, pero este seguía colocado en la puerta, manteniéndola cerrada. Pasó la mano por encima.

Entonces recordó la velada voluntad de lady Thalia para que se retirase. La forma en que Jenner había despegado sus dedos de la manga. El embotamiento que notó cuando volvió en sí en el Gran Solar. Y el dolor posterior, cuando los pensamientos y los recuerdos se arremolinaban en su mente en un vano intento por encontrar un nexo entre ellos.

Algo había ocurrido en aquella sala. Algo le habían hecho los Iguales. ¿Qué había sido?

—Vamos a sacarte de aquí —dijo Abi.

Quitó el candado, levantó un poco la puerta de la jaula sobre el gozne para que no rascara el suelo y la abrió.

Por un momento el hombre se la quedó mirando sin más.

Luego salió a gatas y se tendió sobre el cemento húmedo. Se tumbó de espaldas y, estiró los brazos por encima de la cabeza y la punta de los pies. Parecía estar en un potro de tortura. Se le marcaban todas las costillas; tenía el abdomen como un plato llano, el vello de la entrepierna espeso y enmarañado y el rostro crispado con un rictus que podría haber sido de dolor, pero también de éxtasis.

Tras ponerse boca abajo, se dio impulso para apoyarse en el suelo a cuatro patas y fue subiendo las garras por el lateral de la jaula hasta quedar erguido de rodillas. Estando en aquella posición se detuvo un momento para hinchar el diafragma. Luego, con un movimiento de huesos rotos, tiró de cada pierna para flexionarla.

Y en silencio —aunque seguro que habría querido gritar en vista del esfuerzo que le estaba costando a juzgar por su cara— se puso en pie.

Dio unos pasos tambaleándose. Era una estampa horrible, como una parodia de alguien caminando representada por algo que no era humano. Y en ningún momento emitió sonido alguno.

De repente se oyó un grito procedente del exterior, y Abi se quedó inmóvil. En el piso de arriba una ventana se abrió haciendo ruido y el Señor de los Canes bramó una obscenidad antes de volver a cerrar la ventana de golpe.

—Búho —dijo el hombre perro jadeando.

Abi miró la hora en su reloj. Era más tarde de lo que creía.

—Lo siento —se disculpó—, pero será mejor que vuelvas a meterte en la jaula. Tengo que ir a casa. Pero volveré pronto, te lo prometo. Tiene que haber algo que podamos hacer. Si te ven andar y hablar, si ven que puedes recuperarte, seguro que no pueden obligarte a seguir viviendo así, sea lo que sea lo que hayas hecho.

El hombre resolló de nuevo con aquel sonido sibilante. Aquella risa amarga. Se tiró al suelo, volvió a ponerse en cuclillas y entró a rastras. Luego dio media vuelta hacia donde estaba ella.

—Tú también... estás dentro... en la jaula —dijo. Y miró fijamente a Abi entre los barrotes, con un brillo en los ojos—. Solo que... yo veo... mi jaula... y mi correa.

A Abi le temblaron las manos mientras cerraba el candado.

DIECISÉIS

LUKE

Luke nunca hubiera imaginado que le haría tanta ilusión volver a oír «Happy Panda». El ritmo pegadizo seguía sonando en su mente con aquel «oh gua gua uo gua gua» mientras trotaba por las escaleras. El mero hecho de oír la voz de Oz le había puesto alas en los pies, e iba bajando los peldaños de dos en dos o de tres en tres, impaciente por ver cómo se desarrollaba aquel día.

Empujó las puertas de la entrada para abrirlas. La pintura estaba medio descascarillada, cada vez más fina por el contacto de cientos de manos que la tocaban a diario. Hombres que iban y venían del trabajo. Una mano de pintura cada pocos años. Otra tanda de hombres para llenar las fundiciones y las fábricas, cubrir los turnos de mantenimiento y llevarse la basura. Y luego, cuando se fueran, la llegada de más hombres y otra mano de pintura.

¿Sería aquel día un primer paso para acabar con todo eso?

Fuera hacía un frío gélido, y Luke se subió el cuello de la chaqueta demasiado fina que llevaba puesta y se metió las manos bajo las axilas en un intento de retener el calor del cuerpo. El mono con el que vestía le daba mucho calor cuando estaba dentro de la nave, pero en el exterior le había hecho pasar frío durante varios meses, aunque enero estaba resultando ser el peor. Seguro que diseñaban aquella prenda con esmero para procurar la máxima ineficiencia térmica en todas las condiciones posibles.

El aliento se le condensó en el aire glacial. La única vez que el vapor se veía limpio en Millmoor era cuando salía despedido por la boca. Al cabo de unos minutos logró acostumbrarse a la temperatura del exterior lo suficiente como para levantar la cabeza y enderezar la espalda, que llevaba encorvada en una posición instintiva para protegerse del frío.

Por lo general, no había mucho que valiera la pena mirar en Millmoor, aunque seguía haciendo el ejercicio recomendado por el doctor Jackson de fijarse en los detalles. Pero aquel día era distinto.

Era el día de la fiesta.

Al trabajar seis días a la semana, Luke nunca había tenido la oportunidad hasta entonces de estar en la calle un viernes. Le parecía más concurrida que cuando salía por ahí los domingos, en sus correrías del club.

Delante de él iba caminando una pareja cogida de la mano. El hombre había tapado a la chica, colocándole su chaqueta sobre los hombros. Debía de estar helado. El pelo oscuro y rapado de la nuca se le veía erizado del frío, y el cuello rojo y en carne viva. Al caminar se oía un sonido semejante a una palmada. Luke lo identificó con el tacón de la bota de la joven, que se le había desprendido. No le aislaría mucho del agua en un día de lluvia.

La mujer se detuvo, vacilante, y el hombre le rodeó los hombros bien fuerte con el brazo. Desde algún sitio calle arriba les llegó un barullo de voces y gritos airados. La pareja cambió de ruta y se alejó de allí, pero a Luke le pareció saber lo que ocurría.

Sus pies lo habían llevado inconscientemente hasta la tienda más cercana, a varias calles de su bloque. Por lo visto, Hilda y Tilda habían logrado poner en práctica su truco del crédito ilimitado, pues había una cincuentena de personas congregadas alrededor del comercio.

Las persianas metálicas de la entrada estaban bajadas y enfrente había apostados dos tipos de aspecto nervioso, que no aparentaban ser mucho mayores que Luke. Llevaban puesto el uniforme de Seguridad de Millmoor e iban armados con porras. No hacían más que mirar a un lado y a otro de la calle como si esperaran la llegada de refuerzos, de los que no había señal alguna.

Uno de los guardias intentaba no hacer caso a un hombre enfadado que no paraba de gritar y gesticular, apuntándole en la cara con el dedo. Kessler se le habría echado encima en un santiamén, partiéndole la muñeca y haciendo que se meara en los pantalones, pero aquel guardia estaba acobardado.

Dos veinteañeros habían sacado de alguna parte una tapa de un cubo de basura y un tubo metálico, con los que intentaban subir las persianas haciendo palanca. Un grupo de mujeres estaba engatusando al otro guardia para que abriera. Una de ellas coqueteaba de un modo que no resultaba exactamente atrayente, pero sin duda sí que servía como táctica de distracción.

Por primera vez Luke entendió totalmente lo que las hermanas rezagadas habían hecho. Lo de dejar que la gente consiguiera cosas gratis era solo una parte de ello. La escena sería más o menos la misma en todos y cada uno de los comercios de Millmoor. Decenas de guardias se verían destinados a velar por el mantenimiento del orden a raíz de dicha acción. Y aquellos vigilantes más jóvenes e inexpertos no se esforzaban mucho por tener una presencia intimidatoria, lo que podría hacer que la gente se mostrara más atrevida y dispuesta a arriesgarse a desafiar a la autoridad. Si se producían disturbios en un lugar, cabía esperar que Seguridad tampoco pudiera solicitar refuerzos, gracias a lo ocupada que habría estado Renie por la noche pinchando ruedas.

Y todo aquello se había logrado sobre el terreno, con solo una pequeña trastada informática. Luke soltó un silbido quedo. Impresionante.

Siguió adelante a paso ligero, con ganas de ver más ejemplos del despliegue de los planes del club. De momento evitaría la Zona D. ¿Cómo estaría el lugar, misteriosamente tranquilo o la gente se habría rajado a última hora y se habría presentado a trabajar? No estaba seguro de querer saberlo.

Pero sabía dónde podría admirar una de las pancartas de Jackson: en la Oficina de Asignación del Trabajo de su sector. Allí estaban los cabrones que lo habían destinado a Millmoor a él solo, contraviniendo el requisito de que los menores de dieciocho años solamente podían ser esclavos si estaban con uno de sus progenitores o un tutor. Los mismos que, según se había enterado durante los meses que llevaba en el club, eran responsables de muchas otras decisiones abusivas.

La pancarta estaba medio descolgada cuando Luke llegó allí. La OAT del Sector Oeste era un edificio de hormigón picado de unas seis plantas. No era tan alto como los bloques de alojamiento que se elevaban imponentes en el extrarradio de Millmoor, pero aun así destacaba por encima de las construcciones administrativas más pequeñas que había alrededor. El mensaje del doctor pendía a lo largo del último piso como un vistoso pañuelo.

Habían desatado la pancarta de la esquina superior derecha, y dos miembros nerviosos de Seguridad sujetaban a un tercero, que colgaba por el borde de la azotea. El hombre, para el que la situación sería aún menos agradable, estaba cortando la esquina inferior con una navaja atado a un palo de escoba. La pancarta se veía combada, pero la consigna se leía aún con claridad, con unas letras tan bien hechas que debían ser obra de Asif: DES-IGUAL.

Una pequeña multitud se había concentrado para mirar y en la parte de delante una mujer estaba abucheando al personal de Seguridad. Parecía sobrarle piel por todas partes, como si hubiera sido una muchacha de buen año al llegar a Millmoor y se hubiera sometido a la Dieta de la Esclavitud. Con todo, el lugar no había hecho nada por atenuarle la voz.

—¡Qué vergüenza! —vociferó a los de la azotea—. Mira que vigilar a los de vuestra propia especie. Buscaos un trabajo como es debido. ¡Si fuerais mis hijos, os daría de palos!

Escupió en la acera. Entre el gentío hubo varios que hicieron suya la consigna de «¡Qué vergüenza! ¡Qué vergüenza!».

Ya fuera por miedo, o porque realmente se sentía avergonzado, el guardia que pendía boca abajo manejó con torpeza el palo y este se le escapó de los dedos. El grupo de curiosos se echó atrás corriendo para evitar que la navaja les cayera encima, y luego se abalanzaron sobre él. Luke no vio lo que ocurrió con el palo ni con el cuchillo en la escaramuza que siguió después, pero cuando la multitud se apartó de nuevo, no había nada en el suelo.

—¡Esperad! —gritó la mujer a los que estaban en lo alto del edificio—. ¡Decidles a vuestros amos y señores que los recibiremos a lo Millmoor si vienen alguna vez de visita!

Vaya.

Luke sabía que eso no debería sorprenderle. Los ciudadanos de Manchester eran aguerridos. Pero cuando lo único que uno veía, día tras día, era gente destrozada y hambrienta, en cierto modo lo olvidaba.

Una amplia sonrisa se dibujó en su rostro.

Decidió dar una vuelta por el Sector Sur para ver qué otras cosas estaban ocurriendo.

Allí por donde pasaba había algo que le llamaba la atención. Se paró en seco al ver a una mujer frente a la entrada de un bloque dormitorio con unas amigas.

Llevaba puesto un vestido.

Era casi lo bastante mayor para ser su madre, y el vestido tampoco era una preciosidad. De hecho, parecía estar hecho de sábanas. Pero Luke no había visto a una mujer con un vestido desde su llegada a Millmoor. En la mayoría de los casos, las señoras se libraban de llevar mono, ya que esta era una prenda pensada para los trabajos pesados, pero los pantalones y las casacas estaban a la orden del día, y estaba prohibido llevar ropa contraria al reglamento.

Una de las amigas de la mujer se percató de que Luke estaba mirando, y lo señaló ante las demás con una carcajada. Luke notó que se ponía rojo y le entraron ganas de echar a correr, pero la señora del vestido se volvió y lo vio. Una sonrisa llena de vergüenza pero también de orgullo iluminó su rostro cansado, y se alisó las arrugas de la falda, un gesto que resultó adorable.

Luke perdió la noción de la distancia recorrida hasta entonces. Hacía rato que había salido de las zonas que conocía bien, y estaba adentrándose en barrios nuevos para él. Pero debía ser bastante más tarde de la hora de comer, porque un olorcillo a algo delicioso hizo de repente que, debido al hambre, sintiera retortijones en el estómago.

El olor procedía de la ventana trasera del segundo piso de un bloque dormitorio, uno de aquellos destinados a «unidades familiares pequeñas», es decir, las monoparentales con suficientes niños como para que la familia entera pudiera alojarse en una sola habitación. Por lo visto, «suficientes niños» podían ser hasta tres.

Una mujer con la piel morena brillante asomó la cabeza por la ventana, apartando el vapor con la mano.

—Lo siento, cielo —le gritó desde arriba al verlo en la calle—. Un par de pollitos salieron volando ayer de la fábrica, pero no nos sobra nada, ni siquiera para un chico como tú.

Y, soltando una grave carcajada gutural, se metió de nuevo en su casa. A Luke no le dolió su negativa y se quedó allí sin más, deleitándose con el aroma.

Luego apareció otro rostro por la ventana, el de una preadolescente cuyo cabello crespo apenas daba para dos trenzas. La muchacha se puso un dedo sobre los labios en señal de silencio y, sosteniendo en alto lo que parecía un pañuelo de papel hecho una bola, se lo tiró. Luke se lanzó como una flecha a cogerlo. Se trataba en realidad de papel higiénico, pero oculto en su interior, como un regalo inverosímil en un paquete sorpresa, había un trozo de pollo frito con sal y pimienta por encima.

Luke se lo metió en la boca y alzó la vista para dar las gracias a la muchacha. Pero esta miraba algo que había detrás de él y, rompiendo el silencio que se había impuesto a sí misma, gritó:

—¡Corre!

Sobresaltado, Luke miró hacia atrás.

Sus pies huyeron antes de que su cerebro los alcanzara, y para entonces ya había logrado alejarse unos cuantos bloques. Sin embargo, aún oía las botas que le perseguían. Iban sorprendentemente rápido para lo grandullón que era el hombre.

Pero Luke sabía lo que había visto al mirar atrás. Solo había una persona en Millmoor que llevara aquel uniforme y tuviera aquella corpulencia, aunque no hubiera apreciado más que la enorme silueta de un cuello corto y ancho. Y reconoció la voz que había bramado su nombre al tiempo que ponía pies en polvorosa.

Kessler.

Luke tuvo que aminorar un poco la marcha. Puede que el trabajo en la zona D lo hubiera hecho más fuerte, y que sus correrías ilícitas por Millmoor le hubieran permitido conocer más a fondo el trazado de la ciudad, pero ninguna de esas dos cosas le había servido para correr más rápido.

No obstante, Kessler aún no lo había alcanzado. ¿Podría deshacerse de él?

Pero el hombre conocía perfectamente la ubicación de Luke. Sería mucha coincidencia que se hubiera topado con él así como así a las afueras del Sector Sur, en medio de los bloques familiares. ¿Cómo habría sabido que él estaba allí?

Por el chip. ¡Maldito microchip! Luke se arañó el brazo mientras corría, como si quisiera arrancarse el chisme.

¿Qué significaba que Kessler estuviera persiguiéndolo precisamente aquel día? Piensa, Luke. ¡Piensa!

Luke se preguntó si habría algo de sangre en la parte central de su cuerpo, pues fluía toda desesperadamente hacia las piernas y el cerebro, que en aquel momento acaparaban la mayor parte del torrente circulatorio.

Kessler había estado buscándolo, lo que significaba que Luke no había logrado engañar a Ryan la noche anterior. O puede que la Zona D llevara desierta todo el día, y a falta de mejores pistas se hubieran propuesto detener a Luke para que lo interrogara alguien que sabía muy bien cómo hacerlo.

O quizá hubieran descubierto la existencia del club.

En caso de que fuera alguno de los dos primeros supuestos, no le quedaría más remedio que hacer frente a la situación. Pero si se trataba de la última opción, Luke tendría que avisar a los demás. Y solo se le ocurría una manera de hacer eso: buscar a Jackson.

Tenía que dar con el doctor antes de que Kessler lo pillara. Así Jackson podría poner en alerta a los demás, y ayudarlos a que pasaran desapercibidos de algún modo.

Echó un vistazo a su reloj. Le costaba ver la hora en la pantalla digital del horrendo BB que llevaba puesto, pero por el estado del cielo dedujo que avanzaban ya hacia la tarde. La concentración frente al mADMIcomio estaba programada para las tres. Jackson estaría allí, aunque no fuera a dar ningún discurso. Luke esperaba poder despistar a Kessler entre la multitud lo suficiente como para encontrar al doctor.

No era un gran plan, pero no tenía nada más.

Corrió por las calles tan veloz como pudo sin llegar a agotarse. Comenzaron a arderle la garganta y los pulmones del aire tan frío que estaba respirando demasiado rápido. Al menos Kessler no lo tendría fácil para dar con él. Luke ya no lo oía corriendo tras él.

Adaptó la marcha a un paso regular, como cuando hacía cross en el cole, y al final los alrededores le resultaron más familiares. Delante vio la aglomeración de oficinas que hacían posible el funcionamiento de Millmoor: Suministros, Servicios Sanitarios y el enorme bloque de Administración. A la derecha se hallaban los inmensos barracones insulsos de Seguridad de Millmoor.

Las calles se veían extrañamente vacías, pero por encima del fuerte palpitar de su corazón y de su respiración rasposa Luke oyó lo que le parecía una algarabía de voces.

Señal de que habría funcionado.

El plan del club debía de haber funcionado.

Daba la sensación de que había centenares de manifestantes. Quizá más.

A medida que se aproximaba al mADMIcomio, las calles comenzaron a llenarse. Al principio solo vio pequeños grupos y puñados sueltos de personas, pero más adelante se iban concentrando hasta componer una muchedumbre. Y ya al fondo parecían formar un muro macizo. En la cola de la concentración no había presencia de guardias. Estarían todos en la cabeza, impidiendo que los manifestantes se acercaran al mADMIcomio y el resto de edificios clave.

Luke avanzó a toda prisa entre la gente; primero se abrió paso esquivándola, luego a codazos y finalmente a empujones.

¿Cómo demonios iba a dar con Jackson?

La multitud llegaba hasta donde le alcanzaba la vista. Ocupaba la zona cerrada situada frente al mADMIcomio —un espacio de proporciones reducidas que no estaba pensado para manifestaciones ni celebraciones públicas— y se extendía por las avenidas que partían de aquel punto central. Rectificó sus cálculos. Habría unos cuantos miles de personas. Desde luego, por el olor y el vocerío parecía que así fuera.

Con la cara aplastada contra chaquetas, monos, pelo y piel en su avance a empujones entre el gentío, percibía el tufo a sudor y el olor cáustico del jabón de uso común en la ciudad. Y de vez en cuando le llegaba una ráfaga más fétida, como a matarratas, o aquel hedor propio del lugar de trabajo que no había manera de mitigar por mucho rato que uno estuviera bajo la ducha.

Había también algo más. ¿Olería a algo la ira? Podría ser, pensó Luke. Quizá era algo que uno desprendiera, como las feromonas. Y es que el ambiente estaba impregnado de algo más que de palabras. Se componía de algo mayor que los abucheos, el escarnio y el diálogo establecido entre una parte de la multitud y la otra. Oía gritos de «¡DES!» e «¡IGUAL!», de «¡VOTA»! y «¡SÍ»! También era algo más que los puños alzados y los hombros encorvados, algo más que el balanceo y los apretones agitados de la multitud.

Aquella no era la clase de gente que había visto en los barrios de las afueras, la cual se mostraba discretamente subversiva, llevando ropa no autorizada o friendo comida robada. No. Aquella gente era como la que había encontrado por la mañana concentrada a la entrada de la tienda o protestando contra los guardias que estaban quitando la pancarta. Estaba enfadada. Y decidida.

Luke se hallaba ya cerca de la primera fila. En su avance había visto también no pocos rostros que reconocía de la Zona D. Y por primera vez pudo ver con toda claridad el mADMIcomio, que había sido objeto de otra pintada por la noche, con la palabra DESIGUAL escrita en un amarillo intenso a lo largo de la fachada.

El edificio estaba rodeado de guardias; eran los de mayor edad, los veteranos fuertes y corpulentos. El jefe de Seguridad se encontraba en el pequeño balcón situado encima del robusto soportal del edificio. Era un hombre duro y enjuto llamado Grierson, del que se rumoreaba que era un exagente de las Fuerzas Especiales. Junto a él estaba la Supervizorra. Había que reconocer que la mujer, más que miedo, parecía tener un cabreo de cuidado.

Junto a ella había alguien más que Luke reconoció.

Gavar Jardine.

El cerdo que se había presentado en Millmoor con el propósito de torturar a Oz, que había intentado disparar a Jackson. Y ahora había vuelto a por más. El heredero de Kyneston estaba allí plantado, con su siniestro abrigo de cuero y sus ojos azules y apagados, que miraban con desgana el espectáculo que tenía ante él. Luke imaginó a aquel hombre dando órdenes a Daisy, y reprendiéndola, y se le puso la piel de gallina.

La Supervizorra dio un paso al frente.

—Esta es vuestra última oportunidad —dijo a la multitud—. Conocemos la identidad de todos los presentes.

Y sostuvo en alto un dispositivo pantalla, supuestamente conectado al mecanismo de rastreo de los chips implantados.

—Aquellos que empiecen a dispersarse de inmediato solo recibirán una leve sanción: seis meses más. Aquellos que se queden se enfrentarán a una pena más dura.

El comentario provocó unas cuantas murmuraciones, y algún que otro exabrupto a voz en grito. Luke se vio zarandeado por un grupo de personas que comenzaron a retroceder a empujones. Pero, por lo que pudo ver, no eran muchas. Hubo centenares que no se movieron del sitio.

—¡Venga ya! —gritó un hombre desde el centro de la multitud—. ¿Vais a condenarnos a todos a la esclavitud perpetua? ¿Dónde nos meteríais?

La Supervizorra sonrió. El efecto no fue nada agradable. Luke supuso que no estaría acostumbrada a hacer aquel gesto.

—Siempre podemos encontrar espacio —respondió.

—¡Traidora! —exclamó otra voz, esta vez femenina, y temblorosa, como si su dueña no diera crédito a su propio arrojo—. Mira que oprimir a tu propia gente. No pedimos mucho. Una paga justa por un día de trabajo. No es difícil de entender.

—Pero sí contrario a la ley —repuso la Supervizorra.

—¡Malditas leyes! —replicó la mujer en voz alta.

—Es lamentable que penséis así —dijo la mujer regordeta desde el balcón—. En fin —concluyó, mirándose el reloj—. Por muy fascinante que haya sido esto, ya es suficiente. Dado que no habéis querido dispersaros por voluntad propia, veo que tendremos que animaros a hacerlo.

—¿Tú y qué ejército? —gritó el primer hombre—. No hay muchos matones tuyos por aquí.

—Oh, no necesito ningún ejército —repuso la Supervizorra—. En este país existe la autoridad natural.

Y alzó la vista hacia el pelirrojo monstruoso, sonriendo como una tonta. Luke sintió como si el miedo lo cogiera por el pescuezo y lo agitara hasta hacerlo temblar.

A continuación, todo pareció ocurrir muy deprisa.

Hubo un movimiento entre la gente que se apiñaba delante de él. Luke reconoció a la mujer a la que había visto protestando frente a la Oficina de Asignación del Trabajo. A su lado un tipo alto y flaco dio un paso al frente con algo en la mano; se trataba de un palo con un cuchillo en el extremo. El hombre lo lanzó hacia el balcón.

El arma dio a la Supervizorra, solo de refilón, al parecer, pero la hizo sangrar y la mujer se puso a gritar. Grierson se acercó entonces con aire resuelto hacia el borde del balcón, levantó su fusil y disparó.

Una vez, al hombre que había arrojado la lanza improvisada. Y otra más, a la mujer de al lado.

Debió de pegarle un tiro en la cabeza, porque un arco de sangre salpicó a la gente que había detrás. Luke cerró los ojos en un acto reflejo, pero notó que algo caliente le mojaba la mejilla y sintió náuseas.

Se secó la cara con el puño y parpadeó. Luego vio a Jackson abriéndose paso en dirección a las dos personas a las que habían disparado.

De repente, se oyeron gritos y cundió el pánico. La masa de gente se había disgregado. La mayoría estaba intentando dar media vuelta y salir huyendo, pero muchos se lanzaron en tropel hacia el fino cordón de guardias que rodeaba la entrada del mADMIcomio.

Podían hacerlo, pensó Luke. Eran suficientes.

—¡A discreción! —gritó Grierson—. ¡A discreción!

Luke oyó más disparos y más gente gritando, pero él y otros muchos siguieron adelante. Eso es, se dijo. Después de aquello no habría una segunda oportunidad.

—¡No!

La voz procedía del balcón, y solo podía pertenecer a una persona. Su potencia hizo que las amenazas de la Supervizorra y las órdenes de Grierson sonaran tan intrascendentes como un niño intentando desautorizar a sus padres.

Pero no hubo tiempo para analizarla. Luke se dobló por la mitad a causa del dolor que lo golpeó, tan inmenso y aterrador como el cabrestante de su lugar de trabajo. Gritó, y se oyó a sí mismo como si fuera un animal herido. Intentó acurrucarse para minimizar el sufrimiento, pero este invadió todo su cuerpo, hasta la última célula.

Por un instante deseó la muerte con ardor para que el dolor cesara.

Luego el tormento lo inundó y lo arrastró hasta hacerlo embarrancar. Se quedó allí tendido boca arriba, jadeando, llorando a lágrima viva. Su vientre subía y bajaba como si tuviera un alienígena dentro que estuviera a punto de salir de golpe. Tosió, y aquello le provocó un dolor terrible que se propagó por todos sus órganos. Tenía que escupir, y volvió la cabeza con sumo cuidado, como si tuviera el cuello hecho de cristal.

Al mirar a su alrededor, vio que todo el mundo se encontraba en el mismo estado que él. La plaza estaba llena de gente tirada en el suelo, retorciéndose entre gemidos. Al parecer, los guardias de Seguridad también, aunque Luke tenía la vista demasiado borrosa para saberlo con certeza.

Así que eso era la Destreza, se dijo, cuando la cabeza pudo pensar. La magia atractiva y sutil de la que hablaban los libros de Abi. La Destreza con la que los ardientes Iguales seducían a las mujeres, tejían intrincadas ilusiones para ellas y castigaban a aquellos que intentaban hacer daño a sus conquistas.

En realidad, el sufrimiento resultaba tan insoportable que uno deseaba estar muerto.

¿Cómo se podía luchar contra eso? ¿Cómo era posible vencer a unas personas que tenían aquel poder? Personas no, monstruos. Tanto daba que no hubiera casi ninguno presente. No lo necesitaban.

Jackson iba a tener que idear un plan mejor que aquel, eso estaba claro.

Luke dejó caer la cabeza en el suelo cubierto de arena. A su alrededor solo oía gente sollozando y maldiciendo; había quien vomitaba.

Y, de repente, su visión periférica captó movimiento. Un par de botas negras se detuvieron junto a su cara. La puntera de una de ellas se introdujo debajo de su mejilla y le volvió la cabeza. Luke miró el rostro rollizo de Kessler mientras este se agachaba sobre él.

—A que te lamentas de no haber dejado que te pillara antes, ¿eh, Hadley?

La punta de una larga porra dio golpecitos en la hilera de ojetes de las botas de Kessler, poco a poco. Sin apresurarse. Como si tuviera todo el tiempo del mundo.

—Pasa una cosa extraña —continuó Kessler—. Cuando antes estábamos intentando probar las pistolas eléctricas con unos cuantos alborotadores, hemos visto que no producían el efecto habitual. Parece que unos granujillas han estado enredando con los ajustes. Pero no te preocupes. Puedo hacer esto como en los viejos tiempos.

Una amplia sonrisa se dibujó en el rostro de Kessler, con los labios tensos, finos como los de un perro. La porra dejó de dar golpecitos. Luke la vio alzarse sobre su cabeza en toda su longitud y negrura.

—Voy a echarte de menos, E-1031. Pero cuidarán bien de ti allí donde vas.

Luke cerró los ojos antes de que el brazo de Kessler cayera sobre él con toda su fuerza.

Cuando volvió en sí, tuvo la sensación de que la cabeza era el doble de grande de lo normal, y no veía. Por un instante le aterró el convencimiento de que el golpe de Kessler le había provocado una lesión espantosa, desmontándole algo dentro del cráneo que ya no podría arreglarse. Entonces pensó que quizá tenía los ojos cerrados por la hinchazón.

Hasta que la vista no se le hubo acostumbrado al entorno, no se dio cuenta de que se hallaba en un espacio reducido y sin ventanas.

Y se movía.

DIECISIETE

LUKE

Se hallaba en la parte trasera de un vehículo. Uno pequeño. Así pues, no se trataba de una camioneta de transporte de prisioneros de Seguridad, pero tampoco era la furgoneta robada de Angel.

Estaba tendido sobre lo que parecía una lona doblada, que protegía su cuerpo débil de la dura carrocería, y le habían echado un par de mantas por encima. Llevaba la cabeza vendada, de lo que dedujo que alguien se había preocupado por el estado en que se encontraba.

Pero ¿sería solo para que pudiera soportar el interrogatorio cuando llegara a su destino?

Además, lo habían atado bien de pies y manos. Así pues, quienquiera que lo hubiera hecho, pensaba que podría intentar escapar.

El resto de los sentidos no le sirvieron de mucho. Las ruedas del vehículo, más que hacer un gran estruendo, runruneaban sobre la superficie de la carretera, lo que indicaba que probablemente circulaban por una autopista. Dicha conjetura se veía reforzada por el hecho de que el vehículo no cambiaba de dirección con frecuencia. Desde la cabina le llegaba el débil rumor de una emisora de radio nacional, lo que significaba que seguían en Gran Bretaña. La falta de conversación señalaba que el conductor seguramente estaba solo.

El olfato no le dijo nada en absoluto. El espacio que lo rodeaba olía simplemente a furgoneta, con esa mezcla de olores a metal, periódicos y trapos manchados de aceite. Había rincones del garaje de papá que olían exactamente igual.

No había nada más que pudiera descubrir sin dejar de estar atado. Luke forcejeó con las cuerdas que le sujetaban las muñecas, pero el esfuerzo le produjo un dolor punzante en la cabeza. Además, tampoco quería alertar a la persona de la cabina y que se diera cuenta de que había recobrado la conciencia. Eso le permitiría contar con el factor sorpresa cuando se abrieran las puertas.

Aunque, bien pensado, ¿qué iba a hacer, atado como estaba? ¿Darle un cabezazo al conductor, o una patada con los dos pies en la entrepierna? Luke estaba convencido de que ese tipo de proezas solo salía bien en las películas.

La hipótesis más favorable: Kessler estaba vinculado de alguna manera al club y había ayudado a Luke a salir de Millmoor por algún motivo. Eso implicaría que el gusto del hombre por provocar graves lesiones corporales debía de ser una especie de tapadera chunga muy encubierta, pero no era del todo imposible. A fin de cuentas, la presencia de Kessler había llevado a Luke a ir en busca del doctor. Y la rápida recuperación de Luke tras el encuentro de ambos en la despensa de la cantina puso de manifiesto que fuera lo que fuera lo que le había hecho, en el fondo no había sido tan grave como parecía. Pero aun así era una explicación poco probable.

La hipótesis menos favorable: los otros miembros del club también habían sido apresados y en aquel preciso instante yacían en el suelo de una furgoneta, atados de pies y manos. Puede que los llevaran a todos a un juicio sumario, seguido de una larga pena en un campo perpetuo. Sería lo más probable, aunque no tenía nada de tranquilizador.

La mente de Luke se debatía entre aquellas dos posibilidades y unas cuantas más que también contemplaba. Pero aún no se había decidido por ninguna cuando notó que los movimientos del vehículo cambiaban y disminuía la velocidad.

Acto seguido, se detuvieron.

Se le disparó el pulso. Tras lograr arrastrarse como una oruga hacia las puertas, se puso boca arriba y se deslizó hasta quedar con las piernas dobladas en alto y los pies planos apoyados en el panel de las puertas. Oyó unos pasos que rodearon la furgoneta, y el clic del picaporte de la puerta. Luke esperó a que se abriera y entonces lanzó una patada con fuerza…

…al aire vacío de modo que se cayó del vehículo por la parte trasera. Aterrizó a los pies de alguien que retrocedió de un salto con un grito.

Luke se retorció en el suelo entre gemidos. Le dolía todo. Fuera estaba muy oscuro y hacía un frío gélido. Abrió los ojos a un firmamento lleno de estrellas. Debía de haber centenares, miles. Llevaba sin verlas desde que había llegado a Millmoor.

—¿Y tú quién diablos eres? —inquirió una voz.

Una voz que al parecer no esperaba encontrar a un muchacho atado de pies y manos en la parte trasera de su furgoneta.

—Eso mismo iba a preguntarle yo —dijo Luke con voz ronca, intentando sentarse—. ¿Dónde estamos?

No veía al conductor con claridad. La oscuridad era casi total, y solo un tenue brillo bordeaba la carretera más allá de los árboles. ¿Sería una de esas luces de seguridad inútiles que solo se apagaban como una baliza cuando un gato saltaba una valla a un kilómetro de distancia?

—No me han dado órdenes de que te cuente nada —replicó el conductor—. Ni siquiera sabía que llevara a alguien a bordo. Solo me han dicho que deje aquí la «mercancía». Me han dado un número al que tenía que llamar cuando llegara.

Dicho esto, sacó un teléfono en el que había enganchada una nota adhesiva . Entrecerrando los ojos para ver el número, el hombre lo marcó y explicó a quienquiera que le respondió que ya había realizado la entrega.

Luke lo oyó repetir: «¿Que lo deje? Ya sabe qué es ese «lo», ¿verdad?».

Luego terminó la conversación y el repartidor echó a andar hacia la cabina.

—¡Espere! —le gritó Luke—. ¿Qué pasa aquí? No irá a abandonarme, ¿no? Me moriré de frío.

—No es problema mío —contestó el hombre.

Sin embargo, tiró de una de las mantas que había en la parte trasera del vehículo y la lanzó en dirección a Luke. La prenda cayó a varios metros de él. Cabrón.

El hombre subió después a la furgoneta y se marchó.

Luke aguardó unos instantes para asegurarse de que no regresaba, y luego comenzó a buscar cualquier cosa que hubiera a su alrededor capaz de cortar el cordel de plástico con el que llevaba atadas las muñecas y los tobillos.

El arcén no era prometedor, pero Luke avanzó a rastras hasta el árbol más cercano, donde encontró una piedra enterrada entre las raíces. No tenía mucho filo, pero si conseguía crear un poco de fricción, es posible que al amanecer hubiera terminado.

Luke dudó de que tuviera tiempo hasta entonces.

No había hecho ningún progreso cuando la luz que brillaba más allá de los árboles se intensificó y, acto seguido, se extinguió. Oyó un chirrido metálico y estridente, como si se abrieran unos goznes. Maldita sea. Debería haberse alejado de la carretera dando saltos como un conejo para esconderse cuando todavía estaba a tiempo. Luke se acurrucó junto al tronco del árbol e intentó hacerse lo más pequeño posible.

La luz se desplazó y oyó un ruido sordo parecido a unos cascos de caballo. ¿O quizá eran dos? A continuación, unos pasos. Avanzaban directamente hacia él, como si supieran exactamente dónde estaba. No tenía escapatoria posible.

La voz, cuando esta habló, sonó incluso más cerca de lo que pensaba.

—Hola. Es un poco tarde para dejar entrar a nadie, pero me gusta que mis hermanos estén en deuda conmigo.

Era una voz masculina, de tono irónico y acento afectado. Aun así, había algo en ella que hizo que Luke quisiera ocultarse bajo tierra en lugar de ver a su dueño. Pegó la espalda al tronco, que estaba resbaladizo por la escarcha, y trató de controlar el pánico, que era cada vez mayor.

Se trataba de un Diestro. Luke lo intuyó por su forma de hablar, clavada a la del Igual de Millmoor. Sus palabras tenían *poder*. Eran capaces de hacer que ocurrieran cosas.

—A ver, vamos a echarte un vistazo.

Un resplandor tenue y frío bañó el aire, como si alguien hubiera aumentado la luz de las estrellas, y Luke de repente recuperó la vista.

Unos dedos fríos le levantaron la barbilla. Fue un gesto de amo y señor. Luke gruñó y sacudió la cabeza antes de fulminar con la mirada a aquel bicho raro que tenía delante.

No era como él esperaba.

Se trataba de un joven, quizá no mucho mayor que el propio Luke, aunque sí más alto. Llevaba el cabello todo alborotado, con lo que Luke se ahorró tener que verle demasiado la cara. Por un momento vislumbró unos ojos negros que le hicieron estremecerse. Parecía que le hubieran hecho dos agujeros en la cabeza y que la noche se mostrara a través de ellos.

Luke apartó la mirada mientras el Igual lo observaba atentamente. ¿Quién era aquel joven, y dónde estaban?

—Bueno, de una cosa estoy seguro —dijo el friki, sonriendo de un modo que era todo menos tranquilizador—. Tienes posibilidades. Y también tienes mala pinta, así que lo primero es lo primero.

El chico alargó el brazo y retiró el vendaje que Luke llevaba en la cabeza. Acto seguido, posó la mano sobre su cráneo, justo allí donde Kessler le había golpeado con la porra. Por un instante fugaz fue horroroso, y luego dejó de serlo. Luke notó un hormigueo por el cuero cabelludo y la cara. Ya no le dolía la cabeza. De hecho, ya no le dolía nada. Ni siquiera se notaba cansado. El aristócrata lo observaba con detenimiento mientras se limpiaba los dedos en la manga con meticulosidad.

—¿Mejor? —le preguntó el Igual—. Lo siguiente no te va a gustar tanto.

Así fue.

Todos habían oído historias de terror en el cole, o se las habían contado entre ellos a altas horas de la noche cuando iban de camping y los adultos dormían en otra tienda. A Luke siempre le habían puesto los pelos de punta. Eran relatos sobre gente que despertaba en mitad de una operación, pero que estaba demasiado paralizada para dar la voz de alarma. Mochileros que se ponían tibios de beber en chiringuitos y volvían en sí en una bañera de hielo con algún que otro órgano vital de menos. Científicos psicópatas que habían hecho experimentos con prisioneros vivos y conscientes en tiempo de guerra.

La sensación de violación fue así de intensa, como si aquellos dedos fríos estuvieran dentro de su cuerpo... de su alma, sobre cuya existencia Luke nunca se había parado a reflexionar mucho hasta aquel momento. Le hurgaron con parsimonia en recovecos de su interior que nadie más debería haber visto o conocido nunca. Luke estaba convencido de que acabaría vomitando. Puede que no estuviera lo bastante cerca como para salpicar las botas del Igual, pero lo intentaría.

—Interesante —dijo el bicho raro, de un modo que incluso Luke intuyó que no significaría nada bueno para nadie, y para sí mismo menos todavía—. Me pregunto...

El chico cerró los ojos. Pero antes de que Luke pudiera sentir alivio alguno por librarse de aquella mirada desconcertante, notó que en cierto modo... se aflojaba, como si fuera un motor que, pese a estar montado, tuviera todas las piezas desatornilladas.

Tuvo la sensación de que el Igual se adentraba en sus entrañas y le sacaba algo de dentro.

¿O le añadió algo? ¿Le habría colocado una pieza nueva en lo más profundo de su ser, donde él nunca había advertido que faltara nada? ¿Algo tan esencial que era imposible funcionar sin ello?

No sabía qué pensar. Y, de repente, dejó de sentir aquella intrusión y se vio hecho un ovillo sobre el suelo helado. Se atragantó con su propio miedo y lo vomitó encima de las raíces del árbol. El Igual se limitó a observarlo.

—¿Has acabado? —le preguntó, sin un ápice de preocupación, mientras Luke se limpiaba la boca con el dorso de las manos atadas.

Luke no pensaba dignarse responder. Solo sabía que odiaba a aquel friki. Lo odiaba con furor. No debería haber nadie capaz de hacer lo que fuera que acababa de hacerle aquel chico. Era espantoso que existiera gente como aquella.

—En fin —prosiguió el Igual, como si hubieran estado hablando de los resultados de la liga de críquet o de un programa que hubieran puesto la noche anterior en la tele—. Mi hermano está al caer para soltarte ese rollo de la «Bienvenida a Kyneston».

Kyneston.

Aquel lugar no era un centro de detención de Seguridad, ni un campo perpetuo.

Era el dominio donde vivía su familia.

Luke sintió un alivio tan intenso que no pudo contener las lágrimas. Agachó la cabeza, pues no quería que el Igual lo viera llorar, y se secó las mejillas con la manga del mono.

—¿Cómo es que estoy aquí? —preguntó, cuando logró recobrar la compostura.

El friki se encogió de hombros.

—Gracias a tu hermana Daisy. A Gavar le ha caído en gracia. Cuando nos enteramos de que había habido más disturbios en la ciudad de esclavos y que él iba a volver, ella le suplicó que te sacara de allí. Gavar es mi hermano mayor —aclaró el joven—. Creo que tú estabas entre el público que presenció su pequeña actuación en Millmoor.

Gavar Jardine.

El Igual que había hecho saltar por los aires la cárcel tras la fuga de Oz. El que había infligido un tormento a cientos de personas como si nada. Ese mismo Gavar Jardine había sacado a Luke de Millmoor como por arte de magia... ¿porque Daisy se lo había pedido?

Luke negó con la cabeza sin entender.

—Por lo visto, la idea de Gavar de un plan incluía un fuerte traumatismo y una furgoneta de reparto —añadió el chico con una sonrisa de suficiencia—. Y parece que es lo indicado. Estoy seguro de que Jenner te lo explicará todo al respecto. Yo ya he terminado aquí. De momento.

El Igual se encaminó hacia lo que Luke entendió que debía de ser la puerta de entrada a la propiedad. La luz brilló de nuevo y Luke oyó un rumor de voces. Luego los cascos de un caballo se alejaron al trote mientras que otros se acercaron a él poco a poco, acompañados de la luz de una antorcha.

Una antorcha normal, no un haz de luz mágico y misterioso.

—Tú debes de ser Luke Hadley —dijo otra voz en tono afectado, que resultó pertenecer a un tipo con la doble desgracia de ser pelirrojo y tener muchísimas pecas. Montaba un caballo que resopló en el aire helado—. Soy Jenner Jardine. Te pido disculpas por todo esto. No es agradable, pero sí necesario. Bienvenido a Kyneston. Te llevaré con tu familia; se van a alegrar mucho de verte.

Jenner sacó una navaja y cortó las ligaduras de Luke; luego le pasó la manta, que Luke se puso sobre los hombros a modo de poncho. El Igual lo guio a través de una enorme y lujosa verja, llena de formas intrincadas e iluminada como un árbol de Navidad, que se hallaba encastrada en un muro que desprendía un tenue resplandor.

A continuación, recorrieron lo que a Luke le parecieron varios kilómetros de campiña, una extensa zona de Inglaterra oculta a los ojos del pueblo llano. Un pueblo llano que nunca caminaría por allí ni vería siquiera aquel lugar. En el fondo se trataba de un robo, pensó Luke. El robo de algo que debería pertenecer a todo el mundo, y que se hallaba cerrado para el deleite de unos pocos.

Bordearon un bosque, y Luke se agachó y soltó una palabrota ante la presencia de un murciélago que pasó volando directamente hacia él.

Jenner se echó a reír, aunque no de un modo cruel, y le explicó que aquellas criaturas se orientaban gracias a la línea de árboles. Desde más lejos les llegó un chillido escalofriante, que según Jenner era un búho. De entre los árboles llegaban unos susurros. ¿Serían zorros? ¿O quizá comadrejas? Daba la sensación de que todos los seres que había allí estaban al acecho, pendientes del resto: los animales provistos de alas y garras intentaban dar caza a los que no tenían ni una cosa ni otra.

Qué apropiado.

Finalmente llegaron a una hilera de casitas, construidas con piedra y pulcramente encaladas, resplandecientes a la luz de la luna. Era una imagen rematadamente cursi. A mamá le encantaría.

Jenner llamó a la puerta y al cabo de unos instantes papá la abrió, vestido con una bata que llevaba puesta sobre los hombros. El hombre tardó en reaccionar antes de atraer a Luke hacia sí para darle un fuerte abrazo, de los que parten el cuello y golpean la espalda. Luego se acercaron a la entrada mamá y las chicas. Durante un momento espléndido, Luke olvidó que existía todo lo demás excepto su familia. Todos tenían buen aspecto, estaban a salvo y se sentían muy emocionados por el hecho de volver a verlo.

El sentimiento era mutuo.

El reloj de la cocina marcaba casi la una de la madrugada, pero aun así estuvieron hablando largo y tendido en torno a la mesa. En un momento dado se oyó el llanto de un bebé y Daisy se excusó para ir a calmarlo. La criatura era la hija del heredero Gavar, le explicó papá, como si fuera la cosa más natural del mundo tener al vástago de un psicópata con poderes mágicos durmiendo en una cuna en el piso de arriba.

Luke rememoró la primera vez que vio al heredero, recorriendo a grandes zancadas el pasillo del centro de detención mientras el doctor y él llevaban a Oz a rastras camino de la libertad. Recordó cómo pensó entonces en su hermana pequeña. Esperaba que nunca se hubiera cruzado con Gavar. Luke casi rio ante aquella ironía.

Cuando sus pensamientos se desviaron a cientos de kilómetros de allí, hasta Jackson y Millmoor, y de ahí al club y a los sublevados, Luke ya no pudo retomar el hilo de la conversación con su familia.

Mamá lo vio distraído y mandó a todo el mundo a la cama, con el argumento de que debía sentirse agotado. Naturalmente, no lo estaba. El Igual de la entrada —Silyen Jardine, según le había dicho Abi— se había ocupado de eso. Pero Luke no dijo nada.

Ya en la cama, se mantuvo despierto en medio de la oscuridad, tratando en vano de eludir los pensamientos que se arremolinaban en su mente. ¿Qué habría sucedido enfrente del mADMIcomio después de que Kessler le hubiera dado con la porra? ¿Dónde estaría el doctor? ¿Se encontrarían a salvo Renie, Asif y los demás? ¿Estarían heridos? ¿Los habrían apresado? ¿Qué le había hecho Silyen Jardine?

Y el último pensamiento antes de quedarse dormido: ¿qué ocurriría ahora con él?

Luke se pasó el fin de semana levantándose tarde, disfrutando de la cama mullida y de la intimidad de tener una habitación para él solo, intentando adaptarse a sus nuevas circunstancias. Mamá lo cuidaba como una gallina clueca, subiéndole cuencos de sopa y sándwiches. Papá le habló de la colección de coches de época de lord Jardine y de un problema peliagudo con el carburador que había arreglado la semana anterior. Daisy le llevó al bebé para mostrárselo.

Luke lamentó que lo hubiera hecho. Es cierto que la niña parecía bastante normal. Mona, incluso. Pero ¿tendría Destreza? Ese pensamiento le daba escalofríos. Todo aquel poder dentro de algo tan pequeño.

Sin embargo, no parecía que fuera así, ya que la madre de la criatura no era una Igual, tan solo una joven esclava. (¿Y cómo había ocurrido eso?, se preguntó Luke ante aquel hecho misterioso. ¿Habría visto Gavar Jardine algo que le gustaba y lo habría cogido sin más?)

—¿Y dónde está su madre? —quiso saber, cuando el bebé volvió a estar en su cuna, donde ya no podía oírlos.

—Muerta —respondió Daisy con voz cansina.

El panorama que Luke había imaginado ya acerca de los orígenes de Libby Jardine se ensombreció un poco más.

—No fue así —repuso su hermana—. ¿Por qué todo el mundo está tan en contra de Gavar? Gracias a él tú estás fuera de Millmoor.

Si estaba fuera de Millmoor era gracias a la genialidad de Daisy, y así se lo dijo Luke antes de darle un fortísimo abrazo. Su hermana pequeña lo zurró por estrujarla con tanto ímpetu, pero a él no le importó. Se dio cuenta de que había vivido momentos, durante su estancia en la ciudad de esclavos y luego en la furgoneta, en que había creído realmente que no vería a su familia nunca más.

El lunes a la hora del desayuno Jenner se presentó en casa y les explicó que Luke sería a partir de entonces el encargado de las zonas verdes. Abi entró en la cocina estando allí Jenner, pero al verlo se paró en seco, dio media vuelta y volvió a salir, lo cual no dejaba de ser extraño, dado que la chica trabajaba con él.

Así pues, la relación de Abi con Jenner pasó a engrosar, junto con la amistad de Daisy con Gavar, la larga lista de preocupaciones que Luke tenía en la cabeza mientras desempeñaba su nuevo cometido.

«Encargado de las zonas verdes» quería decir que era una especie de leñador con pretensiones bajo la dirección de un viejo cretino amargado llamado Albert. El hombre no hablaba mucho, cosa que a Luke ya le iba bien. Trabajaban por todo el dominio, a menudo a kilómetros de distancia de la mansión, cosa que a Luke también le agradaba. Era una labor fatigosa a merced del frío y la lluvia, y al final de la jornada Luke estaba reventado, como le ocurría en Millmoor. Eso también le iba bien, porque el agotamiento del cuerpo era la única manera de obligar a su cerebro sobrecargado a desconectar por las noches.

Llevaba nueve días en Kyneston cuando la bolsa de viaje con sus pertenencias apareció en la casa. ¿Significaría eso que la Supervizorra había formalizado su salida no programada? Luke hizo trizas la bolsa en busca de una nota o un mensaje del doctor o de Renie. ¿Quizá hubiera algo cosido en el forro? ¿O escondido en el asa? Pero no encontró nada.

Observó el lastimoso contenido de la bolsa esparcido sobre su cama. Calcetines negros y calzoncillos grises, un cepillo de dientes, una foto suya junto a sus compañeros de clase, sacada el último día de curso, que le parecío tan lejana como la prehistoria. No tenía nada digno de enseñar del medio año que había pasado en la ciudad de esclavos. Las únicas cosas que importaban —las amistades, todo lo que había hecho y a lo que se había atrevido, la persona en la que se había convertido— habían quedado atrás.

—¿Cómo funciona el correo aquí? —preguntó a Abi al cabo de unos días—. ¿Podría enviar una carta a Millmoor?

Cuando su hermana le preguntó el motivo, él le respondió que quería mandar un mensaje de agradecimiento a un doctor que le había atendido tras un accidente.

—Para que sepa que estoy bien.

Abi frunció el ceño y le dijo que no creía que fuera una buena idea, y que además la correspondencia con Millmoor seguía sin funcionar.

Terminó su segunda semana en Kyneston, seguida de una tercera. Fue un tiempo en que, a pesar de estar rodeado de su familia, Luke se sintió más solo de lo que se había sentido en toda su vida.

¿Ya lo habrían olvidado Jackson y el resto del club?

En Millmoor no faltarían nuevos miembros llenos de rabia, así que Luke podría ser sustituido fácilmente. Pero él recordaba los juegos a los que jugaban juntos: ir a robar con Jessica, hacer de vigía para Asif, descolgar a Renie desde la azotea de un edificio. Todos ellos habían confiado plenamente los unos en los otros. No se podía olvidar a alguien así sin más, después de compartir esas cosas.

Existían tres posibilidades, especuló. Que sus amigos hubieran sido detenidos. Que tuvieran pensado en ponerse en contacto con él, pero aún no hubieran podido hacerlo. O que creyeran que él estaba contento en Kyneston con su familia.

Mientras acometía la tarea de aquella mañana consistente en talar un cerezo podrido en medio del bosque, Luke se dedicó a analizar todas las hipótesis. La primera no se sostenía. Si habían descubierto la existencia del club y su papel en los disturbios, a Luke lo habrían detenido también para interrogarlo, estuviera o no en Kyneston. La segunda posibilidad era asimismo poco probable. Si Jackson y Angel eran capaces de sacar a un hombre de Millmoor, no debería suponerles ningún problema hacerle llegar un mensaje, aunque fuera allí. Así pues, solo quedaba la tercera opción: que el club hubiera dejado de contar con él.

En tal caso, se trataba de una equivocación tan grande que Luke no sabía por dónde empezar. Era muchísimo lo que podía hacer para contribuir a la causa desde Kyneston. Los Jardine eran la familia más poderosa del país, y Luke se encontraba entre ellos. Para algunos de sus miembros los esclavos eran como muebles, de la poca atención que les prestaban, lo que brindaba todo tipo de oportunidades para escuchar sus conversaciones. Su hermana trabajaba en la Oficina Familiar y tenía una llave. El Tercer Debate, en el que se votaría la Propuesta de Abolición, tendría lugar allí mismo.

Presa de la frustración, Luke asestó un hachazo al tronco del árbol destrozado, con el que lo arrancó del suelo y lo tumbó. Las raíces estaban secas y muertas, como si le hubieran extraído hasta la última gota de vida. Dio la vuelta al tocón y comenzó a cortar los zarcillos marchitos uno a uno. El efecto terapéutico que le reportó aquella actividad fue mínimo.

Luke había pensado en su día que Jackson lo quería en Kyneston.

«El plan es mandarte a su dominio», le había dicho el doctor en la primera reunión que celebraron tras liberar a Oz.

Bueno, pues allí estaba, aunque había sido gracias a la intervención de Gavar Jardine, a petición de Daisy. No había tenido nada que ver con ningún plan ideado por Jackson.

Luke pasó la cabeza del hacha por un lado del tocón, maldiciendo al ver que la madera se desmenuzaba sin más y caía hecha trizas en su mano. Se le escapaba algo, pero ¿el qué?

Un hecho curioso era que Gavar Jardine también había jugado un papel decisivo en la fuga de Oz. El Igual se había cruzado con los tres en la cárcel, cuando parecía inconcebible que no se hubiera fijado en ellos. Y Jackson había vuelto sobre sus pasos en dirección a él, dejando que Luke y Renie llevaran a Oz hasta Angel. Se habían oído disparos y un grito, pero el doctor no resultó herido. ¿Habría sido todo un montaje orquestado por los dos?

Luke recordó las palabras chocantes de Jackson el día que este les habló de la Propuesta, cuando admitió que tenía un aliado entre los Iguales.

«Alguien cercano al poder —había dicho el doctor—. Él ve todas las sombras en la Cámara de la Luz.»

¿Quién estaba más cerca del poder que Gavar Jardine? Era un parlamentario, un miembro del Consejo de Justicia y un heredero que parecía destinado a ocupar la cancillería algún día.

La mente de Luke iba a mil por hora, cogiendo al vuelo más pistas. Aquel Igual tenía una hija fruto de su unión con una ordinaria. Se había valido de la Destreza para someter a todos los que se manifestaban a las puertas del mADMIcomio, eso era cierto, pero solo después de que el loco de Grierson hubiera ordenado abrir fuego sobre la multitud. Puede que Gavar Jardine les hubiera provocado un suplicio, pero les había salvado la vida.

Y si bien resultaba agradable pensar que Gavar había sacado a Luke de Millmoor a petición de Daisy, no era muy verosímil que a una niña de diez años —ni siquiera una tan espabilada como su hermana— se le hubiera ocurrido aquella idea por sí sola. ¿Se la habría sugerido el heredero, sabiendo que sería una buena tapadera?

Luke no estaba seguro. Pero de momento parecía la única hipótesis que lo explicaba todo.

Todo salvo una cuestión fundamental.

¿Para qué lo necesitarían a él en Kyneston?

DIECIOCHO

ABI

Todo saldría bien, seguro que sí. Se les pasarían rápido, los diez años.

Abi, al principio, había estado preocupada por Luke. Durante las dos primeras semanas lo había visto disperso. Y él no había contado mucho sobre su estancia en Millmoor, más allá de los hechos que se inferían fácilmente. Uno, que no había sido muy divertido, y dos, que no quería hablar de ello.

Al menos había llegado sano y salvo, a pesar de todos los rumores de disturbios, y aquella vaga alusión a un médico y un accidente. Y otra cosa más, Luke había madurado mucho en Millmoor. Aquel día espantoso en que se vio separado de ellos, su hermano había mostrado una fortaleza de carácter que ella nunca había sospechado que tuviera, y eso no parecía haber hecho más que aumentar durante el tiempo que había pasado lejos de la familia. Además, había echado músculo, de un modo que hacía que Abi se alegrara de ver a su hermano menor a salvo de las zarpas de sus amigas devorahombres.

En general, se sentía orgullosa y aliviada como hermana mayor. Y ahora que Luke estaba con ellos, cabía esperar que las cosas se calmaran por fin y los Hadley pudieran seguir cumpliendo con su decenio de esclavitud sin problemas.

Solo faltaba descubrir por qué Jenner la trataba con frialdad.

Y Abi no lograba recordar con claridad lo que había ocurrido aquella noche en el Gran Solar.

Y, lo que es más, el hombre perro seguía sin querer contarle lo que había hecho para merecer la humillación que sufría a manos de lady Hypatia. Sin querer hacerlo, o tal vez, sin poder.

El modo en que los otros esclavos de Kyneston parecían conformarse con fingir que el hombre no existía resultaba francamente vergonzoso.

—Tienes que olvidarlo, cielo —le dijo el ama de llaves una tarde mientras tomaban una taza de té—. No es un ser bueno, y meterte en ese asunto más bien te perjudicará.

Cuando Abi preguntaba por qué, siempre le daban la misma respuesta: porque lo castigó lord Crovan, un destino reservado solo a los más malvados. ¿Acaso no veían que lo entendían todo al revés? La severidad del castigo que le habían infligido no demostraba que el hombre lo mereciera.

—Ven conmigo —dijo una noche a Luke una vez que fregaron y secaron los platos. Daisy estaba arriba, leyendo mientras Libby se dormía, y mamá y papá habían ido a visitar a unos amigos de la Hilera—. Quiero que conozcas a alguien.

Luke había sonreído, contento de seguirle la corriente. Algo en su interior se había relajado en aquellas últimas dos semanas. Al principio Abi lo había visto nervioso, casi como si echara de menos Millmoor. Se había preguntado si sería porque Luke había conocido a alguna chica allí y la añoraba, pero él se había burlado de aquella idea. Quizá simplemente necesitara tiempo para adaptarse.

Lady Hypatia llevaba sin poner los pies en Kyneston desde el día de Año Nuevo. Sin embargo, no tardaría en acudir allí con una avanzadilla del escaño de Ide que regentaba, y una de Appledurham, para poner en marcha los actos previos a la boda. Eso significaba que el hombre perro no había salido de la perrera desde que Luke llegó de Millmoor. ¿Su hermano sabría siquiera que existía?

Por lo visto no.

—Haz el favor de explicarme qué es esto que veo —le pidió Luke airado, mientras Abi vacilaba en la entrada de la perrera, sin saber exactamente cómo hacerlo—. Porque se parece muchísimo a un hombre desnudo metido en una jaula diminuta.

La voz de Luke sonaba tensa e indignada. A Abi le dieron ganas de abrazarlo. Sabía que no estaba loca. Sabía que era increíble y que simplemente estaba mal que alguien tuviera que vivir en aquellas condiciones.

—Hay que sacarlo de aquí —sentenció Luke.

—No es tan sencillo.

Abi le puso al corriente de la situación, hablando rápido, consciente en todo momento de la presencia del Señor de los Canes en el piso de arriba. Había descubierto que al cuidador de la perrera le gustaba empinar el codo, así que hacía un par de semanas había sacado varias botellas de whisky de malta de las bodegas y le hizo creer que eran un regalo de agradecimiento de los Jardine. El hombre había recelado —estaba claro que los Iguales no tenían por costumbre mostrar gratitud para con sus esclavos—, pero se las había quedado igualmente. A partir de entonces Abi respiraba un poco más tranquila durante sus visitas nocturnas a la perrera.

—Si puedo hacer que hable y camine —dijo a su hermano—, quizá le dejen ser un esclavo más como el resto de nosotros.

—Eso no va a pasar, Abi. Sabes que no será así. Esto no es solo un castigo. Es también algo vengativo. Piensas demasiado a pequeña escala. La única manera que tienes de acabar con esto es sacarlo de Kyneston. Si quieres cambiar algo, tienes que pensar a lo grande.

Luke hablaba en un tono serio, de un modo que ella nunca había visto en él. Realmente creía lo que decía.

Y Abi sintió de repente un poco de miedo por su hermano. ¿Cuándo se había vuelto Luke tan… intrépido?

Puede que a eso se debieran los disturbios de Millmoor. Quizá Luke hubiera oído a algunas personas soltando aquel tipo de eslóganes idealistas. Palabras inteligentes. Ideas bonitas. Todo ello completamente imposible.

Luke le quitó la llave de la mano.

—Lo sacaremos de la perrera unas horas, por lo menos. No basta con que se ponga de pie; necesita andar, correr. Vamos al bosque. Allí nadie nos verá.

Y antes de que Abi pudiera detenerlo, Luke estaba de rodillas frente a la jaula, levantando la puerta tal y como había que hacerlo. Lo oyó murmurar consternado mientras el hombre perro salía de la jaula a rastras. ¿Sería por el aspecto y el olor del cautivo? ¿O simplemente por el hecho insoportable de su mera existencia, la de un hombre retorcido por la Destreza hasta verse despojado de toda apariencia de humanidad?

—Soy Luke Hadley —oyó decir a su hermano con aquel nuevo tono, seguro de sí mismo.

—Hola... Luke Hadley —contestó el Condenado con voz áspera.

—No sé cómo te llamas.

Los hombros del cautivo se agitaron. De nuevo aquel horrendo regocijo vacío, que a Abi seguía dándole escalofríos.

¿Y si estamos equivocados?, quiso gritar de repente Abi. ¿Y si hemos cometido un grave error? ¿Y si el motivo por el que no hay humanidad en él no es que se la hayan quitado, sino que nunca la ha tenido?

—Yo... tampoco. Tu hermana me... pregunta lo mismo. ¿Por qué no... me llamas... «Perro»?

—¿«Perro»? ¿Es que no recuerdas tu nombre? —inquirió Luke.

—Solo recuerdo... lo que él me... dejó recordar. Las cosas... malas.

—¿Él?

—Nadie. Alguien que... espero que... nunca conozcas. Mi carcelero.

—Lord Crovan —dijo Abi. Luke negó con la cabeza. Aquel nombre no le sonaba de nada—. Una especie de sádico autorizado por el Estado —aclaró ella.

—De esos hay a montones.

Perro se irguió de golpe, como un animal poniéndose de pie con esfuerzo sobre las patas traseras. Ahora que tenía delante a otra persona con quien compararlo, Abi observó que Perro debió de haber sido alto en su día. Y fuerte.

Seguía siendo fuerte. Cuando estaba a cuatro patas no se notaba, pero ahí estaban los músculos, que se le marcaban con claridad en los muslos delgados y le sobresalían poderosos a lo largo de la parte superior de los brazos. ¿Cuántas flexiones haría allí dentro cada día?

—Tienes que vestirte —dijo Luke—. Vamos a buscarte algo de ropa.

—Soporta bien el frío.

Abi no quería que su hermano se pusiera a rebuscar por allí y acabara molestando a los perros o a sus amos.

—No lo dudo. Pero si uno ve a tres personas caminando por ahí en plena noche, le llamarán un poco más la atención si una de ellas va en cueros que si van todos *vestidos*, ¿no?

¿Cuándo se había vuelto Luke tan sensato? ¿Y tan respondón?

Bueno, un momento. Eso último siempre lo había sido.

Cuánto se alegraba de tenerlo de nuevo a su lado. Así era como debería haber sido desde el principio.

La salida nocturna con el hombre perro —o Perro, como en teoría debía llamarle ahora, lo cual le hacía sentir aún peor— fue todo un éxito. Regresaron a su jaula sin incidentes, y Luke se mostró dispuesto a repetir la visita en breve.

Sin embargo, eso iba a ser más difícil, ya que había llegado la avanzadilla para los preparativos de la boda. No solo lady Hypatia, sino también su hijo mayor y su familia, los Vernay de Ide, una rama cadete de la familia Jardine. Abi no sabía nada de ellos, más allá del hecho de que Ide había sido el blanco de la infame revuelta condenada al fracaso de Billy el Negro hacía dos siglos. Con ellos llegó el padre viudo de la novia, lord Lytchett Matravers, y su amigo lord Rix.

Juntos formaban una extraña pareja. Uno era un hombre orondo como un pudin de Navidad, que rezumaba olor a jerez y buen humor. El otro era delgado como un palo, fino y sofisticado, e iba dejando un aromático rastro a humo de puro por donde quiera que pasara. Otra cosa que les acompañaba era la risa, lo cual suponía un cambio agradable.

Su trato con Jenner seguía siendo distante y formal. Pero en los demás aspectos, Kyneston —¿o sería ella misma?— parecía estar deshaciéndose de la oscuridad de los meses de invierno, librándose de ella como hacía una salamandra al mudar la piel en el fuego. Ardo, no brillo, pensó Abi.

—Tú no eres de por aquí, ¿verdad?

Lord Rix estaba apoyado en la pared revestida de paneles del pasillo. Estaba observándola, con un fino cigarrillo entre los dedos y una sonrisa en los labios.

Abi había estado dando instrucciones a un par de esclavas domésticas sobre la decoración que transformaría el Ala Este de Kyneston, la cual pasaría de ser una cámara de debates a convertirse en un salón de bodas de un día para otro. Pese a sus intentos por disimular su marcado acento del norte, este acababa saliendo cuando se exasperaba, como le había ocurrido al hablar con dos personas que parecían ignorar la diferencia entre «banderines» y «guirnaldas».

—No, milord. Soy de Manchester.

—¿De Manchester? —repitió Rix, arqueando una ceja.

Abi no conseguía recordar el nombre de su dominio, pero le sonaba que estaba en alguna parte de East Anglia. El servicio de inteligencia de la cocina le había informado de que Rix tenía muchos caballos de carreras pero ningún descendiente, y que era el padrino de las dos hijas de Matravers.

—Ajá. Así que tu hermano debe de ser el muchacho al que Gavar sacó de la ciudad de esclavos. Un rescate audaz donde los haya. Tendrás que mostrármelo un día para que me cuente toda la historia. Por aquí no hay mucho más que pueda calificarse de emocionante, ¿eh?

Abi dudaba de que el relato de Luke sobre las seis horas que pasó en la parte trasera de una furgoneta fuera tan apasionante como esperaba el Igual, pero ella asintió obediente.

—Se lo diré cuando lo vea. Pero me temo que rara vez está en la casa. Se encarga del mantenimiento de las zonas verdes. Si, cuando usted salga, ve a un chico rubio con un hacha grande, seguro que es él.

—Un hacha, ¿eh? —El Igual levantó las manos en un gesto de terror fingido—. Supongo que tus amos confían en que tu hermano no haya sacado ninguna mala idea de su estancia en Millmoor. Ja, ja. En fin, pareces una jovencita muy ocupada. No dejes que te entretenga.

Y, dicho esto, Rix se encaminó con paso despreocupado hacia el Pequeño Solar en busca de su amigo.

Puedes retirarte, Abi.

El Igual no se equivocaba: estaba muy ocupada. Abi tenía una larga lista de tareas pendientes y solo había una de ellas que se moría por hacer. Pero antes debía dar con otra joven que pudiera dejar de lado sus labores habituales para ayudar a la doncella de lady Thalia a revisar el armario de su señora y varios baúles de ropa vieja de Euterpe Parva.

Era algo que había que hacer porque en el plazo de unas semanas la durmiente de Kyneston despertaría. Y cuando lo hiciera, al parecer tendría una boda a la que asistir.

Se trataba sin duda de una imposibilidad médica.

La gente no salía de un coma de acuerdo con un calendario fijado.

—Las posibilidades médicas no tienen nada que ver con esto —le había contestado mamá—. Es el Joven Amo quien va a hacerlo posible. Y lady Parva está en unas condiciones físicas extraordinarias. No le he detectado ninguna pérdida de tono muscular. Lady Thalia se sienta con ella cada día y por lo visto le aplica su Destreza para que su hermana se mantenga fuerte. Desde un punto de vista mecánico, no hay nada que impida que lady Euterpe se levante tranquilamente de esa cama y vaya a dar un paseo de diez kilómetros.

Abi entendió lo que mamá no dijo. Puede que Silyen Jardine fuera capaz de devolver la conciencia a su tía, pero ¿recuperaría ella de algún modo sus facultades mentales? La gente no salía de un coma de veinticinco años y retomaba sin más su vida donde la había dejado.

La estudiante de primer año de medicina que habría sido Abi en aquel momento se moría de ganas de ver que Euterpe Parva daba al traste con lo establecido en manuales de texto sobre lo que era posible y lo que no. La curiosidad que le suscitaba el funcionamiento de la Destreza, desde el punto de vista fisiológico, era una de las razones por las que se le había ocurrido cumplir con su decenio de esclavitud en un lugar como aquel. Pero hasta que no lo viera con sus propios ojos, no lo creería.

No tuvo ningún problema para dar con una voluntaria que pudiera pasar el día entre trajes de fiesta. Otra tarea que podía tachar de la lista de pendientes. Pero aún le quedaban más, que se interponían entre ella y la caja de embalaje que había en la biblioteca.

Lord Matravers insistía en probar todos los platos elegidos para el banquete de bodas, así que Abi negoció una fecha con la cocina. Los responsables de las tareas domésticas trabajaban ya a toda marcha a fin de tenerlo todo listo para los centenares de invitados que asistirían al gran acontecimiento de tres días seguidos con debate, baile y boda incluidos. Les esperaba un ir y venir constante de furgonetas de reparto durante las siguientes semanas.

A Abi le sorprendió toparse con Luke cuando este salía de las dependencias subterráneas de los sirvientes.

—Me han enganchado para las celebraciones —le explicó él—. Por lo visto, este año participa todo el mundo. Fíjate si están desesperados que han cogido hasta a Albert. Yo me ocuparé de cargar con los equipajes y servir bebidas, así que tienen que tomarme medidas para el uniforme. Mira, va a ser una auténtica locura. Una buena oportunidad para… ya sabes.

—No, no sé —repuso Abi tajante. El efecto de la mejor de sus miradas fulminantes de hermana mayor solo se vio ligeramente debilitado por el hecho de que ahora tenía que alzar la vista para clavar los ojos en Luke—. Ya hablaremos esta noche en casa.

Y después, por increíble que pareciera, las tareas pendientes de su lista pasaron a ser tareas realizadas en su totalidad, así que Abi fue corriendo a la biblioteca.

La estancia se hallaba cerrada con llave, en vista de lo que se guardaba en su interior de manera temporal. No obstante, Abi tenía las llaves maestras de la Oficina Familiar. Miró a un lado y al otro del pasillo antes de entrar, aunque aquello formaba parte perfectamente de sus funciones. De acuerdo, nadie le había dicho que lo hiciera, pero en eso consistía ser una persona con iniciativa, ¿no?

Alguien se le había adelantado, porque el contenido de la caja ya no estaba en su interior.

Allí mismo, en la biblioteca, tan cerca de Abi que casi podía tocarla, se hallaba la Silla del Canciller de la República de los Iguales de Gran Bretaña. La llevaban todos los años a Kyneston con motivo del Tercer Debate sobre la Propuesta. Era más pequeña y hermosa de lo que había imaginado.

Se encontraba de espaldas a ella, frente a la chimenea. La madera de roble de la que estaba hecha se había oscurecido hasta adquirir un tono y un brillo parecidos al ébano durante los más de siete siglos de uso.

Abi se acercó a ella con sigilo. La silla tenía una presencia similar a la de una persona. Imponente. Regia.

Las tallas de fieras y hombres esculpidas en el respaldo habían perdido las formas definidas de su relieve, pero eso no disminuía su encanto. Abi se agachó para estudiar las imágenes de cerca. Un dragón. Un hombre coronado. Una mujer alada empuñando una espada. Un sol rodeado de estrellas. Líneas ondulantes que podrían haber representado agua, o cualquier otra cosa totalmente distinta.

Hizo amago de tocarla. Vaciló, como había hecho hacía ya meses al tocar el muro de Kyneston, y luego pasó la yema de los dedos por la madera brillante. Apoyó la palma de la mano en la parte superior de forma triangular para luego deslizarla por el brazo.

Cuando rozó el lateral con la punta de los dedos recibió una descarga que la hizo gritar, y del traspié que dio estuvo a punto de caer de espaldas en la chimenea.

La silla estaba ocupada.

—Ten cuidado, Abigail —le reprendió la persona sentada en el asiento de madera con las piernas cruzadas y en actitud pensativa—. Sería un auténtico fastidio tener que rescatarte de las llamas.

Silyen Jardine la observaba ligeramente.

—Casi me da un infarto por su culpa —le espetó Abi sobresaltada—. ¿Qué hace ahí sentado… comprobar si le va bien?

Y si existiera una guía titulada *Cómo no deberían dirigirse nunca los esclavos a sus amos*, una frase como aquella aparecería sin duda escrita en la primera página. Abi comenzó a disculparse, pero el Joven Amo le hizo un ademán para que callara.

—Eso es un poco exagerado, ¿no te parece? No soy el heredero. Ni siquiera soy un posible candidato, aunque me atrevería a decir que mi padre me preferiría a mí en lugar de a Jenner si se diera el caso. No, nunca seré Canciller. Claro que esta tampoco ha sido siempre la Silla del Canciller.

Para enfatizar su afirmación Silyen extendió sus largas piernas y repiqueteó con los talones de las botas en la piedra alojada bajo el asiento. Era la antigua piedra de coronación de los monarcas británicos, hecha pedazos por su antecesor Lycus el Regicida.

¿Qué insinuaba Silyen? Abi sabía a qué podía referirse, pero sería una auténtica locura, incluso viniendo de él.

—Supongo que no estará planeando restaurar la monarquía —dijo—. Me parece que el momento para eso ya ha pasado, ¿no cree?

—¿Mi hermano ha estado dándote más lecciones de historia? —preguntó el Igual—. Ay, no, seré tonto, si ya no se le permite confraternizar contigo, ¿no? Solo hablar de cosas aburridas como clips y facturas. Órdenes de mamá. Bueno, permíteme que sea yo el que te ofrezca una lección. Me consta que te gusta la historia, Abigail. Recuerda: quien no aprende de ella está condenado a repetirla. ¿O debería ser quien aprende de ella es capaz de repetirla? A ver.

Y, levantando las botas en el aire, bajó de la silla suavemente de un salto.

Abi lo siguió con la mirada, pero su cerebro se había quedado tan solo con una parte de lo que había dicho Silyen. Así que el distanciamiento de Jenner no era voluntario, sino impuesto por su madre. La invadió una sensación de efervescencia tan mágica como la Destreza.

¿Sería esperanza?

Silyen no se dio cuenta. Con las manos en la nuca, estaba observando detenidamente los tallados en relieve que Abi había contemplado hacía un instante.

—¿Has oído hablar del *Wundorcyning*, el Rey Maravillas? Si no es así, no te regañaré, porque muchos de los míos tampoco saben nada de él. Es una leyenda popular… y peligrosa. Su historia se ocultó hasta en dos ocasiones. Yo creo que existió de verdad. Uno no se molesta en borrar el recuerdo de personajes inventados.

Silyen se agachó para seguir el rastro de la figura poco definida del hombre coronado.

—Vivió durante esa oscura laguna que hay entre los romanos y la época en la que empezamos a escribir la historia para nosotros mismos. Era Diestro. Se cuenta que conoció a extrañas criaturas fantásticas, que luchó contra gigantes y recorrió otros mundos.

»Tras su muerte, o su desaparición, ya que no hay constancia alguna de que muriera, por algún motivo nunca hubo otro soberano Diestro, así que las leyendas sobre el Rey Maravillas fueron prohibidas por los monarcas que lo sucedieron. Estos poseían una corona, pero no la Destreza, y me imagino que no querían parecen unos ineptos al ser comparados. Naturalmente, desde la gloriosa Revolución de los Iguales nuestros gobernantes han tenido Destreza, pero no corona. Por eso la gente que ostenta el poder sigue sin querer saber nada de él: el único hombre que tuvo ambas cosas.

—Pero aquí está —dijo Abi sorprendida—. Oculto a simple vista.

—Exacto —respondió Silyen, sonriendo—. La biblioteca de Orpen Mote albergaba el único ejemplar completo del libro más antiguo, *Señales de maravillas: relatos del rey*. Pero está aquí, de eso estoy seguro. En la silla, burlándose de todo aquel que la ha ocupado, incluido mi padre.

Abi se puso derecha. La historia era fascinante, pero ni siquiera la conversación sobre libros antiguos, el saber perdido y un rey mágico podían desbancar al único tema del que su mente clamaba oír más cosas.

¿Se enfadaría el Joven Amo si le preguntaba? Por desgracia, no tenía elección, ya que nadie más —y Jenner menos aún— parecía dispuesto a hablar de ello.

—Su hermano —comenzó Abi—. Ha dicho que su hermano...

¡Puf! A su lado Perro parecería expresarse con fluidez.

—Tiene prohibido tratarse contigo, así es. —El joven Igual hizo un ademán desdeñoso—. A madre y padre les preocupa que Jenner sea ya medio ordinario, así que se muestran inflexibles ante cualquier actitud aparente de empatía por los de tu condición. ¿Crees que «empatía» es la palabra más apropiada en este caso, Abigail?

Silyen hizo aquel comentario en un tono ladino y Abi se sonrojó de vergüenza. Pero tenía que insistir.

—¿Y eso es todo lo que hay? ¿Una desaprobación general? Porque hay una noche que no logro recordar. Me preocupa pensar que quizá se deba a un comportamiento inadecuado por mi parte.

—¿Que no logras recordar? ¿No me digas que alguien ha estado haciendo limpieza dentro de tu cabeza sin tu permiso? Qué descortesía. Puedo echar un vistazo, si quieres.

Abi dudó. ¿Qué tendría en su interior? Aquellos ojos negros y brillantes vieron su vacilación.

—Entrar en la memoria de alguien es un proceso peligroso y casi siempre dañino, Abigail. Pero descubrir si alguien se ha visto sometido a un acto de Destreza es mucho más sencillo, al menos eso pienso yo. Y, en tal caso, llegar a saber quién ha sido el responsable de ese acto. Cada uno de nosotros tiene una manera única de utilizar la Destreza que posee. Es como una huella digital.

»Como guardián de esta familia, conozco la huella de todo aquel que entra en nuestra propiedad. Así que podré decirte si alguien ha empleado la Destreza contigo. Mira, hasta puedes estar sentada cómodamente mientras lo averiguo.

Silyen le señaló con aire despreocupado la Silla del Canciller, trono de reyes y reinas. Abi accedió a sentarse mientras la cabeza le daba vueltas. Se agarró a los brazos de la silla, completamente lisos, y cerró los ojos con fuerza hasta que todo terminó.

El Joven Amo no le había mentido. No fue en absoluto tan espantoso como lo que le había hecho al llegar allí, pero aun así sintió que el estómago se le revolvía al verse manipulada. Fue como cuando mamá revisaba los tomates en el supermercado para ver si estaban tocados. Abi imaginó a Silyen buscando una masa esponjosa entre marrón y negra, donde un Igual hubiera hundido la punta afilada de su Destreza y le hubiera causado una lesión.

—Bouda —anunció el joven al cabo de unos minutos—. Y mi madre. No ha sido difícil deducirlo. Ambas carecen de refinamiento. También puedo contarte lo que ocurrió exactamente. Bouda y Gavar se pelearon, fue una pelea feroz que tú presenciaste. Bouda no soporta ser la comidilla de los criados, así que te aplicó el Silencio. Con brutalidad. Supongo que aún estaba furiosa con Gavar.

»Te dejó en mal estado, sollozando de dolor. Así que Jenner... el inútil de mi hermano sin Destreza, pobre... fue a buscar a mi madre o a mí para asegurarse de que estabas bien. Por desgracia para ti encontró primero a mamá, que realizó una cura torpe, en otro intento francamente lamentable por enredar con tu memoria, y le dijo a Jenner que tú no deberías haber estado allí. Luego le dio órdenes estrictas para que suspendiera de forma inmediata todo contacto contigo que no fuera estrictamente profesional. Pues sí, eso es lo que ocurrió. Seguro que te pasaste una semana entera con dolor de cabeza.

A Abi le picaba todo el cuerpo. Se sentía traicionada, aunque no debería haber esperado nada mejor de Silyen Jardine, con su extraña y prometedora simpatía y su total falta de escrúpulos.

—Usted ha dicho que no miraría mis recuerdos.

—Abigail, me hieres. —Silyen se puso la mano sobre el corazón, o sobre el lugar donde debería haberlo tenido—. No los he mirado. Sé todo eso porque una hora más tarde, después de acompañarte a casa, Jenner vino a hablar conmigo y me contó toda la historia. Casi gritaba de lo culpable que se sentía. Yo le dije que aceptara la realidad. A ver, tampoco es tan grave, no te pegó un tiro. Empiezo a pensar que a mis hermanos no se les dan nada bien las mujeres.

Silyen se estremeció con delicadeza, como haría un gato al ofrecerle galletas a un perro.

Abi se lo quedó mirando incrédula. Estaba aferrada a los brazos de la Silla del Canciller con tanta fuerza que tuvo miedo de arrancarlos. ¿Debería reír… o llorar?

¿O debería ir en busca de Jenner Jardine para decirle que dejara de comportarse como un idiota y la besara?

DIECINUEVE

GAVAR

Padre planeaba un debate. Silyen, una resurrección. Y Gavar, una boda.

Estaba todo tan mal que Gavar no sabía por dónde empezar.

Hizo sonar el hielo en el vaso que tenía en la mano y frunció el ceño cuando ningún lacayo se apresuró a llenárselo de Laphroaig.

Podría empezar por Millmoor. Eso había sabido llevarlo bien. Incluso padre lo había reconocido. El niño soldado Grierson se había puesto a disparar a la multitud, lo cual podría haber puesto fin a los disturbios de aquel día, pero habría ido acumulando más problemas para el futuro.

La intervención de Gavar lo había evitado, recordando de paso a los ordinarios quiénes eran sus verdaderos amos. Así que todo el mundo le había dado una palmadita en la espalda a su regreso a Londres, y con razón.

Pero ¿acaso era una actitud infantil por su parte querer algo más que eso?

De hecho, la única persona que le había dado las gracias por algo era Daisy, la pequeña esclava que le había rogado que sacara a su hermano de aquel lugar. El rescate había sido bastante fácil de organizar, una vez que hubo dado con un animal que sabía qué aspecto tenía el chico.

Tanta gratitud por parte de aquella niña por una nimiedad, y tan escaso reconocimiento por parte de todos los demás por lo que había logrado: la paz en Millmoor.

O la tranquilidad, por lo menos. Desde aquel día no se habían producido más incidentes.

Gavar tomó otro trago de whisky mientras observaba el ajetreo en el Gran Salón de Kyneston desde su posición privilegiada junto a la chimenea de mármol. Oía como llovía a cántaros en el exterior, aunque a pesar de lo tarde que era y del mal tiempo que hacía la casa seguía llenándose de invitados. No habían dejado de llegar parlamentarios durante todo el día. Lores, ladies y sus herederos entraban por la enorme puerta sin una gota de agua sobre sus cuerpos, mientras los esclavos empapados cargaban con su equipaje.

El lacayo que normalmente se encargaba de supervisar el mueble bar se dirigía malhumorado hacia el pasillo de servicio para guiar a la Portavoz Dawson y al pelota de su hijo, que en teoría era una especie de asesor de los OP. Eso era algo que Dawson había aprendido de los Iguales: el arte del nepotismo.

Gavar resopló y levantó el vaso al verlos pasar para saludar la hipocresía de la Portavoz. El hijo, que tendría más o menos su edad, vio su gesto, pero no pareció escarmentado. De hecho, había algo peligrosamente cercano al desprecio en la expresión de sus bonitos ojos azules de chico guapo. Gavar deseó poder echar mano de su fusta, aunque supuso que dar una paliza a un invitado que acababa de entrar por la puerta sería un mal comienzo para las celebraciones que tenían por delante.

No debía preocuparse. Ya encontraría la manera de resarcirse de la insolencia de aquel hombre.

Apostada en la entrada, madre hacía lo posible por mantener una sonrisa dibujada en el rostro mientras daba la bienvenida a Crovan. Gavar se acercó un poco más al fuego crepitante mientras observaba la escena. La apariencia del recién llegado bien podía ser impecable —con el cabello echado hacia atrás, el alfiler dorado de la corbata brillando a la luz de las velas y el abrigo de vicuña confeccionado a medida para adaptarse a la altura y severidad de su cuerpo—, pero transmitió a Gavar todos los horrores que había cometido hasta aquel día.

Era de suponer que Silyen lo incluiría en la lista de invitados a la representación que ofrecería a modo de aperitivo a la mañana siguiente: el despertar de tía Euterpe. A Crovan le parecería fascinante. Puede que pidiera un asiento en primera fila. Menudo plan despertar de un sueño de veinticinco años y que las primeras caras que uno viera fueran las de Sil y lord Bicho Raro. La cordura de tía Terpy volvería despavorida al trastornado recoveco de su mente donde se había refugiado durante todos aquellos años.

El debate y el Baile de la Propuesta tendrían lugar al día siguiente, y Crovan siempre votaba y asistía al acto posterior. Pero ¿seguro que no se quedaría un tercer día, para estar presente en la Boda del Siglo? El acontecimiento prometía ser indescriptible.

Madre llamó a un esclavo para que se acercara a coger la maleta de Crovan, y Gavar vio que se trataba del chico que había sacado de Millmoor. Daisy le había dicho quién era un día mientras paseaban con Libby. Se trataba de un muchacho con cara de pocos amigos que llevaba una bolsa de herramientas colgada a la espalda y no parecía precisamente contento de estar allí. Otro ingrato.

O eso había pensado Gavar. Pero al toparse de nuevo con él al cabo de varias semanas, había observado un cambio de actitud. El chico lo había mirado no solo como si lo hubiera sacado de Millmoor, sino como si lo hubiera llevado él mismo en la furgoneta hasta allí y luego le hubiera montado una fiesta de bienvenida a Kyneston con estrípers incluidas. Se había deshecho en muestras genuinas de gratitud, y le había dicho que si había algo que pudiera hacer por Gavar, lo haría.

«Lo que sea», le había asegurado sin contenerse. Como si hubiera muchas cosas que el heredero de Kyneston pudiera necesitar y un esclavo de diecisiete años fuera capaz de proporcionarle.

Gavar apuró el whisky que le quedaba en el vaso. Era consciente de que tenía que controlarse con la bebida. No quería acabar como padre. Pero últimamente había sentido la necesidad de echar un trago. Seguía teniendo los dolores de cabeza que lo atormentaban desde que nació Libby. Eso era algo que no te contaban sobre la paternidad: la preocupación constante, y el precio que se pagaba por ello.

El muchacho de Millmoor estaba en la otra punta del vestíbulo, cargado con el equipaje de Crovan. Madre parecía estar soltándole una perorata para describir el lugar donde se alojaría lord Horripilante. Seguro que el chico nunca había estado dentro de la casa.

Pero de repente Sil apareció tan campante desde la arcada del Ala Oeste en dirección al trío y, ante la visible desaprobación de madre, cogió la maleta de Crovan y se llevó de allí al invitado menos bienvenido de todos. El muchacho los vio marchar imperturbable. De hecho, hizo una mueca de fastidio cuando creía que nadie lo miraba.

Bien hecho. Quizá había valido la pena rescatarlo.

Gavar dejó de golpe el vaso vacío en la repisa de la chimenea, donde permanecería sin duda hasta que algún esclavo agobiado de trabajo lo viera a la mañana siguiente. Ya estaba cansado de ejercer de anfitrión. Le quedaban tres noches de libertad y pensaba aprovecharlas al máximo. Uno de los lores de las tierras fronterizas había sucedido recientemente a su padre y la nueva heredera del dominio —que asistía por primera vez a un debate— merecía que fuera a hacerle una visita. Gavar pensó que podría interesarle una rigurosa iniciación en el malvado mundo de la política.

Todo el mundo sabía que a los Jardine se les daba bien ese tipo de cosas.

La joven resultó mostrarse gratamente deseosa de recibir sus lecciones. Sin embargo, Gavar regresó a su habitación para dormir, y al día siguiente bajó a desayunar temprano para no tener que cruzarse con ella. Había defendido la reputación familiar con esplendidez y en repetidas ocasiones, pero temía que ella se mostrara efusiva. Gavar no quería que la arpía con ojos de águila con la que iba a casarse se diera cuenta. La chica no madrugaría, de eso estaba seguro.

Cuando Kyneston estaba de fiesta, el desayuno se servía en la Gran Galería. Una mesa enorme se vestía en toda su longitud con mantelerías almidonadas. Gavar miró a un lado y a otro al entrar en la estancia. No vio ni rastro de su nueva amiga —tendría que preguntar su nombre a madre— ni de su futura esposa, lo cual fue un alivio.

Unas cuantas cabezas se volvieron mientras Gavar tomaba asiento. Bueno, que miren, pensó. Un día sería el señor de aquella casa, y aquella mesa sería suya. Libby se sentaría a su lado en el lugar que le correspondía, aunque nunca pudiera ser su legítima heredera.

No obstante, ¿sería eso imposible? Gavar recordó el día, a finales del año anterior, en que Daisy y él estaban sentados junto al lago y el barco se había movido hacia ellos.

No se había movido. Lo habían movido.

Aquello le había dado vueltas en la cabeza desde entonces. En aquel momento se convenció de que su hija había logrado moverlo haciendo uso de la Destreza. En las semanas siguientes la observó con avidez por si daba más señales de ser Diestra, pero no vio ninguna. Puede que se tratara realmente de una brisa fortuita, un impulso del amarradero de la embarcación. O quizá fue el propio Gavar, cuya Destreza se puso en marcha inconscientemente para deleitar a su pequeña.

Pero no estaba preparado, por lo menos todavía, para renunciar a la idea de que aquello hubiera sido una muestra de capacidad precoz y espontánea. De acuerdo que era insólito que un hijo de ascendencia mixta pudiera ser Diestro, pero también lo era que un vástago de padres Iguales pudiera ser No Diestro, y aun así ahí estaba ese sinsentido andante que era Jenner.

Si Libby era Diestra, podría heredar, fuera o no legítima, aunque la futura esposa de Gavar sin duda tendría algo que decir al respecto.

Pensar en Bouda lo devolvió muy a su pesar al presente y a la Gran Galería. Una parte de las conversaciones que se mantenían a lo largo de la mesa debían ser cotilleos en torno a la boda. Sin embargo, Gavar sospechaba que la mayoría estaba especulando sobre el acto inaugural que tendría lugar aquella mañana, y en el que no estaría presente casi ninguno de los invitados de Kyneston.

El público convocado para presenciar el despertar de tía Euterpe —o el fracaso de Silyen— sería reducido. Además de la familia, y

Zelston, habría tan solo diez testigos oficiales. La mitad de ellos conocía a las dos hermanas de cuando eran jóvenes, y habían sido elegidos por madre. La otra mitad eran parlamentarios, y habían sido invitados por padre.

Los escogidos del segundo grupo formaban una selección desconcertante. Cuando Gavar le preguntó por qué aquellos cinco en particular, padre le respondió que lo averiguara él mismo.

Alrededor de los comensales, los esclavos revoloteaban cargados con bandejas, fuentes y cestas cubiertas con servilletas repletas de todas las exquisiteces imaginables, dignas del mejor desayuno. Después de llenarse el plato de tostadas y beicon, Gavar se sintió capaz de resolver el enigma.

Los cinco elegidos no eran íntimos de padre, pero tenían una buena disposición hacia él, y todos y cada uno de ellos contaban con la lealtad de varios titulares de dominios menores. Gavar tenía la impresión de que eran parlamentarios que podrían pasar de admiradores a aliados con una demostración lo suficientemente espectacular del poder de la familia Jardine.

Una demostración de poder como la práctica resurrección de Euterpe Parva.

Gavar frunció el ceño y pidió más café. El esclavo con la cafetera de plata no se hubiese movido más rápido si le hubieran pinchado con un tenedor, pero Gavar sospechó que Silyen ni siquiera necesitaba pedir a los criados lo que quería. La bebida estaba hirviendo, como a Sil le gustaba. Gavar la dejó reposar para que se enfriara.

¿Podría ser eso realmente lo que tramaba padre? Qué valor. Y descubrir el plan demostraba, en teoría, que Gavar merecía formar parte de él. Otra prueba.

Bien, pues Gavar la había pasado.

Dejó el café intacto y se encaminó hacia el pasillo superior del Ala Este para regresar a las dependencias de la familia. Gavar aporreó la puerta más grande y padre la entreabrió, con semblante adusto. Llevaba la bata atada a la cintura con un nudo flojo y tenía un vaso en la mano. Un ligero perfume se filtró por el resquicio.

—¿Ya lo has averiguado? —preguntó padre—. Me quitas un peso de encima. Si no lo hubieras hecho, te habría repudiado, y me estoy quedando sin hijos pasables. Nos reuniremos todos en mi estudio esta tarde a las cuatro, después del intento de Silyen.

La puerta volvió a cerrarse. Gavar la miró con cara de asco. Por un momento se le pasó por la cabeza darle una patada.

Pero no, últimamente tenía una solución mejor. Iría a dar una vuelta y luego se pasaría por las casas de los esclavos. Libby se alegraría de verlo; Gavar había eximido a Daisy de cumplir con el servicio doméstico, pese a la política de Jenner de que todos debían arrimar el hombro. Tanto una como la otra reaccionaban siempre como si una visita de Gavar fuera lo más especial del día.

En sus momentos más disparatados, Gavar se preguntaba si no lo sería también para él.

Daisy le preparó una taza de té y juntos observaron cómo Libby gateaba sobre la alfombra y jugaba con bloques de colores. Cuando Gavar vio que tenía que regresar para el espectáculo de Silyen, Daisy dijo que las dos le acompañarían hasta la casa, y fue corriendo a buscar un abrigo y un cuco para Libby.

—No podéis —le contestó Gavar a gritos mientras la oía rebuscar entre las perchas de la entrada—. Padre ha dicho que no deben verla.

Daisy asomó la cabeza por la puerta del recibidor. Parecía indignada.

—¡Será cerdo!

Gavar no podía estar más de acuerdo. Su ira había hecho estallar varios cristales de la ventana del Pequeño Solar cuando padre se lo había dicho. Pero el hombre lo había amenazado de nuevo con despojar a Libby del apellido Jardine. Gavar apretó los puños con tanta fuerza que se preguntó si sería posible que se partiera sus propios dedos o, tratándose de un Igual, si la Destreza lo protegería a uno de sí mismo.

Cogió a su hija del suelo y la estrechó contra su pecho para cubrirla de besos en la cara. La pequeña se retorció entre risitas.

—Pero Libby sabe que su papaíto está orgullosísimo de ella. ¿A que sí? Papá te quiere.

—Pa-pa —convino Libby, dándole palmaditas en la mejilla con una mano regordeta—. Pa-pa.

Y allí, pensó Gavar —allí mismo, en su hija—, había más magia de la que Silyen sería capaz de hacer alarde en toda su vida.

Sin embargo, por sorprendente que pareciera, Sil no convirtió el despertar de tía Euterpe en una gran exhibición.

Se habían reunido todos en su dormitorio, según lo acordado. Sil había llevado a Crovan, que se ocultó en un rincón apartado junto a la ventana. Gavar estaba de pie al lado de Jenner; ambos se hallaban detrás de padre. Este tenía las manos apoyadas en los hombros de madre, metido por completo en el papel de marido alentador y solícito.

Gavar se preguntó de quién sería el perfume que había olido aquella mañana. La pobre tía Terpy tendría que ponerse al día de veinticinco años de cotilleos sobre las tribulaciones matrimoniales de su hermana.

Zelston parecía un hombre al borde de la muerte. Le temblaba todo el cuerpo y tenía la frente perlada de sudor. Sería irónico que al hombre le diera un infarto un instante antes de que su trágica amada despertara.

¿Cómo se sentiría uno al haber deseado algo durante tanto tiempo y verse al fin a punto de recibirlo?

Silyen estaba junto a la cama, con una mano apoyada con firmeza en la mesa. Muy a su pesar, Gavar vio con fascinación como su hermano ponía los ojos en blanco, y su negrura quedaba sustituida por una blancura inexpresiva.

La relación que tenía Silyen con su Destreza era algo que Gavar nunca había podido entender, o no había reconocido en su interior. Gavar sentía su propia Destreza como una fuerza apenas contenida, que brotaba de su interior con escasa o nula dirección o control.

Suponía que así era para la mayoría de los Iguales, aunque nunca lo había preguntado. No era de buena educación ir por ahí interesándose por la capacidad de los demás, del mismo modo que a nadie se le ocurriría curiosear acerca del contenido de su cámara acorazada. La Destreza era exactamente como el dinero en ese sentido. No hacía falta preguntar para saber quién poseía a montones.

Aunque en este caso, la Destreza de Silyen no era como una cámara acorazada llena de lingotes. El chico en sí era oro puro. En aquel momento Gavar casi lo veía brillar.

Zelston emitió un sonido como de animal herido, y Gavar se percató de que su madre estaba llorando.

Tía Euterpe había abierto los ojos.

Después de eso todo pasó con una rapidez que resultó un tanto incómoda.

Zelston parecía estar sufriendo una especie de crisis nerviosa en toda regla. Había cogido la mano de tía Euterpe, que se veía pequeña y pálida en su enorme palma marrón como un polluelo diminuto en el nido, demasiado débil aún para alzar el vuelo. El Canciller le acariciaba el cabello con la otra mano.

—Has vuelto a mí, cariño —le oyó decir Gavar—. Has vuelto. Y yo he esperado.

Gavar pensó que nadie debería estar presenciando aquella escena. Nadie salvo madre y el Canciller, las dos personas que estaban con tía Euterpe cuando se había hundido. Pero padre tenía sus motivos. No se trataba solo de hacer alarde de Sil. Cuando Zelston se desmoronara, quería que lo viera tanta gente como fuera posible.

El Canciller se esforzaba por complacerlo. Las lágrimas le corrían por la cara, mojando el cubrecama. El último llanto sobre el lecho de tía Terpy. Daba la impresión de que el hombre quería levantarse y cogerla en brazos para no soltarla nunca más.

Desde la almohada les llegó un susurro tan débil que parecía proceder de muy lejos. Desde un cuarto de siglo de distancia, supuso Gavar. Su tía llevaba durmiendo toda su vida. Una pequeña parte de él la envidiaba. Veinticinco años intachables en los que ella no había cometido un solo error ni había decepcionado a nadie.

—¿Es invierno? —preguntó una voz no más alta que el rumor

de las hojas—. ¿Tally? Siento haberme ausentado tanto tiempo. Ya he vuelto. Silyen me lo ha explicado todo.

Tía Euterpe volvió la cabeza en busca de Sil. Y, por increíble que pareciera, fue él quien recibió su primera sonrisa, un gesto vacilante pero lleno de familiaridad, como si viera a un viejo amigo por casualidad en un país extranjero. Silyen le devolvió la sonrisa.

Gavar vio entonces que se conocían y le entró un picor en la nuca. Dondequiera que hubiera estado tía Euterpe todos aquellos años, Silyen también había estado.

Algunos de los invitados de madre estaban llorando sin disimulo, como lord Thurnby, que había sido un gran amigo de sus padres, y pese a ser ya mayor, se le veía lleno de asombro por haber vivido lo suficiente para presenciar aquello. Cecilie Muxloe, compañera de juegos de ambas hermanas en su infancia, contemplaba a su vieja amiga como si fuera el juguete querido de un niño, recuperado mucho tiempo después de darlo por perdido.

Al ver que Euterpe intentaba incorporarse, el Canciller se decidió por fin a levantarse del asiento. Hundiéndose en la mullida blancura de la cama, la rodeó con sus brazos. Todos los presentes fueron testigos del fugaz momento electrizante en el que la Destreza pasó de él a ella, fortaleciéndola y animándola, en un acto de lo más íntimo.

—Creo que ya hemos visto suficiente —dijo alguien en voz alta—. Deberíamos irnos.

No fue hasta que padre se volvió, poniéndose lívido por momentos, cuando Gavar se dio cuenta de que quien había hablado era él.

Padre había recuperado el ánimo para la reunión de la tarde. A lord Whittam no le hacía falta la Destreza para dejar de estar abatido, tan solo la perspectiva de un conflicto… y una victoria. Gavar se había pasado su infancia creyendo que padre se veía rodeado de peleas y discusiones sin más. Le había costado todo aquel tiempo darse cuenta de que era el hombre quien las originaba, una tras otra, sin parar, porque sabía que siempre ganaba.

En aquella ocasión también lo haría.

Las relucientes ventanas del estudio daban al Largo Paseo, pero a las cuatro menos diez resultaba imposible admirar las vistas porque la estancia se hallaba atestada de gente. No faltaba ni uno solo de los sospechosos habituales. Los apreciados compinches de padre, la futura esposa de Gavar y su enorme suegro, el perpetuo apéndice de ambos, lord Rix, y la pequeña camarilla de Bouda. Las cinco personas que habían presenciado el despertar de tía Euterpe también estaban allí, junto con otras más. Padre había estado atareado.

Gavar apoyó el trasero en el pesado escritorio cubierto por un tapete de piel e hizo sus cálculos. Según su estimación, bastaba con los allí reunidos para contar con el apoyo de los dos tercios necesarios del Parlamento.

Padre iba a lograrlo.

Gavar renunció al Laphroaig aquella noche —quería tener la cabeza despejada para lo que les deparaba el día siguiente—, pero sí que ofreció unas cuantas lecciones más a la nueva heredera. Era Rowena, ¿no? ¿O Morwenna?

Y de repente amaneció al que sería su último día como hombre libre.

En la Gran Galería había más bullicio aún que en otras ocasiones a la hora del desayuno. Los Iguales estaban muy animados, hablando de los planes que tenían para pasar la tarde montando a caballo, cazando o pescando después de que se ventilaran la Propuesta con un rechazo aplastante. Gavar se preguntó cuánto tiempo llevaría el «otro asunto» de su padre.

Padre presidía la mesa, y madre estaba sentada en la otra punta. Él se veía magnífico; ella, exquisita.

Los Jardine, los primeros entre los Iguales.

Gavar besó la mejilla de su madre, saludó con la cabeza a su padre y retiró una silla situada en el centro de la mesa. Permanecieron los tres en su sitio hasta que el último parlamentario se hubo retirado tras acabar de comer, unas dos horas más tarde.

El Tercer Debate se celebraría en el Ala Este, uno de los dos inmensos flancos de cristal construidos por Cadmus el Puro de Corazón. El Ala Oeste era de uso familiar. Jenner la había ocupado en su mayor parte con un invernadero de naranjos. A madre le gustaba sentarse en aquel rincón de la casa a leer o a coser, mientras que Silyen tenía un despliegue de telescopios allí montados. Pero el uso del Ala Este se reservaba únicamente a actos sociales, principalmente el debate anual y el Baile de la Propuesta que le seguiría.

Y el acontecimiento excepcional que tendría lugar al día siguiente: la boda del heredero.

Gavar rehuyó pensar en dicho evento. Mientras entraba en el Ala Este, se sintió aliviado al no verlo aún adornado con flores y cintas blancas. Los esclavos habían trabajado durante horas para poner en pie unas gradas de asientos dispuestas del mismo modo que las que había en la Cámara de la Luz. El mensaje estaba claro: aquel lugar también era el Parlamento.

Bajo el techo de la casa de los Jardine.

La cámara de cristal se hallaba prácticamente vacía cuando Gavar ocupó su asiento junto al de su padre, en el centro de la primera grada, justo enfrente de la Silla del Canciller. El enorme asiento tallado era trasladado a Kyneston todos los años, pero nunca a Grendelsham o Esterby.

Gavar había oído todos los chascarrillos habidos y por haber sobre el asiento favorito de los Jardine en la Cámara. ¿Qué sentiría al sentarse allí y ver ante él a padre entronizado una vez más? Notó una presión en el pecho, como si el chaleco se le hubiera encogido dos tallas de la noche a la mañana.

A su alrededor los Iguales fueron entrando en la estancia para ocupar sus asientos. Al ver llegar a Bouda —su prometida, que de inocente tenía más bien poco—, cogida del brazo de su padre como lo haría al día siguiente, Gavar cerró los ojos e intentó no pensar en ello.

Los abrió de nuevo cuando sintió que la cámara se quedaba en silencio. Allí estaba Crovan, dirigiéndose con paso acechante a la otra punta de la primera grada. El asiento del heredero situado a su lado estaba vacío. Al menos el hombre no tenía descendencia. La cuestión de quién heredaría Eilean Dòchais era objeto de especulación de vez en cuando en la mesa. Personalmente, Gavar pensaba que había que reducir a cenizas aquel lugar. ¿Y por qué esperar a que Crovan estuviera muerto para hacerlo?

El hombre estaba loco y los castigos que, según se rumoreaba, infligía a los Condenados eran repulsivos. Quienes cometían un delito habían de responder por ello con sus vidas. Un tiro en la nuca debería ser suficiente, pero no había que alargar una semivida de tormento y humillación. Sencillamente no era decente. Quizá eso fuera otra cosa que Gavar podría rectificar cuando llegara a ser Canciller.

Suponiendo que padre le cediera el puesto, una vez que lo hubiera recuperado.

Tras un momento de incomodidad, los presentes siguieron charlando. Solo unos pocos se percataron, como hizo Gavar, de la llegada de Armeria Tresco. A su lado, absorto en la conversación que mantenían ambos, iba su heredero, Meilyr.

El hijo pródigo había vuelto, se suponía que para prestar su mísero voto a la causa abocada al fracaso de su madre. Como si eso fuera a cambiar mucho las cosas.

Dondequiera que hubiera estado Meilyr, la verdad es que no le había sentado muy bien. Había perdido el bronceado y se le veía cansado y demacrado. Gavar esperaba de todo corazón que el joven no protagonizara ninguna escena con Bodina durante la boda; no quería oír llantos ni acusaciones entre ellos.

La estancia estaba casi llena cuando padre hizo acto de presencia, y por un momento se hizo el silencio. Su aparición produjo un rumor más fuerte que el provocado por cualquier otra persona, con voces que resonaban en las paredes y el techo abovedado de cristal. Gavar consultó la hora en su pesado reloj de muñeca; quedaban cinco minutos para las cuatro.

Unos cuantos Iguales que llegaban tarde entraron corriendo y se apresuraron a ocupar sus asientos. El viejo Hengist, lento pero erguido, se encaminó hacia las puertas de bronce a las que habían de llamar. En lo alto de la cúpula de la casa principal sonó la Campana de Ripon, con once repiques que hicieron temblar la estructura de acero del Ala Este.

Tras el ritual de llamada y respuesta, los Observadores del Parlamento entraron siguiendo a la Portavoz Dawson y ocuparon sus bancos.

Allí no había nada para ellos, pensó Gavar. Tan solo un momento de sorpresa al levantarse el Silencio y hacerles sabedores del contenido de la Propuesta, seguido rápidamente por la desilusión cuando se votara en contra de ella.

Todo el mundo estaba sentado. La cámara se sumió en un silencio absoluto mientras aguardaban la llegada del Canciller.

La espera se prolongó.

Eran casi las cuatro y cuarto cuando sonaron las trompetas y apareció Zelston.

En él no había ni rastro del hombre deshecho que Gavar había visto anegado en lágrimas el día anterior. El Canciller era un ser excelso. El sol había salido tras varios días de lluvia y los cristales del Ala Este formaban un mosaico de pura luz, pero lo más radiante que había en toda la estancia era el rostro de Winterbourne Zelston.

Gavar vio que al hombre ni siquiera le importaba lo que estaba a punto de ocurrir. Y sintió un secreto y malicioso placer al pensar que padre se vería privado al menos de aquella parte de su victoria.

Con la presentación del Canciller, y el levantamiento del Silencio, dio comienzo el Tercer Debate. Cuando aquellos a favor de la Propuesta fueron invitados a hablar, Meilyr Tresco se puso en pie. Mientras Gavar lo escuchaba, se preguntó por qué Meilyr se preocuparía tanto por aquella gente a la que no conocía.

—Familias de cuatro personas viven hacinadas en habitaciones individuales —denunció Tresco—. No se imparte educación de ningún tipo, la asistencia médica es completamente insuficiente, la dieta carece de todo valor nutritivo y se trabaja seis días a la semana en tareas que suelen ser agotadoras. Y todo bajo la vigilancia de supervisores brutales, porra en mano.

»Si esta Cámara no va a votar para poner fin al decenio de esclavitud, pido al menos que reconozcamos la humanidad que nos une y nos enmendemos. Esta crueldad es totalmente innecesaria. Los Iguales, que ostentamos el poder, deberíamos tener compasión.

—Sedición —dijo padre, levantándose—. Rebelión. Sublevación. Destrucción de la propiedad y evasión de la justicia. Esa es la realidad de las ciudades de esclavos. A lo que usted llama compasión, yo lo llamo indulgencia. O, peor aún, insensatez.

Gavar volvió la cabeza con el cuello estirado y miró hacia Meilyr. Hubo un tiempo en que lo había visto como un amigo y un futuro aliado, cuando parecía que ambos se casarían con una de las hijas de Matravers. Meilyr tenía esa cara pensativa que ponía a veces, y miró a Gavar con lo que pareció curiosamente una expresión de pesar.

Armeria tomó la palabra para mostrar su devoción habitual por la libertad y la igualdad. A continuación, la solicitud por parte de Zelston de más contribuciones a favor de la Propuesta fue recibida con un silencio retumbante. El Canciller se volvió hacia los bancos de los OP.

La intervención de la Portavoz Dawson fue elocuente, para ser improvisada, teniendo en cuenta su desconocimiento de la Propuesta hasta el levantamiento del Silencio. Seguro que todo Portavoz de los Comunes tenía una diatriba preparada contra el decenio de esclavitud por si surgía la ocasión.

Qué pena que no fuera a servirle de nada.

Dawson hizo una pausa, quizá para enfocar sus argumentos en otra dirección, cuando Gavar oyó la voz de Bouda interrumpiéndola, mientras hacía un gesto para indicar que se procediera a la votación. Hubo gritos de «¡Eso, eso!» entre sus secuaces, y al poco rato la cámara entera se llenó de silbidos y abucheos. Dawson se puso furiosa, pero al final tomó asiento, y solo entonces se instauró de nuevo la calma.

El resultado de la votación fue tan poco sorprendente como aplastante.

El Mayor de la Cámara se acercó tambaleándose al centro de la sala. Con su voz débil, Hengist Occold anunció que, por un margen de trescientos ochenta y cinco a dos, el Parlamento de los Iguales había votado en contra de la Propuesta para abolir la esclavitud.

No fue un mero «No», sino un «No, ni ahora ni nunca».

Gavar consultó su reloj. Después de todo lo ocurrido —los debates en Esterby y Grendelsham, las reuniones del Consejo de Justicia y las visitas a Millmoor, la fuga del prisionero y los disturbios—, se había llegado al final triunfal en menos de media hora. Zelston tenía ya la mirada puesta en las puertas de bronce.

Sin embargo, la cosa aún no había terminado.

Padre se puso en pie.

Se volvió con parsimonia hasta quedar de espaldas al Canciller y frente a los asientos de la cámara.

—Mis honorables Iguales —dijo—. Este debate no debería haber tenido lugar jamás. Esta Propuesta nunca debería haber visto la luz. Por motivos que ninguno de nosotros puede entender, Winterbourne Zelston presentó una Propuesta que ha puesto en peligro la paz del país entero. Los miembros del Consejo de Justicia hemos tenido que lidiar estas últimas semanas con graves disturbios. Con la amenaza de una rebelión abierta.

»Que nadie se equivoque, el peligro para este reino ha sido real y considerable. Y todavía sigue siéndolo. Y lo ha provocado la temeridad de un solo hombre, un hombre que ha puesto de manifiesto su incompetencia para ejercer sus funciones.

Padre giró sobre sus talones y señaló con un dedo acusatorio directamente a Zelston. Cuando lord Jardine ejercía de orador, siempre era esperable una buena dosis de teatro.

—Por consiguiente, presento ante la cámara una propuesta personal: una moción de censura contra el Canciller Winterbourne Zelston. Esta medida supondrá su destitución y el establecimiento de una administración de emergencia bajo los auspicios del anterior titular del cargo.

Es decir, tú, pensó Gavar mientras se originaba un gran revuelo entre los presentes.

Tú, canalla desalmado.

Y Gavar vio como aquellos que se habían reunido en el estudio de padre levantaban la mano uno a uno. Como otros los seguían. Como la votación se llevaba a cabo.

Cómo lord Whittam Jardine tomaba el control de Gran Bretaña.

VEINTE

LUKE

Desde lo alto de la colina Luke podía divisar la propiedad entera de Kyneston situada a sus pies.

Un anillo de ventanas iluminadas rodeaba la cúpula, coronando de luz de la mansión. Al otro lado se extendían las grandes alas acristaladas. La situada al oeste se hallaba a oscuras y resultaba casi invisible a la luz del crepúsculo. El Ala Este, en cambio, resplandecía con velas y arañas, a imagen de una galaxia enjaulada dentro de su estructura de acero.

¿Debería quedarse allí?

¿Debería aferrarse a aquellas palabras de Jackson, y confiar en que el club lo quería en Kyneston por algún motivo?

¿O acaso el doctor, Renie y los demás lo darían por perdido para la causa? Porque la única manera que tenía de demostrarles que se equivocaban pasaría por hacer sufrir de nuevo a sus padres al escapar a Millmoor.

Luke Hadley. La única persona de la historia que intentó *regresar* a una ciudad de esclavos.

Sentía que se le escapaba el tiempo para tomar una decisión. Quedaba menos de una hora para que comenzara el Baile de la Propuesta. La boda se celebraría al día siguiente. La ventana de ajetreo y tráfico por la que un chico podría escabullirse sin que los demás se dieran cuenta se cerraría poco después.

Pero podía hacer planes igualmente. Y fuera cual fuera su decisión, tendría que pensar en Perro. Abi y Luke habían discutido sobre la terrible situación del hombre. Ella se mostraba justa, pero firme. No participaría en ningún plan de fuga hasta que no supieran qué crimen había cometido el Condenado.

Luke confiaba en que podría sacar a Perro por sus propios medios si no le quedaba más remedio; a fin de cuentas, había logrado eso y más en Millmoor. Pero ahora su hermana y él estaban metidos los dos juntos en aquello. Luke no podía hacerlo sin ella. Además, Abi tenía razón. Necesitaban saberlo.

Perro estaba acurrucado de lado en la jaula. El hedor era peor incluso de lo habitual. No había ningún cubo que sirviera de orinal, ni siquiera una caja de arena. El hombre tenía que utilizar un montoncito de paja que había en un rincón, y que parecía que llevaban días sin cambiar. A Luke le entraron náuseas, pero se agachó para acercarse a los barrotes tanto como pudo soportar su olfato.

—Han llegado todos los invitados. He visto a tu carcelero —dijo y observó la reacción de Perro—. A Crovan.

—Mi... creador —respondió Perro, emitiendo ese sonido que cualquiera tomaría por la peor tos del mundo, pero que en el fondo era una carcajada.

El hombre parecía reservar aquella risa para las cosas menos graciosas imaginables.

—¿Qué hiciste para que te mandaran con él? ¿Por qué fuiste condenado? Necesito saberlo, por favor.

La risa cesó. Perro se contorsionó para ponerse en cuclillas con la espalda arqueada, adoptando la postura de un animal apaleado. Luego se pasó el dorso de la mano por la frente, como si intentara en vano borrar los recuerdos que tenía en su cabeza.

—Mataron... a mi mujer.

Luke esperaba oír algo parecido, pero no estaba preparado para comprobar el dolor que transmitía la cara de abatimiento de Perro. El hombre torció el gesto, como si deseara que las palabras le salieran con más fluidez.

—Queríamos formar... una familia. Así que... elegimos una

propiedad. Al principio... éramos felices... muy felices. Ella se quedó... embarazada. Fue entonces cuando...

El hombre apretó los puños.

—Fue entonces cuando... todo cambió. Cuando sucedió. Ella estaba... confundida. Al verle los... moretones, pensé que... estaría torpe... por el embarazo. No era así. Es que él... la violaba. La silenciaba... con Destreza. Le hacía daño... en todos... los sentidos.

La voz áspera de Perro hizo que a Luke se le encogiera la piel como si lo hubieran tocado unos dedos no deseados.

—¿Quién era él? —inquirió Luke.

—El nieto de mi tía abuela Hypatia, el heredero de Ide —respondió una voz desde la entrada—. Su predilecto.

Una sensación de frío recorrió el cuerpo entero de Luke. El terror le provocó un hormigueo en la punta de los dedos como si se le fueran a congelar. Estaba tan concentrado en el relato de Perro que no había advertido la presencia de nadie.

Silyen Jardine se acercó a la jaula y, levantándose los faldones de la casaca de montar, se sentó en el suelo de cemento. Luke se retiró gateando. El Igual no pareció darse cuenta... y si lo hizo, no le importó.

—Sigue —ordenó—. Estoy seguro de que Luke se muere por saber qué pasó después.

—Después —dijo Perro— mi mujer... se colgó.

Y miró a Luke, clavándole unos ojos brillantes por las lágrimas y encendidos por la locura.

—Era menuda pero... pesaba... por el bebé. Casi había... salido de cuentas. La encontré yo. Con el cuello partido. Estaban los dos... muertos. Lo siguiente... fue fácil. Yo era soldado... antes. Antes de ser... un perro. Los maté... primero a él. Luego... a su esposa. Y luego... a sus hijos.

A Luke le dio un vuelco el estómago. ¿Había oído bien lo que había dicho Perro? Deseó con todas sus fuerzas que no fuera así.

—¿Hijos? —susurró al hombre enjaulado.

—Tres en total —aclaró Silyen Jardine—. Todos menores de

diez años. Y lo peor es que no murieron sin darse cuenta, con la cara tapada por una buena almohada, como cabría imaginar.

»Habrás oído hablar de la Revuelta de Billy el Negro, ¿no, Luke? El herrero que desafió a sus señores. Le hicieron forjar los instrumentos con los que luego lo torturaron hasta la muerte. Pues bien, eso ocurrió hace mucho tiempo en Ide, pero mis queridos parientes guardaban aquellos utensilios desde entonces, como un pequeño recuerdo. Y digamos que nuestro ingenioso amigo canino les dio un nuevo uso. ¿No es así?

Perro miró a Silyen un largo rato.

—Sí —contestó con aspereza—. Me hicieron un buen servicio. Ojala aún… los tuviera.

Luke sintió que estaba a punto de vomitar.

Aquel mundo era más horrible y nauseabundo de lo que había imaginado. ¿Quién iba a pensar que sentiría nostalgia por aquellos días en los que Kessler lo molía a palos en el suelo de la despensa de la cantina? No había nada como un poco de brutalidad sin dobleces.

—En fin —dijo el Igual—, no dejéis que os interrumpa. Dudo que estuvierais hablando sobre un regalo de boda conjunto para mi hermano y su prometida. ¿Sobre un plan de fuga quizá?

—No —contestó Luke—. Solo le he traído unos medicamentos.

—Porque el Perro —prosiguió Silyen en un tono extrañamente familiar—, al igual que tú, Luke, y todos nuestros esclavos, estáis ligados a esta propiedad. No podéis hacernos daño, o abandonarnos. No sin mi permiso. En una de esas ironías de la vida, padre me mandó crear dicho vínculo poco después de los sucesos de Ide, para asegurarse de que nada parecido pudiera ocurrir aquí.

—No estoy ayudándole a escapar —repuso Luke. En cierto modo se sentía furioso porque Perro le había tomado el pelo—. Es un asesino de niños. Pensaba que era una víctima, pero me equivocaba.

—Eso es tener la mente cerrada, Luke. —Silyen Jardine se puso de pie y se sacudió los tejanos—. ¿Acaso no sois víctimas todos vosotros? Pero, bueno, tú verás lo que haces.

El Igual miró a Perro.

—Por suerte algunos de nosotros mantenemos nuestras promesas. Haré aparecer la puerta a las tres de la madrugada, tal como te dije. Espérame en Kyngrove Hanger, el gran hayedo.

Silyen Jardine se agachó para coger el candado con el que estaba asegurada la jaula y lo arrancó. Sin utilizar llaves ni armar un escándalo. El Igual abrió la mano y un puñado de trozos metálicos que hasta hacía un instante habían sido un candado cayeron al suelo con un tintineo. Acto seguido, saludó a Perro con la cabeza y salió de la perrera.

Luke casi se desplomó de alivio cuando terminó aquella espantosa conversación. Se apoyó en la jaula contigua, sin perder de vista a Perro.

—¿Silyen Jardine te ha prometido que te ayudaría a escapar? ¿Por qué? No lo creerás, ¿no? Es una trampa. Seguro.

Perro se encogió de hombros.

—Es posible. Pero… ¿qué trampa… podría ser… peor que esto? En cuanto a… sus motivos. Quizá sea… para fastidiar… a su tía abuela. O para… buscarse problemas. O simplemente… porque puede.

—Siento mucho lo que le ocurrió a tu mujer —dijo Luke incómodo, y se puso de pie. Perro no hizo movimiento alguno para abandonar la jaula, lo cual al menos fue una suerte—. Pero eso no justifica lo que hiciste. De verdad que quería ayudarte antes de saberlo. De todos modos, veo que ya no me necesitas. Buena suerte con la huida.

Confió en que su voz no delatara lo improbable que veía que lo lograra. Perro se lo quedó mirando.

—Hay que… odiarlos —dijo el hombre con una voz chirriante—. Para vencerlos.

—No los odio lo bastante como para matar a unos niños —repuso Luke sin vacilar.

—Entonces no los odias… lo bastante.

Luke no tenía una respuesta para eso. Con la ronca carcajada de

Perro de fondo, salió por la puerta de la perrera agachando la cabeza y no miró atrás.

Tuvo tiempo de ducharse en la pequeña casa donde vivía su familia; se sentía sucio en todos los sentidos por la conversación de la perrera. Luego se presentó en la entrada de la servidumbre de Kyneston para comenzar su turno de noche.

Deseaba que lo dejaran solo para poner en orden sus ideas sobre lo que acababa de ocurrir. Puede que le dieran una bandeja llena de copas recién servidas, y así poder estar en un rincón como un carrito de bebidas humano.

No fue así de sencillo, pero casi. Le dieron una bandeja de plata con cuatro botellas de champán.

—Tenemos los franceses: Clos du Mesenil, de doce años —le explicó el mayordomo a cargo de la bodega, mirando a Luke detenidamente para asegurarse de que asimilaba la información y podría transmitirla después—. Y los ingleses, de las colinas de creta de Sussex, en el dominio de Ide. Son parientes de los Jardine.

Luke lanzó una mirada de odio a la botella bien fría. ¿Habría tomado un poco el heredero de Ide antes de agredir a la pobre esposa de Perro?

Al principio estuvo a punto de darse un porrazo. Salió por un pasillo de servicio oculto y estaba pendiente de seguir el ruido procedente del Ala Este cuando casi tropezó con un perro que pasó correteando a toda velocidad.

Se trataba de un animal pequeño y ridículo con la cara aplastada. Cuando los pies de Luke chocaron con él, soltó un gañido furioso y se tiró un pedo nauseabundo. Luke sintió arcadas y se apresuró hacia las inmensas puertas de bronce incrustadas en la pared acristalada que tenía enfrente.

Al otro lado de la puerta vio una figura familiar: Abi, con un vestido azul marino sencillo. Tenía una tablilla sujetapapeles en la mano y estaba al lado de Jenner Jardine. Junto a ambos había un joven que sería tan solo unos años mayor que Luke, todo acicalado con el traje de pingüino completo, frac incluido. No era nada atractivo, con un corte de pelo de mal gusto y las mejillas llenas de espinillas. Si Luke fuera el aristócrata más importante del país, no pondría a alguien así en la puerta, para que su cara fuera la primera que vieran los invitados.

Sin embargo, al cabo de unos instantes vio que no lo habían elegido por su físico. Unos pasos por detrás de Luke se acercó un Igual de mediana edad con esmoquin, acompañado de una joven mucho más joven vestida con un traje de fiesta rojo escarlata con un escote de vértigo. Incluso el cerebro de un chaval de diecisiete años como Luke pensó que el efecto que provocaba era un tanto desesperado.

Jenner Jardine se acercó a Abi para susurrarle algo al oído. Abi consultó la tablilla y luego se la mostró a Espinillas, señalándole algo con el bolígrafo. Haciendo gala de una voz inesperadamente sonora, el joven anunció a los recién llegados.

—Lord Tremanton y su heredera Ravenna de Kirton.

Unos cuantos invitados alzaron la vista, pero la entrada del lord y su heredera pasó prácticamente inadvertida. La chica volvió la cabeza a un lado y a otro, recorriendo la estancia con la mirada, antes de que su padre le tirara del brazo con discreción pero sin demasiada delicadeza para bajar con ella los pocos escalones que los separaban de la vasta cámara.

El Ala Este parecía una enorme pajarera, llena con los estridentes graznidos de las conversaciones y el arrullo de una cantante de jazz que había en un rincón con un micrófono. El espacio estaba abarrotado de una bandada multicolor de Iguales acicalados con sus mejores galas. Esclavos vestidos de negro se dirigían como una flecha de aquí para allá con discreción, como especies inferiores insulsas que hubieran soltado por error entre las vistosas aves.

Quién habría dicho que aquella misma mañana se había producido una especie de golpe de estado, pensó Luke mirando a su alrededor. Que el Canciller había sido derrocado por el anfitrión de la fiesta, lord Jardine. ¿Esa era la idea que tenían los Iguales de una revolución? Pues no encontrarían ninguna fiesta cuando la gente se sublevara.

Mientras le ponían copas en la cara para que las rellenara, los pensamientos de Luke lo trasladaron a Millmoor. Durante los largos y aburridos días en compañía de Albert había tenido tiempo de planear hasta el último detalle de cómo podría regresar. Haría autoestop, atravesando la campiña para alejarse por el este. Luego viajaría hasta Sheffield, subiría hasta Leeds y cruzaría el Distrito de los Picos.

Era de suponer que el microchip del brazo alertaría a Seguridad cuando entrara de nuevo en el perímetro de Millmoor. Esperaba encontrar la respuesta en Leeds. En los bajos fondos de la ciudad podría dar con alguien que había escapado de su ciudad de esclavos conocida por su anarquía, Hillbeck. Allí sabrían qué hacer con el implante; quizá pudiera deshacerse de él sin recurrir a la carnicería que se había hecho Renie.

—Estás a kilómetros de aquí, muchacho —dijo una voz, sin mala intención.

Luke regresó al presente de inmediato. Ahora no podía permitirse el lujo de que lo reprendieran por nada. Solo tenía que superar aquella noche. Y luego acabaría de tomar una decisión.

—Lo siento mucho, señor —dijo al hombre que se había dirigido a él, un hombre mayor de aspecto atildado con el cabello plateado peinado hacia atrás que desprendía un ligero olor a tabaco caro—. ¿Qué le sirvo, inglés o francés?

El Igual, que no se molestó en examinar las botellas, señaló hacia el champán francés.

—Interesante acento el que tienes —observó—. No eres de por aquí. ¿De algún sitio del norte?

—De cerca de Manchester, señor. Aquí tiene, señor —dijo Luke, rellenándole la copa.

—No hay necesidad de que te andes con tanto «señor», hijo. Soy lord Rix. Y tú eres el chico de Millmoor… ¿no es así, Luke?

A Luke no le gustaba la idea de que cualquiera de los presentes conociera su nombre, o le preguntara por Millmoor. Tocaba dar esquinazo a aquel viejo entrometido y moverse de sitio.

—Tenemos un conocido mutuo —añadió Rix al tiempo que Luke levantaba aún más la bandeja, disponiéndose a retirarse—. Cierto doctor.

Luke se detuvo al instante y miró fijamente al hombre.

Aquel viejo parlamentario de aspecto distinguido era el contacto de Jackson.

No Gavar Jardine. Menos mal que no le había dicho nada al heredero… en todo caso, nada comprometedor. Aquel era el hombre que veía las sombras en la Cámara de la Luz, el que le había hablado al doctor de la Propuesta.

El ánimo de Luke se vino arriba. No lo habían olvidado. No tendría que darse la paliza que suponía regresar a pie a Millmoor, sin saber cómo sería recibido a su llegada. Aquello era lo que había estado esperando.

—¿Tiene un mensaje para mí? —le preguntó, casi sin respirar—. ¿Algo que deba hacer? Estoy listo.

Rix tomó un sorbo de champán, convertido en la diversión patricia personificada.

—¿No me digas? —exclamó, apartándose la copa de los labios—. Pues me alegro de oírlo.

De repente, algo llamó la atención del Igual desde la entrada y Luke siguió su mirada en un acto reflejo.

Y casi se le cayó la bandeja.

Le tembló todo el cuerpo. Fue como si le hubieran dado una patada bien fuerte en las corvas y le hubiera costado lo indecible no desplomarse allí mismo.

Ella llevaba su cabellera rubio platino recogida, con unos mechones que le caían a ambos lados de la cara, como si se le hubieran escapado de debajo de su gorrita. Había cambiado el uniforme de faena negro por un vestido de lentejuelas que brillaban a la luz de las arañas, aunque no necesitaba lentejuelas para deslumbrar.

Y a su lado estaba él, vestido de etiqueta, impecable. Se había cortado el pelo desde la última vez que Luke lo había visto, pero llevaba la misma barba arreglada de siempre.

Jackson y Angel.

Luke estaba equivocado.

No se lo habían dejado todo al contacto que tenían allí. Ellos también habían acudido por él.

Habían logrado llegar hasta allí, hasta el centro mismo de todo aquello contra lo que luchaban.

Se hallaban uno al lado del otro en lo alto de las escaleras. Luke los observó, con el corazón latiendo con fuerza contra las costillas como si fuera un ser salvaje enfurecido en el interior de una jaula.

Que no los descubran, por favor.

Por favor.

Abi mostró la tablilla sujetapapeles a Espinillas y señaló algo en el papel. El joven, por su parte, hizo uso nuevamente de aquella voz de locutor para anunciar:

—El heredero Meilyr de Highwithel y la señorita Bodina Matravers.

Y Angel y Jackson descendieron por los escalones y se vieron engullidos por la multitud. El ruido de las conversaciones sonó más fuerte a su alrededor a medida que se veían envueltos y absorbidos entre saludos por los presentes en la sala.

¿Qué significaba eso? ¿Qué disfraz podría resultar tan convincente? A Luke se le aceleró el pulso hasta duplicar sin duda el ritmo normal para un humano. Notaba el tamborileo entrecortado de la punta de sus dedos contra la base lisa de la bandeja.

—¿No lo habías adivinado?

El viejo aristócrata, que no se había movido de su sitio, observaba a Luke con curiosidad.

—Vaya, vaya —dijo lord Rix—. Pues ahora ya sabes que algunos de nosotros también estamos en la lucha. También queremos acabar con esta aberración de la esclavitud, con todos los medios que sean necesarios.

La comprensión de todo ello le sobrevino a Luke como si le hubieran dado un botellazo en la nuca.

Angel era una Igual.

Jackson era un Igual.

Tenía la prueba allí mismo, delante de él, donde siempre había estado.

Las manos del doctor sobre su cuerpo aquel primer día, cuando curó con la Destreza lo que a Luke le constaba que eran unas lesiones atroces infligidas por Kessler, empleando la pomada inútil como tapadera. O cuando reanimó a Oz en la celda, no con una inyección de adrenalina, sino con la Destreza. El hecho de que no llamaran la atención de nadie cuando llevaron a Oz a rastras por una cárcel llena de Seguridad. Y que los guardias se tragaran las endebles sugerencias y las falsas instrucciones. El disparo y el grito de angustia de Jackson, sin rastro de herida alguna unos días más tarde.

El cosquilleo que notó cuando Angel le tocó en la cara. La huida de Oz con ella al volante, pasando un control tras otro.

—¿Cómo crees que sorteamos el Sigilo? —inquirió Rix, observando a Luke mientras todo encajaba en su sitio, ante unos hechos tan contundentes como inexorables—. Meilyr estaba en Millmoor el día de la Propuesta, cuando Zelston nos impuso el Sigilo. Pero como los parlamentarios podíamos hablar de ello con otros parlamentarios, pude contárselo. Y una vez que la noticia estuvo en conocimiento de alguien que no se hallaba sujeto al Sigilo, nada limitaba el alcance de la difusión que pudiéramos hacer de la misma.

El impacto de la verdad hizo que Luke quisiera provocarse el vómito. Deseaba arrancar de su interior todo lo que había sentido alguna vez por aquel par —el respeto, la admiración, la añoranza y la sensación de pertenencia— para expulsarlo en un gran charco maloliente a sus pies hasta vaciarse del todo.

Aquellos dos no eran valientes. Eran Diestros. Dos Iguales jóvenes y ricos que se habían divertido jugando a hacerse los revolucionarios, sabiendo que en el fondo nunca estarían en peligro, no como Luke y el resto del club. O como el pobre Oz, que había acabado molido a palos. O como el hombre y la mujer a los que habían matado de un tiro en la plaza del mADMIcomio, o como cualquier otra persona que aquel día fue víctima del dolor desmedido provocado por Gavar Jardine.

Luke notó que el viejo le ponía una mano en el hombro, y se retorció de pies a cabeza para quitársela de encima. Las botellas de la bandeja vibraron.

—Ellos comparten vuestra causa —aseguró el Igual.

Pero ¿Rix era tonto o qué? ¿Sería tan iluso como lord y lady Patrañas, alias Jackson y Angel?

—¿Cómo puede compartir cualquiera de ustedes nuestra causa si ustedes son el enemigo? —repuso Luke, con absoluto rechazo—. Tuvieron la oportunidad en la votación de ayer y la echaron a perder. Esta no es su lucha; es la nuestra.

Luke notó el ardor de las lágrimas que le anegaron los ojos y le corrieron libremente por las mejillas. No sabía si eran fruto de la ira o del pesar.

—¿No me digas? —replicó Rix, mirándolo. La bondad había desaparecido por completo de su voz—. Bueno, ya que es vuestra lucha, estoy seguro de que no te importará hacer una última cosa por mí antes de que nos despidamos. Cuando descubrimos dónde estaba tu familia, supe que esta sería la ocasión ideal. Y cuando el cretino de Gavar Jardine te trajo aquí, es como si tuviera que pasar.

Se abrió el delantero del esmoquin y de una funda que llevaba bajo el brazo sacó un arma de fuego. Una pistola.

—Serás un héroe, Luke.

Rix la cogió por el cañón y se la ofreció por la empuñadura. Con la otra mano, señaló a alguien de entre la multitud.

En el centro de la estancia destacaba la figura inconfundible de lord Whittam Jardine.

—No —dijo Luke. Acto seguido, por si acaso el hombre no había captado el mensaje, añadió—: Ni hablar. ¿Está loco?

—Ese monstruo lleva tiempo tramando su regreso al poder —le explicó el Igual—. Sé lo que pretende hacer ahora que ya lo tiene. El decenio de esclavitud no es nada comparado con lo que instaurará. ¿Dónde está el valor que tenías en Millmoor? Creía que te habías apuntado a la partida larga, Luke.

—Paso —espetó Luke—. No pienso jugar a su juego.

—Lamento escuchar eso. —Lord Rix hizo una leve mueca, como si acabaran de decirle que en su restaurante preferido no tenían mesa, o que no dejaría de llover a tiempo para su partida de golf—. A Meilyr tampoco le ha parecido bien mi plan, aunque estoy seguro de que podría haber convencido a mi ahijada Dina, a tiempo. Pero eso es lo que ya no tenemos, tiempo. Y el juego es más importante que cualquier jugador. Así que ánimo, Luke.

La sensación fue extraordinaria. Espantosa. Como si tuviera seis años y un niño mucho más grande y fuerte que él lo cogiera del cuello y lo manejara a su antojo como a un monigote.

Sin poder hacer nada para impedirlo, Luke vio como su mano izquierda cogía la pistola y luego desaparecía bajo la bandeja, ocultando el arma.

Se sintió invadido por el terror. Aquello no podía estar pasando. Comenzó a caminar hacia delante… o, mejor dicho, algo lo impelía a caminar hacia delante.

La Destreza de lord Rix.

—Tu sacrificio no será en vano, Luke —dijo el viejo Igual, ya a su espalda, mientras Luke se abría paso entre la multitud.

El pánico se le quedó atravesado en la garganta. Luke rezó para que eso le provocara la asfixia. Le hiciera perder el conocimiento.

Se oyeron murmullos de desaprobación entre los Iguales a los que iba empujando a su paso. Hubo uno o dos que le ordenaron detenerse para que les rellenara la copa. Pero Luke siguió adelante, observándolo todo desde detrás de sus ojos sin poder hacer nada.

Allí estaba lord Jardine, con su rostro cruel e imperturbable de facciones bien marcadas, mientras escuchaba a alguien que Luke no alcanzaba a ver. Luego el grupo entero quedó a la vista. Lady Thalia estaba junto a su marido, con su hermana Euterpe al otro lado. La cuarta figura era el Canciller, o mejor dicho, el anterior Canciller. Y el vehemente discurso de Winterbourne Zelston no estaba teniendo efecto alguno en lord Jardine.

Menudo público para un asesinato.

Los Iguales tenían reflejos protectores. Poderes de curación. Aquel sería un disparo a todo o nada. Luke se preguntó si podría cerrar los ojos hasta que todo hubiera terminado.

Ni siquiera tuvo la oportunidad de hacerlo. Todo ocurrió tan deprisa que se sorprendió del mismo modo que las cuatro personas que había a su alrededor.

Su brazo lanzó la bandeja al aire, el champán se derramó y las botellas cayeron al suelo. Su mano izquierda se agitó, empuñando la pistola con estabilidad y firmeza.

Y entonces fue como si algo lo destrozara desde dentro, como si fuera una bomba humana andante, con el epicentro situado allí donde había sentido la Destreza de Silyen Jardine en la entrada a Kyneston.

Luke recordó las palabras de Silyen en la perrera: «Estáis ligados a esta propiedad. Ninguno de vosotros puede hacernos daño».

Su dedo estaba apretando ya el gatillo, cuando su brazo se apartó de golpe de lord Jardine como si algo lo hubiera empujado...

... y el arma descargó una ráfaga de disparos en el rostro y el pecho del Canciller Zelston.

Estalló el caos y el aire crepitó con la Destreza, al explotar las defensas de los Iguales.

De algún punto lejano le llegó una voz que Luke identificó con la de un hombre que gritaba su nombre. Una voz ronca, horrorizada. ¿Sería Jackson?

Luke miró el cuerpo destrozado que yacía en el suelo frente a él, un cuerpo que había dejado de ser el de un hombre reconocible. Vio trozos de carne y de materia que era inimaginable que una persona pudiera tener en su interior, esparcidos por todas partes, con unos colores que sorprendían por su viveza. El arma le resbaló de la mano y cayó pesadamente al suelo.

Se dio cuenta entonces de que podía mover el cuerpo de nuevo según su propia voluntad. Ya no se hallaba sometido al control ineludible de la Destreza de Rix.

Deseó que no fuera así. No sabía qué hacer.

—¡Luke!

Jackson se abrió paso hasta el corro que se había formado alrededor de la escena. Estaba pálido y se le veía afligido, como un sanitario que hubiera acudido a toda prisa al lugar de un accidente de tráfico y al llegar descubriera que la víctima era su propio hijo.

Ya no había nada que el doctor pudiera hacer para ayudar a Winterbourne Zelston.

Ni a Luke.

El grito comenzó como un sonido quedo, casi inaudible. Lastimero. Como un chillido de murciélago.

La mujer se desplomó en el suelo junto a los restos del Canciller. La falda clara de su vestido flotó sobre el charco de sangre cada vez más extenso, que fue tiñendo con un cerco carmesí la prenda salpicada ya de rojo, como el resto de su cuerpo.

Agachándose sobre el cadáver, lo abrazó y lo besó.

En una imagen esperpéntica trató de recoger los despojos para mecerlos en su regazo, pero se hallaban tan maltrechos que la cavidad torácica hecha pedazos se abrió aún más cuando ella la tocó. La mujer estaba manchada de rojo de arriba abajo, cubierta con la sangre del Canciller Zelston como si fuera su segunda piel.

Echó hacia atrás la cabeza para aullar, y el blanco de los ojos resaltó con una intensidad espantosa en su rostro teñido de rojo.

Euterpe Parva, que había permanecido sumida en un sueño de veinticinco años, del que solo hacía un día que había despertado, pensó Luke anonadado.

La mujer amada por aquel hombre, al que ella también había amado.

Su aullido se hizo cada vez más sonoro, hasta convertirse en un grito. Ya no era un sonido, sino una sensación. No era dolor, sino presión, creciendo por momentos en su interior.

A su izquierda Jackson había caído de rodillas en el suelo. A su derecha lord Jardine estaba doblado en dos, gritando a voz en cuello. Por todas partes había Iguales encorvados, temblorosos.

Luke se desplomó en el suelo. Agachado a su lado vio a lord Rix, cuyo rostro se ocultaba tras un semblante iracundo.

—Serás necio… pero ¿qué has hecho?

El Igual alargó la mano, con los dedos en forma de tenazas. La cabeza de Luke experimentó entonces una sensación de puro dolor, como si aquellos dedos le hubieran aplastado el cráneo con la misma facilidad con la que Silyen Jardine había destrozado el candado.

Aturdido y entre lágrimas, medio ciego por el martirio sufrido, Luke se tumbó de espaldas. Sobre él vio a Euterpe Parva que alzaba una mano escarlata, con los dedos como garras.

El aire pareció arremolinarse y agitarse a su alrededor.

Y Luke sintió que le brotaba un reguero de sangre caliente de los oídos y la nariz al tiempo que el Ala Este de Kyneston explotaba en una supernova de luz y cristales.

VEINTIUNO

ABI

Tenía la boca llena de polvo y suciedad. Era como estar enterrada viva. Pestañeó, y eso también le dolió, al notar que algo le raspaba los ojos hasta que las lágrimas le aclararon la vista. Incluso respirar le dolía. Sentía como si le hubieran arañado por dentro la nariz, la boca y los pulmones, con miles de agujas diminutas.

¿Podía moverse? Sí.

¿Qué había ocurrido?

El mundo había explotado.

Luke había disparado al Canciller.

Los recuerdos inundaron su mente, trayendo a su memoria restos flotantes del horror. Abi gimió y cerró los ojos, dejando caer la cabeza en el suelo.

No había visto el momento en que Luke lo hizo. Habían oído los disparos, y Jenner se había acercado a ver lo que ocurría.

No fue hasta que Euterpe Parva rompió a llorar y la gente comenzó a caer al suelo cuando Abi vio a Luke. Su hermano estaba manchado de sangre y perplejo ante los restos esparcidos del que hasta hacía unos instantes había sido el Canciller Zelston. Tenía una pistola en la mano.

La explosión de toda el Ala Este le había parecido poca cosa después de aquello.

Abi tosió y se incorporó. ¿Dónde estaba su hermano? Tenía que encontrarlo.

Se puso de pie a duras penas y miró a su alrededor. Lo que vio era tan terrorífico que por un momento se olvidó incluso de Luke.

En los telediarios te mostraban guerras en lugares lejanos, como la frontera entre México y los Estados Confederados, o las islas situadas en el Pacífico Occidental que eran bombardeadas por la Destreza japonesa y las armas nucleares rusas de forma alterna. Los triunfos de los regímenes Diestros sobre sus oponentes No Diestros se ilustraban con un afán inquebrantable por el detalle. Pero ver carnicerías en pantalla no te preparaba para encontrarte un día en medio de una.

Había cuerpos desparramados por doquier. Y el Ala Este de Kyneston había desaparecido por completo.

Abi, y todos los demás —centenares de parlamentarios y esclavos— se hallaban expuestos bajo el firmamento. Un polvo fino caía del cielo. Abi pensó que sería ceniza y buscó el fuego; fue entonces cuando vio que toda la fachada lateral de la mansión de piedra estaba destrozada.

Había escombros y fragmentos de pared irregulares más grandes que un hombre esparcidos en el suelo como los bloques de construcción de Libby. Sumando los restos no parecía que hubiera material suficiente para cubrir la mitad de la casa, así que una parte seguro que se había pulverizado, lo que explicaba la presencia tanto del polvo que Abi notaba en la boca como del que caía sobre ella.

Retrocedió al ver su tablilla a unos metros de distancia y, no muy lejos, un brazo saliendo de debajo de una inmensa puerta de bronce que ahora estaba caída en el suelo. La mano se veía cubierta por una fina capa de piedra pulverizada. Casi podría haberse tratado de una estatua caída del tejado si no hubiera sido por un reguero de sangre de un rojo brillante que le corría por la manga. El pobre maestro de ceremonias. Abi había estado prácticamente a un metro de él durante toda la velada.

El resto de su familia se encontraría a salvo, se dijo, sintiendo de repente un alivio tan intenso que estuvo a punto de caer al suelo. Mamá iba a pasar la noche en un puesto de primeros auxilios improvisado en el despacho del ama de llaves. Papá estaba vigilando el los generadores montados a cierta distancia de la mansión. Daisy se había quedado en la Hilera con la desterrada Libby Jardine. Si cualquiera de ellos hubiera estado allí, ahora mismo podría estar muerto.

De repente, todo el mundo gritó al unísono.

Abi había recuperado el oído de golpe. Sacudió la cabeza e hizo un gesto de dolor. La explosión la habría dejado sorda. En su desorientación no se había dado ni cuenta hasta entonces.

La estructura de hierro del Ala Este estaba destruida y sus enormes vigas aplastadas, todo ello debido al desesperado arrebato de Destreza de Euterpe Parva. El metal se amontonaba en amasijos de formas retorcidas, como pilas de huesos descubiertos por arqueólogos en una antigua fosa común.

Bajo los escombros se veían cuerpos aquí y allá, o cosas que en otro tiempo habían sido cuerpos pero que ahora no eran más que trozos y manchas. Huesos al descubierto que se habían partido como palos, extremidades que yacían desmembradas. Abi distinguió la forma inconfundible de una mano de mujer, acurrucada como un cachorro sin pelo junto a un bulto más grande, el de un hombre con su uniforme de servicio negro.

La mayoría de los Iguales estaban en pie y caminando.

Muy a su pesar, Abi observó hipnotizada cómo una joven no mucho mayor que ella examinaba las lesiones que había sufrido. Vestida con un traje de noche escarlata hecho jirones, extendió los brazos a lo largo de las piernas como si estuviera haciendo una abdominal, pero no podía tocarse los dedos de los pies, porque le faltaban la mitad. Uno de los pies, calzado aún con un elegante tacón de aguja dorado, estaba a medio metro de donde debería haber estado, sujeto al cuerpo tan solo por unos cuantos tendones fibrosos. La chica tenía la otra pierna seccionada hasta el hueso, obra a todas luces de un pináculo ornamental de hierro situado cerca como una daga ensangrentada.

Con el rastro de un reguero de lágrimas en las mejillas, la joven contrajo el rostro y comenzó a temblar de arriba abajo. Era la heredera Ravenna de Kirton; Abi recordaba la voz resonante del maestro de ceremonias pronunciando su nombre, hacía una eternidad.

Como un ovillo de lana enredado, los tendones estirados se tensaron. La heredera Ravenna dio una sacudida al volver el hueso a su sitio, y sus manos revolotearon con un gesto protector sobre la herida hasta que la carne viva se entretejió de nuevo. Por último, posó las palmas de las manos sobre la extremidad y las pasó sobre la piel, como si alisara una falda. Abi casi ni se percató de lo que ocurrió con la pierna izquierda de la joven. La piel se unió como la cremallera de un vestido demasiado ceñido abierto por detrás, que un amigo servicial se hubiera prestado a subir mientras la mujer embutida en la prenda contenía la respiración.

Abi perdió la noción del tiempo que duró aquella operación. Pero al ver que la heredera Ravenna dejaba caer los hombros, con las pestañas pegadas por las lágrimas y el rímel, pensó que parecía que no le había pasado nada. Que estuviera en el suelo bien podría deberse a una mera caída con sus tacones de aguja tras haber bebido un poco más de la cuenta.

Abi sacudió la cabeza de un lado a otro, furiosa consigo misma por distraerse cuando cada segundo podía ser vital.

¿Dónde estaba Luke?

Recorrió con la mirada el salón de baile en ruinas y tiritó. Era marzo, y cuando disminuyó el nivel de adrenalina de su organismo, el frío y la humedad de la noche se hicieron notar. ¿Habría alguien atendiendo a los esclavos heridos? ¿Estaría allí mamá?

Sí, allí estaba.

Jackie Hadley se hallaba arrodillada junto a una figura maltrecha, dando instrucciones a gritos a una esclava de cocina cargada con una mochila verde estampada con una cruz blanca. La chica buscaba a tientas algo en su interior, y cuando lo encontró se lo pasó a mamá. Parecía un vendaje. Era evidente que mamá no sabía nada de Luke, de lo contrario habría tirado abajo lo que quedaba en pie de Kyneston para dar con él.

Pero ¿qué había ocurrido allí? Lo último que recordaba Abi era a Euterpe Parva gritando. ¿Habría hecho Luke algo peor aún que disparar a Zelston? Semejante nivel de destrucción tenía que ser resultado de una bomba.

Un llanto histérico *in crescendo* surgió de algún sitio situado a la derecha de Abi. Era un sonido que no se podía oír y pasar por alto. Abi atravesó la sala, caminando con cuidado sobre el lecho de cristales rotos que cubría el suelo.

Pero ya había alguien allí. Por increíble que pareciera, se trataba de una Igual, una hermosa joven con un vestido de lentejuelas. Le resultó vagamente familiar. ¿Habría visto Abi alguna foto suya en una revista? La Igual tenía la mano sobre la frente de un esclavo que yacía inmovilizado por un puntal de hierro que le había caído encima del pecho.

—No me siento las piernas —decía el hombre, gimoteando—. Tengo mucho frío. Por favor, tengo cuatro hijos.

—Mejor omite los detalles truculentos en la próxima carta que les escribas —dijo la chica con una voz ronca antes de dedicarle una sonrisa tranquilizadora—. Vamos a quitarte esto de encima, ¿vale?

La viga era tan larga como ella y sin duda mucho más pesada. Pero la joven colocó la mano que tenía libre en un extremo de la pieza de metal y, con un esfuerzo patente en la expresión de su bello rostro, la levantó. Cuando llegó a extender todo el brazo, dobló el codo para tomar impulso y lanzar bien lejos el puntal, que cayó con estrépito sin causar daño alguno.

—Sigo... sin sentir... —dijo el hombre, jadeando.

La Igual lo hizo callar con delicadeza y, acercándole las manos al pecho, donde la camisa negra del uniforme se veía mojada, posó sus dedos ingrávidos sobre él.

—Conozco a un médico —comentó la Igual al esclavo, suavizando su sonrisa—. A él esto se le da mejor que a mí. Me temo que está ocupado buscando a un amigo suyo, pero te prometo que tampoco soy malísima. Sé valiente.

La joven Igual era tan bella que a Abi no le hubiera sorprendido que el hombre pensara que había muerto y ahora estaba en el cielo. Él miraba confiado su rostro angelical mientras ella ejercía su

Destreza. Estaba claro que allí no precisaban los primeros auxilios de Abi.

Solo había una persona que la necesitaba en aquel momento. ¿Dónde estaba Luke?

Recorrió con la mirada una vez más el lugar devastado en busca de algún indicio.

Sintió que se le cerraba la garganta y no podía respirar al ver a la última persona que ella esperaba.

Perro, cuya silueta contrastaba con el resplandor, caminaba a un lado y otro junto a la fachada destrozada de la casa. Iba con un mono mugriento y una mochila pequeña a la espalda, y era evidente que buscaba algo.

Él le debía un favor. Y tenía más motivos que la mayoría para odiar a los Jardine. Quizá pudiera ayudarla a dar con Luke. Abi echó a andar en dirección a él, levantándose el dobladillo del vestido para pasar sobre los escombros.

La imagen de la mansión medio destruida era un espectáculo perturbador. Con la desaparición de uno de los muros, el interior de Kyneston quedaba totalmente expuesto, como si de una casa de muñecas se tratara. Se podía ver a Iguales y esclavos yendo de aquí para allá por dentro. Si era una mano la que los movía a su antojo, Abi no quería pensar a qué estaría jugando.

—Creo que me gusta más así —dijo alguien a su espalda—. Es mucho más fácil ver lo que hacen, ¿no te parece?

Abi se volvió, sabiendo de quién se trataba por el escalofrío que le recorrió el cuerpo, antes incluso de verlo.

Silyen Jardine.

—Perro necesita ayuda —añadió, mirando hacia donde el esclavo se había detenido para quitarse la mochila—. Se va a topar con el mismo problema que tu hermano.

—¿Cómo? —A Abi le salió una voz cortante, pero no le importó.

¿Sabía Silyen Jardine lo que le había ocurrido a Luke?

Pero el chico ya se había ido, caminando sin problemas con sus largas piernas sobre los escombros que tenía bajo los pies. En un momento dado pasó por encima de un esclavo que sangraba entre quejidos en medio de los cascotes. Abi musitó una disculpa inaudible e hizo lo mismo, tratando de seguir el ritmo de Silyen.

El chico y el hombre perro ya estaban hablando cuando Abi llegó hasta ellos.

—Sabes que el vínculo no te lo permitirá —decía Silyen en aquel momento.

Perro se lo quedó mirando. Los rasgos de su rostro se veían muy afilados bajo el pelo cortado toscamente a tijera que le tapaba la cara. Le ardía la mirada. Llevaba la correa enrollada con fuerza en una mano, y colgando suelta en toda su longitud.

Abi extendió la vista más allá de ellos, hacia la mansión medio destruida. En el Gran Solar desprovisto de fachada vio a lady Hypatia Vernay, sentada en un sillón de respaldo alto, con el rostro manchado de hollín y los ojos cerrados ante el caos del exterior.

—Tú lo pusiste —gruñó Perro—. Y tú lo puedes quitar.

—Por supuesto que puedo —respondió Silyen Jardine, sonriendo—. Pero ella forma parte de la familia. ¿Por qué habría de hacerlo?

Perro entrecerró los ojos. Puede que estuviera recordando su lado canino y se planteara propinar una dentellada al Joven Amo. Pero con un esfuerzo visible logró controlarse.

—Cuando me pidas a cambio... una vida, yo lo haré. Estaré en deuda... contigo.

Silyen se detuvo, considerando al parecer la oferta. Seguro que podría matar a alguien sin más arma que la Destreza, pensó Abi, recordando el ciervo muerto y el cerezo marchito en el bosque en pleno otoño, hacía ya meses. Pero el joven Igual asintió. En aquel mismo instante Perro hizo un gesto de dolor. Fue como si estuviera maniatado y de repente se viera liberado; un candado se abrió en su mente.

Abi no estaba segura de lo que acababa de ocurrir, pero todo indicaba que había obtenido el permiso deseado.

—Me deberás tres cosas —dijo el Joven Amo al hombre—. Una fuga, una vida y un nombre.

—¿Un nombre?

—¿No quieres saber tu nombre?

—El mío no. —Una terrible añoranza llenó la mirada de Perro—. El de mi esposa.

Silyen Jardine sonrió. Se inclinó hacia el hombre y, acercándole los labios al oído, le susurró algo. Luego se retiró.

—Nos vemos después, tal como hemos quedado. Hasta entonces estaré un poco ocupado.

Perro se quedó mirando fijamente a Silyen con una expresión que no era de lealtad, pero tampoco de odio. Abi concluyó que era de gratitud, y eso significaba que Silyen Jardine tenía ahora más derecho del que ella tendría jamás a reclamar la ayuda de Perro. Vaya con el plan.

Perro se limpió la nariz y la cara con la manga del mono. Cogió la otra punta de la correa con la mano libre y se la enrolló en la mano. Acto seguido, la hizo restallar, tirando de ambos extremos para comprobar que la tenía bien agarrada.

Sin más les dio la espalda y se encaminó hacia la casa. Abi no quería ver lo que sucedería a continuación.

—Qué noche tan movida llevamos todos —dijo Silyen alegremente—. Luego me ocuparé de tu hermano, pero antes tengo algo que hacer aquí. Creo que te gustará, Abigail.

—¿De mi hermano?

—Puede que me sea útil —contestó Silyen con un ademán displicente—. Noté su potencial la noche que llegó, en la entrada. Pero será mejor que vaya tirando. Creo que mi público se ha repuesto lo suficiente como para prestarme atención.

Y el Igual se alejó de nuevo, caminando con desenvoltura a través del caos y la confusión hasta el centro mismo del salón de baile, donde Abi había visto por última vez a su hermano, empapado de sangre y temblando.

¿Sabría Luke lo que había hecho?

¿Habría obrado por voluntad propia?

Abi no quería plantearse esa idea, pero si era sincera consigo misma, cabía la posibilidad de que así fuera. A saber lo que le habría ocurrido a su hermano pequeño en Millmoor durante los meses que habían estado separados. La ciudad de esclavos se había visto sumida en el caos. Lo sabía por los enigmáticos comentarios de Jenner, y por fragmentos de conversación entre lord Jardine y el heredero Gavar que había oído al pasar desapercibida de una sala a otra.

¿Se habría aprovechado alguien allí de la vulnerabilidad de Luke? ¿Le habrían enredado la mente para utilizarlo?

Si era eso lo que había ocurrido, Abi lo averiguaría.

Se iban a arrepentir de ello.

El sonido que la interrumpió le pareció tan bello y luminoso como oscuros y discordantes eran sus pensamientos. Se oyó un repiqueteo presuroso, como si sonaran miles de campanas al unísono. A Abi le vibraron los tímpanos.

De repente, se echó a perder el efecto por culpa del grito aterrorizado de una mujer. La gente señalaba hacia arriba, así que Abi levantó la vista. Aquella noche se habían originado ya más horrores de los que su cerebro podía procesar. ¿Qué podía importar uno más?

El negro firmamento se veía tachonado de estrellas de cristal que pendían sobre sus cabezas, increíblemente afiladas y mortíferas, desde hojas irregulares de cuchillo —algunos con los filos aún ensangrentados— hasta pedazos diminutos y polvo reluciente. Abi había leído que hubo un tiempo, hacía miles de años, en que la gente veía el cielo como una esfera cristalina que rodeaba la Tierra. Eso era lo que podría parecer aquel firmamento hecho añicos que ahora cubría Kyneston, un instante antes de que todos aquellos fragmentos se les cayeran encima.

Pero no cayeron. En lugar de eso, la galaxia de cristal giró lentamente. Se oyeron más repiqueteos temblorosos en el aire frío al golpear los fragmentos de cristal entre sí, pero no se desprendió ni una astilla. A continuación, la masa centelleante se curvó hacia el suelo, rodeándolos a todos.

Abi miró a Silyen, que estaba en medio del espacio, con los brazos levantados y una expresión de arrobamiento en el rostro, como un prodigio musical que dirigiera una orquesta que solo él fuera capaz de ver.

Todas y cada una de las piezas de metal, desde las enormes vigas hasta los elementos ornamentales, se elevaron poco a poco en el aire. Aquellos esclavos que habían quedado atrapados bajo los hierros caídos y que aún estaban vivos gimieron entre sollozos. Abi se estremeció al ver pasar junto a ella un puntal lateral, que durante unos segundos casi la rozó a la altura de su cabeza antes de continuar su ascenso.

Las piezas de metal se fundieron en el aire con la misma facilidad con la que el cuerpo de la heredera Ravenna se había entretejido de nuevo. La estructura de hierro quedó unida como un inmenso esqueleto provisto de una espina dorsal y unas alas envolventes, con una cumbrera, columnas, vigas y remaches. Los fragmentos de cristal suspendidos en el aire se contrajeron hacia dentro, amoldándose al armazón.

El Ala Este se alzó sobre ellos convertida en un gran monstruo de metal desollado con una piel reluciente, en cuyo vientre alojaba Iguales y esclavos engullidos por igual.

La estructura entera brillaba como el magnesio, con un resplandor insoportable. Tras pestañear para que desaparecieran de su vista las formas que se le habían quedado marcadas en la retina, Abi vio que el enorme salón de baile volvía a estar intacto, como si el desastre ocurrido aquella noche jamás hubiera tenido lugar.

Silyen aún no había terminado. Trozos enteros de muro regresaron volando hacia la mansión de piedra destruida para encajar en su sitio como una versión a lo grande de un juego de ladrillos apilables. A medida que la fachada destrozada de Kyneston se levantaba capa a capa, las personas que había en su interior fueron desapareciendo de la vista poco a poco, como si el Joven Amo estuviera emparedando viva a su familia.

—¡Abigail!

Unos brazos la agarraron con brusquedad por detrás y la obligaron a darse la vuelta. Era Jenner, con el rostro tan sucio que apenas se le veían las pecas.

—Menos mal que estás aquí.

Sus manos le cogieron la cara como si ella también estuviera hecha de cristal y acabaran de reconstruirla.

Y entonces la besó.

Por un momento Abi se elevó con las estrellas en la esfera cristalina, sintiéndose de maravilla en las vertiginosas alturas.

Se olvidó de su hermano, de Silyen, de Perro con la correa entre las manos a modo de garrote. Se olvidó del cuerpo destrozado del maestro de ceremonias, y del Canciller Zelston tendido sobre un charco de sangre. Nada existía para ella salvo la urgencia de sentir aquellos labios sobre los suyos.

Acto seguido, apartó a Jenner de su lado, pues por mucho que eso fuera lo que deseaba —más que nada en el mundo—, ya era demasiado tarde. Luke era un asesino. Lord Jardine estaba en el poder. Euterpe Parva había hecho añicos el firmamento. Y Silyen Jardine estaba reconstruyendo Kyneston sin más instrumento que la Destreza.

—Es la Gran Demostración —dijo Abi, tomando plena conciencia de la terrible situación.

Y empujó a Jenner cuando este intentó envolverla con más fuerza entre sus brazos.

—¿Cómo?

Jenner estaba atónito. Su mano ennegrecida le acarició el cuello y la hizo temblar. Abi esquivó el roce de sus dedos. ¿Es que no lo veía?

—La Gran Demostración. Cuando Cadmus construyó la Cámara de la Luz sin emplear para ello nada más que la Destreza.

—Solo está reparando los daños.

—¿Reparando? Esto no es uno de los adornos de tu madre, Jenner. Esto es Kyneston. Mira.

Señaló las paredes de cristal que se elevaban sobre ellos, impecablemente restauradas, tal y como eran antes.

Pero no eran del todo iguales, ¿verdad? Y es que lo que al principio había confundido con humo, y luego le pareció simplemente una sombra, no era ni una cosa ni otra.

Se trataba de unas formas borrosas y resplandecientes que se movían de un lado a otro detrás del cristal. Como lo hacían en la Cámara de la Luz.

El miedo se apoderó de Abi. La lección de la Gran Demostración formaba parte de las enseñanzas que se inculcaban a todos los niños de Gran Bretaña. Era la mayor manifestación que se había producido jamás de la naturaleza incontenible de la Destreza. Más poderosa incluso que el asesinato del Último Rey.

Aquel día la obra de Cadmus liquidó todo un mundo y forjó otro totalmente distinto, en el que quienes carecían de Destreza se convirtieron en esclavos. Este hito marcó el comienzo del dominio de los Iguales.

—¿Qué intenta demostrar tu hermano? —murmuró Abi.

—¿Y el tuyo? —replicó Jenner. Y, cogiéndola con suavidad por los hombros, la encaró hacia él—. Padre lo tiene bajo custodia. Ha disparado a Zelston, Abigail. Y a padre se le ha metido en la cabeza que la bala iba dirigida a él.

—¿A tu padre? Pero cómo iba a fallar Luke, si estaban uno frente al otro.

—Por el vínculo, Abi. Lo que Silyen os hizo a todos antes de entrar en Kyneston. Ninguno de nuestros esclavos puede hacernos daño. Si Luke hubiera ido a matar a mi padre, se habría visto obligado a desviar el arma. Y como madre y tía Euterpe también son de la familia… —Jenner se encogió de hombros, sin saber cómo amortiguar el golpe—. Zelston era el único que quedaba.

Abi negó con la cabeza. ¿Sería cierto aquello?

¿Acaso importaba? Luke había matado a Zelston, fuera quien fuera su verdadero objetivo.

No, ahora solo importaba una cosa. Luke aún estaba allí, en Kyneston. Todavía era posible rescatarlo.

Pero ¿cómo?

VEINTIDÓS

LUKE

Luke no tenía claro qué le esperaba. ¿Una celda? ¿Una jaula como la de Perro, quizá?

Pero no aquello. No una cama enorme y lujosa con una colcha de seda rojo carmesí que lo cubría hasta la barbilla. Lo habían arropado como si fuera un niño.

Cerró los ojos aliviado. Así que se habían dado cuenta de que él no lo había hecho.

Porque él no lo había hecho, de eso estaba seguro. Sin embargo, lord Jardine y el otro hombre —¿era Crovan?— parecían convencidos de lo contrario.

El señor de Kyneston lo había sacado del salón de baile destruido para arrastrarlo hasta la biblioteca y atarlo a una silla. Crovan había hurgado entonces en el cráneo de Luke con lo que le habían parecido cuchillos, pero en el fondo era Destreza, en busca de recuerdos que no estaban allí. Recuerdos del asesinato del Canciller Zelston.

Luke recordaba haber entrado en el Ala Este, con cuatro botellas de champán en una bandeja. Recordaba también al perro pequeño y sus molestos gañidos, a Abi con una tablilla sujetapapeles, a la joven Igual con el vestido escotadísimo. Y entonces...

Nada más hasta una mano escarlata levantada y lo que había sentido como el fin del mundo.

A continuación, recordaba a lord Jardine, todo sucio y ensangrentado, farfullando incoherencias hecho una furia. Un cuerpo tendido en el suelo, que Luke tardó en reconocer como el Canciller. Acusaciones que no entendía. Terror. Dolor. Tanto que se había desmayado.

Pero todo aquello había pasado ya. Estaba a salvo en una cama mullida. Luke se acurrucó bajo la colcha. El colchón se movió bajo su cuerpo de un modo extraño, como si se rizara. Agachó la cabeza para mirar.

Estaba demasiado oscuro para ver con claridad, pero parecía que estaba tumbado sobre algo líquido. Y caliente. ¿Se habría reventado una bolsa de agua caliente? Metió la mano por debajo para comprobarlo. Cuando la sacó, vio que tenía los dedos rojos.

Sangre. Estaba tumbado sobre un charco de sangre.

Presa del pánico, intentó apartar la colcha para pedir ayuda a gritos. Fue entonces cuando se dio cuenta de que no se trataba de una colcha, sino de un vestido. La amplia falda con vuelo de un vestido rojo, o de un vestido que había sido de otro color, pero que ahora estaba empapado de sangre.

Luke dio un grito ahogado. Apenas le entró aire suficiente en los pulmones. Un líquido caliente y salado le bajó por la garganta. Sangre. Sangre por todas partes.

Lo levantaron en peso. Lo levantaron y lo sacaron.

Una voz bramó en su cara:

—¡Basta!

Le pegaron con tal brutalidad que le sorprendió que la cabeza no se desprendiera de la fina columna que la aguantaba.

—Cada cinco minutos —continuó la voz, sin dejar de gritar—. Lo hace cada cinco minutos. Se revuelve y se pone a chillar. Como vuelva a hacerlo, lo mato.

—¡Quítele las manos de encima a mi hermano!

Luke se balanceaba de un lado a otro, sostenido en alto por un puño que lo tenía cogido por la pechera de la camisa, como un muñeco en manos de un niño resentido que quiere un juguete mejor.

—Suéltalo, Gavar.

Una tercera voz, tranquila y serena. ¿De quién sería? Luke se vio liberado de aquel puño que lo agarraba y cayó de nuevo a plomo sobre la cama.

Una mano le tocó la sien y le subió un párpado. Un rostro borroso e impreciso apareció ante su vista. ¿Era Abi?

—¿Luke? Luke, ¿me oyes?

—No lo toques. ¿Cómo se te ha ocurrido traerla aquí, Jenner?

Luke notó que le subían el otro párpado con delicadeza, pero Abi habló en un tono violento.

—Ni siquiera me reconoce. Pero ¿qué le han hecho su padre y Corvan?

—Jenner, ya sabes qué ha ordenado padre. Sácala de aquí, o te romperé el cuello y luego la echaré de aquí a la fuerza. Ya.

—Luke, ¿me oyes?

Una de las manos de Abi lo agarró con firmeza. La otra le inclinó la cabeza hacia un lado.

—Parpadea, Luke. Concéntrate. Serás juzgado mañana. Lord Jardine ha aplazado la boda. En su lugar, el Parlamento actuará como un tribunal. Se te acusa de asesinar al Canciller Zelston. Sé que tú no lo has hecho, Luke. Lo que no sé es cómo vamos a demostrar eso antes de mañana. Pase lo que pase, sé fuerte. Ya se nos ocurrirá algo.

Juicio. Tribunal. Asesinato.

Las palabras flotaban en la mente de Luke. Parecían estar muy lejos. ¿Por qué Abi no lo dejaría dormir?

—Ni siquiera sigue el hilo de lo que le digo —oyó decir a Abi, con un sollozo asomando en su voz—. No se puede juzgar a alguien en el estado en que se encuentra. Es una farsa.

—El resultado es predecible —repuso Gavar Jardine—. Había quinientas personas en la sala cuando lo hizo. Mi madre estaba a su lado. Y ahora tenéis que iros. Y Jenner, piensa muy bien lo que haces. Después de lo ocurrido, no podremos tener a su familia aquí. Abi y sus padres se irán cuando él se vaya.

Pero ¿qué tendría que ver todo aquello con él?, se preguntó Luke. Estaba en una cama, enorme y lujosa, no en una celda o en una perrera. Eso significaba que entendían que no lo había hecho.

Incluso lo habían tapado con una suave colcha rojo carmesí. Y se estaba de lo más calentito.

Luke cerró los ojos. Y se durmió.

Cuando despertó, todo estaba en silencio. La ventana era un rectángulo gris claro en una pared gris oscuro. Un débil resquicio de luz unía las cortinas y atravesaba el suelo. Luke siguió su trayectoria con la cabeza.

Al otro lado de la sala la luz dibujaba la silueta de un sillón. Había alguien sentado en él.

—Buenos días, Luke —dijo la persona que lo observaba. Tras hacer una pausa, añadió—: Aunque no son muy buenos y, si te soy sincero, dudo que vayan a serlo.

Luke reconoció aquella voz. ¿Es que iban a visitarlo todos ellos... todos los Jardine? Unos para darle una paliza, y otros para sentarse junto a su cama. Puede que lady Thalia subiera también en breve para llevarle el desayuno en una bandejita de plata con una taza de té diminuta.

—He pensado que agradecerías descansar mientras te sea posible hacerlo —dijo Silyen Jardine, sentándose como si nada en el borde de la cama—. A saber qué clase de casa tendrá Crovan en Eilean Dòchais, pero dudo que torture a los Condenados con ocho horas de sueño ininterrumpido.

—¿Crovan?

Y de repente los recuerdos invadieron la mente de Luke. El cruel Igual escocés y lord Jardine hurgando en su cabeza. La voz de Abi en plena noche. El Parlamento. Un juicio.

A medida que desaparecía el desconcierto del interrogatorio sufrido y las oscuras horas que le habían seguido, Luke vio con una claridad horrorosa lo que ocurriría a continuación. Sería juzgado y se convertiría en un Condenado por un crimen que no lograba recordar.

—Tengo curiosidad por saber quién te impuso el Silencio —dijo Silyen Jardine—. Porque estoy seguro de que esa persona podría contarnos unas cuantas cosas. Por ejemplo, por qué hiciste papilla al Canciller en medio del salón de baile de mamá.

—Yo no lo hice —insistió Luke, desesperado por conseguir que al menos uno de los Iguales lo entendiera.

—Vamos, Luke, pues claro que lo hiciste tú. Pero ¿quién ocultó tus recuerdos de lo que hiciste, y por qué? ¿Quién era el verdadero blanco, Zelston o mi padre? Hay otras preguntas también, como si estabas de acuerdo con hacerlo o te obligaron. Pero me temo que a nadie le interesa mucho un detalle como ese.

—Eso no es un detalle —repuso Luke—. Es lo único que importa. No recuerdo nada de… de lo que todo el mundo dice que hice. Tengo una laguna. Un agujero negro en la memoria sobre lo ocurrido. Alguien ha utilizado su Destreza conmigo, lo que demuestra que me obligaron a hacerlo.

Silyen Jardine chasqueó la lengua en señal de desaprobación.

—No demuestra nada de eso. Te lo podrían haber propuesto y tú haber aceptado. Y luego el Silencio sería una manera muy práctica de ocultar tanto tu complicidad como tu participación en la conspiración.

—¿Quién en su sano juicio accedería a asesinar al Canciller con todo el Parlamento presente?

—No se me ocurre nadie. ¿Quizá un adolescente impulsivo, furioso con el sistema que lo ha separado de su familia? ¿Un chico que se ha radicalizado en una ciudad de esclavos que lleva meses agitada? No, eso no parece muy verosímil.

Fue entonces cuando Luke se dio cuenta de hasta qué punto lo habían utilizado. Él era como una pistola con las huellas digitales borradas. Tan solo era el arma del crimen, pero sería castigado como el asesino.

—Has dicho que querías saber quién me impuso el Silencio. ¿Puedes hacerlo? ¿Puedes levantarlo?

—La única persona que puede levantar un Silencio es aquella que lo impone, Luke, como podría corroborar tu hermana Abigail… no, no, no fue nada, no te preocupes. —Luke apretó los puños con furia ante la idea de que aquel bicho raro hubiera enredado con los recuerdos de su hermana—. Pero lo que sí tengo es un truquito. Puedo descubrir quién lo hizo. Y a veces saber quién quiere mantener guardado un secreto sirve tanto como conocer el secreto en sí.

—Hazlo. —Luke se puso en pie y se quedó allí plantado, con los brazos a los lados, como si desafiara a Silyen Jardine a pegarle—. No me importa cuánto duela. Después de lo que me han hecho tu padre y su amigo… podré soportarlo.

—Qué valiente eres —dijo Silyen Jardine indulgente—. Mejor para ti, dadas las circunstancias.

Pero no le dolió en absoluto. Tan solo notó aquella mezcla incómoda de intimidad y fragilidad mientras su propio ser se escurría como arena fina entre los dedos de Silyen Jardine. Por un momento sintió como si careciera por completo de un cuerpo. Luego cayó en la cuenta de que no necesitaba uno en absoluto.

Una sensación de náuseas lo devolvió de nuevo a su ser, y se vio frente a Silyen Jardine mientras la luz del sol penetraba a través de las cortinas.

—Vaya, eso sí que no me lo esperaba —dijo el Igual sonriente—. Me encanta que la gente no sea lo que parece. Hace que la vida sea mucho más emocionante, ¿no crees?

—Dime quién es —exigió Luke.

—¿Que te diga quién es? No, no pienso decírselo a nadie. Los secretos son como jarrones horrendos, coches de época o cualquier otra basura de esa que colecciona la gente como mi madre y mi padre. Cuanto más raros son, más valor tienen. Y creo que puedo sacar mucho provecho de este.

—¡No puedes! Seré un Condenado. Has ayudado a Perro, y él merecía su castigo. Yo no merezco esto, así que ¿por qué no me ayudas?

—Vamos, Luke, no tiene nada que ver con lo que uno «merece», ¿no me digas que no lo ves? Perro me es útil libre, y tú me serás útil cuando te vayas. Y lo que acabo de descubrir también me resultará útil. Ha sido una noche de trabajo muy provechosa, modestia aparte. Y aún no me he tomado un café.

Mientras Silyen Jardine se volvía, Luke arremetió contra él. Pero su puño no llegó a rozar ni un solo pelo de la cabeza despeinada del Joven Amo. Luke salió disparado hacia atrás como impulsado por una torre de lanzamiento que se derrumbaba.

El chico se estampó contra la pared, aturdido por el impacto y por su propia ira y desesperación. Un par de botas de montar raspadas aparecieron poco a poco y luego se detuvieron. Un instante después unos ojos negros se clavaron en los suyos mientras Silyen Jardine se agachaba.

—Por favor, Luke —dijo el Igual—. ¿No recuerdas el vínculo? Necesito que lo hagas mejor cuando te vayas. Mucho mejor. Porque todavía no he terminado contigo. Ni mucho menos.

Luke notó un picor en la nuca. No debía dejarse engañar por el extraño trato informal de Silyen. Aquella no era, ni lo sería nunca, una lucha justa.

La puerta se abrió.

—¿Has averiguado algo, Silyen? —gritó lord Jardine—. ¿Quién actúa contra mí?

El Joven Amo se puso de pie y dio media vuelta para mirar a la cara a su padre. Había que tener una entereza de acero, reconoció Luke pese a hervir de odio, para ser capaz de mentir a aquel hombre con tanta soltura.

—Nada que te sirva, padre.

—Muy bien. No hablaremos más de esto. Quienquiera que sea mi enemigo, no nos interesa alertarlo sobre nuestras sospechas. Hagamos esto rápido para que luego Crovan pueda emplearse a fondo a fin de descubrir lo que necesitamos saber. Gavar, trae al chico.

Cuando lo llevaron al Ala Este, Luke se preguntó si estaría enloqueciendo. O quizá hubiera permanecido inconsciente o bajo los efectos de la Destreza durante varios días… o semanas incluso, porque lo último que había visto de aquella enorme estructura era su explosión en miles de fragmentos mortíferos.

Sin embargo, allí estaba, apenas doce horas más tarde, intacta e inmaculada. Fuera hacía una mañana clara llena de luz. Una nube alta proyectaba extrañas sombras sobre la vasta extensión de cristal reluciente. La construcción desprendía el hedor propio de un poder anormal.

O quizá emanara de los presentes en la sala. La imagen de todos ellos dejó a Luke sin aliento. Cerca de cuatrocientos Iguales estaban sentados en ocho gradas escalonadas, cada uno junto a su heredero. Había dos espacios vacíos en el centro de la primera fila, probablemente para los Jardine. Aquel hueco brindó a Luke una vista despejada de los asientos situados justo detrás, los cuales se hallaban ocupados por una mujer rubia deslumbrante que le resultaba curiosamente familiar, y un hombre descomunal con una cabellera de marfil, que debía de ser su padre.

¿Dónde lo había visto antes? Luke se devanó los sesos antes de caer en la cuenta de que se trataba de Bouda Matravers, la prometida del heredero Gavar. Su hermoso rostro se veía tenso y airado; y no era de extrañar, pues le habían robado una boda. Luke pasó la mirada de un lado a otro por las primeras gradas. Vio alguna que otra cara de curiosidad, pero ni una sola de compasión. Visto lo visto, dejó de mirar. No servía de nada.

Lord Jardine estaba sentado en la Silla del Canciller. Luke se hallaba de pie a un lado, con las manos entrelazadas, la cabeza gacha y el corazón acelerado. Detrás tenía a Gavar Jardine, preparado por si Luke intentaba escapar.

No pensaba echarse a correr. Sabía perfectamente que el heredero Gavar podría detenerlo, además, ¿adónde iba a huir?

¿Debería decirles que Silyen Jardine sabía —o afirmaba saber— la identidad de aquel que le había impuesto el Silencio? Pero Silyen ya había negado ante su padre conocer esta información, y se limitaría a negarlo de nuevo. Solo haría que padre e hijo se enfrentaran entre sí, pero ¿cómo beneficiaría eso a Luke?

No disponía de tiempo suficiente para entender la situación. Luego sonaron las campanas de la cúpula, que dieron las nueve desde lo alto con fuerza y claridad, y el tiempo para Luke se agotó por completo.

Lord Jardine comenzó a hablar, y Luke se dio cuenta de que no estaba allí para ser juzgado, sino solo para oír una sentencia.

—En el interrogatorio inicial que yo mismo he llevado a cabo no he encontrado pruebas de la influencia de la Destreza —dijo el señor de Kyneston, volviendo su cabeza leonina para observar a los Iguales allí reunidos—. Ni tampoco en el interrogatorio posterior realizado por mi colega miembro del Consejo de Justicia, Arailt Crovan. Parece probable que el joven agresor sea un lobo solitario, radicalizado durante su estancia en la ciudad de esclavos de Millmoor e incitado por sus compinches de allí, cuya identidad aún desconocemos.

A Luke le dio un vuelco el corazón. Sus compinches de Millmoor. Le destrozarían la mente por completo y lo averiguarían todo sobre Jackson, Renie y el club.

De repente, vio más claras las opciones que tenía. Retrasar la táctica allí, en Kyneston, solo serviría para que los Jardine o el propio Crovan lo sometieran a más interrogatorios empleando la Destreza, con lo que inevitablemente traicionaría a sus amigos.

Si los juegos a los que había jugado en Millmoor le habían enseñado algo era que la acción originaba situaciones imprevisibles y también oportunidades. El hecho de que lo entregaran a Crovan implicaría un largo viaje a Escocia, lo que le brindaría la ocasión de escaparse, suponiendo que el hombre no lo sacara de Kyneston con una correa.

—La culpabilidad del muchacho es indiscutible. Casi todos nosotros presenciamos el atroz asesinato que cometió contra nuestro anterior Canciller. Muchos tuvimos la desdicha de verlo con nuestros propios ojos. Por consiguiente, propongo que la sentencia de Condena a esclavitud perpetua se apruebe de inmediato a fin de que el criminal sea encomendado a Arailt Crovan para su reforma.

Lord Jardine recorrió la cámara con la mirada. Luke no imaginaba que pudiera haber alguien lo bastante insensato como para alzar la voz. No tenía ningún amigo allí, en aquel Parlamento de los Iguales.

Sin embargo, hubo quien habló.

—Es inocente. Tiene que soltarlo.

Alguien se levantó al fondo. La voz, y el rostro, le resultaron increíblemente familiares.

—¿Heredero Meilyr? —Lord Jardine frunció el ceño de un modo que no auguraba nada bueno para su interlocutor—. ¿Afirma que este chico es inocente?

—Así es.

El hombre —el Igual, el heredero No Sé Qué— estaba bajando desde la grada más alta, donde se encontraba su asiento. Luke quiso gritarle que se callara y se sentara, que dejara de decir lo que decía, porque la identidad de aquel individuo era imposible y demasiado horrible para ser verdad.

No era un Igual, sino el mentor y amigo de Luke, el doctor Jackson.

—¿Y cómo lo sabe?

—Porque lo conozco. He pasado este año viviendo en la ciudad de esclavos de Millmoor, donde he trabajado como médico. Conocí a este muchacho cuando me lo trajeron para curarlo, tras sufrir una brutal paliza a manos de Seguridad. Las acciones rebeldes llevadas a cabo en Millmoor en los últimos meses han sido cosa mía. Con ellas intentaba mostrar a todos los Iguales las injustas condiciones impuestas a la población… por nosotros.

Luke no lo podía creer. Se sintió avergonzado de aquel sujeto que tenía la cara de Jackson y hablaba con su voz, pero que era un Igual.

—Pues su intento ha fracasado —sentenció lord Jardine con una voz glacial—. ¿Y este chico era su última tentativa? Tanto si usted le mandó que cometiera dicha atrocidad final, como si lo hizo por sí solo bajo su influencia, poca diferencia hay.

Las palabras de lord Jardine se arrastraron poco a poco hasta los oídos de Luke. ¿En eso había consistido todo… y de ahí la decisión del doctor de que Luke debía ir a Kyneston? ¿Para eso lo había reclutado el club? Para ser utilizado como arma humana, al servicio de Jackson, es decir, de aquel Igual.

Para ser utilizado... y luego acallado con el Silencio. ¿Sería aquel el hombre cuya Destreza había detectado Silyen Jardine? ¿La persona que no era quien aparentaba?

Pero esa no era la historia que estaba contando el doctor.

—Luke no ha tenido nada que ver con el asesinato de Zelston. Puedo explicarles exactamente lo que ha hecho en Millmoor: actos de bondad y valentía. No es necesario que usted, ni ese hombre —añadió Jackson, volviéndose para señalar a Crovan— le destrocen la mente en busca de una información inútil. La muerte del Canciller se ha debido probablemente a una rencilla personal; Luke es el instrumento inocente que ha empleado el asesino. Podría haber sido cualquiera de los presentes en esta cámara. Incluso usted, milord, que es quien más ha ganado con la muerte de Zelston.

El Ala Este de Kyneston estalló por segunda vez en doce horas, aunque en esta ocasión debido al asombro. El vocerío de los Iguales provocó un revuelo ensordecedor.

En la última fila había una mujer mayor de pie gritando desesperadamente:

—¡No, Meilyr! ¡No!

Gavar tenía los ojos clavados en el doctor como si lo viera por primera vez.

—El centro de detención —dijo Gavar—. La fuga. Sabía que era un acto de Destreza. Fuiste tú.

Pero Jackson solo miraba a Luke.

—Lamento no haber podido decirte quién era yo —se disculpó Jackson en tono quedo y apremiante—. Y siento mucho que haya ocurrido esto. Lo arreglaremos, como lo hicimos con Oz. Confía en mí.

El rostro del doctor se veía tan lleno de vehemente sinceridad como de costumbre. Pero ¿cómo iba a creerle Luke ahora? ¿Cómo podía confiar uno en alguien que en el fondo no conocía?

—¡Basta!

La voz de lord Jardine tuvo el mismo efecto que la Destreza de su heredero en la plaza del mADMIcomio aquel día, pero sin el martirio ni los vómitos. Los parlamentarios se vieron sometidos al instante.

—Al término de la sesión de ayer, ustedes, mis Iguales, votaron destituir al Canciller Zelston, una decisión que, casualmente, implica mi falta de posibles motivos —pese a las insinuaciones del heredero Meilyr— para desear su muerte.

»Ese voto supuso asimismo la aprobación de una administración de emergencia cuya dirección se me confirió a mí. Les recuerdo que entre los poderes especiales en situaciones de emergencia se incluye la capacidad de tomar decisiones ejecutivas sobre el orden público, la capacidad de actuar con celeridad para aplastar a los enemigos del Estado.

»Al acudir hoy aquí para dictar sentencia sobre este enemigo, hemos descubierto a otro oculto entre nosotros. Uno que ha confesado, por voluntad propia —es más, diría que jactándose de ello—, haber sembrado la sedición, la violencia y la revuelta pública contra nuestra autoridad como Iguales.

Lord Jardine se volvió hacia Crovan y le hizo señas para que se acercara. ¿Regresaría el hombre a Escocia con dos prisioneros en lugar de uno solo?

—No se puede condenar a un Igual —gritó la mujer del fondo, que bajaba las escaleras a trompicones hacia el centro de la cámara.

—Lady Tresco —dijo lord Jardine, susurrando el nombre. Pero lo susurró como un león, entre unas fauces sanguinolentas—. Qué grato que por fin valore el principio de «una ley para nosotros, y una ley para ellos». No obstante, no tengo intención de condenar a su joven Meilyr. Solo pretendo corregirlo.

»Arailt lleva un tiempo trabajando en esta intervención. De ser efectiva, su hijo podría regresar a Highwithel esta misma noche habiendo aprendido a ver sus propios errores. Gavar, asegúrate de que Armeria no interfiera.

Gavar reaccionó para interceptar a la mujer, impidiéndole el paso antes de que ella llegara al final de las escaleras.

Nadie más se movió.

En el centro de la segunda fila la joven rubia se inclinó hacia delante con la mirada fija y sus facciones perfectas duras como el mármol.

—¿Qué hace? —preguntó Jackson con voz serena.

—¿Que qué hago? —Lord Jardine sonrió—. Bueno, una fiera peligrosa saca las garras. ¿Qué hay que hacer con un Igual peligroso?

Acto seguido, hizo un gesto con la cabeza a Crovan y este se volvió hacia Jackson, con las gafas brillando a la luz del sol. El doctor hizo una mueca.

Pero si bien Jackson apartó la mirada, la mueca, lejos de borrarse de su cara, se acentuó, convirtiéndose en un rictus de dolor inconfundible.

—¿Qué hace? —repitió, con una voz atascada por el pavor—. No.

Jackson se tambaleó e hincó una rodilla en el suelo. Se agarró la cabeza con una mano mientras cerraba completamente la otra. Por su parte, la figura alta e inmaculada de lord Crovan se prendió fuego.

El Igual escocés ahogó un grito y dio un manotazo en el aire. Jackson quedó tendido en el suelo, derribado. Crovan seguía ardiendo. Luke notaba el calor desde donde él estaba, aunque no vio nada chamuscado, ni siquiera olor a quemado. El hombre se golpeó brazos y piernas, y allí donde se tocaba, la llama se apagaba. Se pasó los dedos por la cara y el pelo, y el fuego que aún quedaba encendido se escurrió por las puntas como si fuera agua.

El doctor se arrastró para ponerse a gatas, con un esfuerzo que se hizo patente en su rostro. Levantó la vista hacia su rival y Luke vio que le caían lágrimas de los ojos. Lágrimas de oro puro.

La mujer a la que estaba conteniendo Gavar comenzó a gritar, con unos chillidos desgarradores e inhumanos, como los de un animal que ve a su cachorro en una trampa.

Jackson levantó una mano del suelo. El líquido dorado le goteaba ahora por debajo de las uñas. Le corría un hilito desde el tímpano hasta la garganta. Hizo un gesto como si talara un árbol. Todo el mundo oyó el crujido de las piernas de Crovan al romperse y el hombre cayó al suelo. Jackson repitió el gesto. Otro crujido. Crovan gritó y se retorció, con los brazos caídos a los lados de un modo poco natural.

Luke ahogó un grito al ver desaparecer lo último del doctor Jackson que él conocía en aquel heredero Meilyr desesperado e increíblemente poderoso que luchaba por su vida. O por algo más.

El doctor se arrastró hasta donde yacía Crovan y, agarrándole del cuello con ambas manos, apretó.

De los labios de Crovan escapó un lamento sin aire, y por un momento, a pesar del horror de toda la escena, Luke se sintió regocijado. El hombre estaba recibiendo su merecido. Por Perro. Por todas las perversidades que hacía tras los muros de su castillo a los hombres y mujeres que habían desafiado a aquella raza de monstruos que se hacían llamar «Iguales».

Luke comprendió entonces que era un gemido de triunfo.

El aire alrededor de Meilyr estalló en una neblina dorada, la cual emanó de su cuerpo como si saliera disparada de todos los poros de su piel. Luke, que estaba demasiado deslumbrado como para mirar, se llevó una mano a la mejilla para limpiársela, fuera lo que fuera aquel efluvio. Recordó a la mujer que tenía delante en la plaza del mADMIcomio, a la que Grierson le había volado la tapa de los sesos con un fusil. Y la sangre que lo salpicó.

Pero esta vez no tenía los dedos manchados de nada. La sustancia dorada era luz, pensó. Más ligera que el aire, por el que ascendió, esparciéndose y disipándose para concentrarse finalmente como una nube de vapor luminosa bajo el cristal reluciente del techo del Ala Este. Y luego, con un destello cegador, desapareció.

Luke tenía enfrente a Crovan, que trataba de incorporarse, doblando los brazos y flexionando las piernas, las cuales se veían intactas de nuevo.

Pero el heredero Meilyr —o el doctor Jackson— estaba acurrucado en el suelo, sollozando como si le hubieran destrozado el corazón. Como si tuviera el alma hecha añicos.

Como si le hubieran arrebatado la Destreza para acabar con ella.

EPÍLOGO

ABI

El coche se había llevado a Luke en plena noche.

El hermano Condenado de Abi y su carcelero, lord Crovan, habían traspasado las puertas de Kyneston a bordo de aquel vehículo, que los condujo directamente a un helicóptero. Cuando su familia se enteró de su partida, Luke ya estaba a mitad de camino de Escocia y del destino que le esperaba en Eilean Dòchais.

Jenner había acudido a informarles a la hora del desayuno, cuando los Hadley llevaban ya casi un día entero sin dormir. Papá se había derrumbado al oír la noticia, y mamá se había limitado a apoyar la cabeza en su hombro y llorar. Era una pesadilla absoluta, tanto que Abi casi —*casi*— agradeció la distracción que supuso lo que Jenner dijo a continuación.

—Jackie, Steve, vosotros y Abi tenéis que hacer el equipaje a la mayor brevedad posible. Esta tarde os trasladan a Millmoor.

—¿A Millmoor? —repitió papá, visiblemente desconcertado.

Sin embargo, mamá se había fijado en el nombre que Jenner había omitido.

—Y Daisy, querrá decir.

Jenner levantó la mirada al techo, como si las palabras que necesitaba encontrar estuvieran escritas en las vigas de madera. Naturalmente, no era así.

—Daisy se queda aquí. En Kyneston.

La cabeza de Abi dio un respingo. Eso sí que no se lo esperaba.

Mamá rugió con furia y se abalanzó sobre Jenner para aporrearlo con los puños. Abi no se movió para ayudarlo, y papá tampoco intentó contener a mamá. Jenner se agachó y esquivó la mayoría de los golpes antes de lograr sujetar con ambas manos las de su atacante, y esperó hasta que ella dejó de forcejear.

—Me quitáis a mis hijos —espetó mamá entre sollozos. Y, limpiándose la nariz en la manga de la bata, añadió—: No sois humanos. Sois monstruos.

—Eso no está permitido —dijo Abi a Jenner, más con ánimo de zanjar la cuestión que con la esperanza de obtener una respuesta reconfortante—. La ley dice que los menores de dieciocho años solo pueden ser esclavos si van acompañados de sus padres. Aunque te recuerdo que tu madre también se olvidó de eso en el caso de Luke.

—Abi, mi padre *es* la ley. Puede dictar lo que le plazca. Gavar se lo ha pedido, y ha accedido. Daisy será trasladada a una de las habitaciones del ala de la servidumbre, y Libby tendrá un cuarto al lado.

Daisy permaneció muda e inmóvil. Sentada como estaba a la mesa, se volvió para mirar por la puerta de la cocina hacia el salón, donde Libby estaba dando golpes con unos cubos de plástico encima de una alfombra. Su expresión era insondable. A Abi le constaba que su hermana quería mucho a la pequeña, pero Daisy no dejaba de ser una niña; aún no tenía ni once años.

¿Se convertiría Gavar en una familia sustituta para ella, una extraña combinación de hermano mayor y padre? Y después de la boda, ¿cómo se adaptaría Bouda Matravers a la compañía poco convencional de su marido?

Daisy no dijo nada.

—Necesitaremos estar en contacto con ella de forma frecuente —espetó Abi—. Cartas todas las semanas. Conversaciones telefónicas siempre que sea posible. Nada de ese periodo de espera de tres meses; tiene que ser inmediato. Eso nos lo puedes garantizar.

Jenner puso cara de escarmentado.

—Así lo haré.

—Y ahora tengo que ir a la casa. Hay cosas en la oficina que me pertenecen.

—Por supuesto. Te lo iba a sugerir.

—Mamá, papá, haced el equipaje. Volveré enseguida. No quiero perderme ni un momento para estar contigo, hermanita.

Abi y Jenner estaban lejos de la Hilera, pero aún no habían subido la cuesta que daba a Kyneston, cuando Jenner la besó. Por un breve instante traidor Abi se entregó a su abrazo. Y, en un impulso alocado, se preguntó qué ocurriría si le rogara que él suplicara a su padre que le permitiera quedarse.

—Yo ya he intercedido por ti —le dijo Jenner, intuyendo de algún modo sus pensamientos. Le cogió la cara y la miró con sus dulces ojos castaños, llenos del mismo pesar que transmitían el primer día que se vieron, cuando él le había advertido que no fuera curiosa—. No quería que pensaras que si Gavar podía obtener permiso para que Daisy se quedara, yo no lo había intentado.

—Te creo —respondió Abi.

Y, poniéndose de puntillas, lo besó de nuevo. No le haría pasar el mal trago de decirlo, de explicar lo que ambos sabían: el hecho de que Jenner carecía de poder. Gavar era el heredero. Su alianza con lord Jardine era precaria e inestable, pero padre e hijo se necesitaban mutuamente.

A Jenner nadie lo necesitaba.

Ni siquiera yo, pensó Abi con ímpetu. Se preguntó cuántas veces tendría que decirlo para creerlo. Y después de eso cuántas veces más serían precisas hasta que fuera cierto.

Las cosas que buscaba se hallaban en varios puntos repartidos por la oficina, no solo en su mesa. Así pues, animó a Jenner a revisar los libros y las bases de datos que ella había creado, para asegurarse de que los entendía. Con Jenner ocupado, se movió por el despacho, abriendo cajones y armarios, anunciando de vez en cuando dónde estaba cada cosa, para que él lo supiera.

Abi le pidió que no la acompañara de vuelta a la Hilera, y se despidieron allí mismo, en la Oficina Familiar. Jenner se enrolló su larga melena entre los dedos como si no quisiera desenredarla jamás; Abi apoyó el rostro en su pecho y respiró su olor.

—Quiero esto —le dijo ella cuando se separaron, tirando del fular que llevaba puesto Jenner.

Él puso el fular alrededor del cuello de Abi y, tras besarla en la mejilla, la vio marchar.

Las últimas horas que los Hadley pasaron juntos fueron contenidas. No mencionaron a Luke. Su ausencia era demasiado espantosa para hablar de él en aquel momento. Mamá y papá abrazaron a Daisy desesperados, intentando recordar cada milímetro de su hija. Cuando volvieran a verla, su pequeña sería una mujer hecha y derecha de veinte años.

—No es raro que niñas de la edad de Daisy estén lejos de sus padres —dijo Abi en un intento de consolar a su padre—. Será como si estuviera en el más exclusivo de los internados.

—Solo que nadie me revisará los deberes —intervino Daisy—. Y la maestra seré yo.

Papá se echó a reír, y en medio de la carcajada estalló en un llanto atroz. Por enésima vez Abi se maldijo por haber llevado a su familia a Kyneston. Si no fuera por ella, habrían estado todos en Millmoor: malnutridos, en una vivienda precaria, aburridos como una ostra... pero juntos.

Jenner regresó después del almuerzo y los llevó a los cuatro hasta el muro, donde el Joven Amo aguardaba a lomos de su caballo negro. La verja cobró vida con todo su resplandor. Abi detestó que su aparición fuera tan milagrosa como lo había sido la primera vez. Al otro lado había un automóvil, otro vehículo gris plata de la Oficina de Asignación del Trabajo.

Cuando la verja se abrió, se acercaron los cuatro a ella, pero solo tres la traspasaron. Daisy se quedó allí quieta, despidiéndose con la mano, con Libby Jardine atada a su pecho con la mochila portabebés. Un instante después la verja desapareció como si tal cosa y Daisy con ella. El muro de Kyneston volvió a extenderse en toda su longitud, como una barrera intacta e infranqueable, cubierta de musgo y brillando levemente con la luz de la Destreza.

—No vais muy cargados, que digamos —comentó el conductor,

mientras Abi arrojaba su bolsa medio vacía al interior del maletero, encima de las de mamá y papá.

—Ya sé cómo va la cosa en las ciudades de esclavos —contestó Abi—. Mi hermano ha estado en Millmoor. No te dejan llevar mucho equipaje.

Acto seguido, se montó en el asiento trasero del coche, junto a mamá; papá se sentó delante. El conductor trató de darles conversación, pero al cabo de unos minutos desistió. Abi observó las carreteras cuando el vehículo dio la vuelta. Atajarían por el oeste hasta Bristol y luego seguirían por la M5 en dirección norte hasta Manchester... y Millmoor.

Se metió las manos en los bolsillos del abrigo, deseando que se le pasara la sensación de mareo que tenía en el estómago.

—Lo siento —soltó al poco rato—. Viajar no me sienta bien. Creo que voy a vomitar.

—¿Cómo? —exclamó el conductor, mirando hacia atrás con el ceño fruncido.

—Esos árboles de allí. Por favor —pidió Abi, tapándose la boca con una mano para contener el hipo—. ¿Puede parar ahí?

No se atrevió a hacer nada más que apretar los dedos de mamá al salir del coche, dejando la puerta abierta.

Atravesó los primeros árboles y, dando la espalda al coche, se inclinó hacia delante. Las arcadas debían oírse claramente. Mientras tosía, se adentró un poco más en el bosque.

Y cuando quedó fuera de la vista de todos, se alejó a la carrera.

El mapa que tenía en el bolsillo le daba en la pierna mientras corría. Era el mapa que había cogido de la Oficina Familiar y que estudió con detenimiento mientras regresaba sola a la Hilera. Sabía exactamente dónde se encontraba en aquel momento. A poca distancia de allí había una pequeña carretera nacional que llevaba al oeste, hasta Exeter. Seguro que alguien pararía enseguida para recoger a una joven que iba sola.

Desde allí cogería un tren a Penzance, la última ciudad situada en la punta sudoeste de Inglaterra. Llevaba todo el dinero que podía necesitar a buen recaudo dentro del abrigo. Había vaciado la caja chica de la oficina, y obviamente la idea de los Jardine de un fondo en efectivo para gastos menores suponía más dinero de lo que la mayoría de gente ganaba en un mes.

Podría comprarse una muda de ropa, o un tinte. Sería prudente cambiar de aspecto, ya que no tardarían en difundirse alertas sobre su condición de prófuga. Jugaba a su favor el hecho de que no tenían ni idea de adónde se dirigía. A Manchester, pensarían probablemente. O quizá incluso a Escocia.

Desde Penzance cogería un ferry. O un helicóptero. O recurriría a la labia o el soborno para subir a bordo de una barca de pesca o un yate.

Podría estar en las Sorlingas al final del día. En el centro mismo del archipiélago se hallaba un dominio insular, una propiedad que pertenecía a las únicas personas que podrían ayudarla a rescatar a su hermano: lady Armeria Tresco y su hijo y heredero ahora No Diestro, Meilyr.

Abi siguió corriendo.

Pretendía llegar a Highwithel al anochecer.

AGRADECIMIENTOS

A mi agente, Robert Kirby, por creer en mí y hacerlo posible. A mis agentes internacionales, Ginger Clark y Jane Willis, por hacerlo posible en todo el mundo. A mis editoras, Bella Pagan y Tricia Narwani, por mejorarlo al máximo. A mis editores internacionales, Eva Grynszpan, Marie-Ann Geissler y muchos más, por amar esta obra británica. A mis equipos de PanMac y Del Rey: Lauren, Phoebe, Kate, Jo, Emily, David M, Keith, Thomas, Quinne, David S. y Julie entre otros compañeros de trabajo, por ser un auténtico placer como profesionales.

A mi #TeamUA: Kate, Kat y Yasmin, por tenerlo todo previsto.

A mi familia: mamá, Jonathan y papá, por llenar mi infancia de libros y dejarme leer siempre. A mis amigos de toda la vida: Hils, Giles, Tanya y John entre otros muchos, demasiados para mencionarlos a todos, por creer siempre que un día tendríais mi libro en las manos. A mis nuevos amigos: Debbie, Taran, Tim y Nick, por inspirarme y animarme desde el principio. A mi gente de la tele: Mike, Jacques, Fiona y Jay, por permitir mi gran huida. A los primeros que se fijaron en mí: Gav, que me publicó, Amy, que me sacó del montón de manuscritos, y Winchester Library, por concederme un premio de escritura a los ocho años. La fe a temprana edad lo es todo.

A mis Wattpadres, por estar ahí desde el principio. A mis Goldies, por creer que el esfuerzo creativo e intelectual van de la mano. A mis Swankies, por no dejarme hacer esto sola.

Próximamente...

LA JAULA ETERNA